CB019449

NÃO VERÁS
PAÍS NENHUM

EDIÇÃO COMEMORATIVA
40 ANOS

IGNÁCIO
DE LOYOLA
BRANDÃO

**NÃO VERÁS
PAÍS NENHUM**

*****Prêmio IILA**_melhor livro latino-americano [Itália, 1983 (Instituto Ítalo-Latino-Americano)]

São Paulo
2021

global
editora

© **Ignácio de Loyola Brandão, 1996**
1ª Edição, Codecri, nov. 1981
29ª Edição, Global Editora, São Paulo 2021

Jefferson L. Alves – diretor editorial
Gustavo Henrique Tuna – gerente editorial
Flávio Samuel – gerente de produção
Juliana Campoi – coordenadora editorial
Mirtes Leal e Maria Letícia L. Sousa – revisão
Araquém Alcântara – foto de capa (Estação Ecológica Banhados do Taim, Rio Grande e Santa Vitória do Palmar, Rio Grande do Sul, 2009)
Mauricio Negro – capa
Fabio Augusto Ramos – diagramação

A Global Editora agradece ao autor pela disponibilização do material integrante de seu acervo pessoal para a iconografia desta edição.

Todas as iniciativas foram tomadas no sentido de estabelecer as autorias das imagens. Caso os autores se manifestem, a editora dispõe-se a creditá-los.

A editora agradece também a José de Souza Martins pela gentil autorização de reprodução do texto "Antecipações do absurdo", publicado originalmente no *Valor Econômico*, em julho de 2021.

Dados Internacionais de Catalogação na Publicação (CIP)
(Câmara Brasileira do Livro, SP, Brasil)

Brandão, Ignácio de Loyola
    Não verás país nenhum / Ignácio de Loyola Brandão. - 29. ed. - São Paulo : Global Editora, 2021.
    "Edição comemorativa 40 anos"
    ISBN 978-65-5612-167-3

    1. Ficção brasileira I. Título.

21-76291   CDD-B869.3

Índices para catálogo sistemático:
1. Ficção : Literatura brasileira B869.3
Cibele Maria Dias - Bibliotecária - CRB-8/9427

Obra atualizada conforme o
NOVO ACORDO ORTOGRÁFICO DA LÍNGUA PORTUGUESA

Global Editora e Distribuidora Ltda.
Rua Pirapitingui, 111 — Liberdade
CEP 01508-020 — São Paulo — SP
Tel.: (11) 3277-7999
e-mail: global@globaleditora.com.br

 globaleditora.com.br   /globaleditora
 blog.globaleditora.com.br   /globaleditora
 /globaleditora   /globaleditora
 /globaleditora

Direitos reservados.
Colabore com a produção científica e cultural.
Proibida a reprodução total ou parcial desta obra sem a autorização do editor.

Nº de Catálogo: **4526**

Para
Angela Rodrigues Alves.

E para Geraldo Alves Machado,
que não chegou a ver esta dedicatória.

Se o futuro puder ser descrito, talvez não aconteça

*Por Heloisa M. Starling**

"Eu estava escrevendo a história do Brasil", explicou, certa vez, Ignácio de Loyola Brandão, em uma entrevista. Completou a explicação com bom humor: "Olhando pela janela, e sendo observador, você vê o que está acontecendo"[1]. O que um escritor realmente imaginou quando compôs seu enredo é sempre um mistério; ao menos nesse caso, porém, a explicação soa desarranjada, para não dizer inviável. Afinal, há de pensar o leitor que história e literatura são perspectivas distintas de entendimento das ações humanas no tempo – não se confundem, nem se complementam. Mas algo estranho costuma acontecer quando se chega mais perto do entrecho de um livro escrito por Loyola Brandão. Atrás do formato assumidamente ficcional de sua obra é muito fácil reconhecer a exatidão dos fatos descritos. E identificar, de pronto, quais eventos históricos o autor está analisando para compreender seus desdobramentos em uma determinada conjuntura. As alusões são claras, a sátira política aflora com nitidez. Em 1981, Antonio Candido, um dos grandes críticos literários brasileiros, leu o romance *Zero* e não teve dúvida: "Realismo feroz", cravou em um artigo sobre a nova narrativa brasileira[2].

---

[*] Heloisa M. Starling é historiadora e cientista política. É professora titular livre de História do Brasil do Departamento de História da Universidade Federal de Minas Gerais (UFMG), onde coordena o *Projeto República: núcleo de pesquisa, documentação e memória*. É pesquisadora do CNPq e da FAPEMIG. É autora, dentre outros, de *Lembranças do Brasil: teoria política, história e ficção em* Grande sertão: veredas (Iuperj; Universidade Candido Mendes, 1999), *Brasil: uma biografia* (em coautoria com Lilia M. Schwarcz; Companhia das Letras, 2015), *Ser republicano no Brasil Colônia: a história de uma tradição esquecida* (Companhia das Letras, 2018) e *A bailarina da morte – A gripe espanhola no Brasil* (em coautoria com Lilia M. Schwarcz; Companhia das Letras, 2020).

[1] DECLERCQ, Marie. Não verás país nenhum. *TAB UOL*. 13 jul. 2020. p. 9.

[2] CANDIDO, Antonio. A nova narrativa. *In*: CANDIDO, Antonio. *A educação pela noite*. Rio de Janeiro: Ouro sobre Azul, 2006. p. 255.

Publicado em 1975, *Zero* deu a partida ao que hoje se pode nomear como a trilogia que Loyola Brandão escreveu sobre o Brasil contemporâneo. Na sequência vieram, *Não verás país nenhum* (1981) e *Dessa terra nada vai sobrar, a não ser o vento que sopra sobre ela* (2018). Em novembro de 1976, *Zero* foi integralmente proibido pelo governo dos generais instalado no país, a partir do golpe de 1964. É, ao mesmo tempo, a ficção dilacerante sobre a vida de um homem comum numa cidade violenta em pleno clima ditatorial, e um ensaio extraordinário a respeito da ditadura militar brasileira que transita entre a história e a política. Loyola Brandão trabalhava, à época, no jornal *Última hora* e havia censura prévia instalada nas redações; num impulso, ele decidiu guardar, em uma gaveta, as reportagens proibidas.

A gaveta concebeu um arquivo surpreendente. Formado por cerca de 4 mil documentos de natureza histórica muito variada, o acervo reuniu desde artigos de jornais até bulas de remédio, sem deixar de lado letras de canções, almanaques, reclames, fotos, depoimentos gravados, filmes em super-8, além de um punhado de mapas rabiscados da cidade de São Paulo. São os andaimes do livro. "*Zero* não tem uma palavra inventada, tudo do *Zero* aconteceu"[3], confirma orgulhoso o autor. Teve gente que entendeu de imediato o recado. Em 1977, um grupo de estudantes da Universidade Federal de Minas Gerais decidiu converter *Zero* em instrumento de luta política contra a ditadura. Vararam noites a fio datilografando as quase 400 páginas da edição brasileira; em seguida, mimeografavam os capítulos por inteiro e aguardavam amanhecer para distribuir, meio na marra, em salas de aula. "É a história do Brasil que ninguém pode saber", diziam, uns aos outros, na tentativa de se animarem naquelas madrugadas intermináveis.

Zero retrata os procedimentos de instalação da ditadura e descortina a realidade de um país girando em falso por falta de

---

[3] VILARDAGA, Vicente. Entrevista Ignácio de Loyola Brandão: devemos nos indignar contra a loucura que está aí. *IstoÉ*, nº 2575, p. 3, 3 maio 2019.

chão firme. Revela a solidão, o isolamento que será exigido pelos militares e aos poucos dominará os cidadãos, a coerção sobre as instituições democráticas. Em *Não verás país nenhum* está em curso outra realidade, completamente alterada. O leitor, contudo, vai compreender depressa os modos como se potencializaram, no tempo do futuro, as consequências de uma ditadura instalada para durar. A consistência narrativa é notável e os limites entre ficção e realidade vão sendo dissolvidos até o ponto que esse leitor se obriga a refletir: O que aconteceu com o Brasil?

Não verás país nenhum chegou às livrarias em 1981. O romance tem a forma de um memorial. Durante as primeiras décadas do século XXI, em um futuro não muito distante, um professor de história foi aposentado punitivamente da universidade. Naquele tempo, conta o autor, a história era reescrita diariamente pelos governantes, mas esse professor insistia em repetir na sala de aula aquilo que os historiadores chamam por verdade factual: os fatos que não podem ser modificados nem pela vontade de quem ocupa o poder, nem podem ser demovidos a não ser por força de mentiras cabais. Por essa razão, seu contrário não é o erro, nem a ilusão, nem a opinião, e sim a falsidade deliberada, a mentira. Talvez determinado a defender a única verdade que conhecia, ou quem sabe, um pouco culpado por não ter feito grande coisa contra a instalação do arbítrio, o professor se decide a agir e puxa a ponta do fio principal da trama. Vai buscar nas lembranças a chave mestra para narrar aos outros os acontecimentos de um passado recente.

Daí a autenticidade histórica da narrativa. Independente do formato que assume, em um memorial sobrevive um rastro do passado. Na sua origem, a palavra "rastro" designou uma sequência de impressões deixadas pela passagem de algo ou alguém, voluntária ou involuntariamente produzida. Um rastro inscreve a lembrança de uma presença que não existe mais, e que corre o risco de se apagar definitivamente. A força do título escolhido por Loyola para o livro pega o leitor desprevenido. *Não verás país nenhum* diz que algo inimaginável ocorreu, mostra exatamente como aconteceu e dá nome ao desastre.

Aquilo que se apagou e não existe mais é o país, a comunidade política soberana imaginada por um "nós" coletivo, atravessada por relações sociais em tudo distintas, modelada por estruturas de reciprocidade e solidariedade. Sobrou a área geográfica e uma extensão de terra de dimensões continentais. Terra gretada informa o narrador. Uma poeira espessa está por toda a parte, os rios se esgotaram de vez, o desmatamento desenfreado completou-se. Há escassez de água e alimentos, nenhuma gota de chuva. O sol dissolve a pele humana, um caminhão pintado de amarelo e verde recolhe os mortos, as árvores sucumbiram. "Tudo parecia tão promissor nos Abertos Oitenta", lembra o professor de história. E conclui irônico, como quem deseja espantar a melancolia: "Quem diria que tudo ia acabar assim, num clima de ridícula e subdesenvolvida ficção científica?"

O título do livro nasceu de um verso de Olavo Bilac em poema famoso, "A pátria", publicado em 1904. Até algum tempo atrás, todo mundo sabia o verso de cor: "Ama com fé e orgulho a terra em que nasceste!/ Criança, não verás país nenhum como este!/ Olha que céu! Que mar! Que floresta!/ A natureza aqui perpetuamente em festa" [...] Criança! Não verás país nenhum como este:/ Imita na grandeza a terra em que nasceste!"[4] Bilac podia até ser um poeta parnasiano, só não estava trancafiado em torre de marfim – vivia se envolvendo com quantas causas políticas apareciam pela frente. Nem sempre acertava o lado, decerto; mas estava seguro de que um dia o Brasil seria a nação que devia ser. Símbolos dão clareza ao que está em jogo na construção de um país, e Bilac tinha a convicção de que era preciso reproduzir socialmente, a partir da escola, a imagem embelezada desse país do futuro. Incluiu "A pátria" no livro *Poesias infantis* junto com alguns contos, trechos curtos da história nacional, várias descrições da natureza. O livro fez sucesso por décadas a fio; Loyola Brandão deve conhecer o poema desde o tempo de ginásio, em Araraquara.

É difícil dizer se Bilac pretendia fazer exatamente isso, mas, na prática, seu poema recuperou e atualizou em chave política e para diversas gerações o momento em que o mito do paraíso terrestre, vindo da África e da Ásia, se deslocou na imaginação do europeu para o mundo atlântico e se refundiu entre o imaginário e o real. O Éden aberto que fomos um dia na imaginação do mundo colocou em funcionamento aquela que viria a ser a formulação utópica mais antiga e generalizada que os brasileiros possuem do país e de si mesmos. Não sabemos exatamente onde começa essa representação. O ciclo de mitos celtas fala de um arquipélago antiquíssimo perdido em um ponto inalcançável para além de Gibraltar, no rumo do Ocidente, no meio do Atlântico. Uma das ilhas desse arquipélago chama-se *Hy Brassail*, ou mais simplesmente, *O'Brazil*, o que em língua celta significa "Ilha Afortunada". Na ilha *O'Brazil* o clima é ameno, a natureza para sempre verdejante garante abundância, saúde, felicidade. O paraíso é aqui, não precisamos buscar nada além de nós mesmos.

---

[4] BILAC, Olavo. A pátria. *Poesias infantis*. Rio de Janeiro: Livraria Francisco Alves, 1961. p. 83.

Loyola Brandão releu o poema, tomou fôlego e trouxe o abismo para dentro de casa. Foi cirúrgico. Cortou o verso de Bilac no ponto exato, inverteu bruscamente os principais componentes da nossa projeção utópica de país e revelou que alguma coisa deu muito errado no Brasil. *Não verás país nenhum* borra a divisa entre a história e a ficção e assombra a imaginação das pessoas porque há nele a imagem mais vívida da distopia que conhecemos: uma sociedade projetada no futuro e saturada de ingredientes do tempo presente que revela, de maneira quase rigorosamente descritiva, o momento preciso em que o esforço civilizatório entre nós se interrompeu e se degradou. Num tempo indeterminado, o futuro chegou. O livro dá calafrios nos ossos do leitor precisamente por conta dessa indeterminação temporal que igualou o presente e o futuro. Nós não sabemos quando foi que o Brasil se tornou – ou se tornará – um país aviltado por uma forma moderna de tirania onde tudo se destrói em troca de nada.

A tarefa da distopia é acionar o sinal de alarme. O mecanismo narrativo do livro que o leitor tem nas mãos não pretende construir exclusivamente uma exibição do futuro; ele está saturado dos ingredientes de uma história que acontece hoje, no presente. A distopia supera nossa compulsão de separar uma época da outra para revelar um pressentimento sempre atual que torna legível a calamidade e o pesadelo que rondam a sociedade. O tom é de advertência premonitória que Loyola Brandão dirige aos seus contemporâneos para identificar os riscos provocados por determinados eventos, forças políticas ou movimentos extremistas, bem como o perigo que eles representam para a liberdade e para os valores civilizatórios.

Ignácio de Loyola Brandão é o mestre da narrativa distópica. As raízes mais profundas da sua criação estão fincadas na sátira – ele faz uso do excesso, do grotesco e da distorção para intensificar nossa percepção das inversões ocorridas no presente. Mas as bases para a construção de sua narrativa estão igualmente sustentadas por fundações muito antigas. Uma delas, as modulações da ironia praticadas pelo escritor Jonathan Swift, em *Viagens de Gulliver*, publicado em 1726. Na origem grega da palavra, ironia é *eironein*, simultaneamente um tropo retórico e uma estratégia de discurso: opera no nível da linguagem e faculta ao autor desfechar uma ação com o propósito de desafiar, minar e subverter os discursos estabelecidos, as representações dominantes, a arbitrariedade do poder.

A ironia praticada por Loyola Brandão em *Não verás país nenhum* incomoda. Seu fio também tem corte suficiente para zombar, atacar, embaraçar e ridicularizar. É fácil conferir. Em certa tarde famosa, descreve o narrador, com a floresta amazônica transmutada em deserto, a população foi informada, na televisão, pelo governante, em pessoa, que o Brasil já dispunha de mais uma conquista de que se orgulhar: "'A partir de hoje', e ele sorriu, embevecido, 'contamos também com um deserto maravilhoso, centenas de vezes maior que o Saara, mais belo. Magnificente. Estamos comunicando ao mundo a nona maravilha. Breve, a imprensa mostrará as planícies amarelas, as dunas, o curioso leito seco dos rios'".

Além das formas discursivas da ironia adotadas por Jonathan Swift, uma segunda fundação dota a narrativa de Loyola Brandão de seu sentido mais propriamente político, e remete à definição de "distopia" cunhada pelo pensador inglês John Stuart Mill. Em 1868, Stuart Mill chamou de "distopia" a descrição ficcional de um governo esmagadoramente opressivo, projetado no futuro. Claro que não era uma previsão, mas uma advertência. "Contemplem nosso futuro, caso não sejam revistas as nossas ações", ele argumentou em discurso ao Parlamento inglês.[5] Mill recorreu à luz da "distopia" com o propósito de revelar os disfarces do poder arbitrário que a Grã-Bretanha utilizava para manter seu controle sobre a Irlanda. "O que eles parecem defender é demasiado mau para ser praticável", argumentou. Sua intuição lhe dizia que as pessoas precisam enxergar concretamente o que é a tirania para conseguirem identificar os elementos que estão na raiz dos acontecimentos capazes de converter países inteiros em regimes de opressão. "Isto é uma distopia", a forma distorcida – ou adoecida – de um lugar, definiu em seu discurso. E repetiu: "É o nosso horizonte, se não fizermos nada a respeito".

Conseguir ver a qualidade imediata do futuro é bem mais eficiente do que apenas entendê-lo em abstrato, diria John Stuart Mill; e um século e meio depois, Loyola Brandão concordou com ele. Isso ajuda a entender, ao menos em parte, a importância das imagens e a escrita decididamente visual que sustentam o enredo de *Não verás país nenhum*. Por outro lado, ver é indagar sobre determinada realidade e a imaginação torna-se um recurso indispensável para completar o quebra-cabeça da construção deste livro. Apenas a imaginação acerta posicionar a alguma distância de nós o que está tão próximo que não conseguimos enxergar com nitidez; e só ela consegue aproximar suficientemente o remoto para que possamos ver o que está longe demais no tempo e tratar disso como se fosse um assunto nosso.

---

[5] MILL, John Stuart. *The collected Works of John Stuart Mill*. Toronto; London: University of Toronto Press; Routledge and Kegan Paul, 1988. Volume XXVIII: Public and Parliamentary Speeches. Part 1: November 1850/November 1868. p. 290.

Então, talvez, seja esse o segredo do escritor. Acionar a imaginação é essencial para que Loyola Brandão consiga despertar no leitor o senso de conclusão: isso poderia ter sido evitado. Não é que sua literatura consiga ver mais – ela ajuda a ver mais intensamente. Permite enxergar aquilo que de algum modo já está acontecendo, ao nosso lado, e em algum ponto do horizonte distante. Em seguida, ele dispara o alarme – a oportunidade de refletir sobre o que estamos fazendo hoje. A história está em aberto, existem todos os tipos de futuros, em sua maioria, impenetráveis, e a escolha é nossa. Há um fio de esperança neste romance, uma certeza incerta acalentada pelo autor de que ainda somos capazes de desmantelar os problemas que lançaram o Brasil no rumo da catástrofe. A esperança é como a luz das estrelas, dirá horas tantas, o narrador desse livro: "Quando ela nos atinge, brilhava há muito tempo, às vezes há milhares de anos. Pode ser que este cheiro molhado venha de um ponto tão remoto que vai demorar muito a chegar. Aposto tudo que é chuva. Alguém sabe se está chovendo por aí?"

Pensando bem, leitor, o segredo de Ignácio de Loyola Brandão é outro. Suas distopias acendem para nós a luz fraca das estrelas.

Sufocados pela realidade*

*Por Washington Novaes***

Há quem diga que artistas são uma espécie de antena da raça.

E são mesmo – por sua capacidade de antever, enxergar muito antes que os simples mortais, graças a sua sensibilidade aguda.

E a um dom que os faz ser ouvidos.

Kofi Annan, secretário-geral da ONU, passou anos repetindo que, hoje, os problemas centrais da humanidade são mudanças climáticas e padrões insustentáveis de produção e consumo, além da capacidade de reposição da biosfera terrestre.

Ficou rouco de tanto falar, poucos o ouviram.

A primeira edição deste livro é de 1981.

Ele vai agora para a 25ª edição.

As pessoas leem.

Sabem que o autor está falando, há um quarto de século, das mesmas coisas que o secretário-geral da ONU viria a tratar muito depois.

Mas em 1981 só meia dúzia de cientistas tratavam das ameaças que se desenhavam.

E neste livro, daquele ano, volta e meia o leitor tem de dizer a si mesmo "É ficção!", para não ser engolido e sufocado pelas realidades de hoje e pelas alegorias que povoam as páginas.

É um livro captado por antenas de alta sensibilidade.

Por isso é tão atual, tão lido – fora o estilo, que são outros quinhentos.

---

* Texto publicado em 2006 na 25ª edição da obra *Não verás país nenhum*, por ocasião da Edição Comemorativa de 25 anos desta obra.

** Foi jornalista por mais de 50 anos, supervisor de Biodiversidade, comentarista no *Repórter Eco* (TV Cultura) e colunista de *O Estado de S. Paulo*. Além disso, foi consultor do I Relatório Nacional para a Convenção sobre Diversidade Biológica, de relatórios do desenvolvimento humano no Brasil (ONU) e membro da comissão da Agenda 21 brasileira. Recebeu o Prêmio de Meio Ambiente da Unesco (2004) e o Prêmio Rei de Espanha de Imprensa. Dirigiu vários documentários premiados no Brasil e fora, entre eles as séries *Xingu - A terra mágica* e *Desafio do lixo*.

"Y llegando yo aqui a este cabo vino el olor tan bueno y suave de flores ó arboles de la tierra, que era la cosa mas dulce del mundo". Colombo, 1503, diante do cabo Hermoso	"América arvoredo sarça selvagem entre os [mares de polo a polo balançavas, tesouro verde, a tua mata." Pablo Neruda, em *Canto geral*
"O inexplicável horror de saber que esta vida é verdadeira." Fernando Pessoa, em *O horror de conhecer*	"Respirar terra é não querer saber de limites." Clara Angélica, poeta alternativa de Olinda, em *Cara no mundo*

EU ELREY. Faço faber aos que efte Meu Alvará com força de Ley, virem, sque por parte dos Erectores das Fabricas de Sola em Atanados nas Capitanías do Rio de Janeiro, e Pernambuco, me foi reprefentado que os Povos das vizinhanças das referidas Capitanías, e das de Santos, Paraíba, Rio Grande, e Seará, cortaõ, e arrazaõ as arvores chamadas Mangues, fó a fim de as venderem para lenha, fendo que a caída das mefmas arvores he a unica no Brafil, com que fe póde fazer o curtimento dos Couros para Atanados, e que pelo referido motivo, fe achaõ já em exceffivo preço as referidas cafcas, havendo juntamente o bem fundado receio de que dentro de poucos annos falte totalmente efte fimples, neceffario, e indifpenfavel para a continuaçaõ deftas utiliffimas Fabricas: E querendo Eu favorecer o Commercio, em commum feneficio dos meus Vaffallos, efpecialmente as manufacturas, e Fabricas, de que refultaõ augmentos á Navegaçaõ, e fe multiplicaçaõ as exportaçoens dos generos: Sou fervido ordenar, que da publicaçaõ defta em diante, fe naõ cortem as arvores de Mangues, que naõ eftiverem já defcafcadas, debaixo da pena de cincoenta mil reis, que ferá paga da cadea, onde eftaraõ os culpados por tempo de tres mezes, dobrando-le as condenaçoens, e o tempo da prizaõ pelas reincidencias; e para que mais facilmente fe hajaõ de conhecer, e caftigar as contravençoens, fe aceitaraõ denuncias em fegredo, e faraõ a favor dos Denunciantes as referidas condenaçoens, que no cazo de naõ os haver, fe applicaraõ para as defpezas da Camara: Pelo contrario fou outro fim fervido que affim aos Fabricantes dos Atanados, e feus Feitores, ou Commiffarios, como a todas, e quaelquer Pessoas, que levarem a vender as Cafcas de Mangues para eftas Manufacturas, fejas livremente permittido o defcafcarem as referidas arvores, fem diftinçaõ de lugar, ou Comarca e fem duvida nem contradiçaõ alguma; no cazo porém que ás referidas Peffoas fe faça algum embaraço poderão recorrer aos Intendentes das Mefas da Infpecçaõ refpectivas para que lhes façaõ executar, e cumprir afta Minha Real Determinaçaõ; affim, e do mefmo modo que nella fe contém, para o que fou fervido conceder-lhes toda a Jurisdicçaõ neceffaria.

Pelo que : Mando á Mefa do Defembargo do Paço; Regedor da Cafa da Supplicaçaõ, Confelho de Minha Real Fazenda, e do Ultramar, Mefa da Confciencia, e Ordens; Senado da Camara; Junta do Commercio deftes Reinos, e feus Dominios; Vice-Rey do Eftado do Brafil, Governadores, e Capitaens Generaes, Defembargadores, Corregedores, Juizes, Juftiças, e Pessoas de Meus Reinos, e Senhorios, a quem o conhecimento defte pertencer, que affim o cumpraõ, e guardem, e façaõ inteiramente cumpir, e guardar como nelle fe contém, fem embargo de quaefquer Leys, ou coftumes em contrario, que todos, e todas Hey por derogados, como fe de cada huma, e cada hum delles fizeffe expreffa, e individual mençaõ valendo efte Alvará como Carta paffada pela Chacellaria, ainda que por ella naõ ha de paffar, e que feu effeito haja de durar mais de hum anno, fem embargo das Ordenaçoens em contrario: Regiftando-se em todos os lugares, onde fe coftumaõ regiftar fimilhantes Leys: E mandando-fe o Original para a Torre do Tombo. Dado no Palacio de Noffa Senhora da Ajuda, a nove de Julho de mil fetecentos e feffenta.

REY

Conde de Oeyras.

Alvará com força de Ley, por que Voffa Mageftade be fervido probibier, que nas Capitanías do Rio de Janeiro, Pernambuco, Santos, Paraíba, Rio Grande, e Seará, fe naõ cortem as Arvores de Mangues, que naõ eftiverem já defcafcadas, debaixo das penas nelle conteúdas: Tudo na forma que affima fe declara.

Para V. Mageftade ver.

As sirenes tocaram a noite
inteira sem parar.
Todavia, pior que as sirenes,
foi o navio que
afundava, enquanto as
cabeças das crianças explodiam

Mefítico. O fedor vem dos cadáveres, do lixo e dos excrementos que se amontoam além dos Círculos Oficiais Permitidos, para lá dos Acampamentos Paupérrimos. Que não me ouçam designar tais regiões pelos apelidos populares. Mal sei o que me pode acontecer. Isolamento, acho.

Tentaram tudo para eliminar esse cheiro de morte e decomposição que nos agonia continuamente. Será que tentaram? Nada conseguiram. Os caminhões, alegremente pintados de amarelo e verde, despejam mortos, noite e dia. Sabemos, porque tais coisas sempre se sabem. É assim.

Não há tempo para cremar todos os corpos. Empilham e esperam. Os esgotos se abrem ao ar livre, descarregam, em vagonetes, na vala seca do rio. O lixo forma setenta e sete colinas que ondulam, habitadas, todas. E o sol, violento demais, corrói e apodrece a carne em poucas horas.

O cheiro infeto dos mortos se mistura ao dos inseticidas impotentes e aos formóis. Acre, faz o nariz sangrar em tardes de inversão atmosférica. Atravessa as máscaras obrigatórias, resseca a boca, os olhos lacrimejam, racha a pele. Ao nível do chão, os animais morrem.

Forma-se uma atmosfera pestilencial que uma bateria de ventiladores possantes procura inutilmente expulsar. Para longe dos limites dos oikoumenê, palavra que os sociólogos, ociosos, recuperam da antiguidade, a fim de designar o espaço exíguo em que vivemos. Vivemos?

Virei-me assustado. Adelaide nunca tinha dado um grito em trinta e dois anos de casados. Treze para as oito. Em quatro minutos deveria estar no ponto, ou perderia o S-7.58, minha condução autorizada. Estranho, ela sabia. E por que então resolvia me atrasar ainda mais?

– O que foi?
– O paletó! Esqueceu?
– Não aguento esse paletó. Passo o dia suando.
– Mas sem ele não te deixam trabalhar.
– Tomara.

Adelaide me olhou, arisca. Inquieto, encarei o rosto dela e me perguntei. Pergunta que não tenho coragem de enfrentar. Se eu admitir, ela se desvenda. Toma forma, cristaliza, revela. Será que depois de tantos anos compensa ver? Reagir agora? E se valesse a pena?

Tomávamos o café da manhã juntos, todos os dias. Depois ela me acompanhava até a porta. Eu colocava o chapéu (voltou o seu uso), acariciava seu ombro esquerdo (nem sei mais se há prazer nisto) e consultava o relógio. Ficava angustiado se não estivesse dentro do horário.

– Olha a neblina, está baixa. Vai esquentar muito.

Cada dia, a neblina desce. Quando envolver tudo, vamos suportar? Seis meses atrás, pairava no espaço como a cúpula de uma catedral gigantesca. O mormaço rescalda a cidade, inflama a gente. Às vezes, a neblina some, fica o fedor que dá ânsias de vômito. A cabeça arde.

— Conseguiu dormir?
— Com as sirenes tocando a noite inteira?
— Era alarme de roubo?
— Incêndio. Me deixa com os nervos estourados. A falta de sono até aguento. Mas os alarmes me perturbam.
— Não chega o calor infernal durante o dia? Ainda tem incêndio à noite?
— Está tudo ressecado.
— Lembra-se daquele tempo em que os galões de gasolina estouravam? Os prédios ardiam sem parar? Havia um depósito em cada casa, logo depois do nefasto período de Racionamentos Incríveis.

Trouxe o paletó cinza. Tecido sintético que impermeabiliza. Não deixa passar calor, anunciaram. Nada. Igual à casimira. Me abafa. Vi sobre a mesa os calendários sendo empilhados, ela estava retirando das paredes. Puxa! Hoje deve ser 5 de janeiro. O que me interessa?

Os calendários desta casa permanecem sempre no primeiro do ano. O **1** vermelho, fraternidade universal. O vermelho desbota, torna-se rosado ao fim do ano. Todos os dias, Adelaide limpa. Horas e horas tirando o pó das folhinhas, na sala, cozinha, quarto. Ansiosamente.

O **1** eterno. Não é preciso marcar o tempo, basta abandoná-lo, ela me disse uma vez. De que adianta saber que dia é hoje? As horas, sim, são importantes. O dia é bem dividido. Cada hora uma coisa certa. Melhor viver um dia só, sem fim. O que tiver de acontecer, é dentro dele.

Agora me dou conta. Não parecia coisa dela. Mulher quieta, ex-escriturária de estrada de ferro. Nunca falava. Aceitava as coisas e só mostrava irritação calando-se e coçando em baixo dos olhos. O lugar coçado tornava-se enrugado e os olhos alongavam-se, como os de uma japonesa.

No começo do ano, recolhia os calendários, fazia um pacote com papel-pardo. No dia 5, ao sair, pedia: "Não se esqueça do papel". Repetiu, trinta e dois anos. Nunca me lembrava, ela jamais se esquecia. Dizia a frase, irremediavelmente, ao nos despedirmos, treze para as oito.

A substituição dos calendários era automática no dia 5 de janeiro. Pela manhã, Adelaide retirava-os. Nesse dia, eu não ficava na cidade, voltava na hora do almoço. Depois de comer, sempre me deitava um pouco. Mas, agora, o quarto abafado e o suor não me deixam dormir.

Mesmo assim, fico no quarto. Ao sair, vejo os novos calendários no lugar. E, sobre a mesa, o embrulho de papel-pardo. Devo levá-lo ao antigo quarto de empregada, amontoá-lo junto com os outros. Ali estão empilhadas pela ordem as folhinhas dos últimos trinta e dois anos.

Onze mil e setecentos dias intocados. Empoeirados, amarelados, não utilizados, conservados. Naquele cômodo, entro uma vez por ano. Nunca tivemos empregada. Adelaide sempre fez tudo, dizia ironicamente que era a sua missão. Só há pouco consegui contratar uma faxineira semanal.

E isso porque empregados ganham pouquíssimo. As pessoas trabalham em troca de um prato de comida, um copo de água por dia. Não querem dinheiro, só comer e beber. Aí está a grande dificuldade. Se aceitassem dinheiro, tudo bem. Mas comida? E que dizer de água então?

Os dias guardados. Armazenados. Neles, nenhuma marca. Nem sequer rasura. Conjunto, soma de todos os nossos instantes. Agora sei. Cada momento era uma antecedência para nós. Uma espera que se substituía infinitamente. Vivíamos na ansiedade pela ocasião que haveria de chegar.

Assim, nossa vida se distendia como um elástico. Esticava-se ao ponto máximo, atingindo o estado de tensão, incômoda inquietação. Quando o dia se acabava, a esperança nascia outra vez dentro de nós. Aguardávamos os instantes que fariam o dia seguinte repleto-vazio.

Instantes despidos daquilo que faltava. Algo que necessitávamos e não íamos procurar. Ficávamos na expectativa de que acontecesse. Havia uma falta. Não somente dentro do tempo. Porém um vazio real, concreto. Lancinante. Em cada canto da casa se projetava a sua sombra. Compacta.

Fomos preenchendo o apartamento com objetos. Até que ele se assemelhou a um bazar de artigos únicos, invendáveis. Cristaleiras cheias de compoteiras, xícaras, saleiros, copos, taças e licoreiras. Paredes com quadros, reproduções, flâmulas, santos, retratos, relógios parados.

Vasos, bibelôs, criados-mudos, mesinhas de centro, cinzeiros limpos, estatuetas, imagens, porta-retratos, toalhinhas de renda, tapetes de barbante, caixinhas decoradas, vidros vazios, garrafas cortadas, pesos de papel, abajures, lâmpadas votivas, cestinhas de costura decoradas.

E calendários. Dois ou três em cada cômodo, escolhidos por ela. Brindes ganhos nos Superpostos de Distribuição Alimentar. Comprados na igreja. Folhinhas que nos ensinavam vários costumes obsoletos. Como a boa época para se plantar e colher. Ou que previam o bom e o mau tempo.

Depois de guardar os pacotes, eu vinha olhar, uma a uma, as folhinhas novas. Estampas coloridas. Moças colhendo café. Laranjais em fila indiana sobre a colina. Trigais dourados ao sol, homens com ceifadeiras. Casas à beira de lagos, incêndios na floresta. Tudo tão antigo.

Índios, onças, gatos na cesta, pai preto, anjos velando meninos à borda de abismos. Tudo, menos moças nuas. Dessas que se viam nas oficinas mecânicas. Loiras diáfanas, morenas rechonchudas, sorrindo em tangas mínimas. Contemplava rapidamente, teria o ano todo para admirá-las.

— Tem um fio de cabelo branco. O que é isso, paizinho? Mal fez cinquenta anos. Seu pai com noventa ainda tem a cabeça preta!

A mãe dela chamava o marido de pai. Mas nós? Onde está nosso filho? Nem sei se tivemos. Pode parecer um absurdo, mas é verdade. Podem acreditar. Pela minha honra. Tudo se confunde na minha cabeça, o que foi e o que deveria ser. O que era realmente e aquilo que eu gostaria que fosse.

— Souza, sonhei outra vez.

— De novo? O mesmo sonho?

— Mudou um pouco. Não foram as sirenes que não me deixaram dormir. Foi o sonho. Tão nítido. Real como aquela noite no porto.

Não. Adelaide, não. Basta! Já temos o inferno no coração. Há coisas que devem ser esquecidas. Vamos sepultá-las. É preciso. Combinamos um dia não falar nunca mais sobre o assunto. Afinal, para nós, viver sempre foi tão calmo, reconfortante. Éramos felizes. Ao menos, parecia.

— Souza, foi impressionante. O navio afundava num mar terrível. Não havia tempestade alguma, nem vento, só o silêncio. Sabe o que me congelava? O ruído das lâmpadas quentes estourando quando tocavam a água fria. Os cordões de lâmpadas se arrebentavam, soltando uma fumacinha branca. O mar foi ficando escuro, escuro, até que a última lâmpada se apagou. Eu sem enxergar nada, só ouvindo aquelas explosões. Nem mesmo um gemido. Elas morreram todas, não morreram, Souza? Você vai ter de me contar uma hora. Será que não era o barulho das cabecinhas estourando?

— Não seja louca, Adelaide. Como a cabeça delas ia estourar?

— Criança tem a cabeça tão fraquinha.

— É tudo sonho, Adelaide, não tem nada a ver. Se acalme.

— Não posso sossegar, e você tembém não, até que eu saiba.

O navio, nossa aflição, estava esquecido. Imaginei que jamais retornasse. Antes, mais novos, tínhamos capacidade para suportar. Adelaide, principalmente. Está cansada, acho que doente. Desassossegada. Para nós, o tempo não ajudou a esquecer, ao contrário, alimentou lembranças.

Quatro para as oito; se não corro, perco o ônibus. Não fosse esta perna, eu teria uma bicicleta, como todo mundo. Uma artrose no joelho me impede de pedalar. Tive de passar por dezenas de exames, centenas de gabinetes, paguei gorjetas, conheci todos os pequenos subornos.

Escorreguei fichas de água nas mãos de funcionários. Fichas que me fizeram falta. Transferi cotas de alimentos, e esperei até que saísse a praticamente impossível autorização para o ônibus. Ganhei a ficha especial de circulação para o S-7.58. O desgraçado é pontual, até irrita.

Abro a porta, o bafo quente vem do corredor. Já estou melado, quando chegar ao centro estarei em sopa. Como todo mundo. A vizinha varre o chão, furiosamente. Como se fosse possível lutar contra a poeira negra, a imundície. Não fornecem água para lavar as partes comuns.

Vou pela escada. Há muito desisti desse emperrado elevador solitário, mambembe. Serve trinta andares, cento e cinquenta apartamentos. Somente os velhos e inválidos esperam por esse aparelho desconjuntado, ameaçador. O corredor da entrada atulhado de lixo. Uma vergonha.

Lixo que aumenta dia a dia. Não podemos atirar na rua, e não há onde depositar. O caminhão carrega o que pode quando passa. Se passa. Vem tão cheio que leva muito pouco. Ratos dilaceram os sacos, o lixo se esparrama, espalha um fedor insuportável. Ora, um cheiro a mais.

Nem sei por que pagamos zelador, ele nunca está, se esquece de ligar o Sônico Antirratos. Um zelador hoje em dia precisa ser político, negociar com os Homens dos Caminhões de Lixo, com os Civiltares de Segurança, dialogar habilmente com Fornecedores Oficiais de Água.

A barbearia está abrindo. Antigamente, havia neste hall lojinhas minúsculas, bonitas. Existia até um café, com toalhas xadrez, chás e tortas, sonhos e bolos, sorvetes, água gelada, refrigerantes e sucos. Fecharam, as vitrines estão cerradas com placas de plástico pregadas aos batentes.

Lacrado por placas pregadas por fora. Assim me sinto. Contando os dias, detalhando meus passos. Sensação de que me observo em microscópio, aumentado dezenas de vezes. Quantas vezes não reconheço este Souza que desliza num líquido viscoso. Sou, todavia não pode ser eu.

No corredor, somente o barbeiro resistiu. Sei lá como, ou por quê. Não entendo. Os velhos descem de vez em quando para uma barba, um cabelo. Através dos vidros encardidos, mal se percebe o salão. Cumprimento com um aceno, Prata me faz um sinal, gosta de uma prosinha. Inevitável, indolor.

– Tem água esta semana?
– E eu sei? Pergunte ao distribuidor.
– É que você tem aquele sobrinho.
– Não faço a mínima ideia.
– Desorganizaram as entregas, ou aumentaram os prazos.

Coceira nas mãos. Arde e no lugar está uma pequena depressão, como se eu tivesse apertado uma bola de gude por muito tempo. Fiquei passando o dedo pela depressão, sentindo cócegas. Será uma picada de inseto? Não senti nada. Medo. Anda aparecendo cada bicho estranho!

O caminhão descarrega refrigerantes factícios no bar. Portanto um mês se passou. Durante as festas o tempo voa. Besteira, o que me interessa a corrida do tempo? Não existe nada a fazer com ele. Que importa a velocidade se já não tenho uso para minha vida. Quem tem?

Coçando a palma da mão (alergia?), Souza observa, com fastio, a operação dos Civiltares para dominar bandidos com balas catalépticas

O ônibus chegou, a coceira voltou. Cruzei a borboleta, não havia lugares vagos. Normal, a essa hora. Cumprimentei pessoas que vejo aqui todos os dias, à mesma hora. Os novos são raros. Somos parte do S-7.58, nos permitem este, nenhum outro. É o que dizem as fichas de tráfego.

A ficha indica onde posso andar, os caminhos a percorrer, bairros autorizados, por que lado de calçada circular, condução a tomar. Assim, somos sempre os mesmos dentro do S-7.58. Nos conhecemos todos, mas não nos falamos, raramente nos cumprimentamos. Viajamos em silêncio.

Sou exceção, grito meu bom-dia, os rostos se viram aflitos, perplexos. Depois se voltam para a paisagem, as calçadas congestionadas. Mais um louco, pensam. Todos têm certeza, serei apanhado ao descer. No dia seguinte se surpreendem, sem demonstrar, quando apareço, cumprimentando.

Três pontos antes do final (deve ser dez e vinte) senti uma comichão insuportável. Estava comprimido. Não podia olhar, nem levantar a mão. Segurava a maleta com a esquerda, com a direita me apoiava ao varão. Empurrado para a saída, me despedi. Claro que não responderam.

Acabei de descer, ouvi os estampidos. Secos, ocos. Tão conhecidos. Joguei-me rápido ao chão, conforme severas instruções. Num décimo de segundo, todos em volta estendidos. Vivemos condicionados, nossos reflexos aguçados. Como aqueles ratos que vão comer ao ouvir a campainha.

Quantas vezes por dia me atiro ao chão nesta cidade. Se alguém filmasse durante algumas horas, sem registrar o som, veria uma daquelas velhas comédias de Harold Loyd, o Gordo e o Magro, Mack Sennet. Deita, levanta, deita, levanta. E os rostos? Todo mundo apavorado, tenso.

As pessoas disputam centímetros de calçada. Batem cabeças, se beijam, ficam rosto a rosto, cheiram o pó, se levantam imundas, xingam, protestam. Teve um dia que levei duas horas para vencer duzentos metros até o escritório. Deita, levanta. Foi tiro para tudo quanto é lado.

Hoje, um tiro só. Os Civiltares são conhecidos e temidos pela excelente pontaria e rapidez. O ladrãozinho, ou o que quer que fosse, garoto ainda (nunca fui bom para determinar idades), estava estendido, de costas. A cápsula enterrada no meio da testa. Nenhuma gota de sangue.

O vermelho da cápsula me permitiu identificá-la como Cataléptica. Provoca um estado semelhante à morte durante duas horas. Quando o atingido acorda, já está encerrado no Isolamento. E aí, bau-bau, Nicolau! Nunca mais. Tem quem afirme que a Cataléptica torna a pessoa idiota.

O Civiltar abaixou-se, apanhou a carteira, devolveu a um senhor, ao lado. O homem recolheu-a tranquilamente, retirou uma nota, entregou ao policial. Os Acertos de Taxas de Segurança são feitos no ato. Acabou-se a burocracia, papéis, recibos, guichês, filas, esperas.

O Civiltar acionou o walkie-talkie, pedindo carro transportador. Puxou o atingido para um canto da calçada e gritou: "Podem se levantar". Mas a gente sempre dá um tempo. Quando ocorre um incidente assim, seguem-se uns quatro ou cinco, os marginais aproveitam a confusão.

Se bem que não é fácil. Para cada homem em circulação, existe praticamente um Civiltar ao seu lado. Eles andam girando a cabeça para todos os lados e se assemelham a robôs. O treinamento intensivo desperta neles, compulsivo, o faro, o instinto. Não sei como, enxergam tudo. Verdade.

Parece que são treinados pelos mesmos métodos com que se ensinavam os antigos cães pastores na polícia militar. Ficam condicionados e são uma beleza na eficiência. Por menos que se goste deles, é preciso reconhecer: evitam catástrofes nesta cidade. Pior sem eles.

Chegamos a esse ponto. Aceitar os Civiltares como necessários, suportá-los e chamá-los de vez em quando. Para mim, ter de fazer isso um dia vai ser pior que tomar óleo de rícino. O quê? Óleo de rícino? Ainda existe? Cada coisa de que me lembro de repente. É engraçado.

A refrescante Casa dos Vidros de Água. Chego à sua porta, todos os dias, às dez e quarenta. Tenho meia hora para passear por dentro dela, sentindo a tranquilidade que existe ali. Há dois anos não consigo começar o meu dia sem entrar e visitar a Casa. Cada dia uma seção, vagarosamente.

Olhei a mão. A mancha estava de um vermelho vivo e juro que me pareceu perceber um aumento na depressão. Bem funda. Aperto, não dói. Coça ainda, mas é uma coceira agradável, dessas que dão prazer, me arrepia todo. Loucura, na minha idade, ficar me arrepiando assim com coceiras.

Saio da Casa dos Vidros de Água sempre abalado com o irreparável. Não em relação à minha vida. Ao mundo que me cerca, ao ponto a que as coisas chegaram. Puxa! Não é resignação que me toma quando deixo a última sala e atravesso o corredor, artificialmente esverdeado.

Como se luz opaca atravessasse floresta espessa, rompendo com dificuldade a galharia, arbustos, ramos, folhas, cipós. Este corredor final me acalma, me reconcilia. Talvez o mal esteja aí. Nessa reconciliação. Há uma interrupção brusca quando passo do corredor para a saída.

Todo dia passeio pelo deserto, broto no vazio de salas e corredores. A sensação de que tudo é meu é reconfortante. Egoísmo. Mas para mim é como se as pessoas conspurcassem este recinto, quase igreja, catedral de nossos tempos, com seus santos, divindades, imagens.

Certamente, do ponto de vista prático, a Casa é inútil e o que ela exibe também. Coisas perdidas no tempo, irrecuperáveis. Tudo funciona em torno da utilidade, conveniência ou não. Esta Casa talvez tenha sido a última obra considerada sem valor prático para a civilização.

Não devia estar na Casa. Entro aqui me perguntando o porquê de tudo. Sem ter o que responder. Mesmo assim, entro. Me forço a isso, acho necessário. Se perder essa lucidez que começo a adquirir, estarei morto. Como os calendários inalterados que dormem no quartinho de minha casa.

Encontrar uma saída. Se as pessoas quisessem, haveria possibilidades. Não há querer, ninguém vê nada. Todos tranquilos, aceitam o inevitável. Os jornais não dizem palavra. Calaram-se aos poucos. Mesmo que falassem, não têm força nenhuma. A televisão está vigiada.

Ainda que não estivesse, a ela nada interessa. Os noticiários são inócuos. Novelas, inaugurações, planos do governo, promessas de ministros. Como acreditar nesses ministros, a maioria centenários? Quase perpétuos, remanescentes da fabulosa Época da Grande Locupletação.

O povo ainda fala desses tempos insondáveis. Eles sobrevivem na tradição oral. Os livros de história omitem. Quem se der a um grande trabalho, encontrará nos arquivos de jornais alguns elementos. Distorcidos, é claro. Foi um período de intolerância, amordaçamento, silêncio.

Quando eu dava aulas, os estudantes perguntavam sobre tais tempos. Eram alunos que as escolas reputavam incômodos e terminavam afastados dos cursos. A direção ouvia as gravações das aulas e me chamava. Para que eu informasse quem tinha me interrogado. Denunciasse.

No início, recusava. Havia justificativas. Naquelas classes de quinhentos alunos e grandes telões, eu alegava, era impossível saber quem tinha feito a Pergunta Intragável, como dizia a direção. Que tamanho terão as classes hoje? Mil alunos? Bem que gostaria de saber.

Depois, a situação foi ficando mais difícil, era sempre em minhas aulas que as perguntas intragáveis surgiam. A direção queria saber por quê. Que tipo de coisas eu andava dizendo fora das classes. Mandaram me seguir, plantonaram minha casa, grampearam meu telefone.

Solucionaram obrigando a pessoa interessada em fazer perguntas a se identificar antes. Muitos se calaram, outros preferiram enfrentar punições. "Essa época de locupletação não existiu. Foi calúnia", garantia a direção. "Fala-se muito, mas onde estão os documentos? Invenções, mitos.

Isso, mitos populares. O senhor conhece os mitos populares? O saci existe? O caipora, a mula sem cabeça, o lobisomem? Que esperança. São fantasias criadas que se perpetuam para colocar medo nas pessoas. Está vendo como a tradição oral é coisa perigosa, traiçoeira?"

Por que os estudantes não recorriam aos jornais, às bibliotecas públicas, aos arquivos microfilmados? Tudo em mãos do governo. Era (ainda é) necessário percorrer um longo caminho burocrático, buscando papéis, carimbos, selos. A tarefa se tornava completamente impossível.

Impossível é o termo. Tive alunos que gastaram anos e, quando obtiveram o último *nihil obstat*, os arquivos se mudaram. Antigos funcionários foram removidos e os novos, avisados, não reconheceram as autorizações. Os alunos tentavam outra vez, a tática do governo era clara.

Quando passo pelos bairros da Circunstancial Número 14, vejo os prédios imensos onde está guardada a memória nacional. Ninguém sabe que fatos estão depositados ali. Para não dizer das pastas carimbadas: A SEREM ABERTAS DENTRO DE DOIS SÉCULOS. São documentos da Locupletação.

– Tio.
– Dois séculos, imagine...
– O quê?

Meu sobrinho, instintivamente, antes de me estender a mão, ia erguendo a palma em continência. Não aceitei, interrompi, puxei-o para mim e dei um grande abraço. Ele se conservou rígido, ainda que o rosto fosse sorridente e cordial. Também sempre foi como um filho para nós.

– O que faz por aqui, tio?
– Visitava a Casa dos Vidros.
– Saudosismo?
_ Ééé, quem sabe?
– Fui promovido, tio. Sou o primeiro do Novo Exército a atingir o posto de capitão aos vinte e três anos.

Fiz uma continência irônica. Ele respondeu, a sério. Sempre foi circunspecto, compenetrado, com noções de dever e obrigações. Desde criança. Estava sempre em casa, Adelaide dizia: "Você deve entrar para o Exército". Foi quando entendi como ela estava dentro da realidade.

Muito mais do que eu podia pensar. Adelaide sempre foi surpresa constante. Observando nosso relacionamento, vejo que entendi bem pouco a mulher que tive. Quando menos se esperava, ela fazia uma observação justa, adequada. Será tarde demais? Diz o povo que nunca é.

Sim, porque em outros tempos, no século XVII, ou XVIII, teria dito ao sobrinho: "Vá ser padre". Naquele dia, quinze anos atrás, Adelaide começou uma surda e persistente campanha para que o menino vestisse farda. Mas não almejava um simples praça, queria que ele fosse Militecno.

Os melhores postos do país se encontravam em mãos de Militecnos. Bancos, ministérios, empresas Multis. E como era difícil romper as barreiras para se formar um Militecno. Além de superar toda a carreira militar, quem suportava as fantásticas anuidades cobradas pelas universidades?

– Passo lá para comemorar. Com o senhor e a tia. Posso?

– Eu é que insisto. Nem vou dizer à sua tia. Vamos fazer surpresa.

– Tem comida?

– O normal.

– Vou tentar algo na Subsistência. Ah, quer fichas para água?

– Sempre é bom, jamais consegui me controlar, gasto mesmo.

– E não é para gastar?

– Mas tem o racionamento, para dividir melhor.

– Racionamento, tio? Pensa que é para todo mundo?

No fundo, não gosto dele. Uso suas facilidades. Penso que tenho direito a elas, contribuo para que o Novo Exército exista com todos os seus privilégios. Devo explorá-lo. Afinal, ele deve a mim e a Adelaide o posto, e a carreira. Quanta roupa ela não lavou? E as comidas?

Eu acordava todos os dias quinze para as seis, fazia café, arrancava o preguiçoso da cama. Foram dois anos na Escola Superior de Integração. Os piores, até ele passar por todas as provas, principalmente as de fidelidade, neutralidade ideológica e percepção sensorial.

– Sabe o que vou fazer, tio?

– Não tenho ideia.

– Vou visitar essa tal Casa dos Vidros.

– Boa coisa.

– Quero ver como estão aproveitando esse prédio enorme.

Desta vez correspondeu ao abraço, soltando o corpo. Como posso gostar desse sobrinho quando sei ao que ele pertence? Se tenho plena consciência do que será o país na mão dele dentro de alguns anos? Se houver alguns anos. Tenho as cartas dele, conheço suas ideias.

Nenhuma vontade de trabalhar. A coceira volta, fico impressionado. O centro de minha mão está afundando. Só pode ser delírio provocado pelo calor. Agarro o braço de um homem, ele se assusta. Sei o risco que corro, toda reação é admitida quando se trata da própria segurança.

– Calma, meu senhor, calma. Olhe, me desculpe, mas preciso saber. Olhe a minha mão. Tem um afundamento aí?

Ele procurou se livrar. Viu a mão e talvez tenha se apavorado mais. Ninguém garante que isso não seja contagioso. Só não saiu correndo porque é impossível correr nestas calçadas atravancadas. Para mim, a realidade é este afundamento, sem dor, coceira. Inexplicável como tudo hoje em dia.

Ir ao médico é bobagem, melhor esperar. Estou desmentindo Adelaide, ela me julgava hipocondríaco. Não acreditava em minhas dores de cabeça, nos mal-estares do estômago. Ergui os olhos. Uma sensação inquietante de alto a baixo. O homem careca me olhava penetrante, ameaçador.

*Nas suas divagações, Souza
vê que tem sorte,
pois ainda possui memória.
Ao contrário dos
Militecnos, que já
perderam as faculdades humanas*

Um olhar surpreendente. Esquivo e ao mesmo tempo atravessador. O que me impressionou foi a cor da pele. Dava até mal-estar. Vermelha. De pessoa branca que ficou muito exposta ao sol. Nem um só fio de cabelo. A pele da cabeça transformada em placas ressequidas, como solo de caatinga.

Mais forte, no entanto, foi a sensação de familiaridade. Certeza de já ter visto esse homem. Aquelas mãos sem unhas não eram desconhecidas. Bem que Adelaide diz, ando precisando de um remédio. Antigamente, ela compraria peixe, me daria todos os tipos.

Teve época, antes de me aposentarem compulsoriamente, que passei a me esquecer. De tudo, propositalmente. Atrasava aluguel, não pagava luz, roubava nos supermercados, tomava café nos bares e ia embora. Não voltava para casa à noite, ficava sentado no banco do jardim.

Adelaide me curou com dieta à base de peixe. Frito, ensopado, à escabeche, à milanesa. Não me fartei porque gostava muito. Coisa tão boa. Há quanto não comemos peixe? Nem factício. Adianta lembrar? Enfrento o olhar fixo do careca. Pessoas se afastam dele, enojadas.

Se não for trabalhar, terei de ficar pela cidade. Quente demais, os abrigos refrigerados estão lotados, não vou me amontoar por aí o dia inteiro. Ainda bem que não vim de paletó. Termino optando pela repartição, estou mais do que atrasado. O que não me perturba.

Declarei no guichê nome e número, matrícula, CIC, IR, ISS, repartição. A luz amarela acendeu. Atraso de meia hora, então. Não sei que punições posso sofrer, nunca abri o Manual. Não li, pouco me importa. Todos sabem, por ele não temos direitos, somente deveres e obrigações.

— E este atraso, senhor Souza?

— Mal dava para andar. Muita segurança na rua. Toda hora a gente estava rastejando.

— Quando é que as pessoas vão aprender a sair mais cedo?

— Pois é.

— Que tal um desconto em folha? O sábado e o domingo perdidos? Um dia de férias?

— Não posso fazer nada, doutor Álvaro.

— Pois é, mas eu posso. Não há neste país mais sentido de responsabilidade, noções de dever cumprido, respeito com a coisa pública.

Ele fica falando, vou para minha mesa. Como colegial repreendido. Irritado, porque nesses anos nem faltei, nem me atrasei. Ora, me preocupar? Só fico inquieto com o afundamento na mão. Agora todo vermelho, parece que cedeu mais. Meu Deus! Será que peguei câncer galopante?

Todo o trabalho sobre a mesa. Fitas longuíssimas de papel amarelo. Fileiras de números, meu trabalho é conferir. Papéis que vieram dos computadores. Somos obrigados a revisar. Faz doze anos que ninguém, mas ninguém, nem um só de nós, descobriu um erro, imperfeição, deslize, falha.

Para contentamento do doutor Álvaro. Ele pensa que somos perfeitos, quando o computador é que é. Até hoje não achei a utilidade desta seção. Ninguém descobriu. Meus colegas fazem a revisão conscientemente. Eu não. Assino o que cai na minha frente. Para que ficar questionando?

Ao menos, calculo que meus companheiros trabalhem conscientemente. Ficam nervosos diante das pranchas de números. Investigam as colunas, cada um criou seu método, inventou um sistema. Usam réguas, calculadoras. Verificam cifra por cifra. Corrigem os números apagados, mal impressos.

Alguns recorrem a minipotencialidades. Observo o tempo que demoram com cada folha. A média é de cinco folhas por dia, não mais. Procuro estabelecer tempo igual. Apenas vou olhando, e pensando. Gasto um tempo enorme sem fazer nada. Sinto, forte, a sensação do desperdício.

Isso me deixa inquieto. Esse tempo não usado, morto. Um homem não pode passar a vida olhando para folhas cheias de números. Então devo me empenhar nessas verificações? Aproveito parte de meu tempo contemplando o que se passa na vizinhança. A janela fica ao meu lado.

É provável que também me observem do lado de lá. Alguém que, entediado, me olha, cogitando: vejo aquele homem há tanto tempo atrás de sua janela, que vou sentir sua falta se um dia ele sair dali. Acostumei com ele. Sei de seu trabalho, conheço seus hábitos. A hora que chega, a hora que sai.

Antes de sentar-se, ele tira o paletó e estende cuidadosamente na guarda da cadeira. Acende o cigarro, o primeiro dos dois que fuma durante o dia. Faz um gesto, se espreguiçando, coça o peito e se acomoda. Mas não olha imediatamente para sua mesa. Vira-se primeiro para fora.

Percebo o seu olhar vagando pelo fundo dos prédios. O centro é velho, os pátios internos são sujos, cinzas, repletos de lixo. Telheiros cheios de papéis, plásticos, bujões de gás, vidros enegrecidos, caixotes, chaminés de lanchonete soltando fumaça engordurada, engradados, garrafas.

Aquele homem passa boa parte do tempo numa panorâmica, demorando-se em cada coisa. As mesmas coisas há tanto tempo, o que pode mudar por aqui? Um dia, ele viu o homem sair correndo por uma porta com as mãos na garganta, ar de desespero. O homem chegou ao pé de um muro. Assustado.

Esse muro dava para um pátio de lajotas enegrecidas. O homem quis pular e caiu. Ficou estrebuchando, como que num ataque epilético. Depois se acalmou. Não apareceu ninguém. À noite, o corpo ainda estava lá; e na manhã seguinte. Aqui de cima, olhávamos, interrogadores.

O dia se passou, o corpo continuou. Preocupei-me com a decomposição, o mau cheiro. Parece que o homem do lado de lá se preocupava também, pois olhava inquieto, e repetidamente, pela janela. No fim da tarde, ele desapareceu e imaginei que pudesse ter ido investigar lá embaixo.

Desci, acreditando que poderia encontrá-lo. Apesar de não saber como é o seu rosto. Por trás da janela vejo apenas um vulto indistinto, nada concretamente delineado. Na rua, fiquei meio perdido, era difícil saber de que prédio o homem tinha saído, com os seus ataques ou seja lá o que for.

Havia dentistas, escritórios, lanchonetes. Teria sido de uma lanchonete? Pode ser. Mas eu não possuía permissão para aquela. Frequento outra. Não me deixariam entrar, nem que eu pedisse: "Quero ir ao banheiro, estou apertado". Nem que suplicasse, chorasse. Ou me borrasse todo.

"Se está apertado, vá ao Posto Apropriado", diriam. "Nada podemos fazer aqui, estamos limitados aos fregueses, a um determinado número de pessoas por dia." Os Postos Apropriados correspondem aos antigos mictórios públicos, recondicionados. Cheios de sofisticada maquinaria própria.

Os Postos estão espalhados, com maior concentração no Centro Esquecido de São Paulo. Funcionam como clube inglês, privado, exclusivo. Sanitários limpos, sabão, ar seco para enxugar o rosto e as mãos, ventinhos frescos, banquinhos para repousar, máquina de fazer vinco em calça.

Os Postos dão o conforto, você fornece a urina. Para frequentá-los é necessário um exame médico rigoroso, análise detalhada dos rins e da bexiga. Comprovada sua boa saúde, o cidadão privilegiado recebe a Ficha de Utilização para o Posto Apropriado, FUPA. Eh, que palavra feia!

A sua urina é comercializada. Com a falta de água, aparelhos recolhem os mijos saudáveis numa caixa central, onde se procede à reciclagem. Há mistura, tratamento químico intenso, filtragem, purificação, refinamento, transformação. A urina retorna branca, pura, sem cheiro, esterilizada.

Dizem que dá para beber. Eu é que não vou experimentar. Nem o mijo meu, quanto mais o dos outros. Mas os Postos Apropriados têm uma capacidade limitada de recolhimento. Daí também a seleção apurada e o bom ambiente que se encontra nesses banheiros especiais, de luxo, para pessoas de fino trato.

Quem não é autorizado a frequentar os Apropriados, ou não quer pegar filas, deságua de qualquer jeito, onde puder. Por isso determinadas ruas fedem. E as escadarias, então? Em último caso, se não tiver mesmo solução, arrisque-se na fila menor dos Tapa Visão do Sexo, os TVS.

São pequenos muros em que a pessoa fica com meio corpo para fora, de cara para a rua. Todos te olham enquanto você se alivia. Por que o homem fica sem graça quando urina coletivamente?

Os TVS são indecentes porque recolhem a urina de graça e a distribuem a privilegiados.

Disse que jamais vou aceitar essa urina reciclada como água. Quem me garante que já não a estou usando em casa, na rua, nas lanchonetes? Se existe alguma coisa neste país na qual ninguém ponha fé, algo que não vale absolutamente nada, trata-se da palavra do Esquema.

Meu sobrinho, o Militecno, foi quem me contou. Todos pensam que o excedente de líquido reciclado é conduzido para as reservas das Zonas Populopostais, onde se concentram os maiores índices de população. Não, não confundam. Nada têm a ver com os Acampamentos Paupérrimos.

Estes se encontram um pouco mais à frente, além dos Círculos Oficiais Permitidos. O povo dos Acampamentos foi impedido de entrar, no dia em que um prefeito decidiu: "São Paulo precisa parar". Então parte dessa água-mijada seria utilizada para a população dessas Zonas.

O resto é reserva. O ministro das Águas declarou que nossas reservas dão para seis meses, numa emergência. No entanto meu sobrinho afirmou que estamos vendendo água ao Chile por um décimo do preço que pagamos. Para nós, o preço do barril aumenta constantemente, e sem razão.

Querem que economizemos para evitar racionamento obrigatório. Todavia as fichas representam o quê, senão o racionamento? Não há como entender. Jogam a gente na chuva e ficam bravos: "Vocês vão se molhar, saiam". A gente quer sair, mas trancam a porta, continuamos na chuva.

A verdade é que as reservas recebem um mínimo de excedentes. Os Bairros Privilegiados abiscoitam tudo o que podem. Ninguém viu, no entanto dizem que existem até piscinas cobertas. Desse modo, se a emergência chegar, vai dar crepe, porque os tanques devem estar todos vazios.

Essa emergência é esperada há algum tempo. Algum? Eu nem tinha começado neste escritório e já lia sobre os constantes sinais vermelhos que a natureza vem emitindo. É o alerta, declaravam os cientistas. Os poucos cientistas que tinham sobrevivido e tentavam criar defesas.

Cientistas. Categoria mínima, marginalizada. Numa fase quase pré-histórica, o povo era alheio aos seus avisos. Mais tarde, o Esquema percebeu a situação, manipulou jornais e televisão e fomentou a ironia. Foi quando se difundiu amplamente a expressão galhofeira "paranoia científica".

Qualquer ato era "paranoia científica". Um cientista esclarecido, consciente, naquela época, equivalia a ser judeu nos dias de nazismo. Pessoa perseguida, maldita, que se camuflava. No entanto, a gente continuava a estudar, falar, denunciar. A provocar a opinião pública.

A maioria dos cientistas foi cassada. Outros se retiraram, aceitando convites estrangeiros. Houve quem se aposentou, mudou de atividade. Muitos institutos foram fechados, enquanto uma nova ordem crescia e dominava: a dos Militecnos ou Tecnocratas Avançados da Nova Geração.

Hoje, a palavra Militecno é corriqueira, incorporou-se ao linguajar. Mas então não sabíamos bem o que significava. Líamos na imprensa, ouvíamos no rádio e não ligávamos. Se tivéssemos previsto o perigo! Como podíamos sequer imaginar que aqueles homens não tinham o cérebro normal?

Ficou demonstrado pelos cientistas. Foi mais uma das razões que os tornaram marginalizados. Provou-se que os Militecnos sofreram metamorfose em seu organismo. O cérebro ficou afetado. Perdeu parte da memória. As emoções foram eliminadas. Tornaram-se serenamente calculistas.

Daí o caráter bastante prático desta nova civilização. Se podemos chamar a isto de civilização. De tanto mexer com números, cálculos, máquinas, métodos, os Militecnos perderam certas faculdades. Partes do corpo quando não usadas são passíveis de atrofiamento. Deu no que deu. Instinto de conservação, fraternidade, capacidade de distinguir beleza, boa qualidade, isso morreu. Tudo foi revelado num relatório apresentado nos Estados Unidos. Cientistas norte-americanos, especializados no estudo de nosso país, chegaram a curiosíssimas conclusões.

As obras desses norte-americanos estão banidas. Encontram-se em algumas bibliotecas particulares. Chegaram antes dos Interditos Postais. Hoje, abrem todos os pacotes nos correios, revistam nos aeroportos, confiscam. Computadores fornecem rapidamente as listas de proibidos.

Esses cientistas especializados na mente do homem brasileiro surgiram depois do *boom* de brasilianistas. Toda a história brasileira foi revista e reescrita por esses amáveis professores norte-americanos. Em seguida apareceram os biólogos, os anatomistas, os pesquisadores da mente.

Nós, os brasileiros, não tínhamos acesso aos arquivos, mas eles sim. Trabalhavam livremente, recebiam bolsas, ajuda, microfilmagens, cópias de todo o material de que o pesquisador necessita em seu trabalho. Não adiantava denunciar, o Esquema ignorava. Mais que isso, nos punia.

Sou lúcido para saber que o controle total, rígido, dos meios de comunicação, aliado à Intensa Propaganda Oficial, IPO, amorteceu as mentes. De tal modo que esta emergência em que vivemos passou a ser considerada normal. A nossa memória é admirável, porque esse passado é recente.

E nos esquecemos. Tudo se precipitou. Rápido demais. Os Que Se Locupletaram estão hoje em seus territórios isolados, vivendo ricamente. Não conseguem se reproduzir, se perpetuar. Mas não tem importância para eles. São os chamados (ironicamente?) Homens dos Tempos Presentes.

No decorrer dos anos, temos nos adaptado a tudo. Acaso as gerações dos anos sessenta e setenta não se conformaram, aceitaram e até buscaram o estado de sítio permanente? Quando penso nessas coisas, não me excluo. Eu também sou o povo. E talvez tenha maior responsabilidade.

Afinal, sou professor de História. Cheguei a rir das críticas que os cientistas fizeram. Estão loucos, imaginava. Tais coisas nunca vão acontecer. Ou então a humanidade pode desaparecer. Agora, vejo. Talvez a humanidade não desapareça, mas nosso povo está nos limites.

Medo. Vivo com medo. Minha mulher repete sempre isso. Mas Adelaide é outro gênero, só quer saber de sua igreja. Acredita na vida eterna. Pensa na salvação. Sofrimento agora, paraíso depois. O que acontece aqui é simples preparação para encarar o Senhor que está lá em cima.

Assim ela enfrenta a vida, conformada. Aceitando, recebendo. Quando quer, sabe ver as coisas. Tanto que conduziu o sobrinho para o Novo Exército. Sou um professor de História que tem um afundamento na mão. Encaro isso com naturalidade. Deve ser um efeito, não uma causa.

Quantas coisas não têm aparecido? O careca de hoje? Quem tem ideia de onde veio? As pessoas que andam perdendo unhas? Os que sofrem de ossos amolecidos? Os que ficaram cegos? Ou sem dentes? Se a investigação científica existisse, saberíamos os porquês. Quem quer saber?

Todos querem apenas sobreviver. Se analisarmos a história, vamos concluir que o nível de vida do povo baixou a zero. Não de todos. Os Que Se Locupletaram estão lá. Aqueles que os serviram se arranjaram. E todo mundo só quis servir. Foram décadas que derrotaram a civilização.

Tempos em que o povo passou a comer menos. A comer pior. Cada vez com menos qualidade. Não chegamos a comer raízes porque elas não existem mais. Esgotamos praticamente tudo. Dependemos das indústrias químicas governamentais ou do que é importado das fechadas reservas multi-internacionais.

As casas sumiram, edifícios dominaram tudo, os espaços ficaram caríssimos devido à intensa especulação imobiliária. Tudo produto da Grande Locupletação, quando o país foi dividido, retalhado, entregue, vendido, explorado. Tenho medo de pensar nisso. Medo de falar com alguém a respeito.

Eu me perco. Sempre que começo a pensar, vou longe. Talvez minha imaginação seja poderosa. Devia ter aproveitado para coisa melhor que este emprego rotineiro, metódico. Ou até decole nesses voos de fantasia em função deste trabalho desarticulante, regressivo. Ou esse ou nenhum.

Naquele dia em que desci à procura da entrada para o pátio, não encontrei nenhum dos dois. Nem o pátio, nem o homem que ficava por trás da janela. Voltei à minha mesa e continuei observando. O corpo estava lá. Ficou até apodrecer dias depois, mas nenhum cheiro subiu. Anormal? E daí?

Certa manhã, o esqueleto desapareceu. No seu lugar surgiram pacotes metálicos, brilhantes. Estão lá até hoje, enferrujados, apesar do tempo seco e firme que faz há anos. Para mim, a ferrugem era provocada pela umidade. Deve existir outra causa. Discussões, reflexões inúteis.

Olho pela janela, há um homem que me observa. Penso que está olhando para mim. Ele interrompe o trabalho e se encosta no vidro. Me olha e deve pensar: "Vejo aquele homem há tanto tempo, que vou sentir sua falta se um dia ele sair dali. Acostumei com ele". Meu Deus, deliro. Bela novidade!

SIGA O VISUAL EM DIREÇÃO AO CENTRO ESQUECIDO DE SÃO PAULO

Na década de oitenta, uma comissão do patrimônio histórico evitou a derrubada dos velhos prédios do centro de São Paulo. Tinham sido comprados, ou estavam em via de, por grandes Conglomerados Construtores que pretendiam levantar arranha-céus. A comissão conseguiu preservar a região exatamente como ela foi entre as décadas de quarenta e setenta. Conjunto de ruas, praças e prédios em decadência, último produto da centralização excessiva, que se esboroou a seguir, quando se implantou a Divisão em Bairros a Partir de Classes, Categorias Sociais, Profissões e Hierarquias no Esquema. A região recebeu o nome de Centro Esquecido de São Paulo e foi, por algum tempo, zona turística. Dos raros locais onde se pode circular sem fichas especiais. Ali vale a ficha de qualquer bairro. O problema é passar pelas várias Bocas de Distrito até se atingir o Centro. O comércio é subdesenvolvido, artesanal, um amontoado de miuçalhas e pechisbeques, imitação de mercados orientais, ao estilo de Jerusalém. Marginais, camelôs, especialistas em mercado negro, falsificadores de fichas, receptadores se concentram ali. Não são perseguidos pelos Civiltares, porque esses marginais, camelôs, falsificadores e receptadores são Civiltares disfarçados. Realizam o negócio ilícito e, em seguida, prendem o contraventor. Às vezes, são presos, porque os contraventores não passam de Agentes Naturalmente Desconfiados. Disfarçados.

*Algumas orientações
a respeito da
Organização que o Esquema
estabeleceu na cidade,
colocando ordem
e progresso nas ruas*

De qualquer modo, estava contente. A sensação tinha começado no fim da manhã. Não quis almoçar, dei a ficha para o colega manco. O homem vive esfomeado, já foi apanhado roubando fichas. Não o denunciaram por compaixão. A mulher dele enlouqueceu durante a praga dos grilos.

Ela está internada, mas as visitas são proibidas. O manco ronda o hospital, tenta entrar, pular o muro. Quase morreu eletrocutado nas cercas. Nada pior que ter sido apanhado nos tempos da praga. Afirmar que se ouviam grilos bastava para ser condenado. Milhares ganharam o Isolamento.

O manco também ficou ofendido. A fome crônica que ele sofre não pode ser normal. A gente come pouco num calor desses. Vamos à lanchonete, uma saladinha de brotos artificiais com salsicha sintética, e pronto. Mal tocamos na comida. O almoço é apenas fuga do trabalho.

A Rádio Geral, na hora do almoço, tocou apenas valsas. O tempo todo. Discos antigos com os Meninos Cantores de Viena. Os meninos devem ter morrido. Ou estão muito velhos, ainda a cantar valsas com vozes trêmulas. Na minha formatura teve valsa, éramos mais de cem pares a dançar, rodopiando.

Adelaide dançava bem, era campeã. No clube, nas domingueiras, ela ainda adolescente não perdia uma só música. Os rapazes adoravam dançar com ela. Alegre, magra, leve, ágil, entusiasmada e cheia de ritmo. Não entendo como abandonou essas coisas para se transformar num rato de igreja.

Ela tem certeza que Deus vai pôr a mão no mundo. Resolver a situação. Outras vezes, fica desesperançada. Tem medo de um novo dilúvio. Já imagino que um dilúvio seria bem-vindo. Encheria tudo de água fria. Vivo ansioso para mergulhar numa poça que seja, boiar por uma semana.

O calor é pior no fim do expediente. O sol está escondido, mas o cimento estala, as pedras racham e devolvem o mormaço. Na calçada, espero o momento até achar uma brecha na fila da direita, direção dos pontos de ônibus. Caminha-se muito devagar, por causa da apatia e da quentura.

– Loteria, moço?
– Barbatana?
– Fotografia para documento?
– Lápis?
– Medalha?

A fila para, vez ou outra. As pessoas se inquietam. Deve ser alguém discutindo na Boca de Distrito. Cada hora surge um problema. Com gente que perde a ficha de circulação. Que tem prazos vencidos. Que não passou na prova de identidade, que foi apanhada com fichas emprestadas.

– Bolsa para fichas?
– Graxa?
– Meias permeáveis?
– Bloco de papel? Bom contrabando.
– Discos?

A mão no bolso, comprimo minha ficha. Está gasta nas bordas, é de alumínio vagabundo e sofre muito manuseio. Se estou nervoso, passo o tempo a esfregá-la, como se fosse amuleto. Sem as fichas, não se entra no Centro Esquecido da cidade. A circulação é excessivamente controlada.

– Gilete?
– Cigarro?
– Cinzeiro portátil?

– Cotonetes? São raridade.

Na rua, as bicicletas se amontoam. O antigo barulho dos motores foi substituído pelo ruído seco das correntes girando nas rodas dentadas. Milhares de correntes. As buzinas deram lugar a campainhas, assobios, apitos agudos. Xinga-se muito, como nos melhores tempos dos automóveis.

A ausência de veículos não diminuiu a aglomeração, o congestionamento, as confusões. Os ciclistas invadem as faixas de ônibus, sobem nas calçadas, atropelam, muitos se equilibram no meio-fio. Quem fica no meio da multidão sofre. Empurrões, apertos, batidas, pontapés, insultos e bolinações.

Sensação de corrida no jóquei, com os cavalos se atropelando, jogando-se uns contra os outros, os montadores se batendo com chicotes. Ou as corridas de bigas romanas. Ben-Hur. Olhando do alto dos prédios, pode-se ver o rio contínuo de cabeças e pneus, como se fosse água suja.

Tudo funciona no pedal. Os mais bem colocados possuem chofer. Uma ou duas pessoas puxam um pequeno trole, muito leve, onde o Privilegiado vai instalado. Coisa rara de se ver no centro. Os Privilegiados não se arriscam. O povo corre para cima deles, bate, xinga, arranca dos veículos.

Tem gente demais nesta cidade. Um dia, os Departamentos Circulantes verificaram que ninguém podia se mexer. Estavam todos aglomerados, apertados, comprimidos. Praticamente imóveis. Os empregos ficaram vazios, a maioria não conseguiu chegar. A solução foi criar as Áreas de Circulação.

Cada um recebe sua ficha e está autorizado a penetrar em área determinada. As Bocas de Distrito controlam o tráfego. Só entra na região quem tiver a ficha correspondente. Desse modo foi possível diminuir o fluxo. Mesmo assim, as filas nas calçadas tiveram de ser organizadas.

Não há outra possibilidade se quisermos chegar a algum lugar. Toma-se a fila e, com paciência, caminha-se. Ao menos, as pessoas aprenderam a ser pacientes. Não adianta rebelar-se, brigar. Aliás, é perigoso. Alterações por filas e lugares podem significar apreensão da ficha.

As áreas determinadas são razoavelmente extensas e possuem o necessário: restaurante, lojas, lanchonetes, farmácias, bancos, divertimentos. A ideia dessa setorização nasceu em fins da década de cinquenta com a fundação de Brasília. A diferença é que hoje está altamente desenvolvida.

Estudando as cidades mais antigas, os esquemas governantes descobriram que o homem circulava sempre dentro de certos limites. Raramente ultrapassava um número estabelecido de ruas e locais. "Portanto a proibição não vai afetar o sentido de liberdade que o homem goza", concluíram.

Cheguei à Boca de Distrito, coloquei minha ficha no orifício, atravessei o corredor de metal. Que alívio. Nenhuma denúncia. Não vou passar pela prova de identidade. Se ouvisse dois cliques, teria de mostrar a carteira de identidade e comparar meu número com o número da ficha.

As Bocas de Distrito ficam em plena calçada. São pequenos corredores azuis de meio metro de extensão, eletronizados. A ficha é devolvida à saída. Os que entram na área tomam a calçada da direita; os que saem, a da esquerda. As fichas informam os horários permitidos de frequência.

Tem gente que faz o turno da noite. Suas fichas admitem entrada a partir das dezessete e quinze. As Bocas de Distrito, de entrada e saída, são sincronizadas. Para cada um que sai, permite-se a entrada de um. O número de pessoas nas áreas é controlado rigorosamente. Ou, então, seria o caos.

– Sônico Antirratos?

Então me bateu, o nosso está quebrado há quinze dias. Adelaide não me lembrava, ao sair de manhã. Precisa de conserto. Será melhor comprar um novo? A duração desses troços é tão curta. E eles, tão importantes. Viver sem o Sônico é loucura. Ameaça. Para mim e para os outros.

– Quanto?

– Quinhentos.

Corro perigo sem o Sônico. Posso chegar em casa, uma hora, e vê-la tomada pelos ratos. Tem coisas boas na tecnologia, e o Sônico é uma delas. O aparelho emite um som de alta frequência, que é a reprodução exata de um guincho que o rato produz após a cópula. A rata entende.

Esse guincho significa: "Deixe-me só". Satisfeito com o impulso sexual, o rato quer um tempo para recuperação. E lança esse grito de Greta Garbo. Os cientistas conseguiram reproduzir com fidelidade o som e evitam assim a proliferação dos animais. O som contínuo afasta as fêmeas dos machos.

– O dobro do que custa em loja?

– Uai, vai à loja.

Espertos os camelôs. Sabem que odiamos as lojas. Somos obrigados, por decreto, a frequentá-las em nosso Dia de Consumação. Fora desse dia vivemos o Regime da Poupança para Evitar Recessão. Não podemos comprar nada, a não ser pagando taxas altíssimas por consumo excedente.

Antes que eu me decida, chega o fiscal. Encanto dos tempos que vivemos. O fiscal pode ser o homem à sua frente, ao lado. Em qualquer parte. Frequentam as filas e os locais de aglomeração. Irreconhecíveis. Camaleões, parecem-se com qualquer um. Identificados, mudam. São os fiscais.

Que medo deles. Podem verificar se estamos circulando na área correta. Olhar em nossos olhos e nos declarar doentes. Perceber uma simples tremedeira e nos enviar ao Isolamento. Fazem os camelôs desaparecerem com um gesto sutil de dedos, um acenar de mãos. Parecem mágicos, todo-poderosos.

É uma estrutura complexa. Porque existe também fiscal para o fiscal. E isso desencadeia uma guerra entre eles. Para nós, a população, os sem poder algum, sobram as rebarbas. Não me peçam para explicar a mecânica da estrutura. Não há possibilidade, somente vivendo dentro dela.

Adelaide conta como
os repulsivos carecas estão
invadindo o bairro,
sem nenhum controle.
Depois, faz gargarejo com
groselha e dorme

Os helicópteros passam quase rasteiros, seguem pelo espaço das grandes avenidas. Controlam a multidão. As pás giram com zumbido ameaçador. Quando vejo esses besouros metálicos, me vem uma sensação paradoxal de morte e liberdade. Carregam metralhadoras e bombas de efeito desmoralizante.

Lançam redes sobre ajuntamentos, expelem líquidos coloridos que paralisam, produzem fumaça tóxica. Têm mil e uma utilidades. No entanto me fascinam. Essa capacidade de estar acima, onipotente. Esse voo desconjuntado de ave pré-histórica. Eles têm o poder de escapar, partir.

Os helicópteros são auxiliados, em seu trabalho de controle coletivo, pelos respiradouros de gás. As bocas camufladas podem ser acionadas eletronicamente a bordo desses aparelhos. Basta utilizar os códigos segundo a região que estejam rondando. Os respiradouros são terríveis.

Fiquei sem o Sônico, mas logo apareceu alguém vendendo. Dos cantos de portas, das bocas de lobo, esquinas, tocas, de qualquer lugar, os camelôs ressurgem. Reencontrarão os fiscais, serão perseguidos. Imagino, às vezes, que seja um grande jogo, gato e rato, para afastar a monotonia.

Tudo funciona como um ecossistema. Um moto-contínuo. Ah, o moto-contínuo de meu parente, o Sebastião Bandeira. Pensando bem, teve gente interessante em minha família. Até que tenho a quem puxar, com essa cabeça fantasiosa, um pouco febril demais, me diz Adelaide.

Adelaide me esperava à porta do prédio. Escondida no corredor de entrada, porque não dá para facilitar, com tanta gente desconhecida e estranha. Ainda mais ela que é desconfiada e medrosa. Adelaide se esconde ali, esperando o carteiro. Há anos, aguarda uma carta.

– Chegou?
– Não.

A minha pergunta é automática, como o gesto de acariciar seu ombro esquerdo. Suas respostas também. Há anos, trocamos essas quatro frases na porta e elas me parecem uma das provas de que há coisas imutáveis neste mundo. No dia em que essa carta impossível chegar, será o vazio.

Entramos. Tomei banho, descansei. Como todos os dias. Tentei fazer tudo normalmente, Adelaide pressente mudanças mínimas no meu modo de ser. Pela entonação da voz sabe se estou bem, preocupado ou alegre. Tem bom ouvido. A mesa estava posta, uma panela no fogo. Não quis me sentar.

– Você precisa comer.
– Não tenho fome.
– Se não come por causa do calor, não vai comer nunca.

Ficamos diante da televisão, esperando o início da novela. Quando surgiram os letreiros, mostrei o furo. Ela me olhou, inquieta. Esperando que eu explicasse, que eu dissesse alguma coisa. Não é normal o marido voltar para casa com um furo na mão, como se nada tivesse acontecido.

Adelaide começou a chorar quando me viu quieto, indiferente. E eu parecia disposto a não explicar. Também explicar o quê? Uma coisa que eu mesmo não entendia? Ela não é habituada a aceitar sem que digam o porquê. Tem de ser tudo muito claro. A única exceção é para a religião.

– Dói muito?
– Não dói nada.
– Foi acidente?
– Não! Apareceu de repente!

– Não, Souza. Uma coisa dessas não aparece. Alguma coisa aconteceu. O que foi?

– Nada, estava no ônibus e a mão coçou. Quando coçou de novo, vi que o buraco estava começando. Quando desci na cidade, o furo estava pronto.

– O que você está escondendo?

– Nada. É a pura verdade, juro.

– Você sempre me contou tudo, Souza.

Repisaríamos a história a noite toda. Ela remoeria as mesmas perguntas. Porque não tem sutilezas. Pensei em inventar uma desculpa, arranjar uma história. Nem precisava ser tão verossímil, apenas algo que fosse menos obscuro. Que tivesse uma base sólida, que parecesse palpável.

– Mas não dói nada, nada?

– Não.

– Você foi ao médico?

– Para quê?

– Para examinar isso. Quem sabe o médico tem uma explicação.

– Não quero explicações.

– E fica aí com esse furo?

– Fico. Não me incomoda.

– É, mas a mim incomoda.

– A você?

– É, a mim! Vou ficar andando por aí com um homem que tem um furo na mão? O que vão dizer?

– Ora, Adelaide. Quem nesta cidade é que vai prestar atenção num furo? Você tem visto o que anda de gente estranha nas ruas?

– Falar nisso, hoje vieram dois carecas horrorosos pedir esmola.

– Esmola? Você denunciou?

– Dá muita mão de obra.

– Você sabe como é importante, Adelaide, essa denúncia. É para o bem deles. O Esquema cuida.

– Estou cheia dessa gente toda, Souza. Nem atendo mais campainha.

– Quer dizer que têm vindo sempre? Por que não me contou? Como entram no prédio?

– Alguém deixa a porta aberta. Ou entram, como os ladrões entram nas casas. Eles têm vindo todos os dias, todas as horas.

– O Esquema não vai segurar, Adelaide. Cada dia, gente nova, diferente. Nem sabemos de onde vem. Vi hoje um dos tais carecas. Parecia de outro planeta. Não sei o que vai ser, a cidade não comporta mais. Mal dá para andar.

– Fazer o quê? Olha, com essa historiada toda, você se desviou do assunto. E o furo?

– Já disse. Sei tanto quanto você.

Ela foi ao banheiro, escovou os dentes. Agora, gargareja. O gro-gro-gro do líquido na garganta é desconsolador. Adelaide nunca dormiu sem fazer o gargarejo com o preparado à base de groselha. Pois é, groselha factícia, mas de cheirinho bom e fresco, como aquela de criança.

Adelaide se metia na cama, aroma gostoso na boca. Por instantes, todo o quarto cheirava. Era a compensação pelo gargarejo. Tenho aqui comigo que é por isso que todos esses anos jamais dormimos sem um bom beijo. A groselha me tranquilizava, devolvia Adelaide tal como a conheci.

Estávamos mudados. Velhos, habituados demais um com o outro. Vivendo confortavelmente, sem sobressaltos, algumas emoções perdidas. Penso que foi a malícia de Adelaide que descobriu essa groselha. Como reação. Sabia que a sua imagem estava profundamente ligada ao refresco.

Nos vimos pela primeira vez numa sorveteria, em tarde de calor. Além de haver muita gente, sempre fui estabanado. Entrei, bati em sua mão, o refresco vermelho se espalhou pelo balcão. O cheiro ocupou tudo e nos envolveu. Por dentro dessa nuvem de confusão, vi o sorriso.

Isso mesmo, o sorriso dela flutuava naquele perfume de fruta. Na minha cabeça se fundiram duas imagens, o vermelho do refresco e o branco dos dentes. Aquele instante não se perdeu, é revivido cada noite, nossos rostos encostados aos lençóis, o cheiro de groselha no ar, à nossa volta.

Entrei no banheiro, escovei os dentes. Um colírio para os olhos congestionados. A luz do quarto apagada, Adelaide me esperava à porta. Há trinta e dois anos, na hora de dormir, só entra junto comigo, vou até a cama com a mão em seu ombro. Faz bem aos dois esse gesto. Temos a nossa tradição.

Na porta do quarto, olhei para o baú em cima do guarda-roupa. Olhei para lá nem sei dizer por quê. Foi automático. O baú de vime já escuro. A última vez que foi aberto, Adelaide estava grávida. Ao menos pensávamos que estivesse. A barriga crescia, as regras foram interrompidas, ela enjoava.

"Psicológica", disse o médico, e não acreditamos. Estávamos tão confiantes. Aquele filho não era planejado, mas gostamos, fomos nos acostumando com a ideia. Até que certa madrugada, antes do sol nascer, acordei com o piano e a *Patética*. Nunca tinha visto tanto desespero colocado dentro da música.

Nem mesmo Beethoven teria imaginado uma *Patética* mais dolorida. Juro, me deu vontade de chorar, ainda deitado. Só de ouvir os sons que vinham pelo corredor. Pode ser que eu tivesse intuído o que significava aquela música penosamente arrancada do piano. Uma dor viva, penetrante.

Ela estava à banqueta, sem barriga alguma. Não consegui entender. Algo se rompeu em minha cabeça. De um dia para o outro, no espaço de uma noite, a barriga desapareceu. Não havia realmente gravidez. Durante anos pensei naquilo, me impressionava muito. Meu filho não passou de uma bolha de ar.

Adelaide guardava o enxoval da criança nesse baú. Tinha sido da mãe de minha sogra, veio passando, filha para filha. Nele, Adelaide trouxe o seu enxoval. Na semana seguinte ao casamento, ela abriu, distribuiu tudo pelas gavetas, colocamos o baú vazio em cima do guarda-roupa.

Conservado, envernizado, cheio de naftalina contra ratos e baratas. Foi se enchendo de pacotes. Feitos por ela. Todos do mesmo tamanho, amarrados do mesmo jeito, envoltos em papel--pardo. O mesmo papel que usamos para os calendários. Eu tentava adivinhar o que havia dentro. Não me contava.

Fora desses tempos, era como se o baú não existisse. Não mexíamos nele, não falávamos a respeito. Eu esquecia até que estava lá com pacotes. Vez ou outra ficava curioso, queria saber que tipo de coisas minha mulher estava guardando. Perguntar por que não me dizia nada.

Está na hora de interrogá-la. Por que essa bobagem? E se fosse ciumento? Faria um escândalo. Faria nada! Que segredos Adelaide tem? E por que não ter algum, um pouco de um mundo só dela? Claro! Quando coloquei a mão em seu ombro, Adelaide estremeceu. E retirou a minha mão, sem me olhar.

*Assustada com o
furo na mão de Souza,
Adelaide quer que ele
vá à Previdência solicitar
uma invalidez. Há médicos que,
subornados, ajeitam tudo*

— O que está procurando?
— Ficha para água. Não encontro nenhuma.
— Tem uma. Na xícara azul da cristaleira.
— Qual?
— A que você me deu quando fizemos dois anos de casados.
— Ah, a que tem asa, ou a outra que você deixou cair?

57

– Não sei, numa delas. Sabe quem encontrei hoje? Teu sobrinho. Ele me prometeu umas fichas por fora.

– Nosso sobrinho. Por que você sempre diz assim: Teu sobrinho?

– É filho de tua irmã.

– Acaso você não está mais casado comigo?

– Foi um lapso.

– Com o Dominguinhos você sempre cometeu esses lapsos. Não gosta dele.

– Não gosto por quê?

– Por uma bobagem. Desde que ele perdeu dois livros da tua coleção de romances policiais, você passou a odiá-lo.

– Veja só, veja só. Fiquei com raiva, eram exemplares raríssimos. Senti perder aqueles volumes do *Sinete Cinzento*. Nunca mais encontrei outros. Mas já esqueci. Não sou maníaco. E, se me lembro, ele me desfalcou também de alguns *Mistério Magazine*, de Ellery Queen. Eu tinha a coleção completa, não ficou valendo tostão.

– No fim, a coleção inteira deu em nada. Quando ficou desempregado na universidade, passou tudo nos cobres. Amor a gente não vende. Nunca entendi um professor de História gostar tanto de livro policial. O que tinha a ver?

– Sabe, o teu sobrinho vai passar por aqui, quer comemorar com a gente.

– Comemorar o quê?

– Não contei? Ele foi promovido. Agora é capitão.

– Nessa idade? Eu tinha certeza, sempre foi menino bom, estudioso, dedicado. Ainda vai subir muito mais.

Se ela encontrar a ficha, teremos água para mais dois dias. Economizando, uns três. Não mais. Quer dizer, é provável que não tenhamos água, depois, por uma semana. Até eu receber nova cota. Já falam em outros racionamentos, em redistribuição de cotas. Se houver, e elas diminuírem, aguentaremos?

58

Ouço Adelaide remexendo nas louças da cristaleira. Às vezes, ela se distrai, fica olhando as taças, compoteiras, licoreiras, lembrando o significado de cada uma. Coisinhas de barro trazidas do Nordeste, quando o Nordeste ainda pertencia ao Brasil; ou a viagem dos dez anos de casados.

A televisão ligada na sala. Exibia aulas de sobrevivência. Ninguém assistia, apesar de ter sido obrigatório no início. Agora, são coisas mais do que sabidas. As horas da tarde, por exemplo, em que é aconselhável não sair à rua, por causa do sol, das pedras quentes, ou usar um chapéu leve.

As aulas de receitas ainda são seguidas pelas mulheres. Porque existe uma série de produtos novos que poucos sabem manejar. Como o intragável feijão factício, fabricado em laboratório, que nunca dá consistência. Ou vira sopa, ou enrijece feito borracha, cola, gelatina pegajosa na boca.

A necessidade provocou o sucesso de audiência e as aulas de receitas foram transferidas para a noite, horários nobres. Os melhores atores da televisão, apresentadoras bonitas se desdobram diante de fogões, auxiliadas por nutricionitas, para ensinar o povo a manejar alimentos.

Não se passa semana sem um produto novo. Coisas que tinham desaparecido voltam, uma vez conseguida sua reprodução nos laboratórios de Bem-Estar Social. Como o amendoim, a azeitona, o tomate, a cebolinha, a berinjela. Ou a semente de abóbora que se torrava e salgava. Outro dia, vi cambuquira.

Sopa de cambuquira, preparada com fubá. Nas tardes frias, ou de chuva, agasalhados em casa, todos reunidos, a sopeira vinha fumegante. A cambuquira factícia não tem o cheiro daquela que colhíamos fresca. Sempre ao cair da tarde, no quintal repleto de pés de abóbora rastejantes.

A falta de cheiro nessas comidas vinda das indústrias ministeriais me inquieta. Sabe-se lá de que modo são sintetizadas. Se fazem água da urina, vai-se ver o que estamos a comer. Esses alimentos são assépticos demais. Deixam na garganta um sabor de plástico que demora a sair.

    Meu avô costumava trazer, toda quinta-feira, uma cesta de frutas. Mexericas, abacaxis, bananas, morangos. Dependia da época. Ele conhecia algumas casas de produtos naturais. Eram frutas pequenas, diferentes daquelas esplendorosas que víamos nos supermercados, atraentes, coloridas.

    Minha mãe ria das frutinhas de meu avô. Mas, na verdade, quem ria era o velho, quando me levava ao seu quartinho, um puxado no fundo do quintal. Morava ali não porque o desprezassem por ser velho. Foi exigência dele mesmo, independente e autônomo aos setenta anos. Livre.

    Descasque uma, me dizia. Experimente o gosto. A mexerica deixava na mão um cheiro forte que demorava a sair, mesmo esfregando com muito sabão e bucha. Um aroma oleoso, adocicado. Nossa, é artificial, eu gritava. E ele fingia-se irritado: Artificial é essa do supermercado.

    Eram doces, sumarentas. Havia sabor em cada gomo, em cada uma das "garrafinhas" do gomo. Eu pelava o gomo, separava as "garrafinhas", mordia uma a uma, bem devagar. Aquela gotinha de suco era sentida, forrava a boca. Como um gás que me penetrasse agradavelmente, excitando.

    "Essa gente faz tudo errado", dizia vovô. "Come frutas depois do almoço ou da janta e aí toma café. O perfume da boca desaparece." No entanto não era contra isso que se revoltava. Ele apanhava as frutas gigantes dos supermercados. E abria as poncãs, os morangos, as mangas, os abacaxis e as melancias.

    Poncãs de cascas grossas, miolos diminutos. Absolutamente sem gosto, como se estivéssemos a mastigar papel. Abacaxis cujo suco tinha gosto de água. Morangos vermelhos por fora, brancos por dentro. Colocava-se no leite, batia-se e revelavam uma mistura sem sabor. "Veja o que estão fazendo com as frutas."

    O velho odiava tudo que vinha dos adubos. "Frutas e flores nascem da terra, se alimentam da terra." Não posso dizer que a sua loucura nasceu disso. Meu pai, uma vez, me confessou que provavelmente vovô tenha tomado consciência do que fez, por anos e anos, como lenhador.

Acho um exagero, mas a cabeça das pessoas é muito complexa. O que sei é que meu avô foi internado gritando que as frutas do mundo eram falsas. E um dia, aos oitenta anos, conseguiu fugir, pulando o muro (vejam só) e afirmando que ia ao sertão porque era preciso deter os caminhões.

– Estava vendo televisão?

Fez que sim, silenciosa. Conheço os silêncios de Adelaide. Há um, normal, ela quieta, correndo pela casa, fazendo suas tarefas. O outro pesa, como se formasse uma aura. O mal-estar se espalha. Quando está magoada, ou emburrada, surgem as rugas, vincando o rosto. Ela envelhece.

– Por quê? Você nunca vê de manhã.

– Acordei cedo, estava sem sono.

– Preocupada com o furo?

– Com o furo e outras coisas. Essa noite teve muito barulho no terraço lá em cima. Não percebeu?

– Dormi como pedra.

– Como se houvesse muita gente. Parece que afastavam paus, pregavam, serravam. Será que tem alguma obra?

– Os terraços foram trancados pelos Civiltares, lembra-se? Quem sabe é algum bicho? Gambás.

– Bicho, Souza? Gambás? Onde? Só se for na sua cabeça. Nem no zoológico existe. Só aqueles empalhados da Conservadoria que você adora visitar.

– Quem sabe um milagre?

– Milagre? Não, não tem esse tipo de milagre. O homem acaba, o homem paga. Deus não está lá para consertar besteiras. Está lá para julgar. Só espera essa gente toda para o acerto final.

– Como você pode ter fé, Adelaide?

– Não quero ficar discutindo isso com você, Souza. Sei o que vai me dizer, e estou cansada. Não dormi à noite, agora de

manhã não tem água. Você vai sem café. Não estou com paciência para conversas. E vamos fazer um curativo nessa mão.
— Curativo? Para quê? Está cicatrizada.
— E não dói mesmo?
— Nada.
— Conta como foi.
— Já contei. Começou no ônibus.
— E se você reclamar na companhia?
— O que tem a minha companhia a ver com isso?
— A sua, não. A companhia de ônibus.
— Nem ela tem nada a ver.
— Podia ter arranjado testemunhas. Movia um processo, ganhava, pedia indenização. Acusando os ônibus por contaminação. Viu o seu Germano, da lojinha da esquina? Há quantos anos se aposentou por invalidez? Mais de vinte. Tudo por uma picada de abelha. Na Previdência tem uns médicos e uns advogados, todo mundo sabe, que arranjam as coisas, Souza. Por que não vai lá? O Esquema está aí para te pagar. Seria a tua vingança contra a aposentadoria da universidade. Chegou tua vez, Souza. Vai lá, agora.

Fico confuso em momentos como este. Ouço Adelaide, dou e nego razão a ela. Sua cabeça funciona rapidamente em instantes práticos. E esta é uma situação prática. O raciocínio dela tem aproveitamento. Adelaide sempre me reserva surpresas. Vejo alguma razão: pode ser minha vingança.

Os anos que o Esquema me deve. Quanto rondei sem emprego, amaldiçoado pelo carimbo: APOSENTADO COMPULSÓRIO POR LEI DE SEGURANÇA. Agora, nem estou registrado. Meu sobrinho me conseguiu o lugar. Estou acuado. Dever, não poder brigar, ter de agradecer. Não gosto dele, me sinto mal.

Mal comigo. Preciso sobreviver, tenho Adelaide, sustento meus pais. Junto a mim carrego um carro de justificativas para permanecer como sou. Por isso amo este furo. Ele me mostra de repente que existe o não. A possibilidade de tudo mudar. De um dia para o outro. Amo e odeio Adelaide.

De que me adianta não participar do Esquema? Devia ir lá, arranjar outra compulsória por invalidez. Levava o mínimo, ia fazer biscates. Ou não fazia nada, circulava o dia inteiro. Negociando fichas de água, circulação, cartões de permissão para lanchonetes. Como um camelô, um contrabandista.

Quarenta por cento da população vive disso. Senão viveria do quê? De repente odeio minha mulher. Por ela querer participar desse jogo todo. Não sou puro, ingênuo. Nem Dom Quixote. Mas me recuso a tomar parte, a contribuir para que isso aí vá em frente. Todavia nada vai em frente. Está tudo parado.

Desespero batendo no mundo. Até agora, eu me desviava das asperezas. Hoje, no entanto, tenho de ir sem café. Se não há água para o café, não vai haver para o almoço. Nem para o jantar. Vamos ter de comer frios factícios com maioneses de merda. Preciso roubar uma garrafa de água.

— Como é, vamos ou não à Previdência?

— Não vou, não. Não posso fazer isso.

— Você é bobo, Souza. Sempre achei.

— Por que se casou comigo?

— Com tudo isso, eu te amo. Dá para perceber?

— Às vezes, dá.

— Acho que você deve ir. Pensa, amadurece a ideia. Você funciona devagar. Fica matutando!

Incrível, ela sabe. Raciocino lentamente. Posso até me decidir pela Previdência. Tirar dinheiro desse Esquema. O que eu devia fazer é dar uma volta pelo bairro d'Os Que Se Locupletaram. Contemplar suas casas, a água que gastam nos jardins e nas piscinas. Me encheria de raiva e mágoa, me revoltaria.

Não sei se adiantaria. Desde os Meses Sombrios de Buscas e Atentados, o bairro está isolado. Sem a ficha especial, dourada, não se passa pela Boca de Distrito. Ao que dizem, Os Que Se

Locupletaram jamais deixam suas casas. Vivem entre eles, se autossatisfazem. Além disso, nem sei onde é, se existe mesmo.
— Os pacotes estão na mesa. Te esperando.
— Guardo tudo, já, já.
— Fiquei sentida, ontem, Souza. Você se esqueceu. Em trinta e dois anos foi a primeira vez que você se esqueceu de almoçar em casa no dia 5 de janeiro.
— Foi um dia diferente, Adelaide. Eu estava perturbado. Com esse furo, minha cabeça não estava bem.
— Você sempre veio. Com vento, tempestade, doente. E ontem, nada. Guardei bem, Souza. Foi desconsideração.
— Uma vez em trinta e dois anos, e você fala em desconsideração. Devia compreender.
— Claro, entender que você não é mais o mesmo comigo.
— Não é contigo. É comigo, com o mundo.
— Estou tentando saber o que há com você. O que vai aprontar. Sinto um cheiro esquisito no ar.
— Eu também, mas é um cheiro diferente.
— Diferente?
— É. Preciso de um pouco mais de clareza. Para ver em volta. Sinto que está à nossa volta.
— Quando quer se desviar de um assunto, você é o rei. Diz coisas que ninguém entende. O que é que está em volta? Os problemas estão dentro de nossa casa.

Tentei discutir com ela nos primeiros anos. Depois, fui concordando. Devia ter continuado a brigar, até que era estimulante. Mas eu chegava tão exausto da universidade. Bastavam as discussões com a administração. As perguntas cujas respostas não podia dar aos alunos. O cansaço físico provocado pelo calor.

Desculpas, vivi rodeado por elas. Não posso mais. Este furo, de repente, me deu uma força com que eu não contava. Não percebia. Necessitava. Desde que acordei, hoje, me sinto um estranho dentro desta casa. Não tenho nada a ver com ela. Quero ir embora, sair, rodar pela cidade.

— Chame o teu sobrinho. Convida para jantar um dia desses.

— Falando nele, reparei uma coisa triste, naquele dia em que nos encontramos.

— Triste?

— A bolsa. Agora, ele já está usando uma daquelas que fazem parte da roupa.

— Qual o mal? Tanta gente usa. Mas tanta, não é de espantar.

— Não é de espantar, mas é triste, deve ser desagradável ter um pedaço de intestino numa bolsa plástica junto da roupa.

— Melhor do que estar morto.

— Tem dia que não dá para conversar com você, Adelaide. Vai telefonar para ele, diz para vir jantar.

— Sem água?

— Depois de amanhã recebo a cota de fichas. Pode ser no sábado.

— Sábado? Tenho a novena do Sagrado Coração.

— Então, para almoçar no domingo.

— Nossos almoços de domingo são tão chatos. Você bebe na esquina, come em casa e dorme a tarde toda.

— Não começa. Convida o menino para o almoço de domingo. Pode vir até sua mãe.

— Pode, é?

— É... pode.

— E os pacotes?

— De noite guardo.

— Bom... deixa eu pôr um bandeide nesse furo.

— No furo? Nem morto.

Adelaide me olhou aflita. Perdida. Como se estivesse sentada numa barra de gelo, deslizando a toda velocidade por uma ladeira em dia de calor. O gelo derretendo, e ela sabendo que vai se ralar toda. Desse jeito me olhou apenas uma vez na vida. No dia em que eu disse: vamos nos casar.

*A punição ao biólogo
que trabalhava havia 19 anos,
foi um aviso do Esquema.
Se todos tivessem
se unido àquela tarde,
teria sido diferente?*

Quando abri a porta, a claridade me bateu, violenta. Tive de fechar os olhos. Ia acabar comprando óculos escuros, não estava suportando a luz. Agora entendo a existência dos lacrimejantes. Quase se podia ver um vapor leve, subindo das lajotas de concreto. Não pode ser, há um bom tempo o orvalho não existe.
– Como está a neblina, hoje?
– Não vejo nada. Quem sabe vamos ter um dia fresco?
– Só se instalarem um ar-condicionado gigante.
– Se fosse possível.
– Dizem que no bairro dos Ministros Embriagados tem um funcionando. Serve uma área imensa.
– Boca do povo é boca do povo. Como acreditar numa coisa dessas?
– Vai lá ver.
– Se desse pra circular naquela área, ia mesmo.
Achei melhor ir embora. Coloquei o chapéu, acariciei ligeiramente seu ombro esquerdo (é, não sinto prazer), olhei o relógio. Inteiro dentro do horário. Súbito, isso me irritou. Sabia que dentro de quatro minutos estaria no ponto de ônibus. Senão perderia o carro S-7.58 e chegaria atrasado.
No corredor, defronte ao barbeiro, um grupo de três carecas. Muito semelhantes aos que eu tinha visto ontem. Cara de perigosos. O que faziam por aqui? Teriam fichas de circulação? E se eu perguntasse? Ou mandasse um Civiltar indagar? Se não tiverem fichas, é melhor que desapareçam.

Fiquei envergonhado. Culpei o sol por tais pensamentos. Deixe os sujeitos por aí. Não fazem mal a ninguém. Ao menos suponho que não façam. Vão terminar denunciados. Serão levados para além dos Limites Permitidos. E vão morrer. Além dos Limites Permitidos não há chance de sobrevivência.

Não seria eu a ter coragem de entregá-los nas mãos de um Civiltar, provavelmente a mais estranha e misteriosa milícia já criada por um governo. Espero que os três não fiquem pela vizinhança. O pessoal anda desconfiado, sobressaltado, alerta ao menor ruído suspeito. Não se pode facilitar.

Caminho, mancando um pouco por causa da artrose. A placa branca e azul aponta para a esquerda, com o símbolo visual: Ônibus. Antes da esquina, uma seta e uma série de pequenas figuras (ônibus em miniaturas) coloridas. São as linhas que passam pela rua paralela, com todas as conexões.

Não é preciso saber ler. Todas as informações desta cidade estão feitas por meio de visuais. Nenhuma palavra, mas um código específico que o povo aprendeu. Um símbolo para cada coisa, banheiro, bar, restaurante, centro, dentista, farmácia, viaduto, ponte, túnel, perigo, favela, escola.

Açougue, praça, fonte, setor industrial, comércio, igrejas, cinemas, lanchonetes, hospital, cruzamento, padaria, campos de descarregamento. Tivemos de decorar imensos manuais, até que a prática substituiu a teoria. Se aparecer uma placa com letras, aposto que ninguém vai entender.

O ponto de ônibus, onde geralmente havia umas dez pessoas esperando, desta vez estava cheio, agitado. O fiscal das fichas de circulação, irritado, empurrava asperamente todo mundo. Não foi exatamente irritado que ele me pareceu quando me aproximei. Foi alarmado, amedrontado mesmo.

– A ficha, a ficha. Mostra logo que o S-7.58 vai chegar.

Exibi, receoso. Não era normal. Pela primeira vez em tantos anos, ele apanhou, olhou atentamente. Demorou. Pediu identidade, estranhei. Verificou a carteira, o número. Olhou meu rosto.

Vi que suas mãos tremiam ligeiramente. Devolveu a identidade, depois de nova conferida nervosa.

– O que há? Alguma coisa errada.

– Muita gente, muita gente. A maioria não tem fichas. Anda difícil. Cada dia mais difícil.

Eu ainda estava de mão erguida, segurando a identidade. Então ele viu o furo. Não tive o cuidado de utilizar a outra mão, deixar a furada no bolso. Besteira minha, essa gente gosta de perguntar. Aborrece ter de explicar o que não pode ser explicado e precisa ser aceito, por enquanto.

– O que é isso?

– Um furo.

– Que é um furo estou vendo. Foi acidente ou doença?

– Bem, deu uma coceira, apareceu.

– Foi doença, quer dizer que foi doença!

– Doença não foi. Nem acidente.

– É, ah é? É melhor vir comigo para o Posto. Pode ser contagioso.

– Posto coisa nenhuma. Olha o furo cicatrizado, acabado! Que contágio que nada!

– Venha comigo.

– Vou perder o ônibus.

– Nesse o senhor não vai subir. Me dê a ficha.

– Nem pensar.

– Tenho de chamar a emergência?

Resolvi concordar. Há um Posto a cada quinhentos metros. Para verificações. Por causa de doenças não identificadas que surgiram, principalmente o câncer súbito de pele. A gente testemunhava os casos mais estranhos. De repente, na rua, a pessoa começa a descascar, fica que é só sangue.

Acontece muito, mesmo com os migrantes, acostumados ao sol forte do Norte e Nordeste. Esses que descem aos magotes, buscando refúgio, esperando escapar do sol e calor lá de cima.

Também descem porque foram expulsos das terras. Estrangeiros nas suas Reservas. E o povo vem. Morrer no Sul.

Um e outro fato vaza dos corredores oficiais, e a gente descobre que existem brechas entre o Esquema Geral e o Estadual. Este declarou tranquilamente o Estado de Calamidade Pública, não quer mais assumir responsabilidades. É uma guerra, teria dito o governador ante o descaso do Esquema.

Acontece que o governador não tem força, influência, nem autoridade. Tem quem assegure que ele foi esquecido no cargo, desde sua nomeação, décadas atrás. São restos da Era das Casuísticas, quando o Esquema alterava as regras do jogo, com a partida em andamento, sem permitir qualquer reclamação.

Quero dizer, não é que o governador tenha sido esquecido. Nada disso. Os cargos passaram a ser perpétuos. Em parte, porque ninguém de cabeça sadia pretende tal posto. Você pode argumentar: quem é que tem cabeça sadia dentro do Esquema? E é evidente que não sei como responder. Juro.

Parece que não há nada a fazer, o dinheiro acabou, os cofres estão raspados, o que entra está comprometido. E desvaloriza a olhos vistos. Foi o legado deixado pelo SOI número 1 e SOI número 2. O primeiro era o Sistema Organizado de Incompetência e o segundo, o Serviço Organizado de Ineficiência.

As obras e os planejamentos eram realizados pelos SOIs, e eu me lembro que havia até um jogo de palavras. Comentávamos que éramos também parte do SOI, uma vez que constituíamos o Sistema Organizado dos Impotentes. Eram inúteis os nossos protestos, qualquer contestação ou investigação.

Para atingir o SOI 1, era necessário passar por diversos estágios dentro do SOI 2. Mostrando ineficiência máxima em realização, o sujeito era apontado à carreira. Devia apenas complementar com uma espécie de pós-graduação, quando mostrava habilidade e agilidade na manipulação da corrupção.

Comer bola sem ser apanhado, molhar a mão, receber subornos sem deixar rastros eram as situações mais importantes.

A astúcia, a capacidade, os truques, as armadilhas eram ferozes, e o candidato passava por maus momentos até conseguir provar que era digno, merecia a distinção, o SOI 1.

– Espera um pouco. Arranja um jeito de resolver o caso sem precisar ir ao Posto.

– Está com medo?

– Não é isso. É que no Posto se perde muito tempo.

– O senhor me diga como arranjar.

– Diga você.

– O senhor tem ficha de alimentação?

– Posso te ceder um almoço.

– Onde?

– No "Aurora Boreal". É o restaurante que fica na minha área de circulação. Mas, olhe lá, amanhã não me vem com estupidez, querendo me segurar de novo.

Demorou muito para chegar minha vez na Boca de Distrito. A fila não andava. Um anão, à minha frente, informou que tinham liberado mais autorizações, por decreto, nesta noite. E que ele, anão, tinha encontrado dificuldades para sair do seu bairro. Era assim, eliminavam uns, entravam outros. Um jogo.

Passei frente à Casa dos Vidros de Água e não senti vontade de entrar. Tinha sede, um pouco de fome. No "Aurora Boreal" gastei outra ficha na compra de um copo de leite factício, café e duas bolachas. Continuasse a me desfazer das fichas e ficaria um ou dois dias sem comer no fim do mês.

O fim do mês é fim de mês. Deixar o problema para lá. Investir agora, ver o que acontece depois. Na hora, os problemas se resolvem. Depois de comer, me veio a vontade de passear pela Casa dos Vidros. Eu suava dentro da lanchonete, e as pás que giravam no teto não movimentavam ar algum.

A Casa, ao menos, é fresca, confortável. Talvez influência da água contida nos milhares de frascos distribuídos pelas estantes. As placas opacas do teto deixam entrar uma luz difusa, é dos poucos lugares agradáveis de se estar. No dia em que o povo descobrir isso, a calma vai se acabar.

Conheço de cor as salas, os corredores, os nichos. A ordem dos Vidros de Água, a sequência em que foram colocados. Um trabalho bonito, feito nos tempos que antecederam o Corte Final. Um dia desses vou passar pela Floresta Virgem Representada. Para rever o documentário sobre o Corte Final.

Vou olhando sarjeta e latas de lixo. Quem sabe encontro um jornal usado. Ou um pedaço, folha rasgada. Não importa. Sinto necessidade de ler notícia. Ler de verdade. Estou cansado de ouvi-las pela televisão, na Rádio Geral. Sempre encontro um atirado por aí. Às vezes sujo, emporcalhado.

Durante alguns anos, como professor, fui autorizado a receber um jornal semanal. Havia pouco para ler. Pouco que interessasse. As más notícias estavam proibidas para não alarmar o povo. Os governantes da Era da Grande Locupletação é que destilaram esse conceito de más notícias.

Foi um trabalho gradual de preparação. Filmes na televisão e nos cinemas, outdoors com propaganda. Repetição exaustiva até convencer a todos que as más notícias prejudicavam a tranquilidade, traziam inquietação, provocavam estresse, aumentavam a hipertensão, causavam até mortes.

ESTÁ NA HORA DE NOS UNIRMOS, NOS FORTALECERMOS.

A Era da Grande Locupletação veio logo depois dos Abertos Oitenta que tinham se sucedido a uma ditadura grotesca. A imprensa tinha se acostumado a tratar dos assuntos livremente, a denunciar e apontar. Incomodava. O Círculo dos Ministros Embriagados sentiu-se ofendido, exigiu reparações.

TEMOS TUDO PARA SER A NAÇÃO LÍDER.
NOSSO PODERIO ECONÔMICO E MILITAR COMPROVA.

Tudo começou quando um ministro processou o jornal que o acusara de corrupto. O jornal comprovou, o Esquema cedeu, o ministro caiu. Então os outros sentiram a ameaça, se uniram e iniciaram uma campanha cívica: "De que servem fatos como este para o país? O Esquema deve governar tranquilo".

NOSSAS DEFESAS SÃO INVULNERÁVEIS.
O ESQUEMA DESENVOLVEU OBRAS ESTRATÉGICAS NOTÁVEIS.
OS OUTROS PAÍSES NOS TEMEM.

Era esse o tom. Um governo constantemente atacado tem de passar o tempo respondendo a acusações. E não pode governar tranquilo. O povo devia escolher. Se as más notícias continuassem, o Esquema não teria condições de administrar. Portanto não seria culpado se o país estacionasse, até regredisse.

PENSEM EM NOSSO SISTEMA DE REPRESAS,
NAS HIDRELÉTRICAS,
NA USINA NUCLEAR,
NAS FERROVIAS DE MINÉRIOS,
NA POLÍTICA ENERGÉTICA,
NA DESCOBERTA DO ÁLCOOL COMBUSTÍVEL.

O povo foi ficando orgulhoso do que tinha. Deixou de ler os jornais que enfocavam más notícias. Assim a grande campanha contra a devastação e concessão do Amazonas morreu. Ninguém queria ouvir falar em desmatamento, árvores caídas, pastos substituindo matas, formação de terras estéreis.

REGOZIJEM-SE COM O OURO DE NOSSOS
    GARIMPOS,
COM A MADEIRA QUE PODEMOS EXPORTAR,
ORGULHEM-SE COM AS SAFRAS IMENSAS
    DAS TERRAS FÉRTEIS,
EM QUE, PLANTANDO, TUDO COLHEREMOS.
CULTIVEMOS O OTIMISMO, A CONFIANÇA,
    ABAIXO OS NEGATIVISTAS.

Duas coisas eram pior que o câncer para a Alta Hierarquia do Novo Exército: os espíritos negativistas e os comunistas. Eram caçados e isolados. Na altura do Grande Ciclo de Combate à Abertura da Igreja, também apelidada de Coliseu, os comunistas tinham se tornado bichos raros, quase extintos.

Um pouco pela repressão, e muito pelo desencanto, extinguiam-se, do mesmo modo que aves e animais da fauna brasileira. Com a diferença de que os bichos podiam se dar ao luxo de reservas particulares, onde se tentava a sua reprodução em cativeiro. Já em cativeiro os comunistas definhavam.

A última notícia sobre o que estava acontencendo ao norte foi dada por um ministro, o dos Negócios Imobiliários, cargo criado pela necessidade de se controlar a especulação, não somente nas grandes cidades, como em toda área do litoral, onde os loteamentos se sucederam, velozes e devastadores.

Na verdade, o ministro cuidou, voraz e imediatamente, de proteger o seu grupo. Controlou a entrada de arrivistas, eliminou concorrentes. Uma tarde, célebre, ele declarou pela televisão: "Devemos estar orgulhosos com a conquista que acabamos de fazer. Um grande feito deste governo que pensa no futuro".

"Porque", disse ele, "a história vai nos registrar como o Esquema que deu ao país uma das grandes maravilhas do mundo. Não é apenas a África que pode se orgulhar do seu Saara, o deserto que foi mostrado em filmes, se tornou ponto turístico, atração, palco de aventuras, celebrado, glorificado."

"A partir de hoje", e ele sorriu, embevecido, "contamos também com um deserto maravilhoso, centenas de vezes maior que o Saara, mais belo. Magnificente. Estamos comunicando ao mundo a nona maravilha. Breve, a imprensa mostrará as planícies amarelas, as dunas, o curioso leito seco dos rios."

Os filmes da Agência Oficial mostraram, gradualmente, a desertificação, com as imagens mais sofisticadas que o povo tinha visto. Empresas de publicidade promoveram campanhas, induzindo revistas requintadas a realizar caravanas. Os ricos se divertiram, fantasiados de árabes.

A Primeira Dama recebeu em tendas de seda fincadas na areia, iluminadas por fogueiras e archotes. Ventiladores agitavam palmeiras artificiais. Os decoradores assistiram a centenas de filmes hollywoodianos de mil e uma noites para se inspirarem e produzirem os incomparáveis cenários.

Helicópteros desceram nas areias mornas, trazendo elite misturada a dançarinas do ventre. Um colunista, antes de morrer, afiançou que nem a grande festa que o xá do Irã deu em Persépolis foi semelhante. Outro ria ao se lembrar da pomposa inauguração do conjunto Las Hadas, no México.

Antes de ser reconduzido ao sarcófago, ele gritava que a noite dos Patiño tinha sido uma ingênua festa de criança. O baile da Primeira Dama foi o canto de cisne dos colunistas sociais. A presença desses espécimes assombrou as novas gerações, que não podiam acreditar em sua existência.

Os colunistas se ergueram das cadeiras de roda nas clínicas geriátricas, onde andavam sepultados. Receberam alta nos sanatórios de doenças mentais. Abandonaram confinamentos, seguidos pelos enfermeiros. Foram recolhidos um a um em suas mansões estentóreas, onde jaziam exangues.

Trêmulos, babavam e balbuciavam. Alegravam-se, cientes de novos velhos tempos. Se diziam mudos de prazer. No entanto, os maldosos garantiam que balbuciar sempre foi uma característica da classe, incapaz de alinhar quatro palavras seguidas, formando uma única frase coerente, inteligível.

Foi quando se deu a punição ao cientista. Quero dizer, a primeira após os Abertos Oitenta. Penso que essa pena marcou o início de um novo tempo. Nestes últimos anos, saltamos rapidamente de um ciclo para outro. Mal nos acostumamos a um, precisamos mudar. Incessantemente.

Fomos ingênuos. Como eu, muitos. Tínhamos nas mãos posições por meio das quais era possível, lentamente, instilar um gesto de lucidez, um pouco de consciência. Semente de inquietação. Alarme. Mesmo com toda a vigilância. Afinal, um professor em quem alunos confiam é muito mais que um pai.

Sim, aquele cientista protestou. Teve coragem. Quem lembra seu nome, hoje? Havia na universidade um livro negro. Intenso relato da perseguição que professores, pesquisadores, médicos, cientistas sofreram. Até o momento em que os registros não adiantaram. A exceção virou normalidade.

Convivemos com ela, nos habituamos. O cientista punido não me sai da cabeça. Eu estava no hall da universidade quando ele passou. Soube antes pelos noticiários da tarde. Ficou esperando, o reitor desceu com um comunicado para a sala dele. Saiu sem abrir uma gaveta, sem levar um só papel.

Ao passar por nós, no hall, parecia o mesmo homem de todos os dias. Nem a cabeça abaixada, derrotado. Nem erguida, sinal de orgulho e indiferença. Homem normal. Tinha acabado de perder os seus direitos. O de ensinar, o de circular, comprar, conversar com os outros. O de viver, enfim.

Eu estava chocado. Não fazia ainda ideia exata do que se abatera sobre aquele homem. Um biólogo com teses nos Estados Unidos e na Europa. Dava aulas havia dezenove anos. Filhos e netos. Pouco mais e levaria vida tranquila. No entanto ele se ergueu. Sua voz indignada clamou. Contra o deserto.

Não calculávamos os resultados. A reação foi violenta. Deixou-nos confusos. Que raio de pesquisadores éramos se não tínhamos sequer possibilidades de analisar lucidamente a situação? Pessoas com as nossas informações de realidade política e social deviam estar preparadas.

Prontas a calcular, misturar os dados, observar. Concluir os caminhos aos quais estávamos sendo levados. Nem era questão de previsão. Bastava contemplar os fatos e tirar ilações naturais. Como beber água quando se tem sede. A punição daquele homem foi a chave que nos forneceram, o aviso.

Não a utilizamos. Levei alguns meses perplexo, até a vergonha tomar conta de mim. Senti que deveria ter atravessado o hall e me colocado ao lado do professor. Tivéssemos todos feito isso, algo poderia ter mudado. Os gestos decisivos faltaram em bons momentos de nossa história.

Dar as mãos simbolicamente. Penso muito nisso. Já se passaram tantos anos e ainda me imagino. Nós, juntos, diante da universidade. Ou aniquilavam todos, ou voltavam atrás. Permitimos. Não me conformo. Culpa que carrego. Ela me corrói. Nada pior que a memória do gesto não realizado.

Dos anos setenta em diante, fomos conduzidos dentro de indefinições. Rodeados por coordenadas paradoxais. Sistemas duros, ares democráticos. Repressões justificadas e justificativas aceitas. Democracias em clima de ditadura. Regimes amorfos que não sabíamos avaliar.

Nunca nos ocorreu que era uma nova forma de sistema. Sem contornos definidos. O nosso erro foi procurar na própria história os moldes. Esquecidos de que os tempos e os homens tinham se modificado substancialmente. Como poderíamos chamar a essa nova fórmula? Sistemas dissimuladores?

Assemelham-se, porém não são. São, mas não se assemelham. Um jogo de esconde. Como se entrássemos num labirinto de espelhos e perdêssemos a imagem verdadeira. Ou todas as imagens à nossa volta dadas como verdadeiras. Aceitar todas, admitindo a multiplicidade, ou permanecer em busca da única?

Não encontro um jornal. Foi uma tentativa. Inútil, eu sabia. Porque todas as manhãs eles passam, procurando por todos os cantos. São rapazes surdos que correm vasculhando os cantos do Distrito. Arrebanham folhas, inteiras ou rasgadas, colecionam e vão negociar. Vivem disso, sustentam famílias.

Esses rapazes possuem fichas especiais, entram em qualquer Distrito. Ajudam na limpeza das ruas e assim sobrevivem. Possuem uma freguesia certa, é difícil entrar no círculo. Às vezes, com uma boa oferta, concedem eliminar alguém da lista, trocar por outro que ofereça vantagens.

Deve fazer três anos que não vejo um jornal. Vivo de recordações, tenho de me contentar com a televisão e a Rádio Geral. Encosto-me aos grupos nas lanchonetes, tentando ouvir trechos de conversa. Já que o Esquema se organizou tanto, deveria haver um rodízio para recebimento da imprensa.

Não importa. Hoje é dia de fazer minha loteria, preciso descer às cinco e meia, esta é a minha hora. Ou não vou trabalhar. A neblina azulada cobre o alto dos prédios, sensação de lona de circo. De onde vem? Antes, eram as queimadas. E, agora, quando não há mais o que queimar?

Empurram, acotovelam, chutam, se encostam. A cada dia, penso que tem mais gente neste centro. Tudo me irrita. Vou para a repartição, a falta significa multa e diminui minha proporção de fichas para água, ou lanches. Já ando em falta, dia desses recebo nada. E ficha ninguém empresta.

No escuro do quarto,
a ausência do tique-taque.
Então ouviram.
Andavam sobre o terraço.
Não eram animais,
pois animais não existem

Um bloco marrom, compacto, saindo do verde. Manchas imprecisas dançam diante de meus olhos fechados. Tenho de saber o que é. Cochilo no ônibus e a mancha surge, com a mesma insistência com que tem aparecido nestes últimos anos. Ela brota no fundo da memória, de tempos em tempos.

Cada vez que ela brota, mergulho na imobilidade. Não consigo mexer os braços, mãos e pernas ficam adormecidas. Por pouco tempo. Sensação angustiante, porque a única coisa que está em meu pensamento é a mancha, movendo-se lenta. Eu, paralisado, semimorto. Porém consciente.

Volto para casa. O barbeiro está lotado, a esta hora a temperatura baixou um pouco. As pessoas suam e conversam. Falam devagar, ninguém excitado para não gastar energia. Conheço alguns, são vizinhos. Outros, completamente desconhecidos. Aliás, desconhecidos em maior número.

Não há banho. Meu sobrinho ficou de aparecer. Adelaide reclama que ele não telefonou nem mandou recado. "Mamãe vai nos emprestar duas fichas." Abri a televisão, desliguei. Fiquei observando a mão furada, senti vontade de sair. Ir para onde? Se ainda houvesse o velho jardim público.

Adelaide ligou outra vez a televisão. A novela começava. Ela não disse nada até o fim, é um dos últimos capítulos. Segui a história desinteressado. Depois ela desligou o som e me olhou interrogativamente. Incrível a quantidade de olhares que ela possui, devia ser atriz. Não fosse tão contida, amarrada.

– Fiz promessa a Nossa Senhora Aparecida. Se ela curar esse buraco, vamos ao santuário ouvir duas missas. E dou sua mão em cera para a santa.

– Aposto que foram essas vizinhas que te deram a ideia.

– Falei com mamãe. Ela achou que eu devia fazer a promessa. Não custa nada!

– Não vou cumprir promessa nenhuma. Vê se me deixa com o furo.

Começou a chorar, foi para a cozinha. Não me importo que chore. Não tenho nada com isso, não mais. Olho com surpresa os móveis, cortinas desbotadas, a pilha de jornais, as revistas de moldes, a prateleira de bibelôs, quadros de santo, toalhinhas de renda, cinzeiro e porcelana.

Sinto-me em outra casa. Na de um amigo, conhecido. Parece que nunca olhei para essas coisas. Tão feias, arrumadinhas, inúteis. Nunca usei essa xícara com iniciais azuis. Nem os pratos chineses que só servem para dar trabalho à faxineira. E essas flores que ela compra todas as semanas.

As mesmas flores factícias, sempre. Feitas de plástico. Maravilhosamente benfeitas, folhas e pétalas finas e suaves ao toque. Um dia (faz quantos anos?) fiquei mais de hora olhando as pétalas de uma rosa branca. Acho que foi a última vez que vi flor verdadeira, não factícia.

A rosa estava no canto da parede, no pequeno altar ao Sagrado Coração. A cada dois dias, Adelaide colocava uma nova, trazida do jardinzinho da frente. A rosa se tornava cinza de um dia para o outro. Recoberta por uma camada de fuligem que aderia ao aveludado da pétala. E não saía.

Quando esmaguei a pétala, fiquei com a mancha preta na mão. Como se fosse graxa. E aquela graxa tinha grudado nos dedos, me deu nojo. Estava me lembrando disso enquanto dava um puxão no prego que sustentava uma bandeja de charão. Está aqui desde que nos casamos.

Dez dias depois do casamento Adelaide tinha acabado de arrumar a casa. E tudo permaneceu. Estagnado. O prego frouxo, dei pequenos toques na ponta da bandeja vermelha com desenhos chineses. Ela acabou caindo, bateu de ponta, partiu-se, cacos voaram. "Venha jantar", Adelaide chamou.

Ela não quis sentar-se à mesa, ficou com o prato no colo, a um canto. Gato, parece um gato. Eram curiosos os gatos. Cachorro, eu odiava. Nunca fui com esse bicho. Ojeriza, não sei por quê, nunca me fez nada. Talvez eu não goste de quem vive lambendo os outros, correndo atrás, servilmente.

Há muitos anos nos deitamos quinze para as onze, depois de termos ouvido o jornal na Rádio Geral. Adelaide fica com o seu crochê, não se incomoda com as notícias. "Vamos dormir?", propus. Ela jogou para mim outro olhar, desta vez desorientado. Como? Da mesa para a cama, nem ouvir o rádio?

Escovamos os dentes, ela passou Antisardina no rosto. Sua pele é bonita. Desde que nos casamos, ao passar pelo corredor, entre o quarto e o banheiro, deixo que ela vá à frente. Coloco a mão em seus ombros e assim entramos no quarto. Nesta noite, pela segunda vez, ela teve um gesto forte de repulsa.

    Instintivo, inconsciente. Quando sentiu a mão no ombro (é automático, mesmo), ela se encolheu inteira. Parei, tirei a mão, rápido, enquanto ela continuava caminhando sem olhar para trás, certa de que eu a observava. Talvez querendo saber como era o meu olhar. Surpreso, indiferente?

    Tive pena de Adelaide. De repente, ela se via só no mundo. Saltando de um avião sem paraquedas. Penetrava num círculo de insegurança. Não me encontrava. Ou melhor, não encontrava o homem com quem convivia, de quem dependia. Adelaide não compreende minhas atitudes e não tenho como explicar.

    Não acendemos a luz do quarto. Nos trocamos na penumbra. As roupas estavam nos mesmos lugares. O pijama, a camisola, a meia (apesar do mormaço contínuo, ela tem o pé muito frio). Se um dia ficarmos cegos, ainda assim vamos andar pela casa com naturalidade. Conhecemos cada milímetro dela.

    As roupas passadas, sobre a cômoda. Cada noite, antes de nos deitarmos, ela coloca tudo ordenadamente nas gavetas. E, por instantes, o quarto é invadido pelo cheiro suave de sol, sabão e naftalina, enquanto das velhas gavetas ainda vem o aroma longamente conservado do cedro.

    Fingimos dormir. Silenciosos, eu percebendo que ela tem vontade de falar. Tenta, e não diz nada. Se movimenta, inquieta. Até ontem, Adelaide conhecia tudo de mim, podia prever o que eu diria, os gestos, meus horários. Agora, sente vergonha de estarmos na mesma cama. Sou um desconhecido.

    Sinto o rosto ardendo, a pele quente, meu coração bate apressado. Gosto dessa mulher, não queria que tais coisas acontecessem com ela. Em outros tempos ela teria perguntado, feito uma brincadeira, rido. No entanto, mostra-se com medo, esquiva, se encolhe no seu canto, quase a cair da cama.

Ouvimos, os dois, e nos sentamos de um salto. Andavam pelo terraço. Claro, andavam, com passos firmes. E quem estava lá não procurava disfarçar, caminhava normalmente, para lá e para cá. Não era bicho, que os animais têm o andar macio. Além disso, que ilusão a minha pensar em bichos.

– Ouviu?
– Claro, um barulho desses!
– O que a gente faz?
– Vamos ver.
– Ver? Está louco? E se for um ladrão armado?
– Acende a luz, ele se assusta.
– Melhor ligar para o Posto Civiltar.
– É? E se eles não encontram nada, levamos uma multa.
– Que horas são?
– Como posso ver no escuro?
– Se for mais de duas, não podemos acender a luz.
– É emergência.
– Como provar depois?

Conversamos baixinho, enquanto o barulho diminuía. De repente, saltei da cama. Afinal, qual era? Coisa mais ridícula, minha casa ameaçada, eu nem podia acender a luz, nem chamar alguém para me proteger. Gritei. Com toda a força. Tão inesperadamente que Adelaide se assustou.

Acendi a luz, olhei o relógio. Parado. Pela segunda vez em quantos anos? Uns vinte. Adelaide tinha deixado o emprego quando ele quebrou pela primeira vez. Fomos comemorar numa pizzaria, nos esquecemos do conserto. Daquela vez fiquei apreensivo, deixei o rádio ligado para não perder a hora.

Adelaide colocou o penhoar desbotado. Diabo de mania, um calor destes, quem vai prestar atenção em seu pijama curto? As vizinhas andam com as pernas de fora, de shorts, e não se pode dizer que são meninas. Que não há. Neste prédio as mulheres todas beiram os cinquenta ou sessenta.

Coloquei as mãos em seus ombros, ela se encostou em mim. O corredor cheio de gente, rostos intrigados. Alguns ainda abriam as portas cautelosamente, observavam o movimento, se juntavam, inquietos. Todos ouviram, o barulho no terraço foi grande, só podia ser gente. Fazendo o quê?
– Pegaram um.
– Pegaram nada. O careca fugiu.
– Quantos eram?
– Sei lá. Acho que uns dez.
– Muito mais. Ouvi o barulho lá do sétimo.
– Alguém subiu?
– A comissão do prédio.
– O que estavam fazendo?
– Chamaram o Posto?
– Estão ocupados, atendendo outros casos. Há falta de viaturas.
– Não estou gostando, tem estranho demais neste Distrito. O que está acontecendo com o controle de fichas?
– Que controle, que nada. Alguém dá satisfação?
– Corram, a comissão está na casa de dona Alcinda.
O apartamento de dona Alcinda era dois andares abaixo. Escadas superlotadas, zum-zum-zum nos corredores, parece que o prédio inteiro levantou. Não dava para entrar, as informações desencontradas circulavam de boca em boca, nunca se sabia se o que chegava até a gente era o concreto.
– Viu o que estavam fazendo?
– O que estavam fazendo?
Havia quem simplesmente não entendia o que se passava, rebatia pergunta com pergunta, ninguém chegava a um acordo, todos excitados. Um passava ao outro um pedaço do fato, no entanto os fatos juntos não representavam nenhuma situação completa. De modo que o nervosismo foi aumentando.

– Acharam uma mangueira.
– De quem é a mangueira?
– Estavam dentro da caixa d'água?
– Na caixa? Mas a caixa fica no terraço e o terraço é lacrado.
– Arrombaram o lacre.
– Que horror! Como explicar aos Civiltares?
– Vamos prestar queixa.
– Quem vai acreditar que não fomos nós?
– A comissão do prédio vai fazer o registro de perdas e danos. Levaram muita água.
– Levaram água?
– Quem levou água?
– Tem uma mangueira estendida na lateral do prédio, por fora.
– Foram os carecas? Estão rondando muito por aqui.
– Alguém viu um uniforme do Novo Exército.
– Levaram muita água?
– Mais de meia caixa. Sorte nossa que a mangueira estourou, fez um barulhão, eles correram.
– Domingo roubaram no prédio da esquina.
– Só tem uma solução, contratar atiradores. Matar ladrão de água não é crime. O duro é provar que estavam roubando água.
– É que muitos prédios dão o golpe. Arrombam as caixas, tiram água, chamam os Civiltares.
– Antes de investigar o roubo, agora, investigam os moradores. Depois de provada nossa inocência, partem para a segunda etapa. Mas, aí, já correu tanto tempo.
– Nem vale a pena fazer o registro, só dá amolação. Amanhã o edifício inteiro vai ter de correr atrás do Atestado de Antecedentes.
– Amanhã a comissão mede o reservatório, faz a divisão de cotas.

*O sobrinho sensibilizado
visita os extremados
tios, levando fichas extras
para água. Abre-se
o diálogo das
grandezas do Brasil*

— O tio anda com uma cara. O que é que há?
— Preocupações de velho.
— Está velho, tio? Não parece.
— A cabeça dele está ficando branqueada, é isso.
— Continua com as velhas ideias, tio?
— Você viu o que ele arranjou? Um furo na mão!
— Furo na mão? Como?
— E ele conta?
— Não será contagioso? Foi ao Posto?
— Ele diz que foi. Não acredito. O Posto teria dado uma receita. Ou isolado.
— Ah, ele tem medo do Isolamento?
— Não diz, mas tem. Uma vez me contou que o Isolamento é o fim. Quem vai para lá não volta mais.
— Como não volta?
— Ele garante que os isolados somem do mundo.
— Quem sabe, tio, lá tem um forno crematório? Gás, forno, e um montinho de cinzas do outro lado, espalhadas pelo vento. Pode ser, tio, que essa poeira escura que enche nossas casas, todos os dias, seja cinza, hein?
— Não brinca, menino! Seu tio já anda preocupado. Não sei o que vai ser. Cada dia mais quieto. Agora deu de não querer trabalhar. Disse que é inútil, o emprego dele é improdutivo.
— É improdutivo? Quem é que está preocupado com isso, tio? Sabe quantos têm à espera do teu lugar? Sabe?

– Ele deve saber. Está vendo as ruas cheias. Cada dia mais cheias. Será que o Novo Exército não vai fazer nada? Está ficando impossível. Só hoje passaram por aqui dez pessoas pedindo comida e água.

– Não podem fazer isso. Eles têm ficha para circular por aqui?

– E eu sei?

– São mal-encarados, pobres coitados! Tenho nojo dos despelancados. Coisa mais horrível. Por que não isolam esses?

– Não dá para fazer tudo, tia. Estamos tentando. Agora que me promoveram, vão me nomear para o controle das regiões ao redor da Gigantesca São Paulo. Vai ser trabalho pra burro.

– Mas ganha mais?

– Um pouco. Vou ter de montar um esquema a fim de manter os retirantes fora dos limites da cidade.

– Devolve pro lugar de onde vieram.

– Vieram dos territórios estrangeiros.

– Faz um acordo.

– Acordo. Quem quer saber? Um dia destes, vou levar o tio comigo para visitar os Acampamentos.

– Você podia arranjar uma autorização pro tio visitar o pai dele.

– Visitar o pai? Vovô não está morto?

– Não, foi recolhido ao Patrocínio Silencioso. E seu tio não conseguiu visitá-lo uma só vez.

– O Patrocínio é longe. Tem de passar quatro Distritos. É uma burocracia infernal conseguir fichas de circulação através desses Distritos. Cada administrador quer dinheiro, ou privilégio.

– Você é capitão do Novo Exército.

– Pois é, mas quem tem força é de general para cima.

– Já foi bom este país. Está muito complicado. Qualquer dia, nem posso ir a minha igreja.

– Continua a mesma, tia. Acreditando que Deus vai resolver? Eu me lembro, era garotinho, vinha brincar no seu quintal.

Todos os dias, na hora de lavar a mão, você vinha: vai ser padre, filho. Ou entra para o Novo Exército. Depois parou de falar nos padres, meteu na minha cabeça que era o Novo Exército mesmo. Minha mãe queria que eu fosse para o Banco do Brasil. Ou para a Carteira de Habilitação.

– Era teu pai que falava na Carteira de Habilitação.

– Me lembro mal dele.

– Dizia que na Carteira de Habilitação você faria carreira, teria futuro, poderia garantir casa para a família. Além disso, se subisse, o que era o sonho dele, poderia dirigir uma seção qualquer. Como a de compras. Era obsessão dele. Não entendo por quê. "Quem faz as compras dá as cartas, está com tudo nas mãos." Por que ele dizia isso?

– Não conheci direito, mas o pai devia ser esperto.

– Chefe da seção de compras? Que bobagem.

– Pois é, tia. E quase virei chefe da seção de compras. Minha sorte foi não ter passado no exame médico. Descobriram o meu intestino destruído, fui reprovado.

– Ainda bem que o Novo Exército foi complacente, te aceitou.

– Num batalhão especial...

– Nem todo mundo é de marchar, fazer ordem unida, sair atirando.

– A maioria dos Militecnos tem um problema. Estômago, pulmão, coluna, intestino. A gente foi a geração que nasceu depois da explosão do reator, tiveram de compensar a gente de algum modo. Acabei capitão.

– Eram tão bonitos os moços em seus uniformes, quando desfilavam pela cidade, quando patrulhavam. Teu tio foi bobo. Eu dizia para ele: acaba com essa faculdade, vai para o Novo Exército. Ele odiava os soldados que patrulhavam.

– Era, tio?

– Olha a cara dele! Tem ódio quando falo nisso.

– Vai ver o tio não gosta de mim.

— Como pode não gostar? Você é como um filho.
— Tem pais que odeiam os filhos.
— Não é o caso do seu tio. Ele tem suas esquisitices, mas é boa pessoa.
— Boa? Será, tio? Por que não responde?
— Ele te quer bem.
— Não sei, não. Tenho visto pessoas como ele, perigosas. O tio não se conforma com a situação.
— Faz tempo que ele não discute política.
— Gosta ou não do Esquema, tio?
— Não é hora de discutir essas coisas, filho. Você veio almoçar com a gente. Hoje é domingo, vamos descansar, ver televisão, passear.
— Passear? Ora, tia, quem é que passeia com um calor desses? Ninguém mais. O que há?
— É, faz tempo que não saio. Vou abrir a garrafa que você trouxe.
— Como é, tio?
— Deixa o tio sossegado, ele ficou chocado com o furo na mão.
— Olha a cara dele. Tem qualquer coisa estranha aí.
— Não tem, não. Sempre foi assim, um ar irônico. A cara fechada.
— Gosta ou não do Esquema, tio?
— Não.
— Viu, tia? Viu como eu estava com a razão?
— Está brincando comigo. Não está, Souza? Diz que está.
— Não gosto do Esquema. E não estou brincando.
— Souza, você está louco?
— Não gosto do Esquema, não posso gostar. Tudo que está aí foi por causa dele.
— Tudo o que está aí?
— Tudo. O país despedaçado, os brasileiros expulsos de suas terras, as árvores esgotadas, o desertão lá em cima.

— Belíssimo deserto. Nona maravilha.
— Maravilha. E os rios?
— Agora vai pôr a culpa no Esquema dos rios terem secado? Do calor? Seja razoável, tio. O mundo mudou. O senhor sabe, é professor de História. A culpa foi dos governos que fizeram experiências nucleares, transformaram a atmosfera.
— Repete a propaganda oficial, repete.
— Foram coisas que aprendi no Curso Infinito da Guerra, tio. Pena que seja um curso limitado a oficiais. Seria bom para todo o povo saber.
— Me responde? Onde está o país?
— Aqui, ali, tudo em volta.
— Deste tamanhinho? Pensa um pouco, raciocina. Quando eu era jovem, o país tinha oito milhões e meio de quilômetros quadrados. Sabe quanto tem agora?
— De cabeça, não.
— Consulta. E, quando souber a resposta, vem me contar. Está pouco maior que a palma da minha mão.
— Tio, os conceitos de nação mudaram. O que vale agora é o internacionalismo. A multiplicidade. Aqui é um pedacinho. Você soma com os pedacinhos que temos por aí afora. Reservas no Uruguai, na Bolívia, pedação do Chile, na Venezuela. Cada savana na África, quero ser transferido para a África, triplica o soldo e a gente tem casa, comida, economiza.
— Pois é, entregamos o nosso e fomos colonizar outros territórios.
— Não é colonização, tio, é diferente. São reservas multi--internacionais. O mundo se globaliza.
— Talvez eu seja velho, com ideias antigas. Mas queria meu país inteiro, não um mundo de países dentro do meu. Eu te contei daquela viagem. Quis chegar a Manaus e nunca cheguei. Não podia ir lá, fui rodeando, tive de voltar. Foi mais difícil atravessar Rondônia do que conseguir permissão para cruzar a Bolívia.

— Sua visão é limitada, tio. O senhor pensa em termos individuais, restringe-se a um regionalismo superado. Raciocine em termos mais amplos. Nossa economia, por exemplo, nunca esteve tão forte.

— Forte? Ninguém tem dinheiro. O país endividado. Não há terras para plantio. Tudo custa os olhos da cara, estamos importando tudo.

— Importamos pouca coisa.

— Pouquíssima. Sal, açúcar, minério de ferro, xisto, feijão, eletricidade, papel, plásticos. Quer a lista inteira?

— Não são importações, são acordos feitos quando das negociações com as terras.

— Como é que você não enxerga? Importamos de nós mesmos. Mandamos buscar ali em cima, onde antes era o norte do Mato Grosso, o Maranhão, o Pará.

— Lembre-se de que as concessões não são eternas. Têm um prazo.

— Eu vi. O ano passado esgotou-se o prazo da concessão para a Bélgica. E eles devolveram os trechos que mantinham em Goiás? Não, o Esquema comprou. Comprou uma coisa que seria dele, de graça, este ano.

— Foi diferente. Tinha melhorias, projetos industriais, edifícios, plantações, laboratórios.

— Ruínas, tudo ruínas.

— Como sabe?

— Vazou. A informação vazou, meu filho. A gente acaba sabendo. Quem é que lucrou com o retorno da concessão belga? Falam, olhe lá, falam que foi o Círculo dos Ministros Embriagados. Se você repetir, desminto. Mas é o que corre.

— O Círculo? Como podem dar tanta importância ao Círculo? Estão todos sob controle. Vivem em prisão domiciliar, supervigiados. Eles não têm mais poderes.

— Quem garante que eles estão lá? Nunca mais ninguém viu um só ministro. Não circulam. Dizem que eles estão infiltrados no Esquema.

— Cuidado, tio, é perigoso isso que o senhor está dizendo! O atual Esquema liquidou completamente com a Era da Grande Locupletação. Foram todos presos, cassados, banidos, eliminados, mortos.

— O Círculo está lá, vivo.

— O Círculo é um mito.

— O Esquema permite a existência do Círculo. Qualquer hora, ele se organiza e retoma o poder. O Esquema não está dominando a situação.

— Domina, e domina fácil. Tudo está planejado.

— Planejado? Ele não contém as migrações. A saúde pública faliu. Vejo, toda hora, na rua, os homens caindo aos pedaços. Não há mais água. Se você não trouxesse as fichas, eu e sua tia íamos morrer de sede.

— Não acredito que o senhor tenha sido professor universitário, com a mente tão limitada. Vocês sempre se bateram pela estatização geral. Pois chegamos à estatização. O governo domina tudo, em todos os setores.

— Você se esquece que não é o governo que detém a economia, mas uns poucos que estão nas boas graças do governo. E o povão continua igual, ou pior do que sempre foi.

— Não vem com essa conversa de povo. Que o senhor nunca ligou para ele. Nem sabe como é. O senhor e essa gente toda que vive gritando que defende o povo.

— Acho que, hoje em dia, sobrou a tentativa de defesa do que resta como país. Reconstruir o país, se ainda for possível, e então pensar no povo dentro dele.

— Na hora de arranjar fichas por fora, o Esquema é bom, hein, tio?

— Por que vocês discutem? Cada vez que ele vem nos visitar, sai uma discussão nesta casa, Souza. Por quê? Não podemos fazer como todas as famílias? Ficar alegres, conversar coisas boas? Há tanto assunto bonito.

— Vamos conversar bonito, tio. Também acho melhor.

— Você é inteligente, meu filho. Não entendo como pode permanecer nesse cargo, como pode estar cego diante da realidade.

— Vivo a realidade, tio. Esta sempre foi a minha realidade, nunca convivi com outra. Quando nasci, os Abertos Oitenta tinham terminado. Não figuram nem nos livros de História. É ou não é? A eles, só pequenas referências, sem muitas explicações. Então como posso estar cego?

— Viver dentro de uma realidade é um fato. Aceitar, achar que tal realidade é boa, é outra história. Nunca pensou que a vida pode ser diferente? Você não imagina que as coisas possam ser de outra maneira?

— Se não vivermos organizados, morremos. Estamos na linha justa, sob rígido controle. Não tem outro jeito.

— Mas havia, não tivessem feito o que fizeram.

— Fizeram, é irremediável.

— Será? Talvez ainda não!

Adelaide preparou gostoso bolo de mandioca factícia para levar à mãe. Corajoso, Souza recusa-se a acompanhá-la, deixa que vá sozinha, manda lembranças

Num sábado, ela encontrou o bilhete debaixo da porta: "Por que não se mudam?". No domingo, havia dois. Escritos em folhas amareladas (onde teriam conseguido?): "Fiquem longe. Levem esse furo na mão para outro lugar". "Vamos chamar os Civiltares se vocês não se forem." "Desapareçam."

Adelaide me trouxe os bilhetes na cama. Quinze para as sete, eu não tinha me levantado. Ela estranhou, desde que nos conhecemos nunca fiquei deitado depois dessa hora. As cobertas puxadas sobre minha cabeça. A madrugada foi fria. Senti que ela ficou parada, indecisa. Depois me tocou.

– Os vizinhos sabem do teu furo. Não dá mais para disfarçar.

Abaixei as cobertas enquanto Adelaide lia. Qualquer coisa a coloca trêmula. Bastou sair do seu normal. Eu me lembro quando chegavam cartas de cobrança por crediários atrasados. Ela imaginava que ia perder a casa, viriam buscar os móveis. Respeitava os avisos como coisas sagradas.

– Besteiras de vizinhos, fica tranquila.

– Não fico, não. Faz dois dias que ninguém fala comigo.

– O que é normal. Todo mundo evita todo mundo. Nas desgraças, de vez em quando, eles se auxiliam.

– Vizinhança é coisa boa, Souza.

– Você sempre teve mania de vizinhos. Por todos os lugares onde passamos, a primeira coisa que fazia era bater na porta ao lado. Avisava: "Somos os novos vizinhos, se precisarem de alguma coisa".

– Vivemos sempre bem com eles. Não sei viver sozinha. É tão bom ir a uma casa no meio da tarde, tomar café, fritar bolinhos.

– Há quantos anos você não faz isso?

– Sabe o que encontrei no corredor?

– O despertador.

– Como sabe?

– Eu é que joguei.

Adelaide sacudiu o relógio, para certificar-se de que funcionava, não tinha quebrado. Pela sua expressão, deu para saber nada. Colocou o despertador sobre o criado-mudo, em cima dos bilhetes. E me olhou, como que dizendo: aí estão, depois conversamos. Conheço este olhar. Tem um depois nele.

– A que horas vamos para a casa da mamãe?

– Não vou.

– Mas hoje é domingo, estão esperando.

– Não vou.

– E o que eu digo? Ao menos você podia ir, fingir um pouco, para eles não ficarem preocupados.

– Vai você.

– Mamãe vai ficar triste.

Demorei na cama o tempo suficiente para que ela fizesse o bolo de mandioca para a mãe. Todos os domingos faz um. Mandioca factícia é um pó amarelado que vem em sacos plásticos. O gosto parece o mesmo, mas a memória pode se enganar. Adelaide reclama apenas da consistência. Borracha pura.

Ela veio ao quarto dizer que o café estava pronto. Saiu soluçando. Por um momento tive vontade de correr atrás. Não deixá-la ir sozinha. No entanto não me mexi. O quarto estava agradável, na penumbra. Sair ao sol significava suar. Estar o dia todo fora de casa, ao mormaço, me desanimava.

Quando voltou, à noite, me encontrou observando o furo na mão. O chão estava cheio de pontas de cigarro e restos da comida que eu mesmo esquentei. Ela começou a limpar tudo, em silêncio. Nada me perturba mais do que a acusação não dita, velada. O mal-estar dissimulado na atmosfera.

Adelaide aproveita a noite de domingo para limpezas. É mais fresco. Depois toma banho, vai para a cama. Deixa o serviço grosso para a faxineira. Portas, vidros, azulejos, banheiros. Ela anda pelo quarto e parece ter nojo. Não me olha; estranho que não me olhe; o que pretende?

Passou a enceradeira, lustrou com flanela, deixando o assoalho polido. Faz anos que digo: "Vamos passar verniz sintético, poupa todo esse trabalho". Mas ela acha que a cera dá um brilho que o sintético não consegue. E o cheiro da cera invade a casa, trazendo as manhãs de sábado.

Manhãs de sábado, minha infância. Água de sabão correndo pelos ladrilhos, assoalhos, cobertores estendidos na janela e nos varais. Colchões ao sol. As vassouras na calçada, a água molhando a pedra quente, o cheiro úmido que subia da rua inteira, alegre, mergulhada no mesmo ritual.

Mulheres penduradas nas janelas a limpar vidros. Espanadores sobre os móveis, escovão indo e vindo nas áreas, varandas, salas de visita. Compridos cabos com pano na ponta, exterminando teias de aranha nos cantos do forro. Lençóis cheirando a sol e cedro e naftalina retirados das gavetas.

    Havia apenas uma casa fechada, quieta, impenetrável. Marginalizada. No canto do quarteirão, uma família sabatista. Encravada como espinho debaixo da unha, no meio de tantas casas católicas. Bem cedo, trancavam a casa e partiam, talvez para não testemunhar aquela azáfama sacrílega.

    Tão estranhos para nós quanto o seu Moisés, judeu que vendia ovos. Quanta curiosidade. Minha mãe não deixava que conversássemos com eles. Protestantes eram hereges, negaram obedecer ao santo papa. Judeus tinham matado Jesus. Eu imaginava seu Moisés atirando ovos podres contra a cruz.

    Os homens da prefeitura, de quinze em quinze dias, passando com suas foices. Arrancando a grama que crescia entre paralelepípedos. Durante o dia se ouvia o barulho ritmado do ferro, enquanto das pedras saltavam faíscas. O cheiro forte da grama dilacerada tomava todo o quarteirão.

    Cada dia era próprio, tinha o seu jeito, o clima. Segunda, dia de branco, varais repletos, as mulheres encostadas ao tanque de lavar roupa. Cantavam. No meio da manhã se podiam ouvir todas as melodias, estranha mistura de músicas populares que formava um som único, quase o mesmo.

    Na terça, as moças se preparavam para o cinema. Filmes românticos. Às quartas, no fim da tarde, as mulheres subiam em direção à igreja. Quinta, cinema para todo mundo; sexta, o recolhimento. Sábado de manhã era limpeza, à tarde buscavam-se roupas no tintureiro, à noite, cinema e baile.

    Agora, não se sabe se é terça ou sábado, a única diferença é o domingo, porque não se trabalha, mas falam em uma lei para extinguir a folga dominical. De que adianta pensar nessas coisas? Pareço um caduco, a sonhar. Pior, a sonhar com a vida fantástica de um planeta perdido.

Velho. Como as coisas mudaram. Como pode ser velho alguém de cinquenta anos? No entanto sou. As pessoas estão morrendo com trinta e cinco, quarenta anos. Na última década, disse a Rádio Geral, a média de vida decresceu para quarenta e três anos. E a ciência que nos prometia oitenta anos?

"Boa média", comentou meu sobrinho. "Tem gente demais. Não pense que o Esquema está interessado em aumentá-la. Ao contrário. Senão o que seria? Onde colocar tanta gente?" E pensar que nos Abertos Oitenta tínhamos chegado à média de setenta e quatro anos. "Somos um país jovem", orgulhou-se o sobrinho.

– Você fumou no quarto.

– Um pouco.

– Pouco? Olha a cinzaiada, os tocos. O que há com você, Souza? Me diz? Não se sente bem? Vamos ao Posto?

– Ir ao Posto, só porque fumei no quarto?

– Você nunca fez isso na vida. Sabe que detesto cheiro de cigarros no quarto.

Continuei fumando enquanto ela reclamava. É preciso saber que um dia as coisas mudam. Como Adelaide pode ser tão insensível? O mundo se transforma inteiro lá fora, e ela continua. Bem, eu também continuei, passei anos contemplando sem agir, reagir. Traumatizado pela minha compulsória.

Que fraqueza, reconheço. Mas não sou forte. Sou apenas um homem comum que tenta viver o seu dia a dia, quer ser feliz, realizar alguma coisa na vida. Mas, de repente, esse realizar não tem sentido. Porque não há para onde ir. Mas não posso me sentar e ficar esperando a morte.

Esperar que me levem a um Patrocínio, asilado. Um lugar onde eu não me comunique com ninguém. Adelaide corre, bate a porta do banheiro, ouço as suas ânsias. Ela vomita. Depois vem, hesita, vai para a sala. Como viver com uma mulher medrosa que fica trançando como barata tonta?

– Souza, me decidi.

Levei um susto. Tinha cochilado um pouco. Ela estava diante da cama, a caixa dos primeiros socorros na mão. E me olhava. Finalmente, um olhar novo no rosto de Adelaide. Firme, decidida. Olhar de ódio, determinação. Sentou-se na cama, pegou minha mão. Puxei, ela pegou outra vez, enérgica. Puxa!

– Ou coloco um bandeide, uma faixa, ou vou me embora. Já.
– Não vai colocar. Deixe o furo em paz!

*Segunda é o dia
obrigatório de compras.
O povo deve consumir,
para que as fábricas possam
fabricar e não haja a
insidiosa recessão*

Adelaide ficou a noite inteira na poltrona. Vigiando, ou à espera que eu adormecesse e ela pudesse enfaixar minha mão. Suportou com bravura os cigarros, fumei todos. Refumei os tocos, gastei minha cota. A noite toda percebi cochichos, não sei se na sala ou no corredor externo.

Cochilava, acordava, ela não estava lá. E então ouvia os cochichos, ruídos abafados, pensei reconhecer a voz da sua mãe. Ou da vizinha que vive de espanador e vassoura na mão, a lutar contra o pó constante. Cochilava, acordava, ela continuava sentada, eu não sabia se tinha sonhado.

Adelaide sofre. Não devo ter pena, e tenho. Casei-me quando já não gostava mais dela. Não tinha como recuar, estava aferrado a velhos princípios, a coisas como dignidade, palavra empenhada. Namoramos tantos anos, desde adolescentes, quando achei que ela me acompanharia, cresceríamos juntos.

Uma decisão no momento exato; ela me faltou. O medo do não. O fascínio que eu tinha por ele. Estranho mecanismo interno o meu, retardado, funcionando como se houvesse uma diferença de fusos horários. Adelaide era boa amiga, mas eu não precisava ter-me casado com ela. O que pretendo provar agora?

Sempre aceitei este casamento como fato normal, nunca reagi contra. A gente nem sempre faz as coisas que gostaria, mas termina se adaptando a elas. Desde que consinta. O pior é o consentimento. A aceitação passiva do princípio de "que nem tudo na vida é como a gente quer". Mas tem de ser.

Gostava dela, mas era somente um vácuo dentro da solidão. Nunca preencheu nada, não foi essencial. Pensei muitas vezes nisso. Se ela desaparecer não vou sentir sua falta, tudo continuará igual. Ela não era indispensável. Não é um consolo pensar nisso, me inquieta. Por ela, e por mim.

Minha indiferença serviu para torná-la, aos poucos, mulher amarga e desesperançada. Sem horizontes, nenhuma promessa de futuro. Agora, sem nenhum apoio. Ela tentou construir um lar dentro desta casa. Jamais participei dele, me isolava, parece que não queria me comprometer, me assumir.

Para estar em disponibilidade, poder largar tudo a qualquer hora e fugir. Desde moço tenho essa necessidade. Estar pronto para partir. Não querer nunca o mesmo lugar, renovar-se incessantemente. Escapar de tudo, desprender-se, me atirar. Para longe, encontrar um lugar onde ninguém me encontrasse.

Não penso mais. Sei. Não há mais o longe, o perto. Não há fuga, nem refúgios, tudo foi devassado. Sinto em mim estranha nostalgia. Antiga, muito antiga. Não dos tempos em que meus bisavós furavam o sertão do Mato Grosso, ou do Paraná. Mais para trás. Muito mais. De tempos em que eu ainda não era.

O que faço com a disponibilidade? Sei apenas que, se não fosse o furo na mão e toda essa situação, eu jamais fugiria. Estaria ali, vendo televisão. Olhando Adelaide a costurar um tapete, a limpar o pó dos móveis, a embrulhar calendários, e reclamando dos carecas que batem pedindo comida, água.

Ao descer da cama, bati com o pé no urinol. A urina derramou-se pelo soalho, espalhou-se. Passei um minuto num brinquedo infantil observando as manchas que fazia, desenhos que formava, tentando adivinhar o que podia ser. Árvore, bicho, nuvem, montanha, pedra, navio. Ou então, nada. Formas sem forma.

A mancha se tornou verde, espessa. Sem nenhum contorno. No meio dela, a mover-se, outra mancha, marrom, comprida. Me deixou inquieto, me imobilizou. Tenho medo, dizem que um dos sintomas do enfarte é a imobilidade, principalmente nos braços. Por alguns segundos, a mancha desaparece, vejo a urina.

Adelaide levantou-se. Saiu do quarto sem fechar a porta. Nunca, nos anos de casados, nenhum dos dois deixou a porta aberta quando entrava ou saía. Nenhuma outra pessoa, parente ou não, entrou no quarto, espécie de lugar secreto, refúgio. Santuário nosso, não ultrapassado, inviolado.

– Vamos embora logo. Ou não compramos nada hoje – disse ela ao voltar.

– Vai você. Não tenho vontade.

– Vai você, vai você. É só isso que sabe dizer agora?

– E se a gente não for? Precisamos de alguma coisa?

– Como? Não quero pensar nisso. A gente já vive tão apertado. Eu não suportaria viver na Marcação. Você viu o que aconteceu com a prima de dona Alcinda! E ela só deixou de comprar duas semanas seguidas porque estava doente. Não, Souza! Vamos, que eles não aceitam desculpas. Nem que seja para trazer um saquinho de sal.

Um inferno sair na segunda-feira. A neblina baixa, as pessoas andando devagar. E o sol. Não há nenhuma sombra para me abrigar, a cabeça arde, como se eu tivesse levado uma tijolada. Na frente de algumas casas, as árvores. Pintadas em grandes painéis plastificados, coloridos. São os Jardins Representados.

Qualquer um pode comprar. Paga por metro quadrado. Costumam colocar diante das janelas, para se ter a impressão que olhamos o verde. Outros, vaidosos, mantêm os painéis de frente para a rua. Sinais de status, são caríssimos, principalmente os tridimensionais. Ou os naturalmente aromáticos.

Adelaide caminha um pouco à frente. Tem vergonha do furo na mão. Claro que tem. Hoje ela me detesta porque resisti ferozmente às faixas, ao bandeide. Para não mortificá-la muito, fico com a mão no bolso, a fim de evitar a curiosidade. Mesmo assim ela está ressentida. Assume e me evita.

O Distrito das Compras é vertiginoso com um calor destes. Os ônibus circulares-consumistas despejam multidões. Os Privados das Compras se amontoam junto às cercas-limites, estendendo a mão com dinheiro, pedindo mercadorias aos que entram. Muita gente vive disso. Fornecer compras ilegais aos Privados.

Os Privados são uma categoria que conseguiu a isenção para o dia de obrigação de consumo. O problema é que, com a isenção, eles têm de se restringir às pequenas lojas, nos próprios círculos em que moram. Não podem se utilizar dos serviços amplos do Distrito de Compras, onde há tudo.

Para ser Privado, basta comprovar o rendimento mínimo anual de treze salários. Acontece que os Privados, às vezes, economizam e correm para as cercas, tentando obter produtos raros. Como as frutas factícias orientais: figos secos, tâmaras, passas. Ou qualquer coisa que não me ocorre.

Ficam gritando, implorando, estendendo dinheiro, vales, enquanto os interceptadores atendem, anotam. Tudo na base da confiança. O interceptador compra e vai levar em casa. Leva mesmo. Age na base dos códigos de ética dos antigos bicheiros, o código que regia o jogo antes do Bicho ser legalizado.

Se o inspetor apanha alguém passando mercadoria sobre a cerca, não se sabe o que pode acontecer. Porque não se encontra mais a pessoa. Penso às vezes que estou vivendo dentro de um sonho, um situação imaginária, surrealista, um balão de gás que pode explodir de um momento para outro.

Vejo, misturados na cerca, os carecas, os despelancados e também uma gente que nunca tinha visto antes. Têm os olhos quase fechados, cheios de remelas, como se os globos estivessem inflamados. Me dão mal-estar. Todos se comprimem, gritam. Sinto-me um privilegiado, porém isso não me afeta.

 O Distrito é um tormento. As pessoas parecem gostar. Riem, se divertem, se encontram, bebem, falam alto, entram nas lojas, amontoam-se. Há uma atração neste Distrito, não há dúvida. As galerias são frescas, acondicionadas, luzes naturais filtram-se através dos telhados de vidro.

 O prédio a que temos direito ainda não atingiu a Cotação Limite. A fila quase não para, a entrada é contínua. Quem não tem direito não vem mais. No começo, as pessoas tentavam entrar, furar filas, provocavam congestionamentos e tumultos. Agora, desistiram. Em pouco tempo, estamos dentro.

 Iluminadas por luz natural, as lojas não têm teto. Economia de eletricidade. Já se foi o tempo dos grandes luminosos, das orgias de placas a néon. Quando a última hidroelétrica parou por falta de água, o Reator Nuclear das Caatingas começou a funcionar, fornecendo energia para o país inteiro.

 Houve problema com as linhas de distribuição por cima da reservas multi-internacionais. O Esquema não conseguiu autorização, tiveram de fazer linhas subterrâneas, bem fundo no solo, para não prejudicar a fertilidade das terras estrangeiras. Custou caríssimo; impuseram novos impostos.

 – Pensei em comprar uns cheiros – disse Adelaide.
 – Vamos procurar um Cheiro de Fim de Tarde.
 – E também um de Água na Terra Seca. Era tão bom. Um dia quente, o pó, vinham aqueles pingos, batiam forte, o pó subia, o cheiro também.
 – Estão em falta – disse o caixeiro.
 – Do que tem?
 – Folha Seca, Folha Podre Úmida, Eucalipto no Fim da Tarde, Coqueiro, Flores, Verduras, Café Torrado, Papel Novo, Algodãozinho, Chá Mate, Bosta de Vaca, Leite Queimado na Chapa. Pão de Forno, Serraria Depois de Cortar Tronco de Cedro,

Alfazema, Jasmim, Igreja na Hora da Bênção, Sanitário Limpo de Cinema, Moça que Tomou Banho com Sabonete, Roupa Passada, Jatobá Aberto, Frango Assando, Jaca, Hálito de Criança Após Escovar o Dente. E mais uns duzentos.

– Nacionais?

– Só o Bosta de Vaca, o Roupa Passada, o Gás de Escapamento e o Quarto Fechado Há Longo Tempo.

Compramos três sprays. Leite Queimado na Chapa, Serraria Depois de Cortar Tronco de Cedro e Carvão Queimado na Fornalha de Locomotiva. Meu avô forneceu muita lenha para a estrada, posso reconstituir o cheiro do vapor a hora que quiser. Ficava à beira da linha enquanto carregavam o Tender.

– Você viu? Coisa horrível.

– O quê?

– Os mutilados!

– Não, onde?

– Dobraram por aquela galeria. Não tinham braços, um buraco só no lugar do nariz, orelhas imensas. Pareciam bichos. O engraçado é que eram absolutamente iguais, os dois. Como deixam entrar?

Na Boca de Distrito, o fiscal carimbou "Compras Cumpridas". Salvos por mais uma semana. Enquanto esperávamos o ônibus, eu tinha a mão em pala diante dos olhos. O sol, atravessando o furo, produzia no chão um círculo de luz, mais mancha que círculo, de tal modo a sobra estava diluída.

Movia a mão para cima e para baixo. O círculo aumentava, diminuía. De cócoras, brinquei com a luz. Ela atravessava a minha mão. Gostei dessa imagem, a luz que traspassa minha mão e forma um símbolo. Claro, aquele pequeno círculo podia ser um meio, um sinal transmissor. Ter um sentido. Ser aviso.

Nas catedrais, muitas vezes, eu passava horas observando o lento caminhar da luz através dos orifícios das abóbadas. Até que chegava o momento em que o sol, batendo direto sobre o altar, iluminava o sacrário. Devia haver naquilo mais do que uma coincidência. Era uma intenção deliberada.

Podia ser homenagem, a luz aos pés do divino. Podia ser a confirmação de que Deus é luz. Também podia representar uma mensagem qualquer que os iniciados entenderiam. Mensagem que atravessaria milênios e seria sempre captada, não importa em que época ou tempo. Essa história de iniciados me revolta.

Haveria sempre homens capazes de decifrar alguma coisa contida neste círculo de luz. Sensação de conforto e paz. Isso eu sentia naquelas catedrais europeias, sentado no banco, contemplativo por horas e horas, a observar o movimento tênue, imperceptível daquela luz em direção ao sacrário.

Harmonia em busca de um objetivo. Sempre alcançado. Todos os dias, há séculos, a luz, variável segundo a época, percorria o seu trecho, batendo primeiro no chão da nave. Continuando, alcançava o altar na hora determinada. Engraçado, agora penso naquilo com uma impressão desagradável: no imutável que representava.

Ao mesmo tempo, era a certeza do imutável nas grandes coisas do universo. No seu funcionamento, na sua estrutura. Será que ainda hoje aquela luz percorre um trecho idêntico, à mesma hora, com igual intensidade? Será que esse imutável já não foi alterado? Daria tudo para estar de novo nas catedrais.

Há várias noções de imutáveis, portanto. A primeira, ampla, geral, necessária, que é do próprio universo, intocável. A outra, dos pequenos sistemas que nós mesmos construímos e que necessitam de alterações, ajustes de tempos em tempos, a fim de se adaptarem à ordem constituída, maior, soberana.

Ou me confundo? Não sei. Ando sem clareza em relação à situação. Onde fica o homem dentro disso tudo? Qual a sua função dentro da natureza, do universo? Ele rege ou é regido? E esse esforço tremendo que o homem fez durante séculos para ser o dominador, o que detém o poder?

Teria o homem ido além, ousando alterar a estrutura interna do universo? Modificá-la, sem antes sequer compreender, ou dominar, as pequenas estruturas que somadas formam o nosso mundo? Quer dizer: ele ainda não estava preparado para a grande modificação e cometeu um grande erro. Em algum ponto.

Ao voltar para o emprego,
Souza encontra uma
novidade desagradável.
O chefe, é claro,
não fornece explicações.
Chefes chefiam

Resolvi trabalhar. Não tomei banho, nem fiz barba. Estou suando. Sobre o fogão, um resto de sopa. Esquentei. Nunca tomei sopa de manhã, sempre é dia de se começar um hábito. Caldo de carne, tomate, macarrão de estrelinhas. Factícios. Durante anos, sopa foi nosso primeiro prato, ao jantar.

Só o macarrão de estrelinhas mudou. A antiga fábrica do bairro fechou, faz muito tempo. O velho gostava de trabalhar com trigo, os filhos se contentaram com misturas, os netos aceitaram a farinha química dos laboratórios do governo. Só não aguentaram a pressão das multi-indústrias.

Elas vieram, com pacotes plásticos atraentes, supostamente com melhores valores, proteínas, ovos. Verdade que houve imensa intoxicação na altura dos anos setenta. Os intestinos do povo não funcionaram. Formavam-se bolos alimentares endurecidos, mal digeridos, provocando cólicas terríveis.

Resultado das excessivas aplicações de produtos químicos não testados. A tecnologia vinha de fora, os técnicos nacionais estavam em fase experimental. Meses e meses até as coisas voltarem aos eixos. A imprensa foi proibida de tocar no assunto, ministros tinham interesses nas multi-indústrias alimentícias.

Eu me lembro bem dessa grande intoxicação. Ela coincidiu com nossa chegada das praias poluídas. Tivemos de voltar às pressas quando as pessoas começaram a morrer. Iam para a praia, contentes, tomavam banho de sol, mergulhavam. Saíam, se deitavam ao sol. No fim da tarde, morriam como baratas sob inseticidas.

Os prefeitos escondiam os fatos. Acusavam o governo de contribuir para a bancarrota das estâncias. Processavam os jornais. Protestavam contra as televisões. Processavam as famílias que ousavam dar declarações. Compravam todo mundo. E as pessoas desciam às praias, e morriam.

Hoje não se vai mais à praia. É triste chegar ao litoral e ver as cercas de concreto e farpado isolando as áreas. O mar estagnado, negro. Praia? Se é que se pode chamar aquela areia negra, espessa, oleosa, de praia. Nem água do mar se consegue tirar para tratamento e distribuição à população.

Construíram-se todos os tipos de filtros para torná-la potável. Inúteis. A água termina o ciclo de refinação com uma cor cinza e um cheiro enjoativo de ovo podre. Parece vingança do mar. Então construíram emissários gigantescos. Os esgotos do país fluem para o oceano dia e noite.

Duas colheres de sopa. Nada mais. Me enjoou. Tive vontade de jogá-la no tapete. Esse tapete de retalhos que Adelaide fez neuroticamente nas tardes em que ficou em casa sozinha. Mais de dez mil tardes ociosas, ela sentada na cadeira. Cortando pano, unindo e montando tapetes para a família inteira.

Quando os tapetes envelheciam e os retalhos apodreciam, ela fazia outro. Primeiro, tecendo cordinhas bem finas com os panos coloridos. Depois trançando e formando desenhos incompreensíveis, encontrados em revistas antigas. Ela arranca as páginas e guarda em pastas catalogadas.

Observando o tapete, vou encontrando restos de camisas que tinham desaparecido, lenços, gravatas, vestidos, maiôs. Tudo ali. Vendo o pano azul estampado, eu me lembro do décimo aniversário de casamento. A gravata de bolinhas foi presente de meu pai nos meus quarenta anos. E o lenço, cueca, meias.

Os tapetes esgarçavam, desbotavam. Aí, ela usava como panos de chão, até apodrecerem e serem amontoados no quartinho dos fundos, o que era usado pela empregada. Devem estar lá, um montão de panos podres. Juntos aos calendários. Por que Adelaide guarda tudo, não se desfaz de nada?

Ela dorme no sofá da sala. Ou finge dormir. Fiz todos os tipos de barulho, não se moveu. Não tem o sono tão pesado assim. Saio. O elevador parado, é infernal essa economia de energia. Desço os andares, devagar. Também, se perder o ônibus, pouco me importa. Pouco me importa, já se viu?

Apesar de tudo, cheguei ao ponto antes do S-7.58 chegar. Que S seria esse? Existem tantos nomes, siglas, números, letrinhas, desenhos, símbolos, visuais incompreensíveis, cada um designando uma seção, departamento, organização. Acho que um homem levaria mais de um ano para compreender tudo, conhecer todas.

– O senhor toma outro carro, por favor?
– Por que outro carro?
– Ordem da companhia.
– Ah, essa não. A companhia me conhece, por acaso? Vou é nesse.

Subi. Todos no ônibus olhavam mal-humorados para mim. Não reconheci ninguém do horário habitual. Alguns carecas, mais vermelhos do que nunca. Abafado no interior. Agora estavam dando fichas de circulação para os carecas? Os passageiros começaram a descer. O cobrador saiu rápido, o motorista chegou.

– Por que o senhor não vai por bem?
– Pago minha passagem, tenho ficha de circulação, portanto tenho o direito de andar no carro que me determinaram.
– O senhor é que pensa.

O cobrador voltou acompanhado de um Civiltar. Com a rudeza normal, o Civiltar não perguntou nada. São famosos por atirar antes e não perguntar depois. Ele me agarrou. Quem é que pode mais que um Civiltar? Me atirou à calçada, como quem joga uma bolota de papel. Vai ser forte assim no inferno.

A maleta abriu, os papéis se espalharam pela calçada. Ainda sentado, traseiro ardendo, comecei a juntar. De repente, parei. Para quê? Estes papéis não me interessam. Notas, faturas, recibos, recortes de jornais, cartões de visita, cheques, bilhetes do chefe, memorandos, papéis carimbados. Parece coisa de minha mulher.

Juntar tudo isso para quê? Olhei uma vez mais os papéis pardos (só existe um tipo de Brasil, de baixa qualidade, racionadíssimo). Convivo com eles há quantos anos? Para que carrego esse arquivo de nada? Curioso, ontem na cama tentava me lembrar onde eu trabalhava, o que fazia. Deixei a maleta e os papéis ali, no chão.

Os passageiros voltaram depressa ao ônibus. Levantei-me, fiquei encostado ao ponto. Quinze minutos depois, outro carro. Só abriu a porta da frente, algumas pessoas desceram. É uma conspiração. Bati na porta de entrada, chutei. O cobrador colocou a cabeça para fora da janela, irritado.

– O que é isso, companheiro? Espere o outro carro.

Decidi ir a pé. Não preciso de condução, tenho meus pés, gosto de andar. São vinte quadras, não me importa a demora. Custei a acertar o passo, depois encontrei o ritmo. À medida que me aproximava do centro, penetrava nas filas. Parava, andava. Suava em bicas ao cruzar a Boca de Distrito.

Quando entrei no escritório, passei rápido, sem cumprimentar o chefe. Nem olhei meus companheiros. Eles também nem ligaram. Sempre fui considerado homem quieto, maníaco com a limpeza das gavetas, da mesa, com a ordem dos papéis, organização na mesa. Tenho a melhor letra, os manuscritos saem de mim.

Havia um paletó estranho na cadeira. Abri a gaveta, não encontrei a minha arrumação, os lápis selecionados por cores, tamanhos, os clipes, borrachas, grampeador, carimbos. Tudo remexido. Ouvi um "com licença", ergui os olhos. Lá estava o homem gordo, careca, uns trinta anos. Suava mais que eu.

— Desculpe, esta mesa é minha.
— Sua?
— Me deram hoje de manhã.
— Então vamos ao chefe.
— Como quiser.
— O que está acontecendo?
— O senhor está demitido.
— Tem de me explicar. Ora, se tem!
— Para que saber, se já está demitido e não vai adiantar? Às vezes, é pior saber o motivo.
— Eu quebro isto tudo. Quebro. Quero uma explicação, e já!
— À vontade, quebre. O senhor sempre foi revoltado, seu Souza. Isso não é bom. Assim não ajuda. Não é de gente como o senhor que o Esquema precisa.
— Não saio sem explicação.
— Então fique aí.

*O que deveria ser uma divertida
sessão de cinema
transformou-se em ameaça.
Poderia ter terminado mal, caso
Souza não tivesse tido uma ideia brilhante.
Deu um pontapé*

    Solto na tarde. O corpo melado. A roupa grudada na pele. Ofegante. Um banho. Banho gelado. Ducha violenta batendo no corpo, relaxando músculos. Ora, vivo mesmo no mundo da lua. Duas da tarde, está meio escuro. Não são nuvens. Parecem, isso sim, chapas de metal cinza que se fecharam sobre a cidade.
    Os prédios concentram o mormaço, as filas de circulação caminham indolentes. Como era engraçado o tempo em que todo mundo andava apressado em São Paulo, aos encontrões, esbarros.

No entanto, a irritação nos rostos e dentro da gente é igual. Por causa desse abafamento constante, interminável.

    E sem esperanças. As luzes estão acesas, fracamente. Amarelas, doentias. "A dolorosa luz das grandes lâmpadas elétricas da fábrica, tenho febre e escrevo." Era a minha frase predileta, anotei-a, decorei. Como sei de cor a maioria dos versos do poeta Fernando Pessoa. Tenho febre e penso, num girar infinito.

    Dolorosa luz das grandes lâmpadas elétricas. O povo se move em câmara lenta, como se vivesse dentro de um efeito especial em cinema. Cabeças baixas, respirando mal, seguindo as filas, entrando e saindo de edifícios. Poupando energia para suportar um pouco mais e conseguir chegar ao fim do dia.

    Nem olho que filme é. Compro bilhete, entro. Penumbra agradável. Não gosto de olhar nada de lado, quero frente a frente. Atrás de mim pessoas cochicharam, se levantaram. Ao sair, uma delas bateu com a bolsa na minha cabeça, se desculpou, apressou-se.

    Formou-se, aos poucos, um movimento na sala, como se fosse o final da sessão, as pessoas todas saindo. Fiquei impaciente com o barulho das conversas, ruídos dos passos, assentos que batiam, uma confusão. As pessoas se amontoavam nos corredores, fumavam, mexiam os pés. Ninguém para colocar ordem na casa.

    Então o cinema ficou silencioso. Vi o filme tranquilo até o fim. As luzes se acenderam, eu queria esperar o começo. Continuei sentado. Em volta, somente as indicadoras, com suas lanternas, me observando. Espantadas, achei. As luzes não se apagavam, olhei o relógio. Parado, ora essa. Detesto intervalo de sessão.

    Dei um tempo, virei-me. As indicadoras tinham desaparecido. As luzes começaram a baixar, quase se apagaram. Mas os complementos não vieram. Continuei esperando. Barulhos de portas sendo fechadas. Ruído seco de travas. O cinema escureceu completamente. Falta de energia, decerto.

    Melhor esperar no salão. Fui tateando pelo corredor. Escuro me desnorteia, durmo sempre com uma lâmpada fraca. O quarto fica na penumbra pela lâmpada votiva que Adelaide mantém acesa junto ao Sagrado Coração. Ela pensa até hoje que também sou devoto, por isso ajudo-a a manter a lâmpada.

Encontrei uma porta. Não abria. Droga, o que significa isso? Forcei. Acendi um fósforo, procurei outra. Trancada. Gritei. Não é possível terem me fechado aqui. Chamei as indicadoras. O porteiro. O projecionista. Observei a janelinha da cabine de projeção. Escura. Como é que se foram sem me avisar?

Sentei, meio abobalhado. Um forno a sala. Não conseguia pensar em nada. Se tivesse um telefone. Também posso pôr fogo no cinema. Veriam a fumaça, chamariam os bombeiros. Se é que chegariam a tempo. Os incêndios estalam por toda a parte, a todo momento. Eu é que não queria ser bombeiro.

Bom, o jeito é esperar a sessão da noite. Fiquei sentado, tentando cochilar. Vou me acostumando, tenho a impressão de que não é escuro total, é penumbra. Pelas frestas da porta, coa uma claridade. Gosto de lugares assim, fechados, onde eu possa ficar sozinho. Ficar a vida toda.

Teve época em que meu sonho era mudar para o interior. Alugar uma casa, me encerrar nela, não sair nunca. Loucura. Seria apontado pelas pessoas como o velho louco da casa amarela. As crianças me evitariam. Fuga, pura fuga. Explica-se, logo depois da compulsória eu estava chocado, tonto, revoltado.

Não cochilei, mudei de lugar sete vezes. Fiquei ouvindo os ruídos da rua, sentia-me inquieto. Não é por ficar preso. É alguma coisa que me está faltando. Deve ser a hora da turma descer para o café, conversar, ver mulheres passando. Um recreio não legal, mas consentido. O chefe também vai.

O alívio veio. Não preciso voltar ao escritório. Posso tomar quantos cafés quiser, ficar olhando rua o dia todo. Aí, dormi. Barulhos surdos, latas, vozes, um zumbido. Acordei vi a luz amarela acesa no meio das fileiras de poltronas. Atordoado, pensei: dolorosa luz das lâmpadas elétricas.

Não era hora de poesia, dei um salto na cadeira. Mulheres que faziam a limpeza se assustaram. Gritaram. Veio um homem, provavelmente vigia, com o revólver. Quando me viu, estancou o passo. Se aproximou, cauteloso. O revólver seguro com as duas mãos. Deve assistir muito seriado na televisão.

– As mãos para cima. Para cima e não toque em nada. Não se mexa, não se mexa!

– Calma. Devagar com o andor.

– Ladrão, é ladrão.

– Ladrão, nada. Vim ver o filme, dormi. Quando acordei, estava trancado.

– É? Hoje não teve sessão, seu mentiroso.

– Então como entrei?

– Vai explicar para o delegado.

Uma das mulheres saiu para telefonar, o vigia me mandou andar. E agora? Quando passamos pela lâmpada, dei um chute no pedestal. Ela partiu-se no chão. O homem atirou. As mulheres gritaram. Corri, subindo o corredor. Tinha divisado uma porta aberta. Outro tiro. Um impacto seco perto de mim.

Passei, fechei a porta. Fugir, só assim. De repente, duas mulheres estavam encolhidas a um canto. Havia uma lateral, fui por ela, em direção à praça. Alguém me xingou: "Olha a fila". Que fila, que nada. Na praça, atirei-me num banco. E percebi que estava molhado. Tinha urinado nas calças, como menino.

Abaixei, tirei as meias. Os pés, suados, ardiam. Odeio meias de náilon, seguram a transpiração. Noite já, puxa vida! Cansado. Com os sapatos na mão, encontrei um lugar simpático atrás de uma grande escola. O canto fedia a coisas podres, a cidade fede cada dia mais. Nós todos fedemos.

Se Adelaide estivesse aqui, vomitaria. Ela tem mania de cheiros. Mantém as janelas fechadas o tempo inteiro. Não é só por causa da poeira, do calor. Ela pensa que pode vedar o apartamento contra os cheiros. Ingênua. Aqui não é nada cômodo, mas é melhor que andar até em casa. Estou desanimado.

Andar, porque não me deixam subir no ônibus. Cidade maluca, esta. Não quero caminhar com esse mormaço. Quase não há gente na rua. O centro se esvazia depois de sete. Fica perigoso. Mas não suportaria chegar no prédio, ver os sacos de lixo no hall, a cozinha arrumada, a louça no escorredor.

Em casa, havia duas latas na cozinha. Uma para coisas que apodreciam fácil. Restos de comida, pó de café, papel, cascas de ovo. Os desagradáveis. Outra para vidros, latas, plásticos. Um dia, observei muito bem. A lata vazia pela manhã, enchendo gradualmente durante o dia. Completamente cheia à noite.

Depois, a lata ia para fora, o lixeiro apanhava na madrugada. Ela voltava ao lugar no dia seguinte. Vazia pela manhã, enchendo gradualmente durante o dia. Quando descobri a repetição, compreendi também o mecanismo. Repetição. Levantar, tomar café, sair, trabalhar, voltar, comer, ver tevê, deitar.

Uma roda girando sem sair do lugar. Produzindo o quê? O vazio. Moto-contínuo. Funcionaria a vida inteira, sem parar. A menos que alguém interrompesse. Se ninguém impede, as coisas continuam, eternizadas. É preciso sempre intervenção, que alguém se interponha, se transforme em obstáculo à repetição.

Pela manhã, calcei o sapato sem meia. Na lanchonete permitida pedi pão, ovo cozido (gosto de plástico), sal. A nuvem cinza continuava baixa sobre a cidade, os relógios marcavam quinze para as nove. As pessoas suando. Dentro em pouco haverá uma desidratação. Não temos tanta água no corpo.

Andando pelo centro. Estranho estar à vontade, admirando vitrines que nem sabia estarem ali, reparando nos rostos das pessoas. Deixei de prestar atenção ao centro faz muitos anos. Vejo homens com maleta preta. Maleta? Era disso que eu sentia falta no cinema. A maleta de mão, com minhas coisinhas.

Aquela maleta fazia parte de mim. Era um membro, me dava segurança. Sem ela, meus braços pendem desamparados. Colados ao corpo, com medo de se desgrudarem. Sinto falta do escritório. Não pelo trabalho, nem pelos colegas. Mal conversávamos. É que nunca estive livre, numa hora da manhã, como hoje.

– Oitavo.

— Só abre às nove e quinze — disse o ascensorista.
— Você é o Souza?
— Sou.
— Não me reconhece?
— Não.
— Tadeu.
— Tadeu Pereira?
— O próprio.
— O que faz aqui?
— Sou ascensorista. Não vê?
— Começou quando?
— Sempre trabalhei neste prédio.
— Eu também...

Aí observei que tinha me enganado. Era um hall igual, porém não era meu prédio. Também, são todos semelhantes. Uniformes. Feitos com uma só planta. Arquitetura econômica dos Abertos Oitenta. Graças a esse erro, redescubro meu velho amigo Tadeu Pereira. Não é possível. Tão envelhecido, acabado.

— Tadeu Pereira. Quem diria?
— E você? O que faz?
— Nada. Fui demitido.
— Por quê?
— Sei tanto quanto você.
— Estão demitindo baseados nos decretos secretos.
— Nunca ouvi falar.
— São secretos. Produtos do Ministério de Planejamento. Demissões em massa. O Esquema não aguenta mais criar empregos artificiais. Está além do limite da capacidade. Prefere o desemprego generalizado, problemas sociais, que uma dívida insuportável. Eles têm horror de dívida externa e ao mesmo tempo usam a dívida como justificativa para tudo.

— Quer dizer. Mais gente nessas ruas o dia inteiro. Não dá.
— Tenho medo, Souza. Muito medo. Gente como nós o que vai fazer?

112

Ele jamais poderá saber o quanto estou alegre. Jamais imaginei que pudesse um dia dar de cara outra vez com o Tadeu. Andou desaparecido tantos anos, julgávamos que tivesse morrido. Acabado e acabrunhado, curvado, não me parece o homem que teve tanto ânimo. Tanto peito para enfrentar situações.

<u>Dois aposentados prematuramente conversam. Quem diria que tudo ia acabar assim, num clima de ridícula e subdesenvolvida ficção científica?</u>

— Quer dizer que também entrou na compulsória?
— Há um bom tempo.
— O que anda fazendo?
— Nada, já te disse.
— O que andava?
— Conferia números num escritório. Números, o dia inteiro. Colunas e mais colunas.
— Quem diria que a gente iria acabar assim? Tudo parecia tão promissor nos Abertos Oitenta.
— Murcharam rapidamente. Teve gente que nem percebeu.
— Temos discutido o assunto, Souza. Estamos chegando à conclusão que nos deixamos enganar. No fundo, era previsível o que viria. Quantos homens da antiga ditadura não continuaram nos postos?
— Você disse: temos discutido?
— Um pequeno grupo. Na casa de um, na casa de outro. É o jeito de mantermos as cabeças em forma, não perdermos o pé. É difícil, as pessoas andam espantadas. Ninguém quer saber de mais nada. O que vale é o dia a dia. Só se pensa na sobrevivência.

— Acredita se eu te disser que não converso a sério há uns cinco anos?

— Claro, aconteceu comigo. Meu silêncio um dia explodiu na minha cara.

— De vez em quando falo com um sobrinho meu. Tem vinte e três anos e é capitão do Novo Exército. Mas não dá para a gente se entender. Ele me irrita. E me faz sentir safado. Pode ser? Me sinto corrupto porque aceito umas fichas extras para a água.

— Imagine se umas fichas de água tornam alguém corrupto, Souza? Isso não dá nem para arranhar a honestidade. Você sempre foi escrupuloso demais. Tinha noções rígidas, antiquadas, de certo e errado. Andava devagar.

— Era o meu jeito.

— Se somos corruptos por causa de umas fichinhas, imagine aquela gente toda? O que dizer do Grupo dos Oito? E a Ala Asa de Galinha? E o Conjunto Pop?

— Fico abismado com tudo que fizeram, sem que houvesse uma revolução.

— Eu não. O que me impressiona é que essa gente nunca teve medo do julgamento da história...

— Julgamento da história? Aqueles homens pretenderam eliminar a história, tentando apagar o futuro. Para que não sejam lembrados como novos Átilas, os devastadores. Se acreditaram tão poderosos que julgaram poder cancelar a memória do povo.

— Ao menos, fizeram tudo. Quem penetra no prédio da Memória Nacional?

— Até que dá para penetrar. Mas quem garante o que está lá? Não será um prédio vazio?

— Nem os bárbaros causaram tanto estrago.

— Os bárbaros não tocavam nos templos. E as bibliotecas, os manuscritos estavam nos templos. Eles tinham medo dos deuses e não violavam os santuários. As escolas dos sacerdotes continuaram funcionando. Mas agora. Tudo começou na grande ditadura com

as reformas de ensino, as dificuldades para estudar, o analfabetismo grassando. Tentou-se consertar a situação nos Abertos Oitenta. Nem deu tempo para respirar. Quando vimos, tinham-se acabado. Estava instalada a Grande Locupletação.
– Fecharam nossos olhos durante os anos abertos.
– É trocadilho?
– Coincidência. Estávamos iludidos, não prestamos atenção às coisas que aconteciam.
– Não se esqueça de que aconteciam secretamente. O Esquema decidia a portas fechadas. De repente, vinha uma campanha de preparação. Algumas semanas de amortecimento e ficávamos anestesiados. Por oito anos abastecemos o mundo de madeira. Convencidos de que não havia problemas, aceitamos que vendessem pedaços da Amazônia. Pequenos trechos, diziam. Áreas escolhidas por cientistas, para que não se alterassem os ecossistemas. Até que, um dia, as fotos tiradas pelos satélites revelaram a devastação. Todo o miolo da floresta dizimado, irremediavelmente. O resto durou pouco, em alguns anos o deserto tomou conta.
– O Esquema era inteligente. Negava, negava e agia ocultamente. Quando se viu, estavam no chão 250 milhões de hectares de florestas. Como nunca mais há de haver outra.
– E continuamos endividados.
– Mas ganhamos a Nona Maravilha.
– Ganhamos também tempestades de areia dignas de países desenvolvidos. Não temos mais de invejar os furacões norte-americanos. As tempestades dizimaram o Maranhão e o Piauí. O deserto avançou para o mar.
– Sergipe sofreu duas tempestades de lama, Aracaju foi soterrada. O mar, lá, tem ondas de trinta, quarenta metros.
– Furioso. Tão furioso quanto o Esquema quando os grupos de defesa do meio fizeram uma denúncia internacional. O Esquema ficou desmascarado.
– E se importou? Estava todo mundo ganhando. O escândalo que foi o Grupo dos Oito assinando concessões para as

madeireiras estrangeiras! Oito pessoas ganharam mais dinheiro que toda a população em dez anos de trabalho.

– Os jornais falaram.

– Logo se calaram.

– Claro...

– E a Ala Asa de Galinha?

– Estava sempre debaixo de asa do presidente. O povo chamava de pintinhos. De pintinhos não tinham nada. Eram galos ladrões.

– Entregaram tudo. Aí estão as reservas que não deixam ninguém mentir.

– Mas o Esquema negava. Nega ainda. Aliás, não precisa negar, não se fala mais nesses assuntos.

– Todo mundo está preocupado com viver, arranjar um buraco para morar, um prato de comida.

– Tinha ainda o Conjunto Pop. Tocava música estrangeira. Obrigou a indústria nacional a dançar ao som das multinacionais.

– Será que eles estão vivos, Souza?

– Ah, uma boa parte já se foi. Eram homens de sessenta e cinco, setenta anos. Aferrados ao poder, deslumbrados com o mando, alucinados pelo lucro.

– E eram tão poucos.

– Mas tão fortes.

– E inteligentes.

– Você tem alguma esperança, Tadeu?

– Ando confuso. Perdido.

– Acho a minha teoria provável. Sabe? Acabando com tudo, eles estariam salvos. Acreditavam que, eliminando o futuro, deles não se guardaria nenhuma imagem. Esquecem a tradição oral. Proibiram os livros, cassaram os cientistas, expulsaram os professores, prenderam os pensadores. Parece até complô de nível mundial. Uma divisão do mundo moderno acertada entre as grandes nações e os amaciados dos países subdesenvolvidos.

– Pois para mim parece ficção científica. São Paulo fechado, dividido em Distritos, permissões para circular, fichas magnetizadas para água, uma superpolícia como os Civiltares, comidas produzidas em laboratórios, a vida metodizada, racionalizada.

— Tem razão. Vivemos ficção científica porque vinte ou trinta pessoas, numa época que o povo, sempre gozador, chamou de Era da Grande Locupletação, resolveram ter lucro usando poder. Ficção científica ridícula.

— Como ridícula?

— Lembra-se de quando líamos os livros de Clark, Asimov, Bradbury, Vogt, Vonnegut, Wul, Miller, Wyndham, Heinlein? Eram supercivilizações, tecnocracia, sistemas computadorizados, relativo — ainda que monótono — bem-estar. E, aqui, o que há? Um país subdesenvolvido vivendo em clima de ficção científica. Sempre fomos um país incoerente, paradoxal. Mas não pensei que chegássemos a tanto. O que há em volta de São Paulo? Um amontoado de acampamentos. Favelados, migrantes, gente esfomeada, doentes, molambentos que vão terminar invadindo a cidade. Eles não se aguentam além das cercas limites. Não há o que comer!

— Bom, Tadeu. Sua cabeça continua igual. Pensei que você estava derrotado. Vejo tua cabeça funcionando, funcionando. Speed. Era o teu apelido. Speed. Por causa da tua cabeça, a mil por hora. Foi o tempo em que palavras inglesas substituíam tudo.

— Vamos tomar café? Você tem ficha?

— Gasto a de amanhã...

— Quando olho essas cartelinhas de fichas, tenho a impressão de cartelas de anticoncepcionais. O dia determinado para cada café. Aonde chegamos, hein? E gente como nós tem culpa, Souza!

— Espera lá. Se aposentaram a gente, foi por alguma coisa.

— Ficamos assustados com a aposentadoria. Recuamos. A mim custou um bom tempo para recuperar a normalidade. Eu não conseguia emprego em lugar nenhum. Os meninos estavam grandes, foram trabalhar. Vendi a casa, fui para um apartamentinho. Diminuí gradualmente o nível de vida.

— Quem não diminuiu? O nível neste país ficou abaixo do nível.

– Sempre ruim para piadas, hein, Souza? Você era um chato. Só contava piada sem graça.

Serviram as xícaras de café. Pó solúvel ralo, meia colher de açúcar para cada um. Ao menos, quase todo mundo deixou de comer açúcar, coisa desnecessária. Havia uma porção de garçonetes. Uma colocava o pires, outra a xícara, a terceira despejava a dose exata de açúcar, outra o café, outra a água.

Elas se acotovelavam, davam encontrões por dentro do balcão. É a superespecialização. A fórmula que o Esquema encontrou para combater o desemprego foi a subdivisão e ampliação de cargos. Agora, diz o Tadeu que isso deve acabar. "No mês que vem, só vai ser duas xícaras por semana para cada pessoa", avisou uma loirinha sem dentes.

– Sabe o que é? Havia gente preocupada. Associações por toda a parte. Grupos que defendiam os rios, organizações contra a proliferação de hidroelétricas desatinadas, os heroicos combatentes contra o Reator de Angra...

– Soube que morreram todos.

– E, no fim, o Reator também. Está lá, afundado. Fui ver. Atração turística. Parece um navio adernado, metade dentro da água, metade fora. Coisa esquisitíssima, Souza. Um amontoado gigantesco de concreto afundado na terra.

– Monumento?

– Ao imediatismo...

– Não quero ver. Assim como a Casa dos Vidros de Água.

– A Casa dos Vidros é a maior prova contra o Esquema. E eles deixam.

– Às vezes duvido que exista gente por trás do Esquema. Esquema, Esquema, ouvimos falar. Há muito que o velho Caldeira está inválido e continua como presidente.

– Temos de marcar um encontro. Quero te mostrar uma coisa. Aquele nosso caderninho. Guardo há vinte e cinco anos.

– Meu Deus, tinha me esquecido. Os nossos caderninhos.

– O caderninho vai te deixar emocionado, se te conheço.

— Ah, que história...

Atravessamos a rua, vagarosamente. As pessoas à nossa volta também não se apressavam. Pareciam sem reação, sem reflexos. Não parecem, são. De repente, quis mostrar ao Tadeu. Talvez pudesse me ajudar a encontrar um significado. O meu furo na mão. Ele vai entender o meu orgulho.

— Olhe para o chão, Tadeu. O que está vendo?
— A sombra da tua mão.
— Olha bem.
— Tem um círculo de luz no meio.
— O que acha?
— É um furo na tua mão! Veja só!
— É isso!
— Faz tempo?
— Uma semana.
— Não é o primeiro que vejo.
— Não?
— Tem outros. Dói? Incomoda?
— Nada.
— Redondinho, perfeito. Mas tem uma diferença. As coisas que aparecem são desagradáveis. Os carecas, os que têm a pele caindo, os olhos inflamados, os surdos. Vi gente que veio do campo sem um pelo no corpo, o nariz corroído por inseticidas, ouvidos purgando, gente que perdeu o controle motor. E os que andam com o pulmão artificial às costas, como os carros que usavam gasogênio na primeira guerra mundial? O seu furo é diferente. Bonitinho.

— Te mostrei por causa da sombra. Acha que esse círculo de luz pode significar alguma coisa?
— Não exagera, Souza. Para não entender, basta o furo.
— Tenho certeza que representa.
— Em nosso tempo, você andou numa fase de misticismo. Vai ver renasceu. Bem, a conversa está boa, mas preciso voltar. O elevador está sozinho.
— Nos encontramos de novo?

Pensando no homem que nunca existiu, Souza tenta ver stripteases. Depois, uma surpresa ao tomar o elevador

O Centro Esquecido de São Paulo, que cerca as estações rodoviária e ferroviária, me dá a sensação de estar montado num carrossel alucinado. As imagens circulam vorazmente, não dá tempo de fixá-las. Tudo o que vejo são manchas velozes, imprecisas, misturadas a música, gritos, vozes, passos.

É o comércio livre. Onde se vendem objetos de segunda mão, roupas usadas, sobras de remédios, livros e revistas velhas (caríssimos), eletrodomésticos retificados, peças de reposição, tiradas de carros que não funcionam mais, mesquinharias. Aqui, compra quem quer, não exigem fichas apropriadas.

Essa calma e vagarosidade me dão a impressão de doença. Os olhos que entrevejo são baços, as bocas repuxadas. Os movimentos retardados, automatizados. Os narizes tremem, perturbados pelo fedor à nossa volta. Não há como evitar. Esta é uma cidade sobre a qual se perdeu todo o controle.

O visual indicativo, produto típico do Grande Ciclo das Comunicações, me informa: teatro. As placas de metal são mal--conservadas, a pintura descascou, há marcas de tiros. Há quantos anos não vou a um teatro? Nem sabia dizer se ainda existiam por aí. Vejo que sim, fiquei curioso.

Estão na Zona Restrita aos Divertimentos. No entanto os grandes teatros funcionam sob égides das Corporações Empresariais. Os ingressos não são mais vendidos, e sim trocados pelos tickets de compras. Cada ticket comercial equivale a setenta por cento do preço do bilhete.

São válidos apenas os tickets cujo valor exceda duas vezes e meia o limite mínimo do consumo obrigatório. Falam que, apesar das dificuldades, os teatros vivem cheios. Tanto as peças normais, obrigatoriamente comédias digestivas, como os grandes shows musicais com os cantores de sucesso.

Passo três vezes diante do teatro. Olhar, interessar, fingir, continuar, voltar. Diante da porta, dois homens me encaram, vou embora. Podem comentar. Besteira, timidez absurda. Uma vez, faz tempo, assisti a um filme curioso. Chamava-se *O homem que nunca existiu*. Fita comum, passou desapercebida.

Não para mim. Fiquei fascinado com aquele homem que nunca tinha sido. Tentava entender por que e começo a chegar ao ponto de compreensão. Estou subindo esta escada em caracol, pensando que não devo subi-la. Carreguei sempre este sentimento de que não devo estar. Querer, não ir.

Onde vai dar a escada? Os stripteases prometidos serão reais? Espetáculo de museu, não sei como ainda existe, esquecido neste centro caótico. O que mais terá o velho centro preservado? Sempre tive curiosidade em relação ao desconhecido. Avançava com medo sobre ele. Mas avançava.

Cheguei a elaborar para meus alunos uma teoria interessante do Risco Terrível que é o Eterno Conhecido. Uma cópia do trabalho foi anexada ao processo que me deu a compulsória. Não tinha como explicar. Aqueles homens procuravam subversão e a pasta marrom cheia de folhas forneceu o que desejavam.

A sala de aulas era o único lugar onde me sentia bem. Liberado. À frente dos alunos, diante do quadro-negro. Eles gostavam de mim porque eu insistia em sair dos currículos estreitos, organizados de modo a formar baterias conformadas de tecnoburocratas. Tecnocratas, disso o país precisa.

Ouvia isso com exaustão, a cada reunião de professores, nas visitas de inspetor, lia nos boletins do ministério. Os alunos nem conseguiam mais formular questões. Eu mesmo levantava perguntas que nunca me seriam feitas, trazia respostas que nunca outros dariam. Nem eu, mais.

Sala de primeiro andar, espelhos rachados nas paredes. Cortinas vemelhas, remendadas, cobrindo parte dos espelhos. Letreiros recomendando o churrasco especial da casa, frango com farofas e batata. Tinha sido a parte superior de um restaurante antes de ser teatro pulgueiro.

Picada dolorida no braço. Bato com a mão, instintivamente. Mato um inseto marrom. O braço fica latejando. A sala está quase vazia. Discos fanhosos, cheios de ruídos, boleros, rocks, discotecas, músicas fora de moda, tocam por trás da cortina ensebada. Me sinto solto, de repente.

Toda sensação ruim escorre. Posso ficar aqui, ou em outro lugar, quanto tempo quiser. Me vem a vontade de ir embora. Sobre a porta, o painel desbotado, há muito esquecido ali. Anuncia o espetáculo: *Adão e suas sexy sete Evas*. Todas loiras, olhos azuis. Adão com a maçã.

O porteiro corcunda me olha espantado. "Nem começou, doutor, já vai? Não podemos devolver o ingresso." Nem respondo, saio, imagino que na parede em frente estão pousados milhares de insetos marrons, a zumbir. A maçã de Adão, desenhada como um símbolo fálico. Vermelho, empalidecido.

O sol desaparece de repente, como todas as tardes. Não há mais crepúsculo desses que alegram calendários em casa de caboclo. Aliás, não há caboclos, as últimas migrações do campo se deram há cinco anos. Nas zonas rurais não ficou ninguém. Para quê? Somos um país urbano. A terra gretada não produz nada.

É curioso. O dia está quente, o sol ardido. Quando chega pela altura de oito horas, cai o escuro. Quando menos se espera, não há luz. O mormaço continua por algumas horas e sofre uma queda brusca. Certas noites, não dá para dormir sem um ou dois cobertores. Quem entende de física?

Não é sempre. O melhor é ter a coberta à mão. No entanto, às vezes, o mormaço permanece inalterado, a gente sente falta de ar. Quer beber água o tempo inteiro. Nessas noites, ninguém dorme. Percebe-se por trás das janelas o ciciar abafado das conversas. No dia seguinte, todos mal-humorados.

Estou há três dias fora de casa. Talvez mais. Sei lá. Não importa. Ficar andando perde o sentido, sinto falta da minha sala, do quarto. E Adelaide? Se conseguir enganar o fiscal do ônibus, não preciso voltar a pé. Estou cansado, sem vontade de andar tanto. O ponto vazio, o S-7.58 chega.

– Posso viajar neste carro?
– Por que não?
– Pensei que fosse proibido.
– Só se o senhor não tiver ficha de circulação.
– Tem certeza que posso?
– Nunca se proibiu ninguém de andar de ônibus.
– Dois dias atrás não me deixaram entrar. Me jogaram para fora.
– Não deixaram ou jogaram para fora?
– Não deixaram, forcei, entrei, me atiraram fora.
– Algum mal-entendido. Um cobrador substituto... Vai ver foi isso...
– Foi contigo.
– Não me lembro do senhor. Vai sentar, vai... É melhor.

Viajei olhando na cara do cobrador atrevido. Nem se dignou me encarar. Continuou trabalhando como se não tivesse havido nada. Sinto outra picada no braço, é o inseto marrom. Virando praga, como os grilos. São meio bobalhões, picam e grudam. Não parecem mosquito, abelha, motuca, borrachudo.

Quando enfiei a chave na porta, tive um arrepio estranho. Veio um cheiro de casa fechada. O silêncio. A esta hora Adelaide sempre está vendo sua novela, se não for aula de receitas. Tudo escuro. Nunca senti o cheiro de minha casa parada. Andei por todos os cômodos. Ninguém.

A casa arrumada, chinelos sobre o tapete de retalhos, o urinol debaixo da cama. O meu cotidiano. Um bilhete sobre o travesseiro. Letra de Adelaide. Atirei no urinol e me deitei. Com roupa e tudo, a luz acesa, fumando, jogando a cinza no chão. Depois, larguei a brasa, esperei fazer um furo no tapete.

Quando acordei, ouvi barulhos de rua. Abri a geladeira, só tinha manteiga. Factícia, com gosto de sebo misturado a plástico. A cozinha estava em ordem, o chão todo limpo, o banheiro cheirava a detergente. Minha vida inteira cheirou detergente. Urinei fora da privada, cuspi no chão.

Fiz um café fraco, espalhei pó, deixei cair xícaras, quebrei dois pratos. Vesti um paletó que não combinava com a calça. "Assim você não pode ir, querido. O que vão dizer no escritório? Que sua mulher não cuida de você?" Deixei que ela me cuidasse todos esses anos. Eu a fiz assim, na verdade.

Paletó? Estou louco? Queimei o paletó no incinerador de lixo. As cinzas não desceram, o escoadouro estava entupido. O dia nublado. Se ao menos fosse chuva. Fico com a boca seca de pensar na possibilidade de uma chuva. Uma garoinha leve que molhasse tudo, umedecesse a terra, me encharcasse.

As secas definitivas vieram logo após o grande deserto amazônico. Um ano sem gota de água e as represas de São Paulo se esgotaram. Apavorado, o povo fazia promessas, enchia as igrejas. Oganizavam procissões, novenas, romarias. Inúteis. Poços artesianos começaram a ser abertos às pressas, às centenas.

Por muito tempo, a secretaria de obras trabalhou em poços. Todas as verbas foram desviadas para os programas de água. Cada estado contou consigo, não havia possibilidade de ajudar o outro. O problema era igual para todos, estavam à beira da calamidade. Charlatões, fazedores de chuva enriqueceram.

As chuvas não vieram. De nada adiantaram procissões, rezas, trezenas, missas, macumbas. Padres gritaram no púlpito que tinha chegado o juízo final. Parlamentares denunciaram o Esquema no congresso. Tantos padres e políticos tiveram de se calar sob pena de aplicação do Definitivo Julgamento.

Onde será que foi minha mulher? Para a casa da mãe, decerto. Um dia desses, passo por lá. Bom, féria conjugal faz bem. E a faxineira? Devia ser dia dela vir. Ou foi ontem? Estava tudo tão arrumado. Caminhei para o escritório ao sair do ônibus. Maquinal, nem percebi. Fiquei à espera do elevador.

O ascensorista me olhou, amedrontado. Seu rosto se refletia nos espelhos enfumaçados do elevador, imagem reproduzida ao infinito. Não nítida, toda sombreada, apenas um esboço do rosto. E eu vi milhares de rostos aterrados me contemplando. O ascensorista não sabia que atitude tomar.

– Está lotado!

– Lotado? Como? Está vazio!

– Vazio, mas reservado.

– Desde quando se reserva elevador?

– Me avisaram que o senhor não trabalha mais aqui. Deram ordens para não deixá-lo subir.

– Você me conhece, não fiz nada de mal.

– Para mim o senhor era até boa pessoa. Não... não é mais...

– Não sou mais?

– É... o senhor sabe... tem quem mande... tem quem diz as coisas como devem ser...

Fechou a grade interna rapidamente, ficou atento, pronto para subir caso eu tentasse alguma coisa. Atirei-me contra a grade, rindo, vendo o pavor desfigurar totalmente o rosto dele. Fiz só para ver o que vão comentar lá em cima os homens-mesa, homens-gaveta, quietinhos, obedientes.

Sempre esteve claro que o sobrinho nunca forneceu fichas apenas pelos belos olhos do tio que o ajudou a criar. Chegou a hora de devolver os favores

— No mundo da lua, Souza?

A barbearia vazia, o barbeiro encostado na porta. A essa hora da tarde não tem nunca freguês. A vitrolinha num canto toca tangos. Desde que me mudei para cá, o barbeiro ouve tangos e boleros sem parar. Pilhas de antiguíssimos discos chiantes, LPs e CDs arcaicos, compactos, todos amontoados, empoeirados.

— Acho que o senhor precisa de uma barba. Não quer entrar?

Passo a mão pelo rosto, meu Deus, há quantos dias não me barbeio? Se Adelaide me visse, teria um colapso. Onde estará? Não telefonei para a casa dos pais. Viajou ou me abandonou? Pode ser. Por que não li o bilhete? Estranho a mim mesmo, nunca tive atitudes assim. Afinal, ela não tem culpa.

— O senhor usa água? Ou mijo retificado?

— Acha que ia pôr mijo retificado no seu rosto, Souza? Me conhece!

— Não, não conheço ninguém.

Ventiladores de pá, desses de velhos filmes americanos passados no Caribe, giram inutilmente. Não há ar para agitar. A barbearia é abafada. O corredor é suportável, ainda que o chão esteja preto. Ninguém vence a poeira cinza, constante. Hoje amanheceu sem neblina, céu limpo, sol tenebroso.

— Vou pôr uma toalha fresquinha.

— Ei, quanto vai me custar?

— Estava pensando, seu Souza. O senhor tem um sobrinho que é capitão. Não tem?

– Tenho.

– Pois eu soube aqui no prédio que ele facilita coisas.

– Que coisas?

– Alguém daqui, não vou dizer quem, já comprou fichas para água.

– Não sei de nada disso. E não gostaria de tocar no assunto com ele.

– O senhor não precisa tocar. Apenas diga que o barbeiro quer bater um papinho. Ele vem até aqui.

– O senhor tem certeza?

– Absoluta. O meu negócio vai interessar ao seu sobrinho.

– Bem, não sei quando vou encontrá-lo. Ele só aparece de vez em quando.

– Está lá em cima. Passou por aqui faz meia hora.

Lá estava ele. Sorridente, meloso, olhos matreiros, bigode negro, semelhante a um cantor de boleros. Tomava uma lata de cerveja. Me abraçou, assim que entrei. Tem pessoas de quem a gente não gosta sem saber por quê. Vê, e não gosta. Nunca fizeram nada para a gente. Mas é uma antipatia espontânea.

– Senta aí, tio. Vim te propor um negócio. Sei que vai dizer não, de cara! Mas ouça primeiro. É uma caridade que precisamos fazer.

– Caridade? Você?

– Tio? Não sou tão ruim assim! Só porque o senhor odeia o Novo Exército, não precisa me incluir.

– Até que não tenho queixas do Novo Exército. Mas essa Organização que vocês mantêm, os Civiltares, não dá para engolir.

– Para lá, tio. Não temos nada a ver com os Civiltares.

– Quer me enganar?

– Tio, os Civiltares foram formados pela ala dura, que não concordou com as renovações efetuadas no Exército. Essa ala uniu-se aos civis radicais, que não concordavam com as aberturas do Esquema. Então formaram sua própria organização.

– Que o Esquema tolera.

– Política não é fácil, tio. É um jogo. O Esquema tem procurado minar as bases dos Civiltares. Demora. A tolerância se dá porque existem grupos muito fortes a apoiar os Civiltares. Eles formam também a milícia de confiança das Reservas Estrangeiras. O Esquema vem tentando conquistar as lideranças para destruir a organização.

– Teoria! Na prática, o que acontece?

– Olha aqui, tio. Não vim discutir política. Tenho pressa. Preciso de um favor.

– Pode ser que eu faça.

– Não queria dizer isto, tio. Mas, quando o senhor precisa de fichas, eu trago. Sempre trago, nunca falei nada.

– Para poder cobrar, agora.

– Cospe no copo de água que te dei, cospe.

Fomos até a cozinha. Havia três pessoas sentadas, a tomar cerveja. A mesa cheia de latarias, pacotes, sacos de supermercados. Homens na casa dos trinta. Não posso dizer se morenos, porque eram carecas. Nem um pelo. Nada de cabelo, sobrancelha. Desses que a cada dia aumentam nas ruas.

– Preciso que fiquem por aqui, tio. O senhor acha que a tia se incomoda?

– Ela não está. Vai ficar fora algum tempo.

– É só por uns dias. Trouxemos comida, depois vem mais. Eles estão com fichas de água. O senhor não vai gastar nada, nada.

– A gente se ajeita, pode deixar. Ah, o barbeiro lá de baixo quer falar contigo. Tem um negócio a propor.

As janelas fechadas, insetos zumbem. Olho o forro, manchas marrons. Os bichinhos vivem juntos, em grupos. Trago a lata de DDT, pulverizo. Eles permanecem no lugar, tenho a impressão de que contentes com o banho fresco com que os presenteei. Pulverizo outra vez, e nada. Continuam indiferentes.

*Entre carros bloqueados,
dois professores conversam
maniacamente sobre
a situação. Por que
os intelectuais têm tanto
complexo de culpa?*

Estava engatinhando, me atirei ao chão, continuei a rastejar. Por quanto tempo? Horas que nos movíamos lentamente sobre o concreto ainda quente. Meu nariz junto ao pó. Espirrava. Coisa boa um espirro, limpa a gente. Que ginástica! Será que ainda falta muito?
— Quer me matar, Tadeu? Desde o serviço militar não rastejo assim.
— Vamos descansar atrás daquele pilar.
Rastejávamos no meio da estrada, de modo que ninguém nos visse. A freeway projetava-se a quinze metros do solo, dezesseis pistas, larga fita vazia. Coberta por uma camada de poeira cinzenta. Quer dizer, no escuro não dava para ver a cor, mas é a mesma poeira que vem dos campos calcinados.
Meus cotovelos ardiam, esfolados. Bem que o Tadeu recomendou: enfaixa o cotovelo que temos uma longa jornada pela frente, numa posição ingrata. Os primeiros duzentos metros foram difíceis, por causa da artrose, depois entrei no ritmo. Mas me falta fôlego, é natural, não faço exercício, me alimento mal.
— Não dá para descansar aqui, agora?
— Atrás do pilar, atrás do pilar. Não podemos facilitar.
Entrar na freeway não foi fácil. As entradas bloqueadas e vigiadas, laterais muradas. Depois, a estrada se erguia acima do solo. Tadeu me conduziu através das ruínas do que tinha sido Vila Anastácio. Os prédios populares construídos por uma imobiliária tinham desabado.
Subimos por uma viga de sustentação. Nela havia uma série de ganchos encravados no concreto que funcionavam como

escada. Tive um medo danado de cair. Não é coisa para homem de minha idade. Me admirei mesmo com Tadeu. Alçou-se como gato agilmente, em dois minutos estava lá em cima na estrada.

Ele levou um bom tempo me ensinando a melhor forma de rastejar, sem machucar. "No começo, vai ter muita esfoladela. Mais tarde, você se acostuma." Avançávamos e devíamos ter percorrido uns dois quilômetros quando a luz verde me bateu. Ao lado da ponte, observei montanhas de latas de cerveja.

Dunas verdes. Imensas, ultrapassando a altura da rodovia. Estendiam-se, brilhando ao luar. Começava a fazer frio. Rastejávamos e julguei ouvir um som estranho. Como se fosse um lamento, vindo do meio daquelas dunas metálicas. Não, impressão! Então ouvi de novo.

Era um grito. Um grito somado a outro, e outro, de tal modo que formavam apenas um som. Dolorido. Quase artificial, tal a tonalidade. Deve ser o vento nas dunas, pensei. Vento chora? Parei, contemplando as latas verdes amontoadas, oxidadas, praticamente soldadas umas às outras.

Ora, não há vento, a não ser raramente. Se houvesse, a poeira da rodovia estaria se levantando. No entanto o colchão de pó permanece inalterado, liso. Olho para trás, vejo o sulco formado pelo meu corpo ao rastejar. Continuamos, e o som me chega, claro. São gemidos, não há engano.

– Estou ouvindo coisas, Tadeu.
– São os doentes embaixo da montanha.
– Mora gente aí?
– Dentro são cavernas. Abrigam milhares de pessoas.
– Mas o sol deve esquentar barbaridade. Morrem assados.
– Não morrem. É o milagre brasileiro.
– Não pode ser.
– Existe uma mecânica que não chegou a ser entendida. Supõe-se que as latas se resfriam de tal modo à noite que, durante o dia, levam tempo para se esquentarem. Quando chegam ao ponto de aquecimento, já o sol se pôs de novo. Daí que lá dentro

é fresco. Hipótese, pura hipótese. Hoje em dia, ninguém entende nada, anda tudo transformado.

— Como você sabe sobre esse povo?

— Tem gente do nosso grupo que trabalha na assistência aqui. Leio os relatórios. A maioria desse povo está louca.

— Louca?

— Modo de dizer. Semi-imbecilizados. Inutilizados. Vivem deitados. Gritam porque o corpo dói, sem parar. Não dormem nunca, estão sempre nervosos, irritadiços, em tensão.

— Mas quem é esse povo?

— Ninguém em particular. Mistura de migrantes. A maior parte veio de Pernambuco, favelados que viviam nos charcos, se alimentavam de caranguejos.

— Caranguejo não faz mal a ninguém.

— Eram caranguejos contaminados por altas doses de inseticidas. Para sanear o charco, a saúde pública usava tóxicos. Não há mais nada que se possa fazer, estão condenados.

— O Esquema devia dar ajuda.

— Ajuda? Interessa que eles morram! Não oferecem perigo, são passivos, não conseguem se levantar do chão. Cada dia retiram dezenas de mortos! É a única coisa que o Esquema faz. Pense bem, por que essa gente há de interessar? Não têm o mínimo poder aquisitivo, não consomem, são apenas problema social.

— E o que o teu grupo faz?

— Traz comida, quando consegue. Um pouco de água. Estamos tentando experiências com eles. Dando legumes para comer, procurando desintoxicá-los. Ainda não temos nenhum resultado.

— Legumes?

— É. Verduras. Alface, tomate, abobrinha. Nunca ouviu falar?

— Fresquinhos? Ou factícios?

— Ora, Souza. Comida factícia só serve para envenenar.

— É, mas se não fosse ela estávamos mortos.

— Você tem ideia da grande jogada por trás da comida factícia?

— Poder econômico?

— É a química que eles misturam. Os aditivos tranquilizantes. Doses homeopáticas, que vão minando o organismo. Corroendo a vontade, acomodando. Essa calma que existe é conseguida de que modo? Com ameaças, com a presença ostensiva de Civiltares? Com o aparelhamento de vigilância, fiscalização? Que nada! O Esquema está sossegado porque encontrou um meio infalível. Injeta a tranquilidade direto no sangue.

Continuamos parados, a olhar para baixo. Gostaria de descer, não há como. À direita estende-se o valo seco do antigo Tietê. O rio era mais raso do que eu pensava. Como fedia, grosso, coalhado de detritos. Até que foi bom secar, não passava de um estéril caudal de imundície, intestino pobre da cidade.

— Vamos.

— Falta muito?

— Bastante. Bastante mesmo. Quer voltar?

— Já que chegamos aqui, vamos em frente. Mas devagar.

— Não tenho pressa. Você menos ainda. Não trabalha mais. Como vai viver?

— Não pensei. Vou sacar meu Fundo, ver quanto dá para aguentar.

— E se não depositaram teu Fundo?

— Não pode ser!

— Acontece com tanta gente.

— Vou roubar.

— Quero ver de perto.

— Preciso saber se meu sobrinho me providencia um revólver. Agora, ele me deve favor. Estou hospedando uns amigos dele.

— Você negociando com teu sobrinho?

— Não dá para ser intolerante hoje em dia.

— Mas dá para manter os princípios.

— Dá?

Desapontamento no rosto de Tadeu. Mas sou sincero. Quero viver. Vou tentar me manter decentemente. Gostaria muito de ir até o fim. Ser o último, se possível, quando tudo desabar. Último. Que pessimismo. Se me ouvem. Então percebo. Vem do fundo, lembrança aguda. A falta que faz à gente.

De um pouco de alegria. Alguma coisa que me fizesse rir muito. Penso que, se desse uma gargalhada, ia ter cãibra. Ou distensão nos músculos da boca. Porque faz tanto tempo. Não, não é só a minha aspereza, o meu fechamento. Adelaide sempre reclamou: "Você não se descontrai nunca. Não se diverte".

Não deve ter sido fácil para ela estar ao meu lado. Calado, observador. Sem rir. Preso. A quê, meu Deus? Por quê? Como dançávamos e nos divertíamos nos fins de semana. Saíamos das pizzarias empanturrados de massa e chope e íamos para as gafieiras. Ela era leve, cheia de ritmo, musical.

Horas e horas sem sair da pista. Às vezes era nas casas de tango. Ou nos grandes salões de baile. Ela ágil, eu pesadão. Fazia uma ginástica terrível para acompanhá-la, desajeitado. Boi em casa de louças. E ria de mim, contente. Me esforçava, porque gostava dela. Eu sei, ainda que negue.

Tento negar, achar desculpas. Sinto falta de Adelaide. Não sei o que fizemos de nossa vida, por que nos deixamos afastar tanto. A certa altura, ela parou de reclamar de minha mudez e meu tormento. "Sei que não adianta. Talvez um dia perceba que não pode viver assim eternamente."

Também ela se recolheu a um canto. Passou a viver para a mãe e o pai, ela que na verdade nunca se tinha dado bem com eles. Descobriu a igreja, não sei como. Se a encontrasse agora, iria perguntar. Para encontrá-la, bastaria telefonar para a casa da mãe dela. É só querer. E por que não ligo?

Rastejamos, nos distanciando das montanhas de latas verdes. Os gemidos desparecem, vamos deixando nosso sulco na poeira. Calados, avançamos por uma zona de silêncio que me impressiona. Ouço a respiração de Tadeu. Apesar dos cinquenta e cinco anos, ele se move rápido.

Ganho ritmo, agora os braços não doem tanto. Quando jogava as peladas, havia um momento angustiante de cansaço. Mas, se eu prosseguia, superava aquele ponto e aguentava firme até o final. Quer dizer, existe um ponto limite diante do qual ou a gente desiste ou prossegue. Ponto teste.

Aqui parece que ultrapassei esse ponto, acompanho Tadeu. Gosto disso. Tinha me habituado ao trajeto casa-escritório, sem notar. Entrara naquele esquema, meio amedrontado pelo que via à minha volta. Casa-ônibus-Casa dos Vidros de Água-mesa-janela-volta. Cada dia reflexo do outro.

Redescubro São Paulo. Não a minha. Minha. Que ridículo. Como se eu tivesse alguma. Ao dizer minha, prendo-me ao passado, refugio-me no inexistente. Caio no vácuo, daí a insegurança. Encontro uma nova cidade, estranha, que apresenta a todo instante novas propostas de vida. Ela continuou, eu parei.

É dar ou pegar. Refazer todos os conceitos. Colocar de lado a lamentação. Incluir-me dentro do novo conceito. Encontrar Tadeu mostrou como eu andava distante das coisas, morto. E mesmo Tadeu é um mistério, não sei o que ele pensa, como vê a vida. Mas não me preocupo.

– Só tem este caminho?

– Não, mas outros dão uma volta imensa. Um deles, o que sai por Guarulhos, me deixa doente. Porque é preciso caminhar por dentro de um bueiro abandonado. E no meio dele, sem enxergar luz para lado nenhum, sinto uma sensação espantosa de morte e agonia. Sou claustrófobo.

– Acho aquele elevador bem pior para sua claustrofobia.

– Devia ser mesmo. Se eu vivesse só ali, como você viveu dentro do seu escritório.

– E o outro caminho?

– É pela via Anchieta. Por ali a volta é enorme, exige três dias de caminhada. Entra-se na freeway do litoral, que cruza com esta lá na frente. O problema é que as patrulhas Civiltares desconfiaram, instalaram radar por duas vezes.

– E agora? – eu disse, olhando para a frente.

A freeway estava coalhada de carros. De uma amurada a outra, nenhum espaço. Ao luar, via os radiadores enegrecidos, capôs corroídos, vidros partidos ou cobertos de pó, faróis vazados. Surgiram de repente, ao rastejarmos pela lombada. Na sua imobilidade davam a sensação de velocidade.

Fantasmagóricos, como esqueletos de dinossauros em museus. Bando de monstros, mortos subitamente em pleno ataque. Uma vez, criança, fui ver um velho desenho animado. Se chamava *Fantasia*. A cena que mais me impressionava era a do desespero dos animais pré-históricos em fuga.

Comida e água tinham-se acabado em seus hábitats. Eles partiam em manadas, estranhos e gigantescos animais, fustigados pela fome e pelo sol. Iam caindo e o tempo se encarregava de sepultá-los, torná-los esqueletos descarnados, espécie desaparecida, transformada agora em fóssil.

Isso me vem à cabeça ao ver esses velhos carros, talvez os últimos do grande sonho brasileiro. Logo depois do Notável Congestionamento, as fábricas foram fechadas e milhares de pessoas ficaram nas ruas. Os que trabalhavam na fabricação e os que viviam das indústrias paralelas. Um tempo de grande dor.

– Pois é, restos do Notável Congestionamento.

– Eu sei, só me espanta porque já retiraram os carros de quase todos os lugares.

– Aqui foi mais fácil fechar a estrada. Tem quinhentos quilômetros de carros.

– Foi uma semana tão louca. Pensei que o país ia explodir. Pela primeira vez os brasileiros se revoltaram. Vi gente se armar e sair à rua tentando formar grupos.

– E os Civiltares prestaram o primeiro grande serviço ao governo. Estavam preparados. Eles tinham organização, e não nós.

– A gente tinha alguma!

– Qual? O que existia era uma porção de esquerdas contra uma direita. Cada um dos grupos de esquerda discordava dos métodos do outro. Não se aceitavam, não se uniam.

– Não era tão simples. É primário falar em esquerda e direita, simplesmente. Entraram em jogo tantos fatores. Sabe o que havia? E ainda há? Confusão.

– Claro que há confusão.

– Não a confusão que se vê aí. É outro tipo, vê se me acompanha. Ela estava instalada nos Abertos Oitenta e veio se ampliando. Não era só no Brasil, não, era por toda a parte. Confusão ideológica, desencontros. Governo pensava uma coisa, oposição outra, mas oposição e governo pensavam igual ao mesmo tempo. Direita tomava atitudes de esquerda e esquerda, de direita. Nenhuma posição era confortável, trazia segurança. Não havia, como não há, nenhuma certeza, firmeza, decisão. Eu tinha um amigo conservador como quê. Me trouxe um dia uma teoria que achei louca e reacionária, mas agora começo a cogitar. Sabe o que ele visualizava? Previa que os Abertos Oitenta instalariam um poder tão de direita, que terminaria à esquerda, socializado ou o contrário.

– O quê?

– Penso, nem a sério nem brincando. Penso. Olha, Tadeu, já desmoronaram todas as estruturas nas quais acreditávamos, confiávamos. Será que estamos numa fase de transição, de substituição? Ou o quê? Navegamos num vácuo, orientados vagamente pelas estrelas, sem referências sólidas. As bússolas enlouqueceram, atraídas por milhares de pólos magnéticos. Nossas bússolas são obsoletas, podemos atirá-las ao mar. Voltemos um pouco aos recursos dos velhos navegadores, enquanto esperamos novos inventos para a navegação estável. Meu único medo é que as estrelas tenham se deslocado e, portanto, não sirvam como referência.

– Sabe do que você precisa, Souza?

– Do quê?

– De um bom chapéu. O sol anda esquentando tua cabeça.

– Está certo. Ela ferve, borbulha. Penso sem parar!

Ele rastejou à minha frente, mandando segui-lo. No meio da pista havia um buraco estreito debaixo dos carros. Passei por pneus estourados, havia um forte cheiro de metal enferrujado. Cromados descascados, a lua batia na lataria opaca, sem nenhum reflexo. Seguíamos, ofegantes, suados.

Entre um Passat e um Corcel, paramos. De que ano são estes carros? Nunca fui bom para marcas. Nem sequer aprendi a dirigir. Me achava distraído demais, comodista. Adelaide gostava, apanhava o carro do pai, saíamos aos domingos para a praia ou um piquenique à beira da estrada.

Estar ao volante me dava tonturas. Os carros à minha volta, prestar atenção a tudo, desviar, ter reflexos, golpe de vista. Era tão fácil tomar o táxi, dar a direção, mergulhar num jornal. Apanhar o ônibus, puxar o cordão, descer. Não dirigir, para mim, significava liberdade.

Estar preso a nada. Na família, principalmente na de Adelaide, me olhavam como bicho raro, esquisito. Meu sobrinho então, esse que é capitão, quantas vezes não disse: "Compra um carro, tio. O carro traz liberdade. Fazer o que quer, na hora em que você quer. Tem coisa melhor?".

No meu prédio todos se surpreendiam. Engraçado, não escondiam, abriam os olhos, as bocas caíam: "Seu Souza, o senhor não tem carro? E como faz? Não! Não acredito. Está gozando a gente?". Gozava, a meu modo. Deixando na garagem a minha vaga vazia e não alugando a ninguém.

Todos os dias batiam à minha porta: "Quer alugar a vaga? O senhor compreende, o carro da minha mulher está dormindo na rua, é perigoso, podem roubar". Não alugava. Fizeram uma reunião de condôminos para discutir a vaga. Decidiram requisitá-la. Para o bem do prédio.

Briguei, lutei pelos meus direitos, coloquei advogado, impetrei mandados, fiz o diabo. Perdi. Aquilo me ficou na garganta. Não era justo. Só não mudei de prédio porque era impossível mudar. As migrações tinham começado, passou a despencar gente em São Paulo. Multidões.

Primeiro os que tinham posses. Tiveram sorte, se instalaram. Suportaram o Período Agudo da Especulação Imobiliária. As construtoras também estavam no fim, não se autorizava mais projeto. Não havia terreno vago. As casas estavam no chão, substituídas por edifícios.

– Quem ia pensar que um dia íamos nos sentar entre os carros nesta estrada?

– Estão aí, mortos. Lata velha.

– Os carros ficaram parados dois anos em frente à minha casa.

– Você morava quase no centro. O meu bairro foi pouco afetado.

– Quase fiquei louco, Souza, naquela noite. Queria matar, pegar alguém. Buzinavam, aceleravam. Podia ver o ar preto de fumaça. A maioria esgotou a gasolina e o álcool do tanque. Ninguém desligava o motor. Pela manhã, as pessoas continuavam dentro dos carros. Como se pertencessem a ele. Câmbio, volante, freio, condutor. Esperavam, não sei o quê.

– Na minha rua teve gente que não acreditou no noticiário, tirou o carro da garagem, pela manhã, e foi embora. Voltou a pé.

– Teve motorista que ficou uma semana, duas, sem abandonar o carro. De vez em quando batiam, pedindo para ir ao banheiro. Recusei, para todos. O que estavam pensando? Que fossem para suas casas. As famílias traziam mudas de roupas, café, comida. E o desespero quando souberam que não circulariam mais? Choravam diante do automóvel, inconsoláveis, lamentando como se fosse parente morto. Mulheres desmaiavam, histéricas.

– Tenho fotos dessas semanas. Rostos patéticos, expressões perplexas. Como se tivessem sido postas ao mundo de repente. Não era ódio, raiva, irritação. Era derrota, tristeza, interrogação. Tanto olhar apalermado!

– Nos primeiros tempos, estranhei o silêncio. Então reparei no zumbido permanente nos ouvidos. Até aqueles dias, não tinha notado. O médico disse que não tinha cura.

– Falta muito, Tadeu? Estou dando o prego.

— Dando o prego? Que gíria antiga. Há quanto tempo não ouvia isso.

— Como é, falta ou não falta?

— Mais para a frente vamos poder caminhar de pé. Quando atravessarmos a Várzea dos Pássaros de Pó. É um trecho deserto, não tem fiscalização.

— Bom, mas diz. Falta muito?

<u>Depois da Várzea dos Pássaros de Pó, atingem a região do grande lixo plástico. Paralisados, horrorizados, não acreditam no que estão vendo</u>

Continuamos a rastejar através do estreito corredor, passando junto às rodas dos carros. Volks, corcéis, opalas, galaxies, kombis, brasílias, camionetes, caminhões, limusines, trailers, micro-ônibus, peruas, passats, emepês. Veículos imensos, outros mínimos, enferrujados, apodrecidos.

Depenados por dentro. Os próprios donos, ao abandoná-los, ou os saqueadores, mais tarde, levaram tudo. Assentos, relógios, toca-fitas, rádios, minitevês, telefones, conta-giros, volantes, ar-condicionado, amplificadores, desembaçador, antena elétrica, sistema de alarme.

Trava, console, minibar, vidros ray-ban, aquecedor, e toda a parafernália que transmitia a sensação de status, conferia poder. Os saqueadores eram organizados e temidos, caçados, da mesma maneira que no antigo Egito procuravam-se e combatiam-se os saqueadores de tumbas reais.

Carcaças vazias, desnecessárias. Mostruários da inutilidade, provas dos símbolos ilusórios que foram. Ali se desmantelavam corroídos, ocos, demonstração de um sonho perecível que se esgotou muito antes do despertar. E a lembrança, agora, é tênue, se esvai a cada dia.

– Daquele pilar em diante, podemos ir em pé.
– Já era tempo.
– Vamos junto à amurada, é mais fácil caminhar por ali.
– Perdi a noção do tempo. Imagina que horas são?
– Que horas são? O que interessa, Souza?
– Costume.
– Mania. Não aguento, o dia inteiro naquele elevador, as pessoas me perguntado: que horas são, por favor? Que horas são? Os que não perguntam consultam o relógio assim que fecho a porta do elevador. E agora você!
– Você anda irritado, Tadeu!
– E você, comportado. O que aconteceu, Souza? Está diferente, todo cheio de hábitos!

No pilar, uma frase meio apagada, escrita com spray vermelho: *Mercúrio não é vitamina*. Há dez anos, a cidade inteira tinha sido tomada por inscrições na última campanha em defesa do meio. Os Civiltares caçaram os pichadores até exterminá-los. O Esquema foi à televisão.

"Não precisamos que lembrem nossos deveres", disse o presidente. "Estamos alertas aos problemas, equipes estudam, comissões trabalham. Necessitamos de tranquilidade para solucionar as questões que afetam o povo. Os agitadores serão combatidos dentro da lei e da ordem. Implacavelmente."

Hoje a população está convencida. Mas o Esquema mantém o sistema de persuasão em estado latente. As campanhas foram iniciativa das agências de publicidade para ganhar favores governamentais. Programas na televisão, curta-metragens nos cinemas, slogans na Rádio Geral. Envolventes, sufocantes.

Vivendo intoxicados, abordados por todos os lados. Pelo ar e com os métodos de insinuação, não mais sutis, com que nos bombardeiam. Dopados. Quantas vezes me vi automaticamente a defender o Esquema. E então me surpreendia com o desdobramento inexplicável que se produzia em mim.

Estava falando, e me via falando. Eu era o outro a me contemplar. Um ser que ouvia a mim mesmo, duplicado. Surpreso, menos com a duplicação do que com as ideias que escutava. Pensei que estivesse louco, contei a Adelaide, ela recomendou o médico, é claro. Mas um psiquiatra significa Isolamento.

– Pronto, agora a gente anda direito.
– E talvez você possa me dizer onde estamos indo?
– Nem falamos nisso, hein?
– O que mostra minha confiança em você.
– Vamos para a nossa reservinha.
– Não é uma reservinha multi-internacional?
– Não é nem intermunicipal.
– Reservinha do quê?
– Faz anos que a gente trabalha no projeto. Está dando certo, ainda que as condições sejam difíceis. Temos um bom número de animais.
– Animais? De verdade?
– Souza, das poucas coisas que os laboratórios do Esquema ainda não conseguiram foram animais factícios. Essa não dá! Há quanto tempo fabricam ovos? Mas são ovos que não chocam, não se reproduzem. Falta o essencial.
– Tadeu, Tadeu! Olha bem o que está dizendo. O que está admitindo!
– Admito o essencial, não tenho como fugir.
– E esses animais?
– Começou há trinta anos. Ou mais. Não sou bom para datas. Havia uma reserva em Sorocaba. Naquele tempo a cidade era desligada de São Paulo. Os cientistas de lá conseguiram reproduzir em cativeiro animais que estavam para se extinguir. Trabalharam e conservaram exemplares como o cisne-de-pescoço-preto,

a anta, as emas, o pato-de-crista. Não vou te dizer tudo, você vai ver daqui a pouco. Quando as indústrias ocuparam totalmente Sorocaba, Votorantim, Brigadeiro Tobias, São Roque, Cotia, as prefeituras desapropriaram, exterminaram a reserva. Animais e aves permaneceram engaiolados por semanas. Muitos morreram enquanto os cientistas testavam contatos. Naquele tempo, a gente já desenvolvia pesquisas com verduras e frutas, lutando contra o solo contaminado por chumbo. Os animais vieram para a reserva que fica na altura do antigo quartel de Barueri.

— A região do lixo! No Sítio do Inferno?

A freeway estendia-se por sobre um campo branco-amarelado. Como se fosse um minideserto, raso, plano. O valo seco do Tietê cortava a extensão ao meio. Centenas de estatuetas escuras povoavam o descampado. Pareciam de gesso, porcelana envelhecida, cerâmica cozida, louça, sei lá.

Dava a impressão de ter sido um grande jardim, em que a vegetação secou e as estatuetas sobraram, solitárias, desamparadas. Curioso, a gente vive anos numa cidade e não a conhece. Jamais ouvi falar que por estes lados tivesse algum parque, horto. Teria sido particular?

— E aqui, Tadeu?

— É a Várzea dos Pássaros de Pó.

— Nunca ouvi falar.

— Era uma várzea alagada. O Tietê enchia, inundava as margens. Houve tempo em que foi a zona de hortas. Fazia parte do cinturão verde. Olhe as estátuas. O que são?

— Aves.

— Pois é. Elas vieram do litoral. Atravessaram a serra do Mar e desceram aqui. Nunca mais voaram.

— Por que para cá?

— Instinto de bicho, decerto. Ninguém consegue explicar. Dizem que nos alagados havia alimentação. Bichinhos, caranguejos, todo esse tipo de coisas. Então os pássaros vinham.

— Vinham do litoral?

— Eles se alimentavam de peixes, coisa da água. Quando não encontraram mais o que comer no mar, subiram. Tentaram mudar de hábitat.

— Não voavam por causa da mudança?

— Não. Quando mergulhavam no mar, voltavam com o corpo cheio de óleo. Ficava difícil voar. As aves que chegaram aqui são heroicas. O último voo. Chegaram, desceram, tornaram-se bichos de asas que não voariam mais. Com o sol, presume-se que o óleo endureceu, fechou os poros. Elas morreram. Foram cobertas pela poeira, tornaram-se o que você vê aí.

— Até que é bonito!

— Bonito! O pior é que é bonito.

Lua fraca, começava a amanhecer. Fazia tempo que eu não passava a noite acordado, pensava que não conseguiria mais. Por trás das montanhas desenhava-se uma fita de luz. Descemos por uma escada de cordas, meus pés mergulharam numa camada macia de pó que me bateu na canela.

Por dentro dos montes havia atalhos. Um labirinto. Eu via brinquedos, utensílios de cozinha, galões, bolas, letreiros, as milhares de coisas produzidas em plástico. Que o plástico substituíra tudo, o alumínio, a madeira, os tecidos. Amontoavam-se. Coloridos e amassados, indestrutíveis.

— Prepare-se. Isso é quase sagrado. Se você me entende.

Ficamos em silêncio. Eu imaginava que estava comovido. Sentia um frio na barriga. Tadeu virou-se, caminhou alguns passos. Entrávamos na reservinha. Percebi o cheiro de bosta animal. Puxa, foi ao fundo do estômago. Me esfriou. Mas não gelou tanto quanto o grito de dor que Tadeu deu.

Parei. O grito parecia não acabar mais. Não sei se era o eco, ou se Tadeu possuía tal força nos pulmões. Atrás dele, eu não via nada, o atalho era estreito. O grito me paralisava, assustava. Via Tadeu tremendo. Teria sofrido um ataque? Virou-se para mim, perplexo, com lágrimas.

– Olhe só. Olhe sóóóóóóóóóó.

Mordia os lábios, o sangue escorria. Era mais que dor que ele sofria. Tremia convulsivamente. Na sua idade, não ia aguentar. Segurei suas mãos. Ele me apertou, como quem precisa de apoio. Precisava mesmo. Ele não estava mais à minha frente. Eu também via, e não acreditava. Não podia.

Depois de certa idade, as pessoas costumam recordar fatos da vida. Souza se lembra do avô, por coincidência um lenhador que devastava matas

A reservinha, ou o que restava dela, abria-se à minha frente. Montanhas de plástico, altíssimas, funcionavam como muralhas, cercando uma faixa de terra que se perdia de vista. Teria sido lugar bonito, a calcular pelas ruínas que via. Tadeu se abaixou, apanhou um esqueleto.

De um pequeno animal. Cachorro, gato, coelho, raposinha, coati. Restos de carne chamuscada junto aos ossos. Matança recente, portanto. Difícil saber quando. O fogo crepitava nas casas próximas. Telhados, portas, janelas retorcidas. Tudo plástico. Puxei, Tadeu veio como autômato.

As casas, vazias. Móveis destruídos. Nenhum sinal de gente morta, o que era um alívio. Tadeu procurava restos animais. Víamos ossos na estradinha, quintais, varandas. Jardins pisados, revolvidos. Que planta nasceria nesta terra dura como pedra? Pergunta é o que faço o tempo inteiro.

O sol esquentou minha cabeça, amoleceu os miolos. Juro que vi plantas amassadas. Folhas de verdade, nada náilon, plástico. Deixaram meus dedos verdes. A menos que as experiências da reservinha tenham sido sofisticadíssimas. Conseguiram um factício mais verdadeiro que o verdadeiro.

— Tadeu, isto era planta?
— Ah, quero lá saber delas? Vamos procurar os animais.

Durante uma hora procuramos. Revistamos cabanas, jaulas, buracos, moitas carbonizadas, pedaços de viveiros. Não sobrou nada. Os que invadiram destruíram, comeram o que havia de comestível. Observava Tadeu e via nele uma ruína maior que a da reserva. Desconsolado, era um homem estropiado.

— Você acha que foram os Civiltares?
— Por que fariam isso?
— Alguém explica as ações deles?
— Sei lá quem fez. Não ficou nada, mas nada. Trinta anos de pesquisa, e não sobrou uma palha.
— Então eram mesmo plantas?
— Não viu? Ficou burro depois de velho?
— Poxa, Tadeu, o que adianta isso?
— Sei, sei, sei. E não precisa ficar me enchendo.
— Vamos andar mais. Revistar tudo. Já que estamos aqui, vamos.
— Fica pior a cada coisa que vejo. Aquele passarinho, meio mordido, comido, não sei, aquilo me derrubou.
— Você ainda se surpreende, Tadeu. Incrível!

Continuamos, revolvendo carvão (carvão? tinha madeira aqui?), remexendo nas casas. Sensação de guerra medieval, aldeia invadida, incendiada, população exterminada. Impressionava o estado de Tadeu. Os ombros caídos denunciavam a derrota. O pior era não saber o que se passara.

— Um gemido. Ouvi um gemido, Souza!
— Foi meu estômago. Ronca de fome e sede.
— Não era barulho de estômago, foi um gemido.
— É o vento.
— Vento? Ficou louco?
— Pode ser que esteja ficando. Como você.

145

– É a melhor solução. Deixar a cabeça estourar.

Encontramos o homem, de bruços, debaixo de uma gaiola. Gemia, bem fraco agora. As varetas de ferro da gaiola enfiadas nas suas costas. Mulato franzino, lábios rachados pela sede. Sangue coagulado no chão, olhos mortiços. Com cuidado levamos o corpo para baixo de um telheiro. O sol ardia, suávamos.

– Temos de achar água.

– Quase junto aos montes de plástico tinha um tanque, escondido. Vai ver. Desce por esse atalho.

Indicação vaga. Fui. Fui por ir. Olhando os destroços, sentindo uma inquietação. Alguma coisa que subia do estômago oprimia meu peito. A mancha. A mancha voltou, marrom sobre o verde, enquanto meu corpo paralisava. Queria andar, não saía do lugar. Marrom-verde. Algo familiar.

Durou pouco. Como a ligeira tontura que dá quando se está deitado e se levanta de repente, os olhos se enchendo de estrelinhas. Segurei a cabeça com as mãos. E vi o furo. Tinha me esquecido. Aprendi a conviver com ele. Não me faz mal. Ainda me intriga. Como veio, por quê? É hora de pensar nisso?

Descendo, cheguei ao canto da muralha de plásticos à procura do tal reservatório. Estava mesmo bem camuflado. Havia um fundo de água suja, apanhei uma vasilha parecida com tigela, recolhi o que pude. Era pouco. Quando voltava, tive ideia nítida da destruição. A terra cinzenta não acabava mais.

Ossos, paus fumegantes, troncos, detritos. Quer dizer que realmente tinha árvores por aqui. Vi duas ou três toras, enormes, um metro de diâmetro. Não acreditei. Daquelas que se viam nas antigas marcenarias, empilhadas, cheirosas, à espera de serem transformadas em tábuas, caibros.

Coisa de museu. Raspei com a unha, tirando um pouco da matéria podre que envolvia o tronco. Esfarelei, para sentir o cheiro. Estava ligeiramente úmida. Estranho. Raspei mais, queria ver a cor do tronco. Que árvore seria? Desconhecida. E, no entanto, como eu sabia de árvores quando menino.

Então, diante da tora e da terra calcinada, vi meu avô. Sim, o meu avô que subia em seu passo curto e rápido. Trazendo a caneca de café. Caneca que ele mesmo fez com uma lata de Toddy. Aproxima-se de minha cama e o sol ainda não nasceu. Põe-se a me sacudir com insistência.

Homem de sessenta anos, musculoso, apesar de magro. Sacudido, dizia minha avó. Eu me levantava, lavava os olhos que nem gato, não enxugava. Gostava de sentir o rosto molhado, me ajudava a despertar de vez. Engolia o café ralo, requentado, que minha avó tinha feito na véspera.

Nem eu nem meu avô ligávamos. Tomávamos café frio, gostávamos de qualquer jeito. Gosto até desses cafés factícios que fazem hoje, bebo como doido, gasto todas as minhas fichas. Sou capaz de roubar ficha de café, isso sou. Depois, partíamos. O caminhão cheio de trabalhadores estava à espera.

Meu avô levava o traçador. Era maior do que eu, muito. A lâmina produzia um som musical quando se batia nela com a lima de amolar. Era necessário curvá-la numa certa posição, senão o som seria morno, chocho, não ecoaria. Juro, podia ver as ondas sonoras tremelicando no ar.

O traçador ficou em minha memória. Anos mais tarde, substituí a admiração por um sentimento de culpa aguilhoante. Bem que o Tadeu disse, é coisa de intelectual. A figura de meu avô sumiu, ficou apenas o traçador. Como um símbolo. Eu me sentia... me sentia cúmplice.

Inconscientemente, condenava meu avô. E me acusava por tê-lo acompanhado tantas vezes. Me censurava por ter admirado o seu trabalho, ficando horas a fio diante de sua banca de carpinteiro, vendo os brinquedos, móveis, portas e janelas, tudo que ele fazia com a hábil mão ossuda.

Vivi muito tempo com esse sentimento. Quando o Grande Deserto se instalou na Amazônia, quando a Grande Fenda dividiu o país, quando as chuvas passaram a castigar caatingas que por anos não tinham visto água, minha confusão me levou à beira da loucura. Fiquei desvairado.

Me agitava, achatado. Claro, um dia melhorei, percebi que era apoteose mental. Mania de grandeza querer assumir sozinho um fardo tão grande. Tinha a minha parcela, mas cada um de nós levava a sua. Todos nós deixamos que as coisas acontecessem do modo que aconteceu. Não movemos palha.

Bem, não posso esquecer a propaganda oficial, massacrante. A convincente IPO. Flutua por todos os lados, dissolvida no ar que respiramos. É a nossa verdade, hoje. Mais que cortina, é muralha impenetrável. É como espelho de parque, deformante, que inverte, gordo-magro, feio-bonito.

Carreguei essa inquietação. Deixei-me corroer por ela, quase em expiação. Que bobagem. Agora vejo como foi inútil esse sentimento de hostilidade. Demorei para perceber a diferença. Cabeça dura a minha. Com toda certeza, meu avô não era um simples exterminador. Juro que não era.

Na minha cabeça criou-se um vácuo. Noções confusas, nascidas daquilo que eu via, misturadas às coisas que meu pai dizia. Porque meu pai, modesto empregado na estrada de ferro, às vezes nos acompanhava. Quando as suas férias coincidiam com as grandes derrubadas, ele ia junto.

Os fazendeiros chegavam todos os anos na mesma época. Recrutando gente. Os caminhões saíam muito cedo. As viagens duravam, primeiro um dia, depois dois. Cada ano a derrubada era mais longe. Estradas de ferro tinham avançado, Alta Araraquarense, Alta Paulista, Noroeste. As fazendas iam atrás.

Não sei quantos anos eu tinha. Não importava. Dormíamos em barracas abertas, o tempo era quente, seco. Havia arroz, feijão e carne todos os dias. Os animais eram mortos, limpos, carneados, conservados em sal e tempero. Bichos caçados nas matas que os homens estavam derrubando.

Certa vez, estava no mato, olhando os machados arrancarem das árvores lascas brancas, vermelhas. Aquele enorme V ia surgindo ao pé do tronco, até a árvore desabar. Meu pai me instalou num tronco recém-cortado, cheio de anéis. Meu avô contou os anéis, um a um, e me disse:

– Esta tinha trezentos anos. Oitenta metros. Foi dura de cair.

Havia nele orgulho e desafio. O tronco era quase plataforma. Devia ter sido uma árvore fantástica. E meu avô tinha derrubado. Ele. Com suas mãos calosas, os braços duros. Sentado sobre os anéis, olhava para o velho. Contente. Satisfeito por ser neto de um homem que não se intimidava.

Quando vi a primeira árvore cair, meu pai estava ao meu lado. O barulho foi tão horrível que nem a presença dele impediu o meu susto. Chorei. Agora penso: teria sido pena? Não, seria racionalizar os sentimentos de uma criança. Me lembro até hoje o horror que foi a árvore tombando.

Um gigante desprotegido, os pés cortados, solto de repente, desabando num ruído imenso. Choro, lamento, ódio, socorro, desespero, desamparo. Ao tombar, tive a impressão de que ela procurava se amparar nas outras. Se apoiar em arbustos frágeis, que se ofereciam impotentes.

Fracos demais para segurá-la. Porém solidários. Morriam juntos, arrastados, esmagados. Ao mesmo tempo que tentava se apoiar, aquela coisa imensa parecia ter vergonha de se mostrar tão fraca. De ter sido derrubada sem nenhuma resistência. Urrava de ódio. Poderia resistir? Não via como.

Na confusão que se estabelecia nela, caía. Arrastando tudo, arrebentando árvores menores, fazendo um barulho que me parecia cachoeira, ou represa estourando. Uma vez, em Vera Cruz, vi um dique romper. Uma ligeira rachadura, as águas tomaram, aumentaram o buraco, estouraram paredes.

Os homens faziam daquilo o seu ganha-pão. Não era simples extermínio. A luta entre meu avô e a árvore era um mano a mano intensamente disputado. O homem contra a árvore era diferente da máquina contra a árvore. A máquina é o poderio desenfreado, o abate descontrolado. Destroçamento.

Meu avô tinha orgulho, achava que sua profissão deveria ser transmitida. Jamais pensou certamente que chegaria esse instante em que não haveria matas, ligação céu e terra, alto-profundezas, trevas-luz. Homem contra a árvore era um sistema lento, dava à floresta chance de reposição.

Debaixo da terra é a treva, repousa o escuro profundo. Como antes da criação do mundo, dizia meu pai. Acima da terra é a luz. A árvore é a união desses dois mundos. Leva a luz ao vazio tenebroso. Leva para o fundo da terra o ar que ele necessita para se refazer e fornecer a vida.

Portanto, junto com a água, a árvore é o símbolo da criação. Nenhuma outra forma representa a vida tanto quanto ela. As raízes aspiram o húmus. O tronco é o eixo. Os galhos são a expansão, o domínio da esfera terrestre. Folhas e flores solidárias à luz são forças imponderáveis.

Eu ouvia. Meu pai levava um caderno grosso e escrevia muito. Sua letra garranchosa, inclinada para trás, era de leitura difícil. Apanhei mais tarde os cadernos. Não decifrei. Tentei que ele me ajudasse. Naqueles escritos havia alguma coisa muito importante a meu respeito, sobre o avô.

No entanto meu pai já estava no Isolamento, surdo. Não conseguíamos nos comunicar nem através de bilhetes. Não entendia sua letra. Fiz vários esforços. No entanto era cada vez mais difícil visitá-lo, o Isolamento superlotado, as fichas de visitas impossíveis de serem obtidas. Ou eu é que evitava?

Descobria uma letra, duas sílabas, três, quatro palavras, um símbolo, um desenho. As coisas nem sempre faziam sentido, me pareciam anotações para futuro desenvolvimento. Passei noites copiando, buscando chaves, fazendo comparações. Levei os desenhos às pessoas, fiquei sabendo pouco, afinal.

Uma página trazia um desenho de Leonardo da Vinci: a embarcação conduzindo o urso com a árvore ao centro. Meu pai escreveu:

A árvore é a vela → *a vida* → *a força motriz que impulsiona* → *a coluna vertebral*. As flechas em tinta vermelha.

O fruto da sabedoria humana é a árvore da vida. Essa anotação estava em verde. Vinha uma frase latina: *Produxit Dominus Deus lignum etiam vitae in medio paradisi*. Citações soltas: *Cedros do Líbano desaparecidos e Cilindros assírios* → *3 mil anos antes de Cristo* → Arar.

O jardim das Oliveiras. Essa anotação em vermelho. Não sei que sentido tinham as tintas, no caso. Em preto: ÁRVORE AEO.

A → líquido → vida
AA (alemão) → água
R (imitativo de ruído) → AR → água que corre, corrente, torrente.

Monte Ararat. Em vermelho. *Arca de Noé,* em verde.
ÁRVORE RE/RA o sol, Egito.
ÁRVORE – ARTÉRIAS (A árvore retém a água)
A = a água da terra
R = absorvida pela raiz
V = recolhida pelo tronco
O =
R
   = distribuir pelos galhos. Restituição do ar pela absorção
E   do carbono contido na atmosfera.
      fogo

Não sabia onde ele queria chegar. De que forma desenvolveria seu raciocínio. Eram somente chaves. Mas para quem? Às vezes, parágrafos inteiros indecifráveis, ocultos. Se eu encontrasse os livros da velha biblioteca de meu pai, talvez pudesse alcançar um ponto não tão remoto.

ARAR, estava em maiúsculas e em vermelho. *Revolver a Ara = altar,* trabalhar a terra = *mãe*. Prepará-la para a árvore. *Duplicação de AR = vida. Corrente da vida. Revolver.* Vinha então um tipo de raciocínio. *Inverter AR* → *RA = o sol.* Portanto Arar → *Expor ao sol*.

Aqui as coisas estavam mais claras. Tirar da terra subterrânea e colocar à luz = criação. Arar = criar a vida. Vinha em verde uma lista imensa de palavras. Decorei-as todas. Na minha ânsia, lia e relia, como ladainha. Eram palavras sonoras, suaves, bojudas. Como Arapari.

Talvez fosse muito criança para alcançar o que diziam os adultos. Também não fiquei pensando muito. Vez ou outra, depois de crescido, eu me lembrava. Mas, agora, essas coisas voltaram, principalmente aquele imponderável. Tão sonoro, suave, instigante, completamente impenetrável.

Eu gostava de enfiar o pé dentro da cinza fofa. Havia uma camada alta, macia como algodão. Quentinho e o pé se instalava confortável. Andávamos até chegar ao centro do terreno. A mata era derrubada, mas deixavam uma grande capoeira no meio. Ilha de árvores. Dominada pelo silêncio.

Nunca assisti, meu avô me contou. Nem foi meu pai. Ritual proibido. "Coisa desnecessária para crianças." À medida que a mata caía, os animais se afastavam dos homens e do barulho. Se concentravam numa região, ali ficavam, como que à espera. Todos reunidos, solidários. Como que sabendo.

Os lenhadores deixavam aquela capoeira para o final. Ali havia de tudo. Gambá, macaco, cuxiu, tatu, rato, anta, paca, onça, cobra, lontra, veado, coelho, morcego, ouriço, capivara, preás, cachorro-do-mato, furão, serelepes, caitetus, caxinguelês, guarás e até algumas preguiças.

Todos juntos, sem brigas, rivalidades. À espera. Amontoados. Aguardando. E, num determinado dia, o acampamento em grande excitação. Os homens lustravam e lubrificavam as espingardas e se dispunham em volta da capoeira. Caía um silêncio muito grande. Alguém tocava fogo, fumaça subia.

Quando os animais saíam para o terreno limpo, eram abatidos. Facilmente. Muita carne era comida ali mesmo. Outros salgavam, deixavam ao sol, levavam para casa. Havia os que se interessavam somente por peles de onça, ou couro de anta. No final do dia sobravam ossos para urubus.

Mais tarde, os arados trituravam os ossos, misturando-se à terra como adubo. E é isso que revejo aqui. Agora, a terra queimada, juncada de ossos, recoberta de cinzas. Repetição. Nada novo. Levo este pouco de água suja para o homem ferido. Vai adiantar? Ele precisa é de um médico.

O mulato franzino bebe, avidamente. Para ele não importa se é suja, ou não. Quer líquido. Tadeu continua com seu olhar de peixe morto, desamparado. Tenho de aguentar a barra sozinho. Levar estes dois de volta. Como rastejar pela freeway arrastando um homem? Ou deixo esse sujeito aqui?

– Como se sente?

– Hum, hum, hum.

Ele geme, abre os olhos, brancos, vítreos. De repente, Tadeu dá um pulo, agarra-o pela camisa, sacode. Vejo o sangue brotando nos buracos de suas costas, onde as varetas penetram. Separo os dois, sem muito custo. Tadeu parece alucinado. Curioso, o ferido pareceu reanimar-se com a agressão.

– Ficou louco, Tadeu?

– Ele tem de me contar.

– Vamos levá-lo para a cidade.

– Antes, quero saber.

O homem sangra lentamente. Os olhos adquirem a cor normal. Amarelados. Parece reconhecer Tadeu. Ou talvez seja a nossa presença ali, cuidando dele, que o faz confiante, estimulado. Amparo sua cabeça em minha perna, dou o resto de água. Cospe. Parece sentir que a água é suja.

– Dá para falar?

– Hum, hum.

– Fale pouco. A gente pergunta, você sacode a cabeça, sim, não. Entendeu?

– Hum.

– Quem esteve aqui? Os Civiltares?
– Não.
– O Novo Exército?
– Não.
– Gente do Esquema?
– Não.
– Quem, então?
– Homens... Acampamentos...
– Os homens dos Acampamentos?
– Meu Deus, o povo dos Acampamentos começou.
– Começou o quê, Tadeu?
– Estão fugindo ao controle. Ia acontecer, uma hora.
– Então vieram, mataram e comeram.
– Com toda a razão. Não dá para falar nada. Você conhece os Acampamentos?
– Não, mas nada justifica o que fizeram aqui.
– Nem gente morta de fome? Isto era uma reserva elitista.
– O que é isso, Tadeu? E o trabalho científico?
– Tinha sentido, Souza? É o que me pergunto e me confunde: onde está o sentido? O certo?
– Claro que tinha sentido.
– O que vale mais? A conservação dos animais ou homens esfomeados?
– Ninguém vai responder a isso. Esta é uma situação inteiramente anormal.
– Deveria ser anormal, no entanto não é. Este é o nosso dia a dia, Souza, a realidade. Pessoas morrendo de fome junto da gente, sem que possamos fazer nada.
– Será que não?
– Não tenho condição de pensar. Vamos voltar.
– E o homem?
– Levar um morto?

154

Souza reencontra sua casa transformada em um saco de gatos. Por que estocam comida? De que estranhos negócios se ocupa este sobrinho?

Vizinhos devem me julgar bêbado. Cambaleio. O estômago repuxa. A fome provoca dor de cabeça, náusea. Ou o cansaço. Melhor sair do sol, a quentura começou cedo demais. Transpiro, cheiro mal, minha roupa está imunda. Quero um banho de cachoeira, cama, dormir o dia todo.

Não se vê ninguém. Prédios fechados, janelas cerradas. O corredor de entrada, escuro, quase obstruído pelo lixo. Moscas. Insetos vermelhos. No salão de barbeiro, as pás dos ventiladores giram como bobas. Entrei, olhei-me ao espelho. Lamentável. Pareço vagabundo.

Se Adelaide me visse, saía correndo. Larguei-me na cadeira, o barbeiro veio com a toalha quente. Imagine, com um calor desses. A toalha tem cheiro desagradável, recuso. Aliás, o salão é cada dia mais encardido. Deteriorado, os espelhos racham, o cristal desaparece, as cadeiras furadas.

– Melhor a toalha, Souza. A barba está grande, dura. Por onde tem andado?

– Por aí.

– Trabalhando?

– Não trabalho mais.

– Aposentou finalmente?

– Perdi o emprego.

– Lamento. E como vai fazer?

Me olha interrogativo. Não pode entender estas roupas sujas, me viu a vida toda bem-composto, as camisas passadas por

Adelaide, o nó da gravata no lugar, sapatos engraxados, cabelos cortados e penteados. Afinal, ele tem o salão há trinta anos, me conhece desde que nos mudamos.

– A pela está ressequida. O senhor andou tomando sol?

– Um pouco.

– Deve tomar cuidado. Olha aí, tem umas manchas estranhas. Melhor passar alguma coisa.

– Vou passar.

– Tenho me entendido bem com teu sobrinho. Muito bem para nós dois.

– Ele tem aparecido?

– Vem todos os dias. Traz gente, leva gente. Muita gente.

– Muita?

– Tanta que os vizinhos reclamaram da movimentação. Sabe como é? Neste prédio moram pessoas sossegadas. Muita zanzação assusta.

– Bem, voltei, vou acabar com tudo.

– Ah, o senhor precisa saber. Depois de sete e cinquenta da noite, a porta do prédio não abre mais. Ordens do síndico.

– O que há?

– Com a nova lei de poupança energética, só fica acesa uma luz por quadra. Por segurança, a porta é trancada. E cada tranca! Também o que aparece de gente pedindo comida, água, esmola, pouso. Ontem teve tiroteio, mataram um casal de velhos dentro do apartamento. Não está mole! Como entram no Distrito?

– Pergunte ao meu sobrinho. O Novo Exército é que controla as Bocas.

Subi a pé, o elevador estava parado. Não sei se definitivo, ou apenas quebrado. Subo degrau por degrau. O tubo da escada, uma fornalha. A chave não girou na porta. Empurrei, estava aberta. Preciso dar uma chamada no meu sobrinho. Porta aberta num tempo destes! O que pensa?

A sala de visitas na penumbra. Acho que nunca foi aberta, penso mesmo que o trinco da veneziana está enferrujado. Nem

Adelaide nem eu ficávamos aqui, a sala era só para visitas. Que me lembre, foram poucas, tão poucas. Não saíamos para a casa de ninguém, ninguém vinha nos ver.

Nos últimos doze anos, quatro pessoas sentaram nestes sofás e poltronas amarelas, de plástico estampado. Dois padres missionários, um vendedor e o primo de Adelaide que morreu de leucemia. Não, parece que morreu com os tímpanos estourados pelo barulho de uma serra de construção.

Na sala de jantar, percebi os cinzeiros cheios e um paletó vermelho na guarda de uma cadeira. Não tenho paletó vermelho. Na cozinha, vozes abafadas. Como pessoas que num velório contam casos com vozes murmuradas. Quando cheguei, os três homens ficaram me olhando. Eu a eles. Como bobos!

Demoramos um momento nos observando. Surpresos, porém não espantados. Como se eu esperasse encontrá-los ali, e eles também soubessem que, a qualquer instante, eu entraria. Apesar de carecas, um deles com a pele escamada, não eram aqueles que meu sobrinho trouxera quando me pediu a casa.

Pareceu-me de repente que havia alguma coisa muito errada em ter uma casa, enquanto aqueles homens, certamente, não tinham mais nada. Paredes, forro, telhado, assoalho encerado, móveis. Nada, nem uma simples telha para colocar sobre a cabeça, para se sentirem cobertos, protegidos.

– Estamos de passagem.

As palavras se mostravam postiças, como se não saíssem de nossas bocas. Sensação de estar vendo um filme mal dublado, em que o movimento dos lábios não corresponde às palavras. Ora, coisa de intelectual. Por que estávamos a nos tratar cuidadosamente? Para mim, nada mais eram que invasores.

– Usamos o fogão, a geladeira. Não se preocupe com a água, o teu sobrinho deixou fichas extras.

O homem que estava à ponta da mesa, não tenho certeza se era o líder, mas parecia, me apresentou os outros. Cada um estendeu a mão, disse o nome. Falavam com sotaque, porém corretamente, palavras bem pronunciadas. O terceiro homem, que estava a comer doce, reparou em minha mão.

– É um furinho sem importância.
– Dói?
– Não. Nunca doeu. Já me acostumei.
– O senhor viu outros iguais?
– Não, parece que sou o único.
– Penso que não. No meio de um grupo de retirantes que estava parado a uns vinte quilômetros da Grande Fenda, encontrei homens com esse furo na mão. Notei porque eram muitos.
– O que pode ser?
– Sem a mínima ideia.

Tenho vontade de conversar, contar como o furo apareceu, como perdi o emprego. Desabafar. Mas parece que já sabem tais coisas. Não pode ser. No entanto a impressão é essa. Olharam o furo com naturalidade, como se todo mundo tivesse um. Quem serão? O homem que comia doces veio, solícito.

– Quer comer alguma coisa? A gente esquenta.

Minha fome, o banho, esqueci de tudo, até o cansaço. Foi o homem falar e o estômago reclamou, violento. Pedi um pedaço de carne, estava com jeito bom, rodeada de cenoura e vagem. Sei, são coisas factícias, o gosto é o mesmo, ovo, carne ou legumes. O que me interessa é a sugestão.

O banheiro não estava limpo. Não como nos tempos de Adelaide. Via-se que era uma casa só de homens. Urina no chão, cinzas, papel-higiênico jogado. Banho longo, não me importei de gastar água, as fichas estavam dando sopa. Água quente, boa para relaxar, regula a temperatura do corpo.

– Agora está com a cara melhor.

Nenhum ar hostil, sorriam. Injustiça minha tachá-los de invasores. Eu não podia reclamar, emprestara a casa. Esses homens não têm nada a ver com o meu acordo. Que me incomoda, incomoda. Penso que estou numa pensão, num hotel e me inquieto. Gostaria de estar à vontade, já que é minha casa. Mania.

Limparam um canto da mesa. Comi em silêncio, observado pelos três. Não puxei conversa, eles também não. Sobre a pia, um monte de pratos, copos, panelas, talheres, sacolas de plástico, xícaras. Em volta do lixo, cascas de frutas, tampas de cerveja, pó de café, cigarros.

– Vou dormir, passei a noite em claro.
– Senhor, o seu quarto...
– O que tem o meu quarto?
– Não estranhe...
– Tem gente dormindo?
– Ninguém entrou nele. Quero dizer, ninguém dormiu lá. Apenas aproveitamos o espaço.
– Aproveitaram o espaço?
– Guardamos umas coisas ali!

Umas coisas! Centenas de latas de comida, e ele disse umas coisinhas. A cama estava fora do lugar, encostada a um canto. Será que vou conseguir dormir assim? Latas de todos os tipos, carne desfiada, salsichas, presuntadas, patês, fiambres, ervilhas, molhos, sopas, conservas, leite em pó, café solúvel.

Amontoadas sem ordem, misturadas. Como as latas são preparadas em indústrias do governo, são todas iguais, a diferenciação de produtos é feita pela cor do rótulo e por um desenho mostrando o conteúdo. O lado direito do quarto estava ocupado por esta inesperada e sortida despensa.

Por que tanta comida? Como arranjavam? Compram, roubam, desviam? Deve ser a mão de meu sobrinho. Será que ele tem tanta força assim ou existe mais gente envolvida na jogada? E que jogada é? Qual o objetivo de esconder essa gente em minha casa? Terminei dormindo, perguntas flutuando na cabeça.

Acordei, a campainha tocando repetida no corredor. Ia pular da cama, ouvi vozes, percebi que os homens tinham atendido. As vozes cessaram, decidi me levantar. Agora, os homens estavam na sala diante da televisão. Parece que se deslocavam juntos, para onde um ia todos iam.

– A mulher já veio três vezes.
– Como ela é? Os vizinhos nunca procuram a gente.
– Loira, muito pintada. Uma fúria de limpeza. Passa vassoura e pano cinquenta vezes nesse corredor.

Era a vizinha de cabelos pintados, boca exageradamente vermelha, rosto enrugado. Adelaide implicava com o batom vivo. Encravado naquela face como um luminoso de néon, a anunciar atrações de primeira classe, logo desmentidas ao se olhar a fachada corroída pelo tempo, águas e ventos. Uma ruína.

Pagou pelos seus pecados, dizia minha mulher, implacavelmente. Então Adelaide já tinha assumido uma incompreensível intolerância rígida, proveniente de seu catolicismo exacerbado. Intolerância que exercia continuamente em casa e pelo prédio afora. Foi aí que começamos a nos afastar um do outro. Acho.

Cada vez que via a mulher de cabelos pintados passeando com o filho pelos corredores, ou brincando no playground vazio, Adelaide me olhava. Entre zombeteira e reprovadora. Como se o menino deficiente pudesse ser prova de hipotéticos desvios, pecados, desregramentos cometidos por aquela mulher.

Claro que tudo se passou antes da Grande Esterilidade, o movimento que resultou no Tempo das Crianças Exterminadas, dentro do qual vivemos até hoje. Meus pensamentos se atropelam. Se fosse contar essa história a alguém, não conseguiria ordená-la cronologicamente com exatidão.

Nem chego, às vezes, a saber quantos anos carrego. Também pode ser qualquer idade. O tempo agora é regido por duração própria, a contagem não mais por dias, semanas, meses e anos, e sim por etapas vencidas. As etapas têm significado e temporalidade relativas a cada um.

O que se passou há muito coloco como recente. Fatos de hoje me são tão irreais que ainda não aconteceram. As pessoas esfumaçam ou se concretizam a partir de toques mágicos, estrelas que jorram das pontas de meus dedos. Cada um é dono do seu tempo, dispõe dele como quer.

Ainda assim, tenho noção de quando começaram os meus problemas com Adelaide. A pior fase de nosso casamento foi após sua conversão. Passou do espiritismo para o catolicismo, levada pela febril campanha missionária que a Igreja empreendeu a partir de uma bula papal especial para o Brasil.

Foi entre a Era da Grande Locupletação e a curtíssima Fase dos Escândalos Financeiros Abafados. Diante do "Caos no maior país católico da América Latina", o Vaticano prescreveu a bula de alerta. Apelidada de ecológica pelos conservadores. E de entreguista pelos liberais. Havia mais que simples ecologia.

Padres se espalharam em cada paróquia. Intensificaram os programas, cada fiel transformado em um cruzado da Igreja tradicional. Em que confusão deixaram a cabeça de Adelaide, coitada. Sofria ao ver que eu não acreditava. Nem aceitava frequentar os cursilhos, ou que nome tivessem essas novas missões.

"Se não nos emendarmos, morreremos aqui mesmo na calamidade." Ela me sermonava, cada noite, depois de um exaustivo dia de reuniões, palestras, debates, confissões. Verdadeiros psicodramas, destinados a lavar o cérebro e a fazer com que cada um se sentisse culpado, caso o mundo não fosse transformado.

Com o passar dos anos, Adelaide libertou-se da fúria reformadora. Diminuiu o ímpeto das arrancadas. Mas a barreira entre nós estava erguida. Não posso acusá-la de tudo. Havia uma terrível anarquia dentro das pessoas. Além do mais, fiquei em silêncio, quando devia ter tentado abrir os olhos dela.

A distância se tornou irremediável. Pensei em me separar. No entanto, além do homem à antiga que existia em mim, eu gostava muito dela. Só que não sabia o que fazer. Nunca fui bom no relacionamento com os outros. Confesso, há em mim uma deficiência em saber das pessoas, penetrar nas crises, perceber situações.

Demoro para conhecer alguém, sou dispersivo, não presto atenção a gestos, palavras, pequenas ações que são, às vezes, altamente esclarecedoras. Pode ser excesso de confiança, ingenuidade. O que é pior, preguiça de raciocinar, alinhar fatos, relacionar lances, observar. Ou me fechei em mim?

Nos últimos tempos, Adelaide não podia cruzar com a vizinha de cabelos pintados. Jamais cheguei a atinar com a razão de tal ojeriza. A mulher não fazia mal a ninguém. Era como todos, limitava-se às conversas habituais e inconsequentes, blá-blá-blás nas portas, aos diz que diz que normais e inofensivos.

Nosso prédio sempre teve pouquíssimas crianças. Os casais quando se mudavam para cá estavam na meia-idade, os filhos criados tinham vida própria. Os jovens que cresceram aqui já se foram, estão nas cidades universitárias, aparecem rapidamente nas férias, ou em feriados, para rápidas visitas.

Havia uma escola no playground. Fechou por falta de meninos. Cada prédio tinha a sua, obrigatória, para que as crianças ficassem protegidas, não precisassem sair, misturar-se aos desconhecidos que se engavetam nas ruas. Isso foi antes que se organizasse e controlasse a circulação. Antes da esterilização.

Os corredores sombrios, a sujeira, a vida fechada em apartamento fechado, o medo da rua, o calor asfixiante, a vizinha que teve um filho, quando ela nunca teve nenhum. Tudo influenciou minha mulher. Forçou sua mente a atitudes que nunca foram dela. Rudeza, aspereza, ela adquiriu aqui de anos para cá.

Tudo se concentrou num ódio seco, lancinante, contra a vizinha de cabelos pintados. A outra percebeu, é claro. Não subiam no mesmo elevador, não entravam juntas no mercado, nem no cabeleireiro. A mulher espalhou que Adelaide não gostava do filho dela, por ser anormal. E que tentava expulsar o menino.

Todos se voltaram contra Adelaide. Chamavam-na o monstro sem piedade. Eu utilizava o barbeiro para desmentir tais notícias. Porém mulheres não vão ao barbeiro. Portanto era apenas meia arma, quase inútil. Tudo por causa do menino débil mental. E da misteriosa implicância de Adelaide por ele.

Porque o garoto a deixava inquieta, incontrolável. Arrepiava-se toda ao ver o meio-ano de pele escura como coca-cola, secreção constante nos olhos, gengivas brancas pontilhadas de pontos negros, balbuciante. Antigamente, o menino batia de porta em porta, sempre à procura de outras crianças.

162

Foi então que ela começou a sonhar com o navio iluminado se afundando em noite tranquila. Passei a encontrá-la, todas as tardes, no portão, à espera do carteiro. Vez ou outra, o carteiro chegava antes de mim, e ela continuava ali, estática, para me entregar, com ódio, a correspondência.

Bobagens, malas-diretas, cobranças de banco, extratos de poupança, correntes de oração, dinheiro, uma e outra carta de aluno. "Não sei para que gastar tanto papel, selo e tempo com inutilidades. Não quero nada disso enchendo gavetas e móveis, jogue fora logo o que não pode prestar."

As famílias foram se fechando. O deficiente provocava mal-estar, era inconveniente. Apertava campainhas, batia nas portas, atirava coisas pelas janelas, prendia o elevador, destruía vidros, urinava nos corredores, fazia cocô nas portas, quebrava lâmpadas, rasgava lixo no hall.

Uivava como lobo, a noite inteira, e o lamento subia pelo fosso central. Abria as bandeiras sobre as portas, jogava lixo e cocô nos apartamentos. Inquilinos fizeram petição. Que se internasse o garoto. Com o tempo, descobriu-se que havia outros meninos semelhantes no bairro. E eram muitos.

Os pais dos deficientes se reuniram. Fato raro, uma vez que as pessoas mal se comunicavam, não saíam de casa. Cada prédio com sua vida, como se fôssemos transatlânticos superlotados. Flutuando num mar tempestuoso, isolados uns dos outros, ninguém podendo ajudar ninguém. Mas foi um esforço.

Nessa reunião, constataram que eram dezenas de crianças nascidas na mesma época. Todas com problemas. Cabeça grande, surdez, falta de braços ou pernas, cegos, mudos, colorações estranhas na pele, pigmentação, problemas de fígado, intestinos, rins, genitais atrofiados. Lábios leporinos, artroses.

Passaram a pesquisar, encontraram milhares de casos. Constituíram uma associação de pais para a análise do assunto. Descobriram: Anomalias Ligadas à Ingestão de Alimentos Contaminados por Mercúrio. Correram aos médicos públicos. Alguns se interessaram. Tentou-se um movimento. Planificação.

Tenho a nítida impressão que esses foram os primeiros sintomas que levaram à Grande Esterilidade. Ninguém fala sobre o assunto, ninguém é louco de comprar briga por coisa alguma. Comentar o Tempo das Crianças Exterminadas é o mesmo que falar nos Acampamentos Paupérrimos. Pura subversão.

A Esterilidade, o Extermínio, o menino débil, o navio iluminado, a carta que Adelaide esperava (será que ainda espera, onde estiver?), sinto que há em tudo uma ligação. Ou então eu não pensaria tão obsessivamente em tais coisas. Sei que existe um elo entre elas. Estou quase descobrindo.

Mas todos se calam, como em lei da máfia. Quando os pais adiantaram as investigações, veio o silêncio. Médicos foram transferidos. Alguns pais tentaram prosseguir. Passaram a ser desaconselhados. Se insistiam, aparecia um caminhão, levava mudança, cessavam notícias sobre eles.

– Ei. Está me ouvindo?
– Claro, claro, estou.
– Pois não parece. Eu te falava da vizinha.
– O que será que ela quer?
– Disse que volta mais tarde. Ficou olhando para nós, desconfiada.

Procuro o cortador, minhas unhas estão enormes, com sujeira embaixo. Isso me incomoda, nunca suportei. Não encontro. Antes, bastava pedir, Adelaide trazia. Ela é que sabia de tudo, onde estavam as coisas. A casa era seu domínio. Eu nem sei onde se encontram as camisas, as meias.

Vou reconhecendo minha casa. Na verdade, conhecendo, descobrindo. As gavetas dos armários de cedro, perfumadas. Os papéis acumulados em escrivaninhas, apesar da recomendação dela de jogar logo fora. Há quantos anos não tiro nada das gavetas? Só coloco, coloco. A memória de minha vida.

Que vida? Esta memória nunca consultada que vai ser atirada ao lixo assim que eu morrer. Que sou nada na ordem das coisas. Papéis, fotos, contas, anotações. Que importância têm? Documentos do quê? De um homem comum. Ora, a história jamais se interessou pelo homem comum? E por que havia de?

Lembranças. Nem lembranças tais papéis reativam, não me reencontro através deles. O que significa o recibo de uma chupeta? Sim, claro, significa que existiu uma criança. A questão é saber: havia uma criança nesta casa, ou compramos para dar de presente? Chupeta de presente? Ridículo.

Então houve uma criança, mas na minha cabeça os registros estão apagados. Prefiro não pensar. Por isso evito gavetas e armários. Esta casa. O escritório. Encerraram o meu mundo por longo tempo. Nada existia além destas paredes. E eu de olhos fechados. Abertos, inexplicavelmente, com o furo na mão.

Já nem sonhava com ressurreição, terceiro dia, renascer dos mortos. Habituado ao sarcófago confortável. Houve tempo em que imaginava raios e nuvens nas quais cavalgava veloz rumo a um intenso ponto luminoso. A intensidade se foi, restou uma pequena e dolorosa lâmpada elétrica amarela.

E essa luz intensa e cegante, um dia, se irradiaria através de mim, escorreria pelo chão e se abriria como um leque, me unindo a tudo. Fiquei esperando que a luz viesse a mim, ela se apagou, nem sei para que lado se localiza. Mas quando encontrei Tadeu vi que tudo poderia ter sentido outra vez.

A dor de cabeça continua, deve ser a tensão. Os músculos da nuca estão rijos. Vou conversar com meu sobrinho, não quero os estranhos em minha casa. Na verdade, não é isso. Por incrível que pareça, esses homens não me incomodam. Começo a me sentir à vontade. Pela primeira vez, em minha própria casa.

Tocaram a campainha de novo. Com fúria. O que esta vizinha quer, tão insistente? Abro a porta. Dois homens me empurram, sem olhar para minha cara. Entram correndo. Têm um aspecto repelente, medonho. Sem pelos, um buraco no lugar do nariz, baba amarela escorrendo da boca.

Perversidade ou espírito prático? Souza fica confuso quando é impedido de dar água a dois homens que morrem de sede

    Atravessaram correndo a sala de visitas e deram de cara com os inquilinos forçados. Os três estavam de pé, como que à espera. Parece que tinham sido preparados para reagir eletronicamente ao menor sinal de perigo. Rostos tensos. O homem que sempre comia doces apontava o revólver.
– Onde é que vão?
– Comida, queremos comer.
– Não temos comida.
– Comida, água, comer, comer.
    Avançavam, o homem que devorava doces engatilhou a arma com calma. O clique ecoou como estrondo na tarde parada, silenciosa. Estávamos suados e ofegantes. Minha cabeça latejava. Os invasores recuaram. Tremiam, babavam, cabeças pendidas. Não tinham condições de briga ou coisa semelhante.
– Vão saindo, saindo, depressa.
– Queremos comida.
– Não tem.
– A vizinha disse que tem. Disse que tem muita.
– Não tem nenhuma.
– Ela disse que aqui todo dia entra bastante comida.
– Vão saindo!
– Sem comida, não.
    Essa conversa malparada podia durar a tarde inteira. O homem que costumava sentar-se à ponta da mesa foi para o corredor, saí atrás. Achei que pensava em alguma coisa. "Não sei

como entraram. É duro. Mas não podemos dar nada a eles. Senão amanhã isto vai ser invadido de uma vez."

Estava decidido a não ceder. O homem que comia doces continuava a apontar o revólver. Os invasores tremiam e babavam, indecisos. Quem sou eu que não dou nem um copo de água para estes desgraçados? Vou buscar. Não interessa se amanhã vai haver invasão. Nem sabemos se tem amanhã. Que bela frase!

Fui para a cozinha, o homem que se sentava à ponta da mesa percebeu e me seguiu. "Sei como o senhor se sente. Só que não adianta. Um copo de água não resolve nada. Eles precisam de muito mais que isso para resolver os problemas do Brasil." Exagerou. Levou meu gesto longe demais.

– É um copo. Nada mais.

– Eles precisam de um tanque de água. Estão mortos. Conheço os sintomas, o tremor, a baba amarela. É um copo de água perdido.

– O que custa perder um copo de água?

– Oh, meu amigo. Tem de admitir a situação. Esse copo de água deve ser usado por quem tem condição de sobreviver mais tempo.

Apesar do mau aspecto da pele, os seus olhos eram calmos, nada violentos. Não era o olhar de um irracional, desatinado, preocupado com a própria sobrevivência. Havia qualquer coisa nele que me fazia confiar. Ponderação. Aquele ar determinado que eu encontrara em Tadeu Pereira. Sinceridade, acho.

Se ele é sincero ou não, é outro problema. Continuo remoendo: quem sou para negar a porcaria de um copo de água? O motivo é melhor ainda. Morrem com a barriga cheia de água. No entanto o terceiro homem me esperava no meio do corredor e me interceptou.

– Não faça, amigo. É bobagem, pior para nós.

– A casa é minha.

– A casa é nossa. Não tem isso de minha casa.

– Como? Se quiser, tiro vocês daqui num minuto.

— Nem em um, nem em dois. Se quiser, vai reclamar. Sabe a quem?

— Vamos fazer um acordo. Dou a água e mandamos embora. Se eles insistirem, expulsamos.

— Expulsamos e eles saem contando que temos água e comida. Não, nem água, nem eles saem daqui.

— Como?

— Vamos trancá-los naquele cômodo do fundo, onde era o quarto da empregada. O senhor usa como despejo, está cheio de pacotes.

— E ficam presos até morrer?

— Amanhã eles vão embora. A camionete leva!

— Que camionete?

— A de suprimentos.

— Vem mais?

— Esta casa vai ser um centro difusor. Daqui mandamos para outros entrepostos.

— Entrepostos?

— O senhor só conversa perguntando?

— Me deixa dar este copo! Só este.

Afinal, quem é esse homem para me dar ordens dentro de minha casa? O sangue me subiu à cabeça. Quase nunca acontece. Não aconteceu quando devia e deu no que deu a minha vida. Foi um segundo de decisão. Passei o copo para a mão esquerda e, decidido, empurrei o homem com a direita. Rapidamente.

O homem recuou, espantado com a minha súbita braveza. Entrei na sala. Nem deu tempo de oferecer o copo. Tem cabimento oferecer? Quando os invasores viram a água em minha mão, se atiraram com fúria. Tanta que derrubaram tudo. O homem que se sentava à ponta da mesa ria às gargalhadas.

— Contente agora?

— São umas bestas.

— Bestas, não! Desesperados. Olha!

Lambiam o chão, como cachorros. Davam empurrões e cabeçadas na disputa das pequenas poças formadas pela diferença de nível entre os tacos. Ansiosos para que a água não penetrasse pelas frestas entre a madeira. Um empurrava ao outro, debilmente. Terminaram caindo, extenuados pelo esforço.

– Levem os dois para o fundo – disse o que eu julgava fosse o líder.

Limpavam o quartinho, empilhando na cozinha os pacotes de calendários. Tantos anos encerrados nos embrulhos feitos a 5 de janeiro. Nada mais significavam. Papel velho para ser vendido a quilo. Úteis apenas para o Museu da Representação do Tempo, um setor deserto, arquivo morto.

A campainha. Abri. Fechei a porta. Essa não. Alguém tem de descer para saber o que está acontecendo. Tocaram de novo, deixei. Desliguei o fusível da campainha, esmurraram a porta. Socos. Os homens vieram do fundo, tinham prendido os carecas no quartinho. Olharam, surpresos.

Fizeram um sinal: deixe para nós. O homem que sempre comia doces atirou na porta. Dois tiros. Corrida, e o silêncio. Logo cortado por um gemido. Peguei uma cadeira, encostei à porta. Meu prédio é dos antigos, a porta almofadada tinha uma bandeira de vidro azul. Nunca tinha sido aberta.

– Puxa, você tinha de fazer bobagem – eu disse.

– Começou, agora ninguém mais segura.

– Alguém deixou esses homens entrarem. Existe a grade eletrônica, a trava automática, a tevê.

– Mas quem?

A bandeira da porta cedeu a um soco firme. Lá estava o homem caído, sangrando. A camisa empapada. Não dava para enxergar o furo. Olhei pelo corredor, ninguém. No entanto podiam estar escondidos, à espera que abríssemos a porta. Ou prontos para chamar os Civiltares. Não se sabe.

Puxamos o homem. Levamos ao quarto da empregada, junto com os outros. Minha vontade era vomitar. Tudo isso é loucura. Comi, dormi de barriga pesada, me deu pesadelo. Preciso acordar, me libertar dessa obsessão. Nada disso está se passando. Basta eu negar, com todas as forças. Jurar que não.

Não tem ninguém em casa, não estou vendo carecas, não tenho furo na mão, não está fazendo calor, não tenho dor de cabeça, não perdi o emprego, Adelaide não se foi, não existem barreiras, a cidade não está superlotada, não faz calor, minha casa está vazia, sossegada. Em paz.

Puro sonho. Não estamos atirando em gente, os vizinhos não estão fazendo sacanagem, não tem ninguém abrindo a porta aos pedintes e doentes. Daqui a pouco, cumpro a minha rotina diária, imperturbável. Acordo, tomo banho, café, Adelaide me leva à porta, vou ao ponto, apanho o S-7.58.

Tenho vergonha quando penso no que Tadeu Pereira diria se me visse em tal situação. Bem, e ele? O que faria? Ou o que é que poderia fazer? Gritava comigo: "Você aceitou passivamente o que se passou na universidade, entregou-se comodamente, deixou sua vida escorrer. E agora reclama do quê?".

A vergonha não é pelo julgamento de Tadeu, e sim pelo meu próprio. Concordar é me transformar num deles. Sou eu que preciso me enfrentar. Enfiado em mim, nem percebi as imagens da televisão. E eram familiares. Mostravam um local conhecido. Não pode ser! Tal horror não está se passando.

Um dia cheio de revelações chocantes: a Casa dos Vidros de Água, a instalação dos geradores solares e a ação das multi-internacionais

Vejo prateleiras quebradas, o chão repleto de cacos. Homens recolhendo etiquetas de metal. Civiltares vigiando, presos entrando nos camburões. A Casa dos Vidros de Água em ruínas. As salas que conheço palmo a palmo, vidro a vidro, cada objeto. Salas que eram meu refúgio.

Os presos: banguelas, mulatos de olhar agressivo, nordestinos mirrados, amarelos, orientais baixotes, gente sem nariz, sem orelhas, sem cabelos, olhos pendentes, peles escamadas, tocos de braço, furo na mão. Furo na mão? Pena, o homem já entrou. Tenho certeza, era um furo igual ao meu.

O locutor tem a voz grave, cerimoniosa, dos que proclamam os noticiários oficiais na Rádio Geral. Um Civiltar exibe um vidro de água. O único que restou inteiro. Água do Tucumã. Onde, diabos, ficava esse Tucumã? Imagens do prefeito, do chefe estadual, do diretor do museu. E a voz monótona.

Às catorze horas de hoje, o Museu dos Rios Brasileiros, conhecido popularmente pela designação de a Casa dos Vidros de Água, localizado no que antigamente foi o Largo do Arouche, recebeu uma afluência fora do comum. De repente, para espanto dos vigilantes, centenas de pessoas começaram a entrar e a se espalhar. Aparentemente, queriam apenas olhar os milhares de litros que continham as águas dos rios, riachos, ribeirões, nascentes, lagos, lagoas, fontes e olhos de água de todo o Brasil. A Casa dos Vidros de Água foi o mais completo e admirado museu hidrográfico do mundo, apreciado por especialistas do universo inteiro, que ali sempre fizeram suas pesquisas hídricas. Organizado na década de oitenta por cientistas da Universidade de São Paulo, do Rio Grande do Sul, do Espírito Santo e da Paraíba, teve a colaboração de pesquisadores de todo o país. A cooperação popular foi grande. Levou-se doze anos para se atingir a perfeição atual. Em dezenas de salas, cada uma abrangendo uma região, podiam-se ver os litros, de colorações diferentes, além de gravuras, fotos, mapas, gráficos, legendas. A biblioteca e a filmoteca completavam o conjunto. A discoteca guardava relíquias, como o ruído das cachoeiras, principalmente da Foz do Iguaçu, o som da extinta pororoca, o murmúrio de regatos. Quando os vigilantes se despreocuparam, relaxando a fiscalização, tudo aconteceu. Em questão de minutos. Sem que houvesse qualquer chance de impedir. As pessoas passaram a abrir os vidros e a beber a água. Bebiam e se molhavam. Saíam com as roupas ensopadas. Quando os Cilviltares chegaram, minutos depois, sobrava um só vidro fechado. A maioria dos depredadores fugiu, arrebentando portas e janelas. Alguns foram presos. Suspeita-se que tenham sido aliciados por alguma organização. Sabe-se que, no começo da tarde, espalhou-se o boato de que a Casa dos Vidros de Água estava sem corpo de guarda. E que havia muita água estocada lá dentro.

Um dos presos, durante a verificação, disse:

– Quem é que queria ver água de rio? A gente tinha sede, isso sim. Então fomos beber a água que era nossa por direito. Eu procurei a água de um riacho que passava atrás de minha cidade. Um rio onde nadava quando criança. Foi dele que bebi. A água está aqui na minha barriga. Podem tirar se quiser.

Pessoas entrevistadas disseram que ninguém suportou o calor hoje. Foi o dia mais quente do ano, registrado nos institutos oficiais. O sol deve ter alterado o comportamento de todo mundo. Meteorologistas acentuam que a temperatura tende a subir, ainda mais que nos aproximamos dos meses que, em outros tempos, correspondiam ao verão. O Esquema está de prontidão para tomar duas providências: impedir que a migração para esta cidade continue, uma vez que ela é causa de graves problemas; em segundo lugar, adotar medidas, como a construção de gigantesca Marquise para proteger o povo do sol e da intensa onda de calor que se abate sobre o país.

Comercial do Esquema. Imagens de poços artesianos se sobrepõem a planos dos leitos secos dos rios. Os rios desaparecem, a água jorra cristalina dos poços artesianos. Milhares de copos plásticos correm em esteiras nas máquinas de encher e lacrar. Crianças riem felizes, a música de fundo é clássica, otimista.

A voz oficial anuncia: *"Dentro de dois minutos e trinta e dois segundos, novas notícias sobre o atentado ao Museu dos Rios*

Brasileiros. Informações vindas diretamente dos bastidores do governo. E uma curiosidade. A reexibição de um velho documentário, hoje um clássico do curta-metragem histórico: O corte final. *Aguardem".*

Outro comercial mostra a instalação dos geradores de energia solar. Cidades recebendo com festas os técnicos do Esquema. Não se vê o povo, somente as faixas de boas-vindas, os slogans pintados. Trilhas sonoras emitem aplausos, gritos de muito bem, muito bem, viva o Esquema. Sinos e buzinas.

– Sucata. Mais porcaria em cima da gente – disse o terceiro homem, o que está sempre silencioso.

– Ferro-velho. Tudo que estão mostrando é sucata. Veio da Alemanha? Veio nada. Estava em funcionamento na Multinteralemã que funciona onde era Pernambuco e Rio Grande do Norte. Forneceu energia por dez anos, deve ter sido substituído por material mais moderno. Ou por maquinaria que suporte esse sol. O ferro-velho, vendem ao Brasil.

– Como é que você sabe? Como é que vocês sabem? Cada coisa que acontece, um de vocês vem como uma explicação, uma história.

– Sei porque vi.

– Viu? Essa não! Você e esse outro aí que senta na ponta da mesa viram tudo. Que mania é essa de sentar sempre na ponta da mesa?

– Qual é? Tanto para se preocupar e vem me perguntar por que me sento na ponta da mesa? Aposto que a vida inteira se preocupou com besteirinhas. Quem se senta na ponta da mesa, quem fuma o cigarro até o toquinho, quem usa lenço verde para assoar o nariz. Ah, deixa a gente sossegado! Vai viver sua vida.

– Está bem. Vou viver minha vida e vocês tratem das suas. Fora daqui. Fora. Já e já. Fora. Para outro lugar, que a casa é minha!

– Vamos viver juntos por algum tempo. Quer queira, ou não!

– É minha! E podem arrumar a trouxa!

– Por que não tenta tirar a gente?
– Vou conseguir. O que vocês estão fazendo não é certo!
– Pode ser que não. Não é certo por que padrões? Existe algum? Ou cada um tem o seu? Talvez cada grupo tenha estabelecido para si mesmo um padrão necessário à sua sobrevivência. O Esquema desligou-se. É uma coisa, o país outra, o povo uma terceira. O Esquema existe como segurança. Ou melhor, tentativa de segurança. Amarra as pontas para que todos não se matem. E olhe que os nós estão frouxos. Enquanto o Esquema conseguir suprir razoavelmente as barrigas, a estrutura se sustenta. E quanto tempo vai conseguir? Que preço já pagou só com a importação contínua de alimento? Olha, nós já formamos o nosso grupinho aqui, temos apenas de estabelecer as nossas regras, montar o nosso mundo. Agora, meu amigo, é confiar.
– Confiar? Em quê?

Fiz sinal para que esperasse. Música familiar na televisão. A câmera passeia no vazio, fecho os olhos. Conheço bem essas imagens. Os violinos do fundo, metais, tom épico. Corrida acelerada. Tranquilidade. Novamente crescendo, pratos batem. Mussorgsky, *Uma noite no Monte Calvo*.

Florestas tomam a tela. A música se dissolve, imagens se fixam. A voz oficial:

Os vândalos que invadiram a Casa dos Vidros de Água, esta tarde, não pouparam sequer os preciosos arquivos. Fotos, filmes, tapes, gravações, documentos, foram queimados, rasgados, dilacerados, destruídos. Não se entendeu por quê, uma vez que os invasores declararam que apenas queriam beber água. Nada mais. O que teria levado homens a destroçar o acervo torna-se um mistério que os Civiltares, preocupados, estão ansiosos para desvendar. Os presos estão submetidos ao tratamento habitual. Esse tratamento persuasório, científico e indolor, destina-se a fazer com que narrem, de espontânea vontade, como os fatos se passaram. O objetivo é determinar, como se suspeita, se houve um provocador. Este o perigo. Como é de conhecimento, o Esquema preocupa-se com a manutenção da história. Foi encontrado pouquíssimo material intacto. O corte final salvou-se. É uma curiosidade, telejornal sem maiores pretensões artísticas. Trata-se de uma reportagem, filmada em super-8 por um amador. Todos, porém, sabem a importância histórica desse curta-metragem. Quando exibido pela primeira vez, provocou polêmica, debate, manifestações de rua, passeatas, divisões na área militar, protestos internacionais. Intensa agitação dentro do país. Movimento que o governo, naquele tempo, não teve forças para dominar. Era a anarquia, a corrupção, o caos absoluto. O corte final foi um pequeno filme, despretensioso, malfeito, mas que, no entanto, favoreceu a queda da elite que formou a Era da Grande Locupletação, possibilitando os primeiros passos para a instalação do atual Esquema. Que, como todos sentem, resolveu os graves problemas internos e externos deste país. Veja, agora, a cerimônia do corte da última árvore do Brasil na pequena vila de Santa Úrsula.

A música cresceu, as imagens movimentaram-se. Planos de florestas. Pântanos, lagos, rios, cachoeiras, regatos, troncos colossais, o locutor enumerando espécies. Não fossem belíssimas as fotos de árvores extintas há tanto, seria um filme aborrecidíssimo, sem a mínima imaginação. Quantas vezes vi essa fita?

– Santa Úrsula? Ah, essa cidade nunca existiu – disse o homem que comia doces.

– Como não? Você também é um sabe-tudo? Todo mundo sabe que Santa Úrsula foi inundada quando construíram a barragem hidroelética da Manguinhos.

– Disseram. Quem prova? Manguinhos sumiu no terremoto.

– Por que você sabe?

– Na Paraíba, eu trabalhava no Instituto Geográfico e Estatístico. Quando fizeram aquele barulho todo com o filminho, pesquisei. Não havia registro de Santa Úrsula.

– Deve ter pesquisado errado.

— No vale do São Francisco existia uma Santa Úrsula. Comparei fatos, escrevi para lá. Havia uma coisa que não batia. A vila do filme nada tinha a ver com as fotos que eu consegui. Era diferente.

— E daí?

— O filme foi forjado, a cerimônia, tudo.

— Forjado? Com que intenção?

De repente, não me deu vontade de rever o documentário. Não pelo que o homem me contava. Não acreditava numa palavra dos casos deles. Ficar encerrado dentro de casa dá nisso. Para se divertir, inventam histórias. Eles sabem tudo. Essa não! Desliguei a tevê, me lembrei da conversa interrompida.

— Você me falava qualquer coisa — eu disse ao homem que se sentava sempre na ponta da mesa.

— Falava... falava em confiança... ou coisa assim.

— Pois é, dizia que era preciso confiar. No quê?

— Não sei direito. Nas pessoas. Na ética de cada um, no comportamento. Tenho dúvida quando uso a palavra ética. Não faz sentido numa situação como a nossa. Mas ainda acredito em cada homem em particular. O problema é que estamos todos preocupados com a sobrevivência. Muitos estão de tal modo que se encontram dispostos a matar.

— Sua teoria pode ser lógica. Mas não lhe dá o direito de permanecer em minha casa. Paguei por ela, vivi a vida inteira aqui, lutei. Esta casa sou eu.

— Uma tristeza. Se a sua vida é só esta casa, que vida foi a sua? Não, não precisa responder. O que o senhor não sabe é que também eu, também estes homens que estão aqui tivemos nossa casa um dia. Se ainda não derrubaram a minha, deve ter um belga morando nela. Na daquele ali, esse que come doce o tempo inteiro, tem um sul-africano. Na do outro, um bom de um chinês. Não foi só a casa, não. Tivemos de sair de nosso pedaço, das cidades. Expulsos simplesmente, sem ter a quem recorrer. Expatriados. Ser um expatriado dentro do seu próprio país? Fomos empurrados para fora de nossos estados. Um dia, nos embarcaram em ônibus e nos levaram. Nos abandonaram a duzentos quilômetros de Maceió.

— Quando foi isso?

— Há uns dois anos. Chegava gente de todos os lados. Famílias inteiras expulsas das Multinter. Os estrangeiros traziam sua própria gente. Quando utilizavam brasileiros era para serviços braçais, servis. Faziam conosco a mesma coisa que fizemos com os negros e índios, quinhentos anos atrás.

— E o governo?

— As reservas foram entregues incondicionalmente. Eram território estrangeiro, com leis próprias, uma estrutura trazida pronta dos países de origem. Não intervenção fazia parte dos acordos.

— Não posso acreditar.

— De onde acha que esse povo vem? Por que vem?

— Tenho um amigo, ex-professor como eu, Tadeu Pereira. Me falava sobre as migrações. Coisas que você está me repetindo. Eu me pegunto aonde é que vamos chegar?

— Você era professor? De quê?

— História.

— Não trabalha mais? Parece novo para ser aposentado.

— Compulsória.

— Ah.

— O senhor é uma pessoa estranha, senhor...

— Souza.

— Muita estranha! Apático, enquanto o mundo se arrebenta em volta. O senhor não reage, está indiferente a tudo. Desde ontem, observo. Hoje, provoquei. Quando disse que não ia sair de sua casa, estava fazendo um teste. O senhor se conformou. Teve um esboço de irritação. Qualquer outro teria colocado a gente para fora aos pontapés. É difícil acreditar que seja professor de História. O senhor está parado no tempo, impassível, não dá para imaginar que algum dia tenha provocado uma compulsória. Não consigo vê-lo fazendo qualquer coisa que desagrade ao Esquema e o obrigue a agir com violência. O que foi que o levou a se transformar desse jeito?

177

Talvez eu saiba. Há muitas coordenadas soltas, é só juntá--las. Não é difícil. Nem um pouco. Esse homem vai rir se eu disser que minha cabeça se abriu a partir deste furo na mão. Às vezes olho para ele e penso que não existe. Não está aí. É um produto de minha alucinação. Do sol sobre a cabeça.

Imaginei. Foi o meu modo de readquirir consciência. Durante anos, senti meu cérebro fechado. Por mais lúcido que um homem seja, há um ponto sem retorno. Atingido esse ponto, a consciência mergulha em estado cataléptico. No entanto o inconsciente trabalha, se defende. Reage.

Quando voltei, encontrei um mundo que não conhecia. Dia a dia penetro nele. Verifico que preciso primeiro me reconhecer outra vez, me identificar. Confesso, estou desesperançado. A cada momento indago se vale a pena o esforço para sobreviver, ou para renascer. E a resposta custa a chegar.

– Vi uma foto de mulher sobre a penteadeira do quarto. O senhor é viúvo?

– Não, sou casado.

– Cadê sua mulher?

Vizinhos são bons, necessários, garantem solidariedade. Mas, quando ameaçam se meter na vida da gente, irritam

– Viajou.

– Quando vai voltar?

Dessa vez, ele se excedeu. Tem a desfaçatez de se enfiar em minha vida particular. Se bem que para ele não quer dizer nada. Vê a vida bem diferente. Reconheço que não detesto esse homem pelas atitudes que me parecem insolentes, e sim pelo que me revela.

Ele me desvenda. A mim que vivia como um altar antigo em semana santa, velado por panos negros. A mancha desaparece, seguida de paralisia instantânea. Imagino que dessa vez consigo perceber uma forma através de contornos indefinidos. Mas há na mancha um elemento novo.

Existe um movimento leve, quase imperceptível. Esse marrom que se movimenta não pertence ao verde que o circunda, é algo desligado. A sensação é que foge dele, ainda que exista alguma relação, pois parece emergir do fundo. A inquietação agora é opressiva, tiraram o ar de meu peito.

O piano vem desafinado no meio da tarde. Domino a paralisia, já posso comandá-la, não dependo mais de algum processo remoto e desconhecido no interior de minha mente. A *Patética*. Quando conheci Adelaide, ela aprendia a tocar, passava o tempo ensaiando.

Sonhava ser concertista, especialista em Beethoven. Quantas coisas havia nela que desapareceram com o tempo. E não vi, deixei que se evaporassem. As mãos de Adelaide naquele piano eram bonitas. Brancas, dedos finos, unhas maltratadas. Nem podia ser de outro modo.

Passava o dia na cozinha, as mãos mergulhadas em detergente, ou manipulando a máquina de lavar roupa. Gostávamos de nossa casa limpa, acolhedora, silenciosa. Ela tinha construído um retiro perfeito para mim. Ao montá-lo, a cada peça colocada, Adelaide desarticulava o seu sonho.

De vez em quando, voltando no meio da tarde, por causa de uma indisposição qualquer (meu intestino nunca foi bom, são essas comidas sintéticas), de uma greve, ou de um golpe de Estado (eram tão frequentes), eu a surpreendia. Ouvia o piano ainda no corredor do prédio.

A *Patética*, repetida. Sua obsessão. Nos primeiros tempos, confesso que sofria. Por ela. Podia-se ver, era coisa que Adelaide jamais alcançaria. Tocar bem. Não como os grandes, nem talvez como os médios. Adelaide nem sequer seria razoável. Bastava compará-la a qualquer daqueles discos.

Coisa que sempre imaginei: as pessoas têm ideia da própria limitação? Será que essa limitação funciona como anteparo à noção de impossibilidade de avançar além de um ponto? Não fosse assim, haveria desespero geral, certamente. Era uma curiosidade, e, perto de mim, havia a resposta.

Convivia com o problema, sem discuti-lo. Abrir a cabeça de Adelaide seria condená-la, reduzi-la apenas a uma astuta dona de casa. Capaz de articular, no caos em que a cidade se estabeleceu, um refúgio como este, movido pelo tempo parado, fora de tudo, como nave perdida no espaço.

Chegando em casa, tentava entrar cautelosamente. Porém ela me ouvia, tinha sensibilidade, detectava os menores ruídos. Fechava o piano, ligava a vitrola, fingia estar limpando o pó dos discos. Eram centenas, concertos clássicos. Adelaide não admitia ter estado a tocar piano.

Muitas vezes, após o jantar, eu abria o piano, puxava o feltro que protegia as teclas e pedia: "Toque um pouco para nós". Era uma expressão de espanto, antes que a de contentamento atingisse os seus olhos. Eu queria, sinceramente. E é verdade que esses momentos foram poucos.

– Estou cansada, não tenho cabeça.

– Busque uma partitura qualquer. Você sabe que gosto do *Monte Calvo*.

– Meus dedos estão duros, olhe só, nunca mais vou conseguir tocar.

– Experimente, estou precisando. Foi um dia cheio. Aquela gente passa o tempo discutindo política dentro da história, minha cabeça explode.

– Souza, meus dedos não me obedecem.

Deixava o piano aberto, na manhã seguinte encontrava-o fechado. Sabia que se levantava à noite, passava horas na banqueta. As mãos varriam o teclado, sem tocá-lo. Era um estudo silencioso, uma prática sem som, talvez para não me acordar. Penso, com muita culpa! Não estive enganado?

Até que ponto não a sufoquei, permanecendo distante? Sem ajudá-la a vencer as barreiras. Por que uma dona de casa não poderia ser pianista? Não me preocupava, aquilo nada mais era que distração ocasional. Ela tinha aprendido, como centenas de meninas de sua geração.

Uma coisa que abandonava gradualmente, à medida que os anos passavam e ela amadurecia. Então, naquela noite, ela sentou-se e tocou. Acordei suando, os lençóis molhados, o travesseiro empapado. Cheguei na sala, Adelaide martelava as teclas furiosamente. Me viu e continuou.

A música era tremenda, tensa. Sons que me quebravam. Adelaide suava também, a camisola ensopada. Foi muito forte para a minha cabeça. Eu estava sob o impacto do furo na mão. Ela, mais do que eu. Pode ser que aqueles dias de nervosa incompreensão tenham estourado dentro dela.

Foi a última imagem de Adelaide, como se fosse um velho filme, em tom sépia, os movimentos engraçados, desritmados. Na manhã seguinte, ela dormia no sofá da sala, fiz todos os tipos de barulho, Adelaide não se moveu. Talvez fingisse. Quando voltei, três dias depois, ela tinha ido.

O piano de agora não é recordação. Vem de dois andares acima, é um velho que vive só. Toca mal, até eu, que não tenho ouvido, percebo o destrambelhamento da melodia. Também, enfrentar instrumento tão obsoleto. Só alguém de outras épocas, um anacrônico que aposta na ressurreição.

Esse velho não sai de casa. Tentaram tirá-lo várias vezes, levá-lo ao Isolamento, redistribuir seu apartamento. Ele deve ter proteção, padrinhos no Esquema. Não recebe ninguém. Toca seu piano, não importa a hora. No meio da noite, descarrega a música, janelas se abrem irritadas.

Ao menos esse homem divisou uma fé, uma crença em que mergulhou fundo. E eu que me encontro na areia movediça? Ansioso por me deixar envolver, ao mesmo tempo aflito para que alguém lance a corda para me agarrar. Onde reencontrar meus valores, algo para me situar? Valores, ora.

Tenho medo de me debater ingenuamente entre bom e mau, certo e errado. Sem prever que os conceitos se alteraram. No distanciamento em que ficamos uns dos outros, na ausência de imprensa, nas bibliotecas inacessíveis, como se situar? O meu receio é ter me marginalizado sem perceber.

Deve ter acontecido uma revolução no pensamento humano nestes anos em que estive isolado. Ou fui mantido. Eu = todos. É importante saber se alguém se interessou em repensar o universo, se houve modificação nas colocações a respeito do homem. Procurar essa nova imagem deve ser meu objetivo.

Apenas a partir dela poderei me situar. Eu = todos. Apoiar-me em ideia concreta, nada escorregadio. Flutuo numa atmosfera de perplexidade, querendo acreditar que determinadas concepções, por velhas que sejam, são válidas. Porque elas afirmaram o homem, marcaram sua existência.

Divagações sem nexo de um homem abafado pelo calor. Agora é também a falta de ar, de uns dias para cá. Há pouco, olhava pela janela, não conseguia firmar a vista, tudo brilhava. Um brilho muito estranho, não natural. Sensação de que tudo ardia, as pedras, os vidros, os tijolos.

Um velho professor delira ante a ameaça de perder sua casa. Velho. Nem tanto. Seria velho se não aceitasse mais, intransigentemente. E, no entanto, me instalo aqui, aberto, pronto a receber. O quê? Não sei. Muito calor deixa a gente de miolo mole, como bem diz meu amigo Tadeu Pereira.

Batem na porta, tocam a campainha. "Aí vem mais", grita o homem que comia doces, devolvendo outra vez a minha sala, o piano patético. "Vamos nos preparar." O homem que se sentava na ponta da mesa pediu: "Vai buscar o revólver". Logo eu, que nem sei onde é o gatilho!

– Atende você, é o dono da casa.
– E se for mais pedinte querendo comida?
– Afaste-se e deixe conosco.
– Não vai matar mais gente!

– O que é isso? Não matamos ninguém.
– Quase.
– Olhe aqui, meu senhor. Se for preciso, não vai ter outro jeito. São eles ou nós.
– Sei, sei, mas por quê?
– Abre logo, senão derrubam tudo.

Era a vizinha de cabelos pintados à frente de um grupo de moradores. Quatro ou cinco. Gente de meia-idade, rostos pálidos, olhos fundos, respirando ofegantemente: um deles eu conheço, andava o tempo inteiro de máscara, caía nos corredores. Sofria de falta de oxigênio, ou coisa semelhante.

A mulher esticava o pescoço, sem esconder a curiosidade. Abri a porta completamente, saí de lado, deixei que ela olhasse. Ficou intrigada com a minha atitude, mas logo aproveitou. Fitou os homens, agora reunidos na sala de visitas, de pé, numa atitude de desafio, de defesa, preparados.

– Se a sua mulher visse isso, que tristeza.
– Tristeza, o quê?
– Essa desarrumação, os vagabundos que vivem entrando e saindo.
– A casa está em ordem, não se preocupe.
– Ordem, nada. Uma bagunça, estou vendo. Quer que eu arrume?
– Por que resolveu se intrometer?
– Sua mulher era muito amiga minha.
– Amiga nada, ela detestava a senhora.
– Como?
– Detestava!
– Deixa de ser estúpido. O senhor não sabe de nada. Éramos unha e carne.
– Vai embora, por favor.
– Está me expulsando, seu Souza? Logo o senhor, um dos melhores condôminos do prédio? Todo mundo respeita o senhor, um grande professor. Nisso é que dá abrigar marginais. Se todo

mundo abre as portas, daqui a pouco aquela gente que está fora da cidade toma conta.

— Aquela gente também precisa de casa.

— Seu Souza, o senhor diz coisas perigosas. Imaginou a merdalha dos Acampamentos a invadir os limites? Aonde vamos? E a comida?

— Vai embora, quero fechar a porta, ficar quieto na minha casa.

— Somos da comissão do prédio, zelamos pelo bem-estar. Esses homens têm de deixar o apartamento.

— Nesta casa mando eu.

— Mas dentro de cada prédio, a comissão é responsável por tudo, só assim se tem segurança.

— Podemos ajudá-lo a expulsar tais homens. Temos informação de que o senhor está sendo coagido.

— Coagido coisa nenhuma. Estão aqui porque deixei, são meus amigos, vão ficar.

— O senhor não tem amigos desse tipo, senhor Souza.

O que falava era o tal da máscara, o que vive caindo pelos corredores. Figurinha ridícula. Me encheu. Pedi licença, calmamente. "Já volto", disse, "esperem uns minutos." Fui à cozinha, coloquei uma panela de água no fogo, deixei ferver. Voltei, panela na mão, a comissão quase dentro da sala.

— Por favor, saiam.

— Vamos conversar.

A loira adiantou-se, atirei a água sobre ela. Deu um berro que foi ouvido na esquina. Com esse silêncio, qualquer coisa se torna avassaladora. Empurrei-a, a água tinha banhado todo seu peito. Os outros homens me olhavam assustados. Um deles, o manco:

— Isso vai custar caro, somos obrigados a ir aos Civiltares.

— Um processo, tocamos um processo em suas costas.

— Me mandem a conta do pronto-socorro. Vou intimá-los por invasão de domicílio.

— Nós podemos entrar nos apartamentos. O senhor sabe que podemos. E vamos entrar!

Partiram. A mulher chorando, mãos no peito. Tomara tenha queimado aquela pele de barata branca descascada. Ora essa, amiga de minha mulher! Amiga íntima, carne e unha. E se fosse? Eu passava os dias fora de casa, Adelaide podia me dizer uma coisa, fazer outra. Era até o seu direito.

A que ponto cheguei. Convivi com essa mulher durante trinta e tantos anos e de repente penso dessa maneira. Eu reclamava que não havia segredos, nenhuma surpresa entre nós, e agora me coloco em guarda, por dúvida. O que aconteceu com a solidariedade que existia entre a gente?

Tenho medo de um processo. Se a loira de cabelos pintados decidir entrar com um recurso, vou ter dificuldades. Não já. Tais coisas trafegam demoradas, os advogados são caros, a tramitação dispendiosa. A desburocratização iniciada no fim da década de setenta emperrou poucos anos depois.

Foi afogada num furacão de decretos que tentaram bani-la. Por essa razão sei que não vou ser incomodado tão cedo. Pode acontecer do marido dela querer me agredir no corredor. Tem acontecido e ninguém faz nada. O Esquema chama de Questões Pessoais Resolvidas de Imediato entre Partes.

Assim denominadas, convenientemente. Para os órgãos de segurança, constituem a maior moleza. Somos a nossa própria polícia. Cada um decide seus assuntos com cautela, porque, se houver violência excessiva, pode gerar a Intervenção Ampla. E aí a gente nunca mais se safa.

Ficamos à espera. Silêncio no corredor, sobre a cidade. Estranho silêncio, porque, a gente sabe, ele é abafado. Ameaçador. De vez em quando o elevador rangia, carregando velhos resmungentos. Depois de certa hora, não se ouvia mais nada. Como se houvesse toque de recolher.

– Está na cara a manobra desses vizinhos – disse o homem que costuma sentar-se à ponta da mesa.

– São intrometidos.

– Querem é te expulsar daqui, ficar com o apartamento.

— Bobagem, o apartamento é meu, estou aqui há vinte anos.
— Santa ingenuidade, diria minha mãe. Tenho a impressão de que você não existe. Me surpreendo como se conservou vivo. Devia estar congelado, hibernando, não é possível. Essa gente está de olho no apartamento, só isso. Procuram um jeito de se apossar desta casa ótima.
— Tenho garantias.
— Garantia coisa nenhuma. Ninguém tem garantia de nada.
— Se esquece do meu sobrinho?
— Eu sei do teu sobrinho, eles não. Melhor acionar logo o garoto. De repente, tem gente mais alta que o teu sobrinho e aí nada feito.
— Você é desconfiado demais.
— E você, confiado. Tenho visto demais, isso sim. Sabe quanto vale um apartamento destes? Nem imagina o que existe de gente disposta a dar dinheiro, comida, fichas, o que for. Só para sublocar o quarto que tem, só você conseguia umas trinta ou quarenta fichas por mês.
— E vocês se instalaram aqui de graça, não é? Você não está preocupado com minha propriedade. Tem é medo de ser desalojado.
— Isso mesmo. Não queremos sair daqui, vamos nos defender.
— Ah, admite...
— Admito. Acha que gosto de me amontoar nos Acampamentos Paupérrimos?
— Não é justa essa invasão.
— Vai voltar tudo de novo. Você está levando vantagem. Vamos discutir teoria da propriedade outra vez? A posse, hoje em dia, é um gás, líquido, coisa que se dissolve. Agora presta atenção, vamos sofrer o cerco dessa gente. Eles vão sitiar o apartamento. Melhor nos prepararmos. O barbeiro é teu amigo?
— Parece. Nunca se sabe.
— Tente obter informações com ele. Ofereça fichas em troca, latas de conserva.

— Ele quer um favor qualquer do meu sobrinho.
— Use isso. Que ele te mantenha informado dos planos.
— Está me parecendo muito neurótico tudo.
— E é. O que somos todos? Cada um que se cuide com atenção. Amanhã vamos sair para novos suprimentos.
— Não cabe mais nada aqui.
— A gente limpa a área.
— Como?
— Tira esses móveis. Quem precisa deles?
— Eu. São os meus móveis. O que pensa?
— Penso que eles atrapalham.
— Vivi a vida inteira com eles. Preciso deles.
— Pois é, enquanto a vida era outra coisa. Não dá mais.
— Até aqui só eu fiz. Cedi a casa, a comida, agora querem meus móveis.
— O que há? O que esses móveis significam? Deixamos as camas, umas cadeiras. Para que o resto?
— Os móveis são minhas lembranças. Certeza de que vivi.
— A única certeza de que a gente precisa é a de estar vivo.
— A vida não é só daqui para a frente, tem tudo que ficou atrás.
— Lembranças. Você é a última pessoa deste país que fala em lembranças. O que elas podem acrescentar?
— Uma visão de mim mesmo. O que fui e o que vou ser.
— Se o mundo ainda seguisse um ciclo normal. Você é um ex-professor de História, devia saber disso. Durante séculos as coordenadas históricas e sociais funcionaram. No entanto, de trinta anos para cá, o que temos são descoordenadas. A aceleração histórica prejudicou tudo, a dinâmica se assumiu em sua concepção total, ou seja, contínua transformação, a cada instante, hora, dia.
— Essa nova ordem tem um nome. Caos.
— Não. Caos é muito forte. Implica a desorganização completa, anarquia. Existe confusão, mas não é o caos. Acho que a palavra é desarranjo. Alteração de lugar das situações.

Desordenação dos fatos. Como alguém que desmontou um motor, espalhou as peças no chão em aparente desorganização.

— Só que, no motor, as peças voltarão aos lugares corretos, exatos.

— A menos que o mecânico invente um novo motor, o que é bem possível. Se não funciona de uma maneira, funciona de outra. Talvez a diferença entre mundo e motor, é que o mundo não é estático.

— Tudo é conversa. Não vão levar meus móveis.

— O melhor é dar um tempo. Pense. Precisamos estocar mais comida. Cada dia mais. Olhe o que anda lá fora, ninguém está para brincadeiras. Os Círculos Oficiais daqui a pouco não vão suportar, as barreiras estouram, aquele povo vai invadir a cidade, acabar com esta pocilga. Passei pelo meio de tudo, senti o clima.

A sala abafada. Estou tenso. Olho em cima do piano a camada de poeira. O retrato de Adelaide. Vontade de chorar. Sou um monstro. O que fiz para achar minha mulher? Nada, nem um passo. Todavia, a cada dia, sinto que a encontro dentro de mim. Não quero que se transforme em lembrança.

A ternura ressurge numa
foto colorida à mão.
E os galos não
existem mais,
porém continuam
cantando

Vendo esse retrato me sinto só. Aposto que, se eu dissesse isso aos meus amigos aqui, morreriam de rir. E o que parece o chefe encontraria argumentos para me provar que solidão está fora de lugar. Não são tempos para ela. Diria: estamos todos sozinhos, ninguém reclama. Só o senhor.

Pode ser, mas não tenho nada a ver com os outros. A minha solidão pesa. Pense em outras coisas, veja a situação à sua volta, veja que não é possível ter mais sentimentos subjetivos. Imagino que me diria isso, parece um homem prático, concreto em suas propostas. Bem, pura cogitação.

Entendo por que ele deseja eliminar as lembranças. Alguma coisa ficou para trás, irrecuperável, e essa privação dói dentro dele. Para eliminar o sofrimento, elimina-se a memória. Uma cirurgia aparentemente simples, única solução. Só que eu não consigo, tudo é vivo dentro de mim. Agitado.

Adelaide está em alguma parte. Escondida no seu próprio medo. Cada dia que passava, ela se assustava mais. Uma vez chegou a me pedir que não fosse trabalhar, que não me separasse dela. Não sabia explicar por quê, assim que eu fechava a porta, de manhã, ela entrava em pânico.

Custava muito a se recompor. Fechava as portas e janelas, passava trancas. Não era apenas pelo calor. As pessoas em volta dela eram completamente estranhas, desconhecidas. "Vou ao supermercado e não vejo um só rosto familiar, onde estão os nossos vizinhos, amigos, parentes?"

Durante certo tempo comentamos a multidão que crescia, dia a dia, na cidade. Comentávamos tranquilamente, sem medo, sem atinar com o que estava se passando. Era uma constatação dos dias que corriam. Não me preocupava de onde tais pessoas vinham, ou porque estavam vindo. Ou quem eram.

As ruas iam se enchendo, cada vez mais intransitáveis. Vieram os primeiros grandes problemas de circulação. E, de repente, os meus rostos, aqueles que eu via diariamente, quase que às mesmas horas, em situações idênticas, passaram a desaparecer. Como se esvaíssem em plena neblina.

Névoa, penumbra, eram sensações que me tomavam quando encarava a multidão, compacta, fechada, mais fechada. Andávamos ombro a ombro, rosto a rosto, e ninguém se encarava.

Olhavam para os lados ou para o chão. E, então, apareceram os mutilados, os carecas. Os deficientes, os de olhos pendurados.

Poucos, a princípio. Depois engrossaram fileiras. A polícia apanhava, levava. No entanto pareciam se multiplicar. Quando criança, li uma história, havia uns bichinhos, uns tais shmoos, que adoravam os homens. Morriam ao ser acariciados, mas se reproduziam de segundo em segundo.

Pois isso me lembrou os cegos, os carecas, os mutilados, os pele-brancas escamosos que tomaram a cidade. Os Civiltares fizeram o que puderam, até instalaram as barreiras eletrônicas que nos separam hoje dos Acampamentos Paupérrimos. Tais coisas eu não podia contar a Adelaide.

Ou aumentaria o seu pavor. Que era instintivo. Porque ela não via nada. Saía pouco. E o bairro ainda não tinha sido tomado. Tais climas se espalham, como fluidos, dominam a atmosfera. Tocam as pessoas, se instalam nelas, como a umidade, o frio, o calor. Dominam, simplesmente.

Agora sei. Nossas noites longas e silenciosas eram de aturdimento. Ficávamos na cama, de mãos dadas, contemplando o teto, ouvindo os barulhos da rua. Houve época em que eles se arrastavam gemendo, gritando, insultando, pedindo. Vinham os Civiltares e batiam, pediam, amarravam.

Não ousávamos nem mesmo olhar à janela. Não era piedade. Puro medo. Igual aos vizinhos do prédio da quadra. No dia seguinte, encontrávamos as manchas de sangue e pus pelo chão. Ou aquele farelo pardo, parecendo farinha seca e que, sabíamos, era a pela escamosa dos inválidos.

Tínhamos nojo, muita gente vomitava em plena rua. Adelaide confessava que não podia olhar para aquilo. Ninguém dizia nada. Nenhum mexerico, comentário. Somente o silêncio cúmplice, que nos enchia de culpa. Porque estávamos protegidos atrás de nossas portas e janelas. Nos imaginando seguros.

Não ter com quem dividir essa angústia me deixa mais sozinho. É uma atitude egoísta, eu sei. E não posso fazer nada, assim me sinto. Havia antigamente, e nem sei que tempo é esse antigamente, a possibilidade de divisão. Dor e alegria eram repartidas, porque se vivia em comunidade.

Estávamos juntos, podíamos contar uns com os outros, e isso tornava tudo mais fácil, suportável. Bastava abrir a porta, tocar campainhas, correr a um portão, tocar um telefone, as pessoas se juntavam, partilhavam. Adelaide percebeu a perda de tudo isso bem antes de mim.

O sentimento de solidão era menor, não estávamos encerrados atrás de quatro paredes, portas trancadas, corredores vazios. Os ruídos exteriores eram normais, não traziam medo. As pessoas podiam se olhar cara a cara, enfrentar-se sem receios, a língua seca, o coração disparado.

Passam pelas minhas mãos as estatísticas de mortos. Todos os dias, com um prazer necrófilo, examino as causas. Claro, as estatísticas são apenas daqueles que contam, os que moram dentro dos Círculos Oficiais Permitidos. Além das barreiras, é o desconhecido, propositalmente ignorado.

Morre-se do coração. Infartos, derrames, todo tipo de complicações cardiológicas aparece nas *causas mortis*. Ou seriam mentiras? Dissimulações. E por que gente com vinte anos, ou menos ainda, tem o coração estourado? Não dá para acreditar. E de que adianta não acreditar?

Certa tarde, nem tínhamos nos casado ainda, mas a casa já estava comprada. Adelaide e eu saímos. Para olhar vitrines. Era um sábado, as lojas estavam fechadas, ninguém na rua. Caminhávamos, eu no canto, Adelaide não gostava de ir pelo lado direito, andava sempre junto à guia.

Encontramos o lambe-lambe com a cara tão desanimada que decidimos tirar uma foto. Abraçados, nos beijando e um close de Adelaide. O homem, entusiasmado, ajeitou várias vezes o rosto dela, empurrando o queixo para cima, numa dessas poses de porta de circo ou vitrine de fotógrafo artístico.

A foto ficou pronta na hora. O lambe-lambe pediu mais vinte minutos para colorir. Ele conseguiu o tom castanho dos cabelos e dos olhos, mas fez a boca vermelha demais. Ficou sendo a nossa foto predileta, talvez porque naquela tarde estivéssemos muito bem um com o outro. Em ótimo astral.

Por muitos anos passamos naquele lugar e encontramos o lambe-lambe ali, sempre com o mesmo ar desanimado. Era o seu jeito, talvez uma forma de comover fregueses, ou então uma atitude perante a vida. Nunca mais tiramos outra fotografia. Aquela nos satisfazia, era exata. Como gostaríamos de ser, sempre.

Vejo essa foto agora e percebo como era firme a mão do lambe-lambe e agudo o seu poder de observação. O olhar doce e sereno de Adelaide nunca mais foi retratado desse modo. Era ela, delicada e cordial, porém não passiva. Ao menos não foi passiva nos primeiros anos.

Será que eu a transformei de tal modo? Ou foram as situações à nossa volta? Adelaide via o mundo de um modo diferente do meu, gostava de tranquilidade, de estabilidade, preocupava-se com a segurança. O mundo tinha valores sólidos que custavam a mudar. Podia-se aceitá-los, com a segurança de que durariam ao menos uma vida.

E, quando mudavam, existia toda uma preparação, as pessoas eram condicionadas, nada explodia subitamente, assustando. Valores simples, às vezes. Algo assim como as festas populares em que as pessoas costumavam usar alguma coisa feita de couro novo, ou de pano azul. Ou queimar palha benta para a chuva acabar.

Costumes simples, cerimônias, rituais, hábitos, coisas que permaneceram por séculos, passadas de avô a pai, a filho, a neto, a bisneto. Gestos familiares, espontâneos, falas, comidas. Permaneciam. Deixavam uma impressão de solidez, favoreciam a serenidade, eram certeza. Continuação.

Naquela mesma tarde compramos um porta-retratos muito simples, de madeira clara, sem pintura nem verniz. O espaço para a foto era maior, porém Adelaide colocou um passe-partout branco, agora amarelecido. Mas as tintas da fotografia continuam firmes em seu tom pastel. Tranquilo.

Falta a mão em meu ombro. Falta a ligeira reprimenda ao jantar, porque costumo tomar a sopa com ruído. Em vez da *Patética* e dos discos clássicos, tem o rádio de pilha com músicas sertanejas deste homem que invadiu a casa. Querem tirar tudo daqui, preciso salvar o retrato de Adelaide.

Fico impressionado comigo, quero o retrato, me revolto com a ideia de que vão tirá-lo. Adelaide continua desaparecida e me sento a remoer filosofias. Me irrito ante a perspectiva de perder a casa, os móveis, enquanto a perda maior, ela, me deixou insensível longo tempo.

Ou foi pouco tempo? Não tenho noção de espaço, horas, dias, semanas. Quanto se passou entre eu descobrir o furo e Adelaide me deixar? Não sei. Nem tem importância. Tadeu Pereira (preciso procurá-lo) tem razão. O que conta agora não são os dias e os meses, e sim as situações e os acontecimentos.

Por duas vezes pensei nesses homens que invadiram a casa. Com meu consentimento, reconheço. Não movo palha para expulsá-los, porque me fazem companhia. Aqui estamos, em comunidade. Precisamos uns dos outros e isso me reconforta. Acaso ou não, meu sobrinho me deixou gente inteligente.

Podemos conversar, eles me trazem o mundo de fora. Um Brasil que existiu além das barreiras. Reconstituir os fatos. Adianta? E como disse o homem que costuma se sentar à ponta da mesa: "Lembranças para quê?". Que transformação elas podem operar no mundo diante de nós? Nenhuma.

O sol está nascendo, passei a noite neste sofá, não sei se cochilei, se fiquei ruminando. Apanho o retrato de Adelaide, enfio na gaveta da cômoda, entre camisas passadas, cuecas e meias. A cidade ainda em silêncio, não se ouve nada vindo do corredor. Teriam desistido?

— Hoje à noite vem uma camionete. Você tem a tarde toda para arrumar as coisas — disse o homem que me parecia ser o chefe.

— Assim, de repente? Pensei que tivesse uns dias.

— É uma operação de guerra, meu amigo.

— Guerra? Você exagera.

— Pode ser. De qualquer modo, a camionete só pode vir hoje. Por favor, arrume tudo que tem de arrumar.

— E como é que você sabe que a camionete vem?

— Enquanto você dormia, saí. Passei a noite fora, em busca dos contatos. Agora fique vigiando, vou dormir. Tem café?

A cozinha estava uma bagunça, Adelaide morreria se estivesse aqui. Estou preocupado, pensando nessa mudança, nos móveis a selecionar. Gosto de tudo nesta casa, estou preso às mesas, cadeiras, piano, bibelôs, quadros, cômodas, armários, criados, mesas de centro, estantes, colunas para vasos.

Enfim, ligado a toda essa tranqueira que entulha cada cômodo. Os vasos vazios em cima das colunas. Adelaide jamais permitiu plantas de plástico, tinha horror delas, por mais perfeitas que fossem. Chegaram a fabricá-las com cheiros naturais, o que as torna espantosamente medonhas.

Somente os muito ricos conseguem plantas naturais. São vendidas em galerias de arte a preços insuportáveis. Uma planta vale mais do que as pinturas valiam anos atrás. Nos leilões, trocam-se Picassos por samambaias, Portinaris por avencas. Duke Lee por gerânios. Oiticica por antúrios.

Existem colecionadores, *marchands*. Estufas com ar-condicionado para o cultivo. Os donos dispõem de quantias extras de água. São privilegiados. Porque se descobrem alguém desperdiçando água, adeus. Pode contar com o Isolamento, é fatal. Evidente que a lei não se aplica a uns poucos.

Apesar de factício, o café cheira bem. Neste mundo não existe nada mais desenvolvido que a indústria de cheiros artificiais. Pena que não consigam eliminar essa atmosfera fedida que domina a cidade a maior parte do tempo. Todavia, o gosto do café é nada, só cheiro mesmo.

Tocam a campainha, o homem que costuma se sentar à ponta da mesa vai atender. Demora-se. Vozes abafadas. Volta com um papel na mão, sorriso irônico. Ele não precisa dizer, sei que foram os vizinhos outra vez. O que estarão tentando? O homem me estende o papel.

– Uma intimação.
– Para quê?
– Para nos apresentarmos no Distrito.
– Fazer?
– Um depoimento. Diz que precisamos levar nossas Carteiras Profissionais, provar que estamos empregados.
– E se não provarmos?
– E eu sei? Só que não vamos lá. É só a gente sair, os vizinhos arrombam a porta e se instalam.
– E a intimação?
– Devem existir milhares. Todo mundo denunciando todo mundo. Eles expedem, mas não devem ter tempo de verificar. Temos de jogar com a sorte. O bom do caos é isso, a ausência de controle em todos os setores.
– É, mas você se esquece de que os denunciantes devem estar em cima, fiscalizando.
– Não adianta. Se você não é fiscal, não tem autorização para fiscalizar. Cada departamento age dentro de sua competência.
– Mas você pode comprar os fiscais.
– Isso pode. Aliás, só funciona assim. Eles compram e a gente recompra.
– Então não vamos.
– Pode rasgar isso.
– Quanto papel jogado fora.
– É uma indústria organizadinha. Gente que vive de reciclar papel para o governo. Gente que imprime para o Esquema. Eles

subornam os oficiais, para que estes intimem. E gastam papel. É todo um ciclo, por isso ninguém liga, as intimações são pró-forma.

— Tenho medo. Quando é coisa oficial, nunca se sabe.

— Você está sempre com medo. Se solta, velho. Descontraia.

— Não sei, as coisas corriam bem, normais. De repente, não tenho em que me segurar, fico assustado.

— Pois é, entendo bem. E toda a sua classe. Quando as grandes calamidades passaram a acontecer, ninguém ficou nervoso, ninguém moveu uma palha. Agora, estão assustados.

Aborrecido, dono da verdade, vomita regras, não suporto esse sujeito por isso. E não porque se apossou de minha casa. Para cada situação tem um conceito, formula uma hipótese, sabe a resposta, emite uma sentença. E bobo sou eu que fico em dúvida, aceito o que ele me diz, me questiono.

— A que horas vem a tal camionete?

— No meio da noite.

Por onde começar? Ando pela casa toda revirada, os móveis encostados, a lataria empilhada. Sacos plásticos, caixas, caixotes. Eu sabia tudo desta casa, onde estava o alfinete, a toalha, o sabão, o palito, as meias, os lençóis. Sabia, peça por peça, o que estava dentro do baú de vime.

O baú. Tinha me esquecido dele por completo. Quantos anos de nossas vidas estão naquele baú, escondidos, guardados. Tenho paixão por guardar. Isso me aproximava de Adelaide, nos dávamos bem. O baú deve estar no quartinho, soterrado nas pilhas de calendários. E os homens presos lá?

Vou até o quartinho. Tento ouvir pelo respiradouro da porta. Nenhum som. Mortos? Um estava bem ferido quando o jogaram aqui. Não há espaço, estes quartos de empregadas são do tamanho de celas solitárias nas prisões. Abafados, escuros. E ninguém trouxe comida para eles.

A chave está meio caída na fechadura. Devem ter tentado retirá-la, querendo fugir. Dou um tempo, não quero abrir a porta. Tenho medo de que estejam à espera disso. No que abro, passam sobre mim como um trator. Que nada, pobres-diabos molambentos, não se aguentavam em pé.

Devem estar dormindo, ainda é cedo. Ou desmaiados. Recoloco a chave, com muita cautela, sem fazer barulho. Giro suavemente, torcendo para que a fechadura não faça ruído. Somente um clique seco que faz gelar a espinha. Dou mais um tempo, a mão presa ao trinco, eu imobilizado.

Um tempo que me pareceu suficientemente longo, arrastado. Um galo cantou. Por um momento o canto me distrai. Caio em mim. Não pode ser, não existem quintais aqui perto. Há quantos anos não ouço um galo. Pode ter sido um disco, são tantos os que vendem com sons, vozes, cantos.

Algum saudosista que deve ligar o aparelho de som na madrugada. Artificial ou não, me deixo penetrar pelo embalo daquele galo afinado, harmonioso. Se eu soltar minha cabeça, as recordações disparam, memória afetiva descontrolada. Imagens desencontradas vão desabar na minha frente.

E não quero. Preciso deixar esse hábito, ele me emociona. Mais, me perturba, amoleço. Tem razão o homem que costuma se sentar à ponta da mesa. Preciso de toda a minha lucidez, já fui uma pessoa sóbria, seca, com total autodomínio. E olhe que eu tinha até uma razoável visão histórica.

Não falei? Penso, penso, as situações disparam. Me contenho. Meu objetivo agora é este quarto. Esse galo maldito podia bem parar de cantar, alguém desligar a vitrola. Movimento o trinco, agora a porta está aberta. Coragem, Souza. Vamos em frente. Como a cabeça da gente é maluca.

Abro esta porta como se fosse a coisa mais decisiva de minha vida. Nem quando enfrentei a banca de examinadores em minha tese. Ou quando me chamaram à diretoria para me comunicar a compulsória. Quando passei na Polícia Política para assinar minha ficha de rebelde. Quando o navio partiu.

Nem quando descobri que Adelaide tinha ido. Em nenhuma dessas situações senti o medo que tenho neste momento. Como se a minha vida dependesse desse gesto. Vida no sentido físico. Abrir a porta pode significar morrer. Ora essa, somente eu mesmo, com essa farta imaginação.

Pronto, está aberta. Nada aconteceu. Os homens, amontoados no chão. A parede cheia de sangue. Ué, tem mais um. Um velho de cabelos brancos, rosto emborcado no chão. Este velho não estava entre os que tentaram invadir. Viro o corpo, com certo nojo. O barbeiro está morto. Apunhalado.

Souza vai à cozinha e fica hipnotizado com o fascinante mistério de um ovo a ferver

Não deu para entender. De jeito nenhum. Fiquei paralisado, vendo a mancha marrom diante de meus olhos e o formigamento correndo pelo corpo. Sem acreditar, sem poder acreditar no que estava vendo. Por que mataram o barbeiro? E a que horas foi? Como o trouxeram para cá?

Um homem inofensivo, vivia de suas barbas, não se metia na vida dos outros. Se sabia das coisas do prédio é porque os velhos contavam. Descem à barbearia para um bate-papo, que gente velha é dada a tais costumes antigos. Não pode ter sido um dos velhos, não teriam força.

Não tenho prática, mas posso ver que o barbeiro resistiu. A camisa toda rasgada no peito, os cortes do punhal ou da faca cheios de sangue ressequido, coagulado. Se fosse tiro, seria provavelmente um buraco redondo, pequeno. Foi alguém forte, decidido e de sangue frio. Um profissional.

Burro, claro que foi um dos três homens que invadiram. Como entrariam? Mas a que horas fizeram isso? Quando cochilei? Mas tenho o sono leve, teria acordado ao mínimo ruído. E eu estava no sofá da sala, portanto quase no meio do caminho deles. Podem também ter-me dopado.

Não adianta nada ficar pensando, o melhor é perguntar. Chamar alguém, temos de tirar o cadáver daqui, está enrijecido, vai feder daqui a pouco. Não quero empestear minha casa. E não me agrada a ideia de conviver com um defunto me rondando. Isso me encheu muito, agora. Já é demais.

A paralisação desaparece, a mancha marrom fica ainda por alguns instantes. Tenho certeza, a mancha não é mais estática, existe alguma coisa se movendo em seu interior. Cada dia toma mais forma, se eu tiver paciência, ela ainda se definirá, vou poder descobrir o que é, por quê.

Quanta coisa a descobrir no mundo de hoje. Tentar entender a confusão à minha volta e ainda me debater com esses problemas interiores. Se eu tivesse coragem iria a um médico. Coragem e dinheiro, ninguém suporta o que eles cobram. Além disso, faria tantos exames, mas tantos.

Caiu na mão de um, não se escapa mais. Jamais será o primeiro a encontrar o que tenho. Vou passar de especialista em especialista, deixarei todo meu sangue, fezes e urina nos laboratórios, serei sugado, esmagado, utilizado. E, depois, entrarei no fabuloso ciclo de farmácias.

Por isso a gente evita ir aos médicos. Se não encontram um mal definido, mandam a gente aos Psis. Ah, e aí, então, adeus mundo! Porque a função principal dos Psis é te convencer de que você não tem capacidade de cuidar da própria vida, portanto é louco. Sem contemplação, te atestam insanidade.

E loucos vão para o Isolamento dos Mentais. No momento em que o paciente entra, automaticamente os seus rendimentos são desviados para a tesouraria do Isolamento, a fim de pagar o tratamento. Não é à toa que existe nesta cidade uma intensa caça, comandada pelos Psis. Peritos, eles nos envolvem.

Se você localiza um deficiente mental e dá o sinal, os Psis mandam buscar. E há uma recompensa em cotas de água, ou outro privilégio qualquer. Entendem agora por que as pessoas andam na rua com passos comedidos, evitam falar com os outros, não fazem gestos bruscos, nem gritam?

Qualquer movimento suspeito, atitude fora do normal, pode indicar a existência de uma perturbação. E lá vem os Psis pra cima, babando como cachorro louco. É também por essa razão que a maioria prefere não sair de casa. Nunca se sabe. De repente, um espirro com som diferente, e adeus.

A minha vontade agora era sair correndo, gritando, pulando. De horror desse homem esfaqueado, largado em minha casa. Ah, Adelaide, você fez bem em sumir, não aguentaria tais cenas. Nem fomos feitos para suportá-las, mas temos de carregá-las, enfrentá-las, são o cotidiano, feijão com arroz.

Há quantos anos penso assim: este é o meu cotidiano, tenho de vivê-lo o melhor possível. Todo mundo pensa assim e, portanto, as coisas andam como andam. Imaginei, muito tempo atrás, que, se eu conseguisse estabelecer reformas dentro do grupo, seria possível uma revolução geral.

Cada um agindo no seu grupo. Então somaríamos tais reformas e teríamos uma modificação. Claro que haveria uma tendência geral, uma linha a seguir, que desse unidade a tais mudanças. Pensei, mas não fiz. Fiquei preocupado com a sobrevivência, manter minha família, a casa.

Lutei para pagar a casa, aceitei a troca pelo apartamento, briguei para arranjar emprego, aceitei o que me deram, apavorado com a perspectiva do não futuro. E foi exatamente ao não presente que cheguei. Olhando para trás, vejo que vivi dentro de um não passado. E a conclusão é simplesmente terrível.

Sim, porque um homem que atravessou um não passado e caiu dentro de um não presente, esse homem não existe. Que ideia mais engraçada e louca. Não existo. Aqui estou, posso me tocar, me pegar. Penso, reflito, concluo. Me vejo inteiro, mas não me reflito, não há imagem.

    Então olha só que coisa mais maluca que me ocorre: porque consegui pensar, não existo, não sou. Não fui e não serei. E, no entanto, aqui estou. Só quero ver a cara do sabichão que se senta sempre à ponta da mesa, quando eu expuser esse raciocínio. O que ele vai dizer, comentar?

    Na cozinha, deparo com os três tomando café com bolachas secas. As bolachas trincadas pelos dentes fazem um ruído uniforme, regular. É a única coisa que se ouve, além de água fervendo no fogo. Há um ovo na panela e fico assombrado. Um ovo. Mais fascinante que a descoberta do cadáver.

    Ter um ovo boiando na panela fervente. Tais homens devem ser poderosos. Ou meu sobrinho tem mais poder do que eu penso, e não estou tirando proveito disso. Um magnífico ovo, de casca branca, rolando dentro da panela. Não me contenho, o espetáculo me hipnotiza. Nada mais simples que um ovo.

    Nada mais impossível que ele. E, todavia, ali está, à minha frente, posso tocá-lo, sentir a sua quentura. É um grande conforto, uma sensação de segurança. O ovo me dá certeza, alguma coisa permanece. O ovo é uma verdade. Sinto que me reconquisto. Ao mesmo tempo, o ovo é um mistério, me dá prazer.

— O que vocês fizeram? Tem um cadáver lá no quartinho!

— Morreu um daqueles coitados?

— Não, um de vocês matou o barbeiro lá de baixo.

— Não sabia. O que você me conta é novidade. Vamos investigar.

— Investigação das mais fáceis.

— Assassinato é coisa séria. Pode ser que nenhum de nós tenha morto o homem. Quem garante que ele não caiu aí na porta e a gente recolheu? Aliás, foi isso o que aconteceu. Ele bateu à porta de madrugada, pedindo socorro. Estava todo ensanguentado. Recolhemos, ele morreu na cozinha, sem dizer o que tinha se passado.

– Por que não me acordaram?
– Para quê? Você ia salvar o homem?
– Um homem morreu na minha casa e fiquei sabendo por acaso. E se eu não fosse ao quartinho? O cadáver ia apodrecer, empesteava toda a casa.
– Deixa disso, ninguém morre por cheiro. Morresse, não tinha ninguém vivo na cidade, tinha?
– Essa conversa é uma loucura. Tem um homem morto no quartinho. É disso que precisamos cuidar.
– Vai ser cuidado. Tá tudo planejadinho.
– Planejado? Quer dizer que existe uma operação que não sei o que é e inclui até assassinatos.
– Calma, esfria essa cabeça. Hoje à noite tudo estará resolvido.
– Como resolvido?

O ovo borbulha, o homem que está sempre comendo doces consulta o relógio. Parece que o ovo é dele, ao menos observa ansiosamente o cozimento. Ele cruza com meu olhar deslumbrado e não tem gesto de solidariedade. Nem sorriso, ou oferecimento, nem vontade de partilhar.

Enfim, o ovo é dele, faça o que quiser. Já vi tanta coisa que não posso ter, não vou me amargurar por mais uma, tão pequena. Azar. É que não me sai da cabeça o corpo do barbeiro. Minha obsessão tem um motivo que só agora realizo. A morte está muito perto, nós apenas tentamos sair dela.

Daí minha raiva contra o barbeiro e esses homens. Me devolvem uma ideia que recuso, combato, procuro esquecer. Acho que o processo da cabeça da gente num campo de batalha deve ser este: abstrair a possibilidade da morte, ainda que todo mundo caia em volta de nós. É o único modo de sobreviver.

Diante do cadáver, tenho de admitir: estou na lista. Posso ser o próximo. Quero me livrar do morto bem depressa. Eliminar uma situação que me dá consciência. Voltar ao meu isolamento quente e confortável. O problema é que não dá para estar só, existem os invasores. Não vou me livrar deles.

O pavor diante do homem morto, encerrado no quartinho de empregada, jogado no meio de feridos desmaiados, tudo vira minha cabeça. Gritar, me jogar contra a parede, deixar tudo. Que esses homens tomem conta, assumam a casa. Porcaria de casa que me alucina. Por que a defendo?

Sempre preso a alguma coisa, gente, objetos, pensamentos. Cheguei aonde cheguei junto com todo mundo. Vou atrás de Tadeu, ele tem a cabeça boa, me falou de um grupo, ou coisa semelhante. Quero ir, me afastar desses homens. Nem sei quem são, não me disseram. Também mal perguntei.

– Tem um bom terraço lá em cima?
– Tem.
– Grande?
– Ocupa toda a extensão do prédio.
– Quer dar uma subida comigo?
– Fazer o que no terraço?
– Examinar. Saber se aguenta peso.

Não esperamos os elevadores, fomos subindo. Ele tem agilidade, vai de dois em dois degraus, pedi que me esperasse. Não estou a fim de arrebentar meu coração. As escadas são imundas, camadas pretas e oleosas empestam cada degrau. Escorregamos, a pasta se gruda aos sapatos.

Meu companheiro parece não sentir, não se incomoda com a sujeira, o cheiro. Subimos tateando, as luzes apagadas, nem trocam mais lâmpadas queimadas. As paredes ardem como brasa, o sol da manhã bate direto. Vai ser mais sufocante que ontem, pior que anteontem. Muito melhor que amanhã.

Suando, paramos no vigésimo nono, ouvindo barulhos familiares de pratos e panelas, o chiado do gás. Ao menos gás é coisa que não falta, produto reciclado do lixo. Sobra matéria-prima nesta cidade. Estrondos longínquos, como se fossem tiros de canhão, dinamite explodindo.

– Não entendo essas explosões – disse ele.
– Faz dias que vêm acontecendo.
– E se fossem trovões?

Nova escalada, chegamos ao topo. A porta para o terraço está trancada, cadeado e fechadura enferrujados. Há anos as pessoas não devem subir aqui. Quando nos mudamos, Adelaide vinha, de vez em quando, e descobria moças tomando banho de sol. As moças mudaram ou envelheceram.

O homem que costuma se sentar à ponta da mesa tirou o revólver. Jamais imaginei que andasse armado. Dois tiros e o cadeado voou. Engraçado como estamos acostumados com toda sorte de barulhos. Os tiros soaram naturais, a porta estava emperrada, um pontapé. Ela se abriu como em filme.

Terraço imenso, me deu a impressão de um deserto, tal a quantidade de pó e areia trazidos pelo vento (tempos atrás), ou lentamente, através dos meses, anos. Cadeiras quebradas, um tampo de mesa, garrafas empilhadas. Tudo de plástico. Amontoados indefinidos, cobertos de terra.

Nossos pés mergulham fundo, o pó bate na canela, deixamos pegadas profundas à medida que caminhamos. Por um instante, um desses raros momentos, se fez um silêncio completo sobre a cidade. Nada mais que segundos. Que parecem, todavia, uma eternidade, de tal modo nos habituamos ao ensurdecedor.

Considero um mistério essas faixas de silêncio. Como se fossem combinadas, longamente ensaiadas, articuladas por um plano preciso, milimétrico. Cessa tudo. Vozes, passos, gritos de orgasmo, berros, batidas, explosões, tosses, pigarros, música, raspados, choques, apitos, murmúrios, gargalhadas.

Como se a própria vida humana tivesse deixado de existir. Cessasse. E flutuamos, soltos, do mesmo modo que os astronautas antigos, aqueles homens que na década de sessenta percorreram inutilmente o espaço. Semelhante aos dois que na Lua pisaram pó depositado por milênios.

Aqui, neste terraço, sinto a Lua, planeta a vagar, e eu, isolado da terra, do mundo, pronto para recomeçar. À minha frente o deserto, e daqui a pouco, do meio desta terra seca e calcinada que recobre o prédio, surgirão larvas, casulos, amebas, novas espécies, adaptadas ao sol, ao calor, à secura.

Deliro, certamente. Minha vista embaça, o sol me bate na cabeça, a camisa está empapada. Corro para me abrigar, há um pequeno telheiro com portas fechadas. O homem que parece o líder dos ocupantes percorre o terraço, batendo com o pé, examinando as bordas. O que pretende?

– Ei, vamos descer, está quente demais – grito.
– Já, já. Vi o que queria. Acho que vai dar certo.
– O quê?
– Aguenta. Vai ser uma operação rápida.
– Para que me trouxe aqui em cima?
– Para me acompanhar.
– Só?
– Para que mais? Você está ficando histérico dentro de casa. Precisa sair, tomar ar. Por que não vai para a cidade?
– Fico mais abalado na cidade que em casa.
– A casa não é mais casa, é uma prisão.
– Gosto da minha casa, me sinto bem.
– Alguém esqueceu as roupas no varal.

Havia calças, camisas, uma camisola, um pijama, meias, penduradas em cordas de náilon. A roupa estava esfarrapada, dura, pendia como estalactite. Alguém que deixou a secar e se foi rapidamente. Teria sido preso? Teria fugido correndo? Quem explica tais mistérios? Ou foi só esquecimento?

Toquei na camisola, nem dava para saber se era seda, náilon, algodão. Roupa fossilizada, imaginei. Há quantos anos estaria aqui, exposta ao tempo? O pano era quebradiço, se diluía como areia, manchava os dedos. O passado nos legou peixes, pássaros, animais fossilizados.

Árvores petrificadas, também. Por meio delas foi possível estudar a história, reconstituir as épocas. Nós estamos legando ao futuro bens de consumo fossilizados. Roupas, carros, aparelhos eletrônicos, e milhares de outros produtos, úteis e inúteis, que marcam esta civilização.

Nossa história se resume nesse varal. Toda a insanidade desta época vai poder ser estudada com o que restar em terraços, terrenos, caves dos metrôs, porões, apartamentos abandonados, supermercados em ruínas, templos vazios. Ah, se as lavadeiras antigas me vissem delirando.

Iam deixar dezenas de peças espalhadas pelos varais, a apodrecer, dizendo: vamos ajudar os moços, eles precisam da gente, senão a história se acaba. O que seria da história sem as lavadeiras do passado? Olha, passado mesmo, que lavadeira de tanque se acabou com minha avó.

– Gosto deste terraço. Ao menos é um lugar vazio, dos poucos, ainda.

Meu companheiro contempla com olhar vago esse deserto particular. À nossa volta, observando os edifícios mais baixos, descortinamos outros desertos suspensos, semelhantes. Houve época em que os Civiltares lacraram o alto de todos os prédios por causa dos francoatiradores.

Os topos ainda são áreas de segurança. Não é conveniente que alguém nos veja por aqui. Para onde quer que se olhe, o que se vê são superfícies empoeiradas, vazias. Se cair chuva, um dia, vai dar um lameiro pesado, pode ser que as lajes não suportem o peso. Imaginaram? Pantanais sobre os prédios.

– Tudo tão igual. Por isso é que minha cabeça funde.
– Igual a quê?
– À terra de onde vim, as regiões por onde passei.
– Eram assim?
– Pior. Muito pior. Tenho tentado esquecer. Evito o assunto. Mas está na minha cabeça, não é coisa que se esqueça. Entende agora por que você não sabe muito de mim, de onde vim? Tentei apagar a memória, imbecil que sou. Apagar, quando devemos fazer o contrário, lembrar, conservar vivo o horror, para lutar contra ele.

Aí vem o falador, teorizando. Sei de tudo isso, ele não precisa me dar aulas. Tenho um pouco de ojeriza por esse homem, gostaria de descobrir por quê. O que existe nele que provoca alergia, comichão? Os outros dois quase não existem, circulam como se fossem invisíveis.

Este, não. Pode ser a segurança com que enfrenta situações. Talvez eu veja nele o idealizador da invasão de minha casa. O homem que ocupa os meus espaços privados e procura me provar que há um novo conceito de privacidade. Novo conceito? Que nada, é justificativa. Ele é um enrolador.

Desculpa para explicar a invasão de minha casa, de minha cabeça. Devemos repartir; mas por que apenas algumas classes? Por que não invadem as cúpulas geodésicas, não tomam os Círculos dos Ministros Embriagados, não conquistam as Áreas dos Milionários Adeptos da Energia Nuclear?

— Está pior. Pior como?

— Lá em cima, no Nordeste, nas zonas não tomadas pelas Reservas das Multinter, que era onde podíamos circular, tudo que se via era a terra calcinada, nenhuma vegetação, o chão juncado de esqueletos de animais, empoeirados, se desfazendo ao sol. Também nós quase nos desfazíamos, era só ficar algum tempo ao sol.

— De rachar a cuca, como se dizia antigamente?

— Rachava a cuca, moía os ossos, dissolvia a pele.

Recessão no Nordeste,
quem trabalha está ameaçado
de morrer à noite.
E os bolsões de calor
aumentam, só o guarda-chuva
de seda preta resiste

(Narração feita pelo homem que costuma se sentar sempre à ponta da mesa. Souza ouviu, lembrando-se, como professor de História, da primeira cruzada arrasando Jerusalém, em 1099, tal como foi relatada por D'Agiles em *História Francorum Qui*

Ceperunt Hierusalem: "Entre os sarracenos, uns tinham a cabeça cortada, o que era para eles a sorte mais doce; outros, atravessados por flechas, se viam obrigados a saltar do alto das torres; ou-tros ainda, após longo sofrimento, eram entregues às chamas e por elas consumidos. Viam-se nas ruas e nas praças da cidade pedaços de cabeças, de mãos, de pés. Infantes e cavaleiros abriam caminho através de cadáveres. Mas tudo isso ainda era pouco. Vamos até o Templo de Salomão, onde os sarracenos tinham o costume de celebrar as solenidades de seu culto! Que aconteceu nesses lugares? Se dissermos a verdade, ultrapassaremos os limites do inacreditável".)

O homem que se senta sempre à ponta da mesa contou:

– Trabalhei numa tecelagem até que ela se fechou. Quando tudo se acabou no Nordeste, vim embora. Mais ou menos no Fim da Grande Época dos DIs. Os Deís, como o povo chamava lá em cima, eram os Decididamente Incompetentes. Você deve se lembrar, eles dominaram o país por seis anos. Três governos, cada um de dois anos. Os golpes de Estado funcionaram como relógio. A cada setecentos e trinta dias, um novo Deí substituía o anterior, demonstrando incompetência ainda maior que seu antecessor. Os Deís apenas não eram incompetentes para encher os próprios bolsos. Se quisessem, saberiam governar. No entanto, o Esquema estava manipulado, de modo que os postos se mantivessem entre eles, inacessíveis a qualquer cidadão. Ora, estou chovendo no molhado, um professor de História sabe disso melhor do que eu. Afinal, sou apenas um Operário Esclarecido. Ao menos, me considero um produto daqueles homens ótimos e lúcidos, exterminados no Período dos Mentirosos Crônicos. Meu pai desapareceu naquele tempo, engolido. Bem que os Operários Esclarecidos tentaram se movimentar, se arregimentar, abrir as cabeças dos trabalhadores. Os Mentirosos Crônicos castraram as lideranças, sufocaram os rebeldes, amaciaram os dúbios, compraram os fracos, enganaram todo mundo. Novidade nisso? Nenhuma. Posso dizer que sou um Operário Esclarecido porque não comecei como trabalhador comum. Fiz universidade, peguei meu diploma de sociologia e caí no vazio. Procurando emprego, procurando. Cata daqui, pega de lá, acabei na organização do pessoal numa tecelagem média do Alto São Francisco. O rio tinha entrado em agonia após anos de devastação em suas margens. Eliminada a cobertura vegetal, vieram as erosões, o escoamento superficial aumentou, assim como o assoreamento dos rios, das barragens e dos cursos de água. Quando o São Francisco se reduziu a um filete tentando sobreviver na areia quente, o povo ficou maluco. Com razão. Açudes secos, barragens vazias, o gado morto na caatinga, o sol esquentando, crianças morrendo. Elas não resistiam. A Grande Época dos Deís coincidiu com o fim das crianças no Nordeste. Elas foram exterminadas antes que o Esquema iniciasse o processo geral da esterilização do povo por causa dos acidentes com usinas nucleares. Havia dias em que a fábrica era um forno medonho, pessoas desmaiando, sufocadas, suando em bicas, se desidratando. Eu indagava onde íamos parar. Não havia possibilidade de deter nada, era um processo bola de neve, desencadeado muitos e muitos anos atrás. Modificar o clima? De que jeito? Empurrar o sol para cima? Era o que dava vontade para se livrar da quentura que arrancava a pele, ardia a cabeça, torrava os pés. A terra era areia, ou pedras. Me batia o desespero por não poder mover uma palha. Colocar de novo as montanhas no lugar, plantar a mata, puxar água do fundo da terra e transformá-la em rio? Tá brincando? Estou, é o jeito. Chegar ao governo e denunciar. Denunciar o quê, estava tudo denunciado. E acaso não foram as denúncias que conduziram aos Tempos Lamentáveis das Imensas Escamoteações, quando o Esquema mentia e enganava, fazia, desfazia e negava? Há anos os governantes se isolaram, inacessíveis, inabordáveis, imunes a qualquer contato com a população. Adiantava falar com as pessoas, pobres coitadas, preocupadas, e como, com o trabalho, a comida, o dia a dia? Elas me perguntavam: "Está bem, o que a gente faz? Para de trabalhar? Reclama com o patrão e é despedido? Organiza um movimento, assina um manifesto?". Tinham razão, quantos movimentos foram planejados e boicotados? E os milhares de manifestos que estão arquivados, se é que estão, no túmulo da memória nacional? O problema era não provocar demissão. A perda do emprego significava morte para a família inteira. Estar na fábrica representava uma cota de água, mínima, um salário vergonhoso, a garantia da maloca em que se morava. A insegurança era imensa, quem estava desempregado fazia tudo para arranjar um posto. Tudo. O que amanhecia de gente morta nos terrenos, nos subúrbios das cidades, era inacreditável. Criaram-se patrulhas destinadas a recolher os corpos cada manhã. Percorriam os arrabaldes e traziam os cadáveres dos assassinados com paus, pedras, peixeiras, tiros, socos, pontapés. Havia fossos em volta das fábricas, em torno de qualquer lugar onde houvesse gente trabalhando. Valas, como na Idade Média, cercando castelos. Os empregados eram escoltados para suas casas e até patrulhas se viam atacadas, porque vigia e segurança também eram profissões. Percorria a caatinga, manhãzinha, e sofria enjoo, ânsia de vômito, a cabeça latejava. Me lembro de um velho filme, célebre no passado, que a televisão reprisa, você deve ter visto. Chama-se *E o vento levou*, e tem uma hora que a câmera sobe numa estação ferroviária e mostra o chão coalhado de mortos. Cena fantástica, clássica no cinema. Jamais se tinha visto tanto morto junto. Coisa de filme, se dizia. Hoje sei, não é. (Ouço, pensou Souza, com o mesmo horror com que li a história da primeira cruzada sobre Jerusalém. Cada palavra de D'Agiles, o historiador, me ficou gravada. De repente, estava tudo reproduzido, não no ano 1099, mas na entrada do século XXI, *No templo e no pórtico de Salomão cavalga-se com sangue até o joelho do cavaleiro e até as rédeas do cavalo*.) Depois de algum feriado, a violência era maior, não sei se pela bebida, se por causa do descuido. Ninguém suportava ficar em casa o tempo inteiro, sem sair nunca. Viver prisioneiro. Morar entre quatro paredes, ir para o emprego em furgões blindados, encerrar-se na fábrica por doze horas, temer a chacina diária. Conviver a cada instante com a possibilidade de morrer, preparar-se. Fomos nos habituando, de tal modo que passamos a pactuar com a tragédia, aceitando-a como cotidiano. Me espanta essa capacidade de acomodação da mentalidade, sua adaptação ao horror. Acredito que a gente possua um componente de perversidade que nos leva a encarar como normal esse pavor, a desejá-lo às vezes, desde que não nos toque. Uma porcentagem de perversidade que tem sido alimentada pelo Esquema, essa coisa tão abstrata, que consegue se manter em meio à anarquia, ao caos estabelecido como ordem, à anomalia mascarada em progresso. Não me interrompa, me deixe falar, botar para fora, vomitar o que vi e engoli e aceitei. Me sentia como os judeus caminhando ordenadamente para os fornos crematórios de Auschwitz, Dachau. Conhecedores e impotentes, esperançosos, até a hora do forno, na expectativa de que o fogo se apagasse, o gás perdesse o efeito mortífero, os aliados chegassem para salvá-los. Aí é que me pergunto, podemos lutar pela salvação isolados, individualizados, ou temos de contar com auxílios exteriores, amparo? Fizeram tudo para massificar, ao mesmo tempo que isolaram cada pessoa em si, tornando-a ferozmente individualista, fechada para o outro, sem apoio e sem querer apoiar, medrosa da própria personalidade. Você me acha louco, sinto no jeito com que me olha. Pode ser que seja. Prefiro estar. Minha vontade é que tudo isso seja mentira, delírio. A viagem pelas estradas, à noite, derreteu meu cérebro, fui deixando os miolos em fiapos pelo caminho. Tudo que tenho dentro é uma nuvenzinha leve, sombra do que foi uma cabeça que raciocinava, que me fazia agir. Acho que procuro desculpas para não carregar um grande peso. Eu olhava aquele Nordeste devastado, campo de batalha medieval. Horrorizado a cada novo dia, porque o sol levantava sobre o sangue seco das pessoas mortas no escuro. Porque eram pessoas que tinham emprego. E cada morte representava uma vaga, disputada violentamente nos portões das fábricas, numa guerra surda, não disfarçada, consentida e incentivada pelas empresas, ignorada pelo Esquema. Na minha cabeça ressoavam as palavras de Isaías: "Torna insensível o coração deste povo, endurece-lhe os ouvidos, e fecha-lhes os olhos, para que não venha ele a ver com os olhos, a ouvir com os ouvidos e a entender com o coração, e se converta, e seja salvo. Então eu disse: Até quando Senhor? Ele respondeu: Até que sejam desoladas as cidades e fiquem sem habitantes, as casas fiquem sem moradores e a terra seja de todo assolada e o Senhor afaste dela os homens e no meio da terra seja grande o desamparo. Estava previsto. Oh! Povo meu! Os que te guiam te enganam, e destroem o caminho por onde deves seguir". Tudo ali, dois mil anos, escrito e repetido, finalmente realizado. Tire daí o que se refere ao Senhor e a ficção científica se concretizou. Engraçado é que fugimos de lá, viemos para cá, e encontramos a mesma coisa. Empregados contra desempregados, na guerra mais violenta desde a do Paraguai. E sobre tudo o sol. A impressão é que ele desce milímetro a milímetro. Não sei se é possível, não sei nada de ciência. Possível ou não, a gente olhava para cima e a cabeça estourava, os olhos lacrimejavam. Começou a ficar impossível sair de casa. As pessoas passaram a usar chapéus, e não adiantava. Veio o tempo de guarda-chuvas. Alguém descobriu que o sol não atravessava guarda-chuvas de seda preta. Só os de seda. Outro pano não resistia. Dois, três dias de uso, o pano se esfarelava. Menos a seda preta. Ela resistia, protegia, formava uma sombra agradável. Não me pergunte por quê. Não me pergunte nada. Ninguém me respondeu, ninguém responde coisa alguma neste país. Havia outra situação estranha, curiosa. As regiões de quentura. Verdadeiros bolsões em que era impossível ficar, passar, atravessar. Você ia andando, mergulhava naquele calor insuportável. Corria, tentando escapar, porque às vezes o bolsão era pequeno, a gente se livrava logo. No fundo, era um divertimento. Dramático, mas engraçado, porque subitamente alguém a sua frente punha-se a pererecar, gritar, voltava correndo. Voltavam todos, sabia-se que era um bolsão. Mais tarde, quando fizemos a grande travessia, vimos que os bolsões existiam por toda a parte. Eram imensos em certas regiões, estendiam-se por quilômetros. Até que chegou o Tempo Intolerável.

Não dava mais para se expor ao sol. Você saía à rua, em alguns segundos tinha o rosto depilado, a pele descascava, a queimadura retorcia. A luz lambia como raio laser. Com o tempo, o perigo nos bolsões de soalheira, como o povo chamava, aumentou terrivelmente. Quem caía dentro não se salvava. O sol atravessava como verruma, matava. Ao menos era a imagem que a gente tinha, porque a pessoa dava um berro enorme, apertava a cabeça com as duas mãos, o olho saltava, a boca se abria em busca de ar. Num segundo o infeliz caía, duro, sem se contorcer. A gente via, a alguns passos, a pessoa murchando, secando, desidratada, a pele se desgrudava como folha seca, mais um pouco e os ossos dissolviam. Não acredita, não é? Nunca ouviu falar disso. Ninguém falou, a imprensa jamais noticiou. Os cientistas foram estudar e ficaram perplexos. Apenas conseguiram determinar que os bolsões aumentavam gradualmente, em porcentagem semanal. Fizeram mapas, a população recebeu gráficos, mudaram o trânsito da ruas, as pessoas se deslocaram, alteraram estradas. As crianças brincavam empurrando cachorros e gatos para dentro dos bolsões. Até que os animais se transformaram em comida e não se deixava mais desperdiçá-los. Os Civiltares utilizavam os bolsões como castigo. Jogavam presos, desafetos, inimigos, subversivos na soalheira e esperavam. Desaparecido o corpo, sem testemunhas, não há crime, diz a lei. Para conseguir confissões ameaçavam as pessoas no limite dos bolsões: *Fala, ou te jogo aí*. Falavam. Claro, os bolsões à noite desapareciam. Deve ser aquele fenômeno comum ao deserto. Quente de dia, frio de noite. As famílias andavam pelas ruas, cercanias da cidade, em busca das cinzas de parentes que imaginavam consumidos. Não havia como reconhecer quem. Guiavam-se por conhecimentos relativos, baseando-se em dados frágeis: a mãe que tinha mandado o filho à venda, recomendando cuidado com o bolsão da praça. O pai que tinha ido ver um leilão de carne-seca nos arrabaldes. A filha que tinha ido à loja. A tia que tentava visitar uma avó. Namorada querendo se encontrar com namorado. Procura inútil, todo mundo sabia. Ninguém seguro de que estava levando para casa as cinzas certas.

Podia ser um bezerro morto, se bem que bezerro fosse coisa rara, preciosa. Na verdade, ninguém suportava ficar dentro de casa. Saíam à noite e se encontravam. Os amigos ajudavam na procura. Ninguém saía só, formavam-se grandes grupos, com medo de ataques dos Caçadores Implacáveis de Empregados. Passeios temerosos, as pessoas sobressaltadas. Se alguém avistava um grupo, desviava-se logo. E o que se via, se pudesse ser visto do alto, era quase um balé, gente indo, vindo, desviando-se, voltando, encontrando outro grupo, se afastando, rodeando, andando de costas, girando. Maluquice, seu! Alguém suporta uma tensão dessas? Até que ninguém mais saiu. De dia ou de noite. Nem aqueles que tinham guarda-chuvas de seda preta. Não confiavam na invulnerabilidade. Também não adiantava sair. Estava tudo fechado. O padeiro não fazia pão, não existia farinha, nem mesmo a factícia. Os bares esgotaram estoques. A farmácia não tinha nem comprimido. Os fornecedores não chegavam, supunha-se que haviam sido apanhados pelos bolsões em algum ponto da estrada. Os açudes esvaziaram. Quem trabalhava podia se abastecer na subsistência das fábricas, no entanto mesmo estas, apesar de muito estoque, começaram a esvaziar. As pessoas se divertiam um pouco jogando pelas janelas os restos de comida, se é que sobrava, o lixo das casas, os papéis, bobaginhas. Às vezes, o lixo se incendiava em pleno ar antes de cair. E então não houve mais possibilidade de viver. O povo resolveu fugir. A vida intolerável. Sabe o que a gente fazia quando estava apertado, barriga solta? Esperava a noite, ia lá fora. No dia seguinte, o sol incinerava. As noites eram escuras, a energia tinha-se esgotado. Verdade, chegaram ao Nordeste alguns geradores de energia solar. Sabe com quem ficaram, não sabe? Com os últimos coronéis, com as famílias que mandavam, com aqueles ligados às Multinter. Puxa, você deve estar pensando, não havia mais nada de bom? Tinha, a vontade daquele povo de viver, não se entregar. Por isso começou a sair. Uma decisão automática, inconsciente, maciça. Os grupos começaram a partir à noite, protegidos pelos Caça-Empregados. Para eles, quanto mais gente se fosse, melhor. Instigavam, açulavam.

– O quê? Açulavam?

– É, açulavam.

– Faz, no mínimo, sessenta anos que ninguém usa essa palavra, achei engraçado.

– Ah, vê se me leva a sério.

– Levo até demais. Mas que estranhei, estranhei. E daí?

– Os Caça-Empregados praticamente começaram a obrigar as pessoas a migrar. As pessoas esperavam a noite entrar e o calor diminuir. Só alta madrugada refrescava mesmo e aí tudo gelava. Era um período relativamente curto, de três, quatro horas. Cada um levava sua mala, pacote, saco, gaiola. Havia caixotes que precisavam de dois, três para sustentar. Puxavam carrinhos com roupas, quadros, estatuetas, bugigangas. Incrível como as pessoas não se desprendem das coisas, se apegam a objetos, dependem deles, sentem-se inseguras, apavoradas. A primeira leva foi trágica. Quando a manhã chegou, estava em plena estrada, a alguns quilômetros da vila. Veio o sol e todos estavam dentro de um bolsão. Perceberam que iam morrer. Olharam em volta, procurando abrigo. A estrada cortava a caatinga, a terra gretada. O asfalto derretido, em bolotas, se esparramava para os lados do que tinha sido a pista. Alguns voltaram correndo. Um ou dois chegaram e mereciam medalhas de ouro olímpicas pela velocidade. Contaram. Os retirantes viam aqui e ali uma casa, um abrigo abandonado. Se amontoavam, se acotovelavam, pulavam uns sobre os outros, disputando a réstea de sombra. Chegavam a derrubar a casa de pau a pique, tanta gente entrava. Outros corriam, corriam na esperança de sair do bolsão. Outros ainda colocavam sobre a cabeça o que podiam. Roupa, telha, chapéu, tábua, quadro, guarda-chuva. O solo fervia, o chão queimava a sola dos pés. E o que se via era a dança mais incrível, todos pulando, os pés mal tocando o solo e se erguendo como que impulsionados por molas. Pulavam e gritavam de dor. À medida que o dia crescia, a dança da morte ao sol aumentava em intensidade. Parecia um ataque histérico, um transe coletivo, o santo baixado em todo mundo. Logo, ia diminuindo. O sol comia as roupas, os quadros, os guarda-chuvas que não eram de seda preta. Lambia os cabelos, a pele, as carnes, os ossos. Pelas nove da manhã sobravam montes de cinzas espalhados pela terra, misturados ao asfalto derretido. Quem tinha sobrevivido nos poucos abrigos esperava a noite para recomeçar a marcha. Tinham visto as pessoas se consumirem. Sem orientação, tomavam as estradas que iam para o Sul. Os gráficos dos bolsões não adiantavam. Os indicadores não se encontravam nos lugares, talvez fossem realmente móveis. Em compensação, surgiam outros. As pessoas sabiam que a caminhada seria cheia de voltas, teriam de contornar as reservas das Multinter, territórios proibidos a brasileiros, você conhece bem o assunto. A esperança era que no Centro, no Leste e no Sul existissem cidades que o sol não tivesse atingido.

– Bom, mas os bolsões também atingiam as reservas, não atingiam? As empresas afinal não são tão poderosas assim que conseguissem formar uma barreira contra o clima.

– Não tenho a mínima ideia. Nunca entrei. Os que moravam lá e eram brasileiros foram obrigados a sair e não se sabe o que acontece dentro. O mistério é esse.

– Alguém sabe!

– Pois é, me mostre esse alguém! Continuo? Está bem. Aos poucos, a multidão engrossava com as correntes vindas de outras cidades. Se encontravam nos cruzamentos, no meio dos campos. Atravessavam aldeias, a população se juntava. Os doentes permaneciam, ficavam acenando das janelas, das portas. Vi muitas famílias levando os velhos para o meio da rua, a pedido deles mesmos. Queriam esperar o dia nascer. Não podiam caminhar, não queriam ficar sozinhos, decidiam pelo meio da rua. Colocavam os velhos em grupos, e eles, tranquilos, se punham a conversar, as mulheres de terço na mão, esperando o sol. Alguns, não! Gritavam, esperneavam, tentavam acompanhar o estirão. Muitos acompanharam até o fim, até chegar a esta cidade. Todo mundo dizia: *"Vamos para a cidade estrela, lá dá para viver, comer, trabalhar".*

– Eu me lembro, meses atrás, quando era permitido, a televisão noticiou essa marcha. Filmaram os retirantes de helicóptero e era de impressionar a massa que se deslocava. Parecia visita do papa. Lembra-se das fotos da década de oitenta quando o papa visitou o país? Aquela multidão que não acabava mais, aclamando. Meu Deus, como o povo andava necessitado de líderes naquele tempo. Era um período de transição, não entendiam que a era dos líderes estava acabada, não surgiria mais nenhum. Sentiam-se órfãos, desamparados, sem condutor.

– Você está desviando a conversa.

– Não, foi só para me lembrar daquele episódio. O ajuntamento de povo era muito semelhante, a esperança a mesma. Os historiadores deram um nome a essa marcha. A Estirada Ciclópica. Só mesmo sociólogos sem o que fazer, intoxicados de ociosidade, podiam inventar expressão tão boba. Aliás, há dezenas de anos, as situações vêm sendo batizadas, rotuladas, catalogadas. Não nos referimos mais aos fatos pelos anos, mas pelo conjunto de situações que se abrigaram sob uma denominação.

– Denominação, ou não, a marcha, o estirão, uma loucura, quem chegou é porque era muito forte.

– Estou cansado dessa conversa. Vamos descer.

– Não quer ouvir o resto?

– De que adianta saber? Quero descer, estou suando, me sinto mole.

– Não te entendo, juro que não. Falta tanto para contar. Não disse nada ainda sobre as pessoas com os globos dos olhos suspensos.

– Como os Jardins Suspensos da Babilônia? Ou os Desertos Suspensos de São Paulo?

Passamos pelos geradores solares. Cada prédio tem o seu, fornece energia para elevadores, lâmpadas de corredores. Parte dessa energia, unida àquela que vem do gás do lixo, alimenta os apartamentos. As antenas de televisão e os espelhos dos geradores são os símbolos desta civilização.

217

— A neblina azul permanece. O dia vai ser de rachar.
— Por que não estendem as cúpulas geodésicas climatizadas sobre toda a cidade? Ao menos seria uma forma de manter parte da população em boas condições.
— Para mim que você pergunta?
— Tem uma coisa. Essa neblina é constante. Ela nos acompanhou o tempo inteiro do estirão. Às vezes mais baixa, outras mais alta. Controlávamos a temperatura do dia nos orientando pela altura da neblina. Nunca consegui saber o que significava. Cientificamente, quero dizer. Qual a explicação, a relação. Como ela se forma.
— O que viemos fazer aqui? Passear no telhado?
— Vim fazer uma inspeção, pode ser que a gente precise usar este terraço, à noite.
— Para uma festa de São João, com fogueira e tudo?
— Se esquece que tem um homem morto na sua casa? Precisamos nos desfazer do corpo.
— Quem matou?
— Acredite, não foi nenhum de nós. Pode ter certeza, não sou de esconder coisas.
— E então?
— Agora que desabafei, me sinto de bom humor. Tem coisas que não podemos guardar. Envenenam a gente. Aquelas lembranças... Evitava pensar nelas. Sabe o que é? Estava tudo comprimido na cabeça, eu não contava. E era necessário colocar para fora, compartilhar, dividir a dor como dizia uma canção de minha adolescência. Fui cantor, pode imaginar?
— Cantor mesmo?
— Aos sábados, alegrava o auditório na rádio da minha cidade. Assim de meninas me procurando. Venci vários concursos de calouros. Nunca chegou a me ver na televisão? Cantei no último concurso de Miss Bahia.
— Programas de música não me interessavam. Eu via futebol, noticiário. Minha mulher não perdia novelas. Debates também me provocavam.

— Não, debates, não!

— Eu me divertia. Apelidei aquele tempo de A Estéril Época dos Inúteis Debates. Falavam, falavam, e nada acontecia. O Esquema consentia, havia toda uma fachada, as pessoas se esgoelavam, denunciavam, gritavam. E nada, tudo permanecia estático. Teve um autor que li muito em minha juventude, Cassou, um francês. E ele dizia que todos os combates são causas perdidas. Mas que, em cada combate, o que subsiste é o combate em si, que permanece propriedade do combatente.

— Enquanto você pensava nessas coisas, o país ia andando de lado e para trás.

Tenho fome e uma dor aguda na nuca. Penso no dia que terei pela frente. Absolutamente nada a fazer. Me esqueço, é preciso arrumar os móveis, ver o que pode ir embora. Me avalio, estou indiferente. São os meus móveis, um pedaço de minha vida que deve se acabar esta noite.

Inútil. Não me comovo. Levar os móveis, os trecos, não me afeta. Queria que me tocasse, me emocionasse. Ainda bem, melhor assim. De repente, me desapeguei de tudo. Nem vou escolher nada, eles levem o que quiserem. Talvez eu retire objetos que me lembrem de Adelaide. Onde ela estará?

Não tenho ideia por onde começar a procurá-la. Será que venho contemporizando de propósito? Me sinto mal, não, não sou assim. Ou não quero enfrentar a verdade. Que é simples. Não procurei minha mulher. Deixei que se fosse, dei um tempo para que voltasse. Deixo tudo acontecer.

Para ela, era a sério. Se foi. Não vai voltar. Não tentou se comunicar comigo. E quero saber onde está. Querer é uma coisa, procurar é outra. Estamos quase chegando. Com um calor desses nem os santos ajudam na descida. Estamos os dois pondo os bofes de fora.

— Como vai se desfazer do corpo?

— Se a gente sentir que não dá para tirar normalmente, vamos ter de pedir ajuda. Teu sobrinho está avisado.

– Ele sabe do morto?
– Muito mais do que você imagina.
– O que quer dizer com isso?

O segredo de Adelaide
está encerrado
nos pacotes
guardados no baú
esquecido sobre
o guarda-roupa

  Como posso suportar a bagunça em que a casa se encontra? Sempre fui ordeiro, e aí me dava bem com Adelaide. Cada coisa em seu lugar, nada esparramado. Quando meu sobrinho vinha passar o fim de semana em casa, ainda criança, eu ficava quase maluco correndo atrás dele.
  Picava papel, eu recolhia. Largava pedaços de chiclete no tapete, desmontava brinquedos, esparramava os lençóis, deixava lápis pelo chão. Eu não suportava a desarrumação, ainda que Adelaide me dissesse: deixa o menino em paz, quando ele se for a gente arruma tudo.
  Percebo que quase não brinquei com ele na ânsia de deixar a casa em ordem. E agora esses homens instalaram o caos, montaram um quartel-general ao jeito e gosto deles, indiferentes a que eu goste ou não. Sinto que não conto para eles, não me consideram. Apenas estou aí.
  Perdi a noção do tempo, fico inquieto, quero o relógio, não sei para quê. Talvez por ser a hora de comer, tenho maus hábitos, não é cômodo abdicar deles. Se não como na hora certa, vem a dor de cabeça. Se descuido, vira enxaqueca, tenho de passar o dia no escuro.

Meu dia era dividido, setorizado, tranquilo de viver dentro. Café, ônibus, trabalho, almoço, trabalho, condução, casa, Adelaide, televisão, noticiário, dormir. Tempos exatos, razoavelmente elásticos. Tudo desandou, me sinto perdido, me refugio no relógio. De que adianta? Não há mais refúgios.

– Tem comida aí?
– Hein?
– Tem comida aí?
– Pode gritar que quase não escuto.
– QUERO COMER! COMER!
– Comida? Tem fritada nessa frigideira em cima do fogão. Fria, se você não se importa.
– Importo sim. Importo com a fritada.
– O quê?
– Não gosto de fritada.
– Grita bem alto.
– Não gosto de fritada, detesto ovos factícios.
– Ahn, ahn, sei, sei, sei. Ovo é bom. Até esses aí.
– Tem gosto de plástico, e a liga é bem estranha.

Ora, veja se vou ficar gritando nesta cozinha como um imbecil. O sujeito não é surdo, não, é cretino mesmo. E eu que fico discutindo sobre ovos com ele também devo ser cretino. Que coisa insuportável. Ainda por cima vou acabar comendo fritada com ovos factícios.

– Não gosta por quê?
– Porque não!
– Quanto luxo. Se tivesse vivido como eu, sem ver ovo por anos e anos, anos mesmo, não ia ficar olhando com essa cara de quem comeu e não gostou, sem mesmo ter comido ainda. Quando entrei na sua casa e vi a geladeira cheia de ovos, juro mesmo que fiquei maluco, doido da cabeça, tudo batendo e chacoalhando, porque ovo é uma coisa que não dá mesmo para te dizer como é bom. A última vez que vi ovo, antes de entrar aqui, foi na geladeira da Subsistência, na empresa em que eu trabalhava. Não podia, não

mesmo, era proibido entrar na cozinha, mas meu chefe me mandou buscar um facão. Entrei, o cozinheiro não estava, fui olhando, abri a geladeira e fiquei maluco, maluco mesmo, com o que vi. Sabe o que vi, pode adivinhar?
— Um ovo?
— Hein?
— Um ovo!
— Acertou, acertou mesmo, veja só. Tava lá, um bruta ovo, enorme, até brilhava e foi aí que veio o cozinheiro. Fiquei vidrado, perguntei:
— *De quem é esse ovo?*
— *Do superintendente.*
— *E como arranjaram ovo se as galinhas não existem mais?*
— *Pergunta pro superintendente, foi ele quem apareceu com uma caixa.*
— *Uma caixa? Quer dizer que tinha muito ovo? E não dividiu com o pessoal?*
— *Dividir com o pessoal? Está pancada, está? Pro pessoal é o rango. Teve um enguiço desgraçado por causa desse ovo aí. Acabaram com um peão porque pegaram o tipinho tentando roubar o ovo. Por isso fecha essa porta e nem se aproxima. E não liga não, ouvi dizer que no outro Acampamento vai ter comida da boa. Os donos do morro aqui é que são morrinhas. Assim que acabar aqui, vocês vão enfrentar uma bruta montanha.*
— Viu, viu só, eu achava muito errado exibir um ovo assim na geladeira, errado mesmo, porque a peãozada só comia carne de soja, frango de soja, leite de soja, e por cima soja de laboratório. Não sei quem foi o infeliz que inventou essa comida.
— Se não inventassem alguma coisa, você estava morto há muito tempo.
— Não podiam dar gosto? Se tem até cheiro, e o cheiro é bom, igualzinho àqueles de quando eu era menino. Quem faz cheiro faz gosto, não faz?

— No que você trabalhava?

— Ih, faz tempo. Mais de dez anos que ando desempregado, a última vez foi quando vi o ovo. Companhia enorme de terraplenagem, enorme mesmo, dava gosto de trabalhar para eles. Cada maquinona, seu, valia a pena mesmo, comiam terra que era uma beleza, iam engolindo os morros, não tinha montanha para elas. Dava gosto, dava mesmo, dirigir uma bichona daquelas, tudo hidráulico, levinho, era só bater nas alavancas, ela ia derrubando, arrasando, enchendo os caminhões de terra. Trabalhei uns doze anos naquela maquinaria, dava até medo quando a gente ia entrar no bichão, todo de ferro amarelo, monstrão de pás e esteiras, ninguém podia com ele. Eu ficava manejando tudo, tudo mesmo na minha mão, pensou como um máquina daquelas faz da gente um cara poderoso, ninguém podia me desafiar, ninguém mesmo. No começo tive medo, depois me acostumei, eu e ela, amigões, entrava e gritava vamos comer morro, porque minha função era desbastar morros, nem sei quantos botei abaixo, acho que uma vez nivelei um estado inteiro ali por perto do Maranhão, conheceu o Maranhão? Amigo, que terraplenagem aquela, durou um ano, trezentas máquinas pondo abaixo montanhas de pedra, e enchendo cada vale que parecia buracão do inferno. Tirava pedra, terra, mato daqui, jogava lá embaixo, o morro descia, o buraco diminuía, até que tudo se igualava, ficava aquele campão lindo, de terra vermelha, ou então se era terra branca parecia uma praia sem fim. Não sei o que iam fazer naqueles terrenos, falavam que iam construir cidades novas, outros que eram para plantação, agora me diga, o senhor já ouviu falar de nivelar terreno para fazer plantação? Eu nunca, nunca mesmo, acho muito sem propósito, sabe o que meu chefe sempre dizia, ele era doido por aquele trabalho, doido mesmo, a gente chegava lá, ele estava a postos quando a gente saía, ele continuava, era de ferro. O sonho dele era nivelar o Brasil inteiro, então, dizia ele, seria o país mais plano do mundo, valia a pena gastar dinheiro numa terraplenagem no país inteiro, porque então iriam economizar muito para fazer estradas, estradas de ferro, pistas, o que se quisesse. Não sei não, mas aquela companhia igualou muita terra por aí, se deixassem ela mudaria este país. Me diga, diga mesmo, o senhor não acha que ia ser melhor para o Brasil? Muita economia de asfalto, cimento, sem todo esse sobe e desce, sem precisar aterros, pontes, viadutos mesmo, não é? As pessoas se cansariam menos, as cidades todas no plano, retinhas, sem ladeiras, quanta economia de energia, era o que dizia meu chefe, eu concordava com ele, um sujeito positivo. Não acha também? Veja, enfiamos uns dois ou três rios nos tubos, e olha que um deles era bruto riozão, mas domamos o bicho, fizemos uma cobertura bonita, toda de cimento, enorme, mas enorme mesmo, o batelão ficou lá embaixo, a gente podia ouvir o barulhão pelos respiradouros, parece que ficou bravo de prenderem ele daquele jeito. Mas podia perder tanto espaço que existia em cima do rio? Era o que me explicava meu chefe, nem devia ser só chefe, era homem para ser patrão mesmo, dono daquela companhia toda, ele tinha cabeça, boa cabeça, cuidava de tudo, direitinho, era um amor por aquelas máquinas, empregado que não cuidasse direito da sua levava cada uma, multa, suspensão, demissão, até mesmo pau, é isso, tinha lá uns camaradas gringos que davam cada pau nos empregados.

Xi, o homem desandou. Tudo por um ovo visto na geladeira dez anos atrás. O que fazer para que desligue? Estou com fome, vou providenciar comida, apanhar uma dessas latas que enchem o quarto. Vontade de uma boa salada de palmito. Com tomate, alface, junto com um churrasquinho.

Quero dar uma espiada no quartinho, ver o barbeiro, tenho medo de que comece a cheirar. Deve estar se decompondo com tal calor. O melhor seria entregá-lo aos Colhedores Noturnos. O problema é explicar a morte por faca, vão chamar os Civiltares, fazer a Perquisição Necessária. E então.

Aquele corpo me incomoda, queria retirá-lo depressa, ninguém gosta de cadáver nas proximidades. Nem nas proximidades nem longe. Ainda mais uma pessoa que a gente conhecia, com quem convivia, e a descobre assassinada. Se bem que o barbeiro era um sujeito saliente, desagradável.

O que me deixa arrepiado, na verdade, não é o cadáver ali jogado. É pensar que um desses homens é assassino. Não tem outra explicação. Mas por que o barbeiro? Um homem aborrecido, apenas isso, só perturbava com seus pedidos, ansioso por uma mordomia, queria mamar em todas.

Todo mundo quer, é a única alternativa de sobrevivência. Vivemos dentro de uma charada, quem soluciona ganha o direito. Encontrar a forma de rachar o Esquema. Descobrir uma brecha. Nada é permitido, tudo é consentido. Foi a fórmula aplicada para que o país não estourasse.

Solução de emergência, proclama. Vivemos nela há dez anos, menos ou mais, não sei. Acabei como Adelaide, me isolando da contagem do tempo, alheio aos seus limites. Tudo se dissolveu na desequilibrada soma de dias e semanas, horas e meses. As barreiras foram estouradas.

De repente me dou conta de que estou dentro de uma armadilha. Construída com inteligência, ou acidental? Dificílimo de determinar. Com os meios que têm em mãos, e o controle que exercem, eles podem ter provocado essa fissão nas fronteiras convencionais do tempo.

Como recurso para dissimular as barreiras físicas, concretas, que ergueram em torno de nós. Os limites da cidade, zonas neutras impostas entre o Urbano e os Acampamentos Paupérrimos. As fichas de circulação que impedem de transitar, penetrar nos bairros da redoma.

As Bocas de Distrito que nos seguram. Sim, sim, tudo teve de ser organizado a fim de a vida seguir normal, o caos não se instalar. Que ideia eles fazem do caos? Gostaria de saber. Tenho de pensar nisso, recompor a minha cabeça, talvez discutir com Tadeu Pereira, é um homem lúcido.

Está muito claro o objetivo. Eliminar a linha divisória que demarcava o tempo e ao mesmo tempo nos impor balizas estreitas a fechar nosso espaço físico. Aí é que estava a confusão, repousada em sutileza. E explicava a divisão que permanecia em nossas cabeças, incoerência obscura.

– Ei, você não está prestando atenção.
– Estou com fome.
– Ainda não te contei o melhor.
– Conta depois.
– Quero te contar das barragens que ajudei a fazer. Lindo mesmo, fechamos quase todos os rios deste país, fizemos cada lago que parecia mar mesmo.

Estou de costas, ele matraqueia. Saio da cozinha com salsichas num pão de estranha coloração marrom, enganosamente macio. Cada vez que mastigo sanduíches, minha ponte se desloca. Ainda bem que o gosto não é dos piores e o cheiro é de pão fresco. Artificial, mas gostoso.

Vou para o quarto, pensei em eliminar a cama, ocupa muito espaço. Posso dormir num sofá, arranjo um saco de campanha. Olhei para o baú em cima do guarda-roupa. Olhei para lá, nem sei dizer por quê. Foi automático. O baú de vime já escuro. Ah! Estava aqui e não no quartinho da empregada!

Velho baú inviolado. Me sinto como ele, repleto. Qual a serventia do que foi empilhado dentro de mim? Para saber é preciso sacar fora. Olhar, mandar ao lixo o desnecessário. Mas, se o que está dentro foi sucata tantos anos, se jamais teve serventia, terá agora?

Duvido. Trastes velhos se jogam ao fogo, só ocupam lugar. Posso abrir o baú de Adelaide, ver o que tem, por que ela guardou tão misteriosamente. Não que houvesse proibição. Apenas uma vez me disse: "São coisas minhas, preferia que você não mexesse". Obedeci, por que não?

E então, enquanto subia na cadeira, uma decisão me veio à cabeça. Fria, tranquila. Resolvi limpar a casa inteira, arrasar as paredes, esvaziar armários, eliminar duas presenças. Cancelar uma vida sem sentido. Ao mesmo tempo, vi que seria desonesto com Adelaide se abrisse o seu baú secreto.

Abrir para quê? O que posso descobrir nesses pacotes de papel-pardo? Cartas a um amante? Um diário? Velhas fotografias? De que adianta penetrar nesse passado de Adelaide se ela mesma é passado? Deixar o que está para trás. Se eu a reencontrasse, iria ser muito diferente.

Claro, se ainda houvesse possibilidade. Um encontro real. Fico imaginando como levei anos preso a um cheiro de groselha, enquanto a vida verdadeira girava ao nosso redor. Tudo acontecia, se transformava, e eu estava somente à espera da noite e do cheiro de groselha.

Imaginava que a vida fosse feita por esses detalhes. Uma colcha de retalhos, quebra-cabeças, lajotas que compunham um piso quando reunidas. Jamais tive capacidade para apreender o mundo como um todo, em sentido abrangente. Fui colecionando trechos, momentos, partículas, instantes.

Quando concentrei tudo, deu em quê? Ao codificar minha vida, faltavam elementos essenciais. Abandonei o vital, iludido. Entre o cheiro de groselha que vinha perfumado da boca de minha mulher, à noite, e as mãos que tocavam piano, preferi a groselha. Puro engano.

Se eu me mantivesse acordado, talvez pudesse sentir, logo depois, o seu hálito verdadeiro. O cheiro humano, efetivo, não produzido por uma droga factícia comprada na farmácia. Convivi com a distorção, aceitei-a como realidade. Também já perdemos o conceito de real.

Não estou querendo me justificar. Só que tenho o direito de me admitir confuso, sem coordenadas em que me apoiar. Delírios, continuo pensando sem parar, abafado, os pés inchados. Nunca tive pé inchado. E de ontem para hoje os sapatos não me servem mais, apertam.

Fico a imaginar se tenho o direito de abrir o baú. Não é simples assim, basta levantar a tampa e arrancar os pacotes. Não é o problema se Adelaide vai voltar, ou não. Havia um acordo entre nós, e ele vai continuar. Um mínimo de lealdade. Destruir o baú sem olhar dentro.

Quantas vezes subi na cadeira e colocava ordenadamente os pacotes pardos que ela passava. As instruções eram precisas: "Este lado para cima, a fita para a esquerda". Por que será? O baú cheirava a naftalina, todos os meses fazíamos uma revisão contra ratos e baratas.

Ela entregava o pacote me olhando. Se havia uma coisa bonita nela, era o jeito de me contemplar. Gratificante. Os olhos meio abaixados, mas vendo tudo. Parecia tímida, envergonhada. Pelo jeito de olhar gostei dela naquele balcão em que derramei a groselha perfumada.

Sempre tive pavor de quem me olha diretamente. Gente que encara, obriga a olhar também. Nunca consegui, desde criança, fazer aquela brincadeira de *jogar a sério*. Eu perdia sempre. Quando vi que ela me olhava baixo, me observando sem que eu percebesse, me apaixonei.

Podem achar que minha cabeça é louca, mas é a que eu tenho, única. Prefiro que ela fique aí, bem firme em cima do pescoço, pensando suas coisas. Engraçado, minha vida com Adelaide teve uma série de rituais, posso sentir o quanto estávamos presos a eles. Mantínhamos.

Agora, por exemplo, me sinto só diante desse baú. Porque jamais mexi nele sem ter Adelaide ali embaixo, ao meu pé, me entregando os embrulhos. Quando eu descia, passava a mão nos ombros dela e íamos para a cozinha. Como se fôssemos para uma festa, comemoração.

Era uma comemoração à nossa maneira. Vivíamos muito dependentes um do outro, nos bastávamos. Estávamos bem, mesmo dentro do enorme silêncio que nos envolvia vez ou outra. Na cozinha, fazíamos um chá preto (ela detestava mate) e Adelaide abria a lata de bolinhos.

As latas enchiam uma prateleira da cozinha. Cada dia, ela fazia um bolo novo, uma bolacha, biscoitinho. Redondos, retangulares, estrelados, quadrados, triangulares, furados no meio, com açúcar cristal em cima, com geleia no meio, recheados de queijo, ou goiabada.

Cada lata, cuidadosamente vedada, para conservar os biscoitos sequinhos, crocantes. Eram abertas em dia certo, num rodízio. Quando vinham visitas, o que era muito raro, a mesa se enchia de bolachas de todos os tipos, caprichosamente arranjadas em pratinhos de sobremesa.

Café, leite e chá preto. Quando estávamos noivos ainda, ela pediu que a casa tivesse um fogão a lenha. Sonho que tinha desde criança. Vinha desde o fogão da avó, sempre aceso, a chapa quente, aquele cheiro de madeira queimada e fumaça tomando a casa inteira.

O que custava satisfazer as nostalgias? Se ela quis, assim foi feito. Morávamos num bairro, casa pequena, sempre gostosamente aquecida. No inverno, era só fechar tudo, deixar o calor invadir os cômodos. Imagine que loucura um fogão desses hoje em dia, dentro dessa fornalha.

Eram diferentes os assados, as frituras, o arroz, o feijão preto na panela de barro. Hum, que me dá água na boca! Nem é bom lembrar tais coisas. Aliás, nem adianta lembrar, mas que era bom, era. Tinha suas inconveniências. Arranjar lenha ficou cada vez mais difícil.

Impossível. Uma hora, não teve mais. Na minha rua, no interior, criança ainda, eu via todos os dias a carrocinha do lenhador passando, fazendo entregas nas casas. O depósito era perto, a molecada brincava entre as pilhas de paus. Fazíamos cabana e trincheiras.

Roubávamos paus para as fogueiras de São João e Santo Antônio. Era uma operação complicada, nessa época, o lenhador ficava de orelha em pé, vigiava o depósito dia e noite. Formávamos um grupo de despistamento e outro que surrupiava a madeira, passando por baixo da cerca.

Depois, a carroça começou a espaçar entregas. O depósito vivia quase vazio. As pessoas começavam a comprar fogão elétrico. Um dia apareceram na cidade os bujões de gás. O lenhador vendeu burro, carroça, foi-se, o terreno virou depósito de material de construção.

Meu pai, que conhecia bem o negócio de mato e lenha, disse, no dia que trouxeram nosso fogão a gás: "Agora, em volta da cidade, só tem pasto e cana. Não existem mais árvores, nem essa vegetaçãozinha raquítica de cerrado. A lenha vem cada vez de mais longe, fica muito cara".

Adelaide não gostou quando, após um ano e meio, tivemos de nos mudar. Iam construir um conjunto habitacional, estavam comprando tudo em volta. Ficamos pressionados. Resistimos. Os tratores arrasaram a terra à nossa volta. Ficou a nossa casa, solitária num descampado.

Caminhões e máquinas destruíram a rua. Carros-pipa transformavam tudo num lodaçal. Colocavam tabuletas: *Desculpem o incômodo, estamos trabalhando para o futuro da cidade.* Britadeiras chegavam à noite para quebrar pedras descarregadas durante o dia como que por acaso.

Bate-estacas funcionavam permanentemente. Inútil telefonar para as administrações regionais. Gravações eletrônicas atendiam, anotavam recados. Holofotes antiaéreos iluminavam as obras noturnas, varavam por dentro de casa. Para não internar Adelaide, vendi tudo.

Nem foi venda. Trocamos por este apartamento. O que ela sentiu foi perder o fogão a lenha. "Quem sabe dá para fazer um no quarto de empregada?" Como se os condomínios não tivessem leis, não fossem regidos por um conjunto de restrições. Ah, minha ingênua Adelaide!

Continuou a fazer seus doces e bolos no fogão a gás. Mesmo quando o trigo e outros produtos se tornaram factícios. Verdade, diminuímos muito nossos pequenos prazeres por causa do gás. Não que houvesse racionamento. Mas os preços? Quem podia pagar? A situação melhorou quando ela teve coragem. Para uma coisa simples.

Coragem de pedir ao sobrinho que fornecesse fichas suplementares. E, como ele conhecia os bolinhos da tia, trouxe alegremente. Não é à toa que se trata de um Militecno competente, com sua casa bem montada. Sua casa? Olha só que coisa mais estranha venho de descobrir. Nem acredito que não dá.

Situação complicada
porque Souza
não entende as manobras
do sobrinho, que
parece estar
enrolando muito

Não sei onde ando com a cabeça. A casa do meu sobrinho. Será que sou tão desligado assim? Então Adelaide tinha toda a razão. Vai ver é o sol. A gente amolece, nem se lembra das coisas. Neste abafamento, tudo perde a importância. O que interessa é uma sombra.

Um pouco de ar fresco, aguinha gelada. Tenho os lábios rachados, aliás todos nesta casa têm. Não dá para admitir isso. Nem sei onde é a casa do meu sobrinho. Ele jamais me convidou. Disse, um dia, que mora bem, Adelaide até desconfiava que fosse nos Palácios de Acrílico.

Nem tenho o telefone, o endereço. Se precisasse dele numa emergência, não teria como chamar. Não, não deve ser nos Palácios de Acrílico, onde ficam os superfuncionários. O sobrinho é competente, mas ainda não chegou aos escalões dos invisíveis mordomizados, essa nova raça.

Moleza sem tamanho, me encosto na cama, cochilo gostoso, o ventilador movimenta ar quente, embarco...

abro os olhos, tudo quieto, imagino um cheiro podre...

calmo...

– Como é? Vai dormir quantos dias?
– Cochilei um pouco.
– Um pouquinho só. Pensamos que tivesse morrido, dormiu um dia e meio.
– Um dia e meio?
– Teu sobrinho veio providenciar as mudanças.

Anos atrás me incomodaria ter dormido tanto, perdido tempo. Agora, se pudesse, mergulhava no sono e acordava o mês que vem, daqui a um ano. Hibernar, como os ursos. Hibernar, não. Veranizar, à espera de tempos frescos e confortáveis. É, parece que ainda não acordei.

– Como é, tio, não arrumou as coisas?
– Nem vou arrumar, levem o que quiserem.
– A gente escolhe?
– Antes preciso saber se não dá para ter minha casa de volta, eu sozinho.
– Não dá, não. É sobre isso que eu quero falar. Vem mais gente.
– Mais?
– Quatro pessoas.
– Que tráfico misterioso você pratica?
– Abrigo gente que podia morrer sem teto.
– Ah, é? E por que não cuida daqueles que estão nos Acampamentos.
– Tio, vem me falar dos Acampamentos? Aquela gente está condenada, não dá para contar com eles. Enquanto estes homens são técnicos importantes.
– Técnicos? Em quê?
– Não vai escolher nada?
– Nada! Levem logo.

Ajudo os homens a amontoar tudo na sala de visitas. Mesas, cadeiras, cristaleiras, o bar de cedro. Não estou ligando. Cada copo da cristaleira foi comprado por Adelaide aos poucos. Nunca tivemos dinheiro para um aparelho de uma só vez. Um dia ela chorou por um conjunto de xícaras.

Um par de xícaras cor-de-rosa, letras douradas: ELE-ELA. Foi da mãe dela. Ganharam no dia do casamento. Cada semana, Adelaide abria a cristaleira, lavava as xícaras, tirava o pó das prateleiras de vidro. Depois trancava tudo a chave, ninguém mais abria, apenas ela.

Um pontapé na cristaleira. Arranco copos, xícaras, cálices, taças, licoreiras, compoteiras, miniaturas. Atiro pela janela. Um a um. Só atirava o próximo depois de ouvir a louça se despedaçando na calçada. Os homens gostaram da brincadeira. Entraram também.

"Essa é minha", gritei quando o homem que comia doces apanhou a xícara cor-de-rosa. Com tamanha fúria que ele se assustou e deixou cair. Apanhei os cacos, soltei de novo no chão, pisei. A outra, atirei para a rua. Os vizinhos logo estavam na janela, protestando.

— Ficou maluco, tio?
— Me divirto.
— A tia adorava essas xícaras.
— Pois é. E onde está ela?
— Onde está?
— Na sua casa, tenho certeza!
— Por que na minha casa?
— Você aceitou com naturalidade a ausência dela. Nunca me perguntou sobre Adelaide. Vocês se adoravam. Eram mãe e filho, grudados. Quando pensei nisso, fiquei tranquilo. Adelaide está com você. Não está?

Não respondeu, foi dar ordens. Se é que havia ordens a dar. Mas Militecnos adoram lideranças, comandos, se julgam logísticos, estrategistas. Mesmo que seja dentro de um apartamento, numa faxina, mudança. São capazes de comandar uma ida ao banheiro, o puxar da descarga.

Continuei jogando minha tralha pela janela. Bateram à porta. Claro, só podia ser a vizinha de lábios pintados. Não era. Ando ruim de pressentimentos. Era o velho que vive tocando a *Patética*. Quer saber se é mudança, ou o quê. Entrou pela sala, extremamente magro.

Tipinho frágil, branco, idade indefinida. Vinte ou cem anos. Fortes entradas, e cabelos brancos muito compridos desciam pelos ombros, escorridos. As mãos, no entanto, lisas, perfeitas, como se ele tivesse vinte anos. Um olho bom, azul, e o outro de vidro, imóvel.

– Não quero me intrometer. Pensei que o senhor estivesse brigando com sua mulher. Sou amigo dela, vim ajudar.

– Não ia ajudar muito se fosse briga mesmo.

– É o que o senhor pensa.

– Eram amigos?

– Muito. Ela subia à tarde, tocávamos a *Patética* juntos. Ela podia ter sido uma grande pianista. Por que desistiu?

– Por conta dela, nunca me falou sobre o assunto. Há pouco tempo pensei nisso. E me senti mal, fiquei pensando se fui eu que a bloqueei.

– Sua mulher carregava problemas, era muito contida. Se controlava o tempo todo, não se soltava, nem na música se permitia, sempre fixada à pauta, insatisfeita, obcecada. Custei a convencê-la de que a pauta era uma linha a seguir, correta se o pianista se ativesse a ela, porém fria. Depois, muito depois de ver o que eu fazia em cima da composição, passou a se aventurar, como dizia, a colocar situações dela. Foi descortinando a liberdade com muito medo, pois quem passou anos amarrado tem os movimentos atrofiados, precisa muita ginástica e espaço e orientação para se repor. Sentir que podia fazer o que bem desejasse transformou completamente sua cabeça, penso que foi por essa razão que desapareceu. Não subiu mais e muitas vezes toquei a *Patética* por tardes e noites sem parar, procurando mexer com ela, esperando a todo momento que me batesse na porta.

– Quando foi isso? (Perguntei enquanto pensava: tocava e me enchia.)

– Dois meses atrás, deixe-me ver, a descoberta dela se deu há dois meses e pouco, numa tarde em que fiz doce de banana, e meu intestino se enrolou, essas bananas factícias não funcionam, passei mal que o senhor nem calcula. Fiquei atrapalhado, nem podia me sentar para ouvi-la, precisava correr para o banheiro. Inquieto, suava, me segurava, quase rachei a dentadura de tanto que rangi os dentes com as cólicas. Aquela tarde era importante para ela, e foi para mim também, pois consegui até me abstrair das cólicas e mergulhar na *Patética* dolorida que ela me passava.

Estranha Adelaide. Foi aí que se afastou de mim e ficou apenas à espera de um ponto para se agarrar. Algo que justificasse o rompimento. Amadurecia a ideia na cabeça, rezava por um momento. Um modo de me dizer sem me ferir. Ao menos tivemos isso todos esses anos.

Não nos machucarmos. Todo dedos um com o outro. Nenhuma agressão. Discussões amáveis, um acabava concordando quando o tom subia. Vivendo mansamente. Vivendo? Ah, malandra, você percebeu antes de mim. Se ao menos tivéssemos o costume de dizer o que se passava dentro de nós.

— Ela está dormindo?
— Foi-se embora.
— Para onde?
— Sumiu.
— Não deixou bilhete?
— Foi por isto aqui.
— Um furo na mão?
— Pois assustou Adelaide.

— Não pode ser. Era mulher tranquila. Tinha visto outras pessoas com furo na mão. Dois alunos meus têm. Ela subia, eles estavam ao piano. No primeiro dia ela achou estranho, com o tempo se acostumou. Nada é anormal nesta cidade.

Traição, Adelaide! Sinto como se estivesse sendo traído. Esse homem sabe mais a teu respeito que eu através desses anos todos. Não vale. Se tivesse imaginado, teria aprendido piano, ficávamos os dois a tocar, a conversar. Sim, sim, estou entendendo, agora vejo tudo.

Quem sabe eu teria ido junto quando você se foi. Ao se descontrolar, você se liberou de mim. Ao me abandonar, me fez te descobrir. O furo na mão foi pretexto, simples e ocasional tábua de salvação. Bastou se mostrar abalada, desaparecer. Terei tempo para te dizer tais coisas?

– Tem mais gente em casa? Está um barulhão na cozinha.
– O senhor é curioso, hein?
– Gosto de gente. Faz bem para mim. Quase não saio, vez ou outra visito parentes, mas estão sempre comendo.
– Então não vai gostar dessa gente daqui. Também vivem na cozinha comendo.
– Parentes?
– Amigos de meu sobrinho. Esse aí, esse aí é meu sobrinho.
– Capitão?
– Capitão. O senhor conhece a hierarquia.
– O professor mora no prédio?
– Dois andares acima. Há vinte e oito anos.
– Gosta daqui, então?
– Detesto, queria morar num barril como Diógenes, não posso nem ver essa velharada. Que ideia desse governo de colocar velhos dum lado, quarentões do outro, jovens separados.
– Nossos Planificadores para o Bem-Estar Social sabem o que fazem. A sociedade tem se comportado, responde à altura.
– O senhor fala como um documento oficial.
– O professor mora sozinho?
– Hum, hum.
– Que tal uns companheiros?
– Inquilinos?
– Digamos, companheiros. Amigos. Por algum tempo.
– Vai arranjar sarna para se coçar, vão ocupar sua casa, como ocuparam a minha (tentei advertir).
– Não tem nada de ocupação. O tio está perturbado com o desaparecimento da tia. Vai ser bom para o senhor.
– Se ninguém mexer em meu piano.
– Trato pessoalmente disso, ninguém toca em seu piano.
– É, mas tem outro problema. Não sei se vai dar.

— Professor, não existem problemas para nós.
— Existe para mim. O meu pijama.
— O pijama?
— É, o pijama! Um problema sem tamanho, me persegue pela vida a fora.

O nevoeiro que caiu sobre a história do Brasil logo depois das vergonhosas filas do feijão

— Vovô, como é que fica? Já é noite.
— Ué, dependo do piano e do pijama.
— Piano e pijama?
— Ninguém pode mexer em meu piano.
— Quem se aproximar do piano será posto para fora imediatamente.
— Garante agora, quero ver depois.
— Palavra.
— Palavra de quem trabalhou para o governo? Sabe quanto vale?
— Está bem, está bem. E o pijama?
— Quero ele bem dobradinho.
— O que significa?
— Dobrado direitinho e ajeitado embaixo do travesseiro. Odeio dobrar pijama. Tenho ojeriza por vê-lo esparramado na cama, largado no chão. Lugar de pijama é debaixo do travesseiro.
— Está certo, vovô. Vamos dobrar o pijama. Tudo organizado, por turnos. Cada dia um.
— Palavra?
— Palavra! No duro. Só me responde uma coisa, se me permite. Com um calor desses, o senhor dorme de pijama?

– Tenho medo de um golpe de vento na madrugada.
– Vento?
– Dobram o pijama, mesmo?
– Certamente.
– Suba, capitão. Vamos ouvir uma musiquinha boa, daquelas que eu e a sua tia tocávamos. E se tiver notícias de sua esposa, caro amigo, me comunique. Também estou preocupado.
– Tio, desço já.
– E o morto?
– Morto? – perguntou o velho.
– É uma gíria nossa, nada mais.

Saíram. Nem tinham chegado à escada quando as luzes bateram nas janelas. Violentas como holofotes. Aqueles mesmos holofotes antiaéreos que usaram para nos expulsar de casa. Luzes e um barulho aterrador. Fiquei atordoado, depois corri à janela. Os vizinhos também olhavam.

Meu sobrinho voltou aos pulos. "Conseguiram", gritou. Chamou os homens, foram para a cozinha. Discutiam alto. Fiquei olhando minhas coisas amontoadas. Deveria me despedir delas. Afinal me acompanharam pela vida, foram companheiras. Como se objetos pudessem se humanizar.

Os homens deixaram a cozinha, passaram por mim velozmente, saíram para o corredor. "Tudo pronto, tio?" Estava e não estava, por mim era apanhar o que quisessem. Meu sobrinho disparou porta a fora, gritando "trouxeram o helicóptero". Então penso que entendi tudo.

Devia haver muita gente envolvida. Mas envolvida no quê? Não posso acreditar que meu sobrinho, garotão de vinte e poucos anos, tenha tal influência. E aí as perguntas se encadeiam na minha cabeça: influência sobre o quê? Em que áreas? Qual o setor em que se movimentam?

Se ao menos tivéssemos uma ideia da organização do governo, das divisões hierárquicas, dos grupos que agem, dominam. Houve tempo em que conhecíamos os mecanismos do poder, a ascendência dos partidos em épocas mais remotas, e o que representavam as uniões e alianças.

Isso foi bem antes da tecnocracia. As facções se dividiam por ideias. Vivia-se dentro de um jogo de combinações aproximadas, factuais, oportunistas. Repartia-se o mando de alguma forma. Todos partilhavam, tinham um quinhão. Cada temporada, um grupo geria.

Na altura das décadas de setenta e oitenta, os ventos mudaram, os tecnocratas adquiriram a supremacia. Suas falanges ocuparam os postos sem dar tempo a ninguém de adaptação. Romperam violentamente com os esquemas, se instalaram. Certos de que o futuro era deles.

Durou algum tempo essa arrogância. Encavalados na administração, narizes empinados, não perceberam que nova classe subia. Os Militecnos englobaram a organização militar e o racionalismo dos tecnocratas. Hierarquia, rigidez, disciplina, e ideias curiosas de mando.

Constituídos em estirpes, arrogavam-se o direito divino. Foram implacáveis, encerrados em suas fortalezas. O poder era dividido entre eles por meio de pactos, cabalas e conchavos. Recuperaram o uso do velho conchavo político, colocando mineiros nas assessorias.

Na universidade, muitas vezes, os alunos de Ciências Políticas queriam que eu destrinchasse a estrutura do poder. Não ousavam indagar dos outros professores, com medo de serem acusados de formular Perguntas Intragáveis. Mas não adiantava, nos faltavam os elementos.

Só encontro uma comparação: nos assemelhamos aos etruscos. Os historiadores, por mais que pesquisassem, conseguiam saber pouco a respeito de como se organizavam, ou estava montada a sua civilização. Informações retiradas de objetos, cerâmicas pintadas, painéis.

Aqueles desenhos e gravuras forneceram elementos incompletos, isolados. Nada além de situações esparsas. Poucas probabilidades de se apreender o conjunto, ter uma visão abrangente de como eram governados ou mantinham a sociedade. Estamos hoje na mesma posição insondável.

    A partir de um momento, tudo obscureceu. Se os meus conhecimentos de história não andam falhos, o nevoeiro se cristalizou logo após as Vergonhosas Filas do Feijão. Um tempo sombrio de fome, mortes e massacres. Adelaide era mocinha, nem tínhamos planejado nos casar.

    Meu sogro brincava: "Você só pode se casar depois que tiver um saco de feijão. Como entregar minha filha a um fracassado na vida? Tem casa, móveis, roupas, carro, cheques especiais, cadernetas de poupança, mas jamais enfrentou a fila de feijão. Não é homem".

    Obter feijão era o meu desafio. Sogros e genros andam sempre em pendência. Os velhos brincam, mas estão espicaçando, querem saber exatamente que tipo de homem a filha escolheu. Por trás da ironia, eu sentia nele a verdadeira decepção. Minha grande prova: furar a fila.

    Subornar pessoas, comprar os guardas, dar bolas aos fiscais. De que maneira, se haveria sempre alguém com um suborno maior do que o meu? O dinheiro não era garantia. Os controladores eram honestos nesse ponto. Suprema honra, todavia, era furar fila sem dinheiro.

    Mas os furões eram raça temida. Odiada, desprezada. Algo pior que colaborar com os nazistas, durante a ocupação da França. Raspavam cabeças, apedrejavam pelas ruas, linchavam. A cada massacre de um furão, a polícia respondia com uma ação intensa e progressiva.

    Adelaide e eu combinamos nos revezarmos. Nunca tive jeito para entrão, furão, aventureiro. Que posso fazer? Está errado, mas sou assim. Inclusive eu raciocinava ao inverso: enquanto todo mundo procura fazer seus arranjos, os meios normais estão sendo esquecidos.

    Contava achar uma brecha. Claro que não achei. Poucas vezes enfrentei uma tortura maior que as Vergonhosas Filas. Eram quilométricas, cheias de curvas, como as antigas estradas de ferro, quando engenheiros ganhavam por quilômetro construído. Serpenteavam pelas colinas.

A localização nos morros da Cantareira foi proposital. Jogada do Ministério de Abastecimento para dificultar. Não era fácil aguentar-se nas inclinações peladas, cheias de erosão, onde tinha sido a maior reserva florestal de São Paulo. Solo seco, pedregoso, calcinado.

Esse grande mormaço que acachapa todos nós não tinha se instalado. Todavia era muito quente, o abafamento subia da terra vermelha, rachada, penetrava pela sola dos pés. Dez dias de suplício. Tomara nunca mais tenha de entrar numa dessas. Morreria.

As filas foram para a Cantareira, como solução para diminuir as catástrofes. Incapaz de evitar chantagens, agressões, mercado negro, assassinatos, câmbio paralelo, rebeliões, quebra-quebra, suprema violência cotidiana, o ministério decidiu-se pela mudança.

A situação naquela fase pré-histórica do atual Esquema era diversa. Havia pessoas que se tocavam. Os cadáveres incomodavam. A política da indiferença total não tinha sido adotada ainda. O governo só se manifestou quando um grupo resolveu erguer o Monumento aos Caídos.

A primeira ideia foi construí-lo num local que tivesse sido antiga plantação de feijão. Encontraram uma várzea, que foi apelidada Vale dos Caídos. Como era de difícil acesso, acabaram transferindo para o Ibirapuera, então parque verde, com um rio, muitos lagos e árvores.

Hoje é gigantesco estacionamento cimentado, obsoleto. Incompreensivelmente lacrado quando há tanta falta de espaço. Dizem que a municipalidade terminará por arrendar o terreno às imobiliárias. Só não entregou ainda por uma questão de acerto nas caixinhas dos funcionários.

O monumento está lá, rodeado por cercas de arame, a fim de evitar que o povo viva acendendo velas, supersticiosamente. Gigantesca pirâmide de pedras lisas e pretas, a cem metros da agulha dos mortos de 1932. Cada pedra representa uma vítima das Vergonhosas Filas do Feijão.

As pedras foram doadas pelas famílias que também financiaram a construção. Por muito tempo foi um centro de peregrinação. Local onde se deitou muita falação. Por uns dez anos aquilo funcionou como um Hyde Park Caboclo. Quando a falação perdeu o sentido, esqueceram a pirâmide.

Houve proposta para se construir um caldeirão em torno dela. Transformando-a em Mausoléu da Feijoada, homenagem ao antigo produto típico nacional. Se faltava o feijão, ao menos sobrava ironia, que sem ela não é possível viver. Ah, como seria bom um pouco de ironia agora.

Adelaide e eu nos revezamos nas filas. Perdi três dias de trabalho e ela, sete. Voltamos com oito gloriosos quilos de feijão preto e conquistei meu sogro. Passou a me olhar diferente, deixei de ser um imprestável. Ele me apresentava aos amigos, contava a façanha.

Seus olhos faiscavam nas conversas. Quando me perguntava de que maneira tinha conseguido, eu entrava no jogo e desconversava, esperto e malicioso. Ele me piscava, cúmplice, crente de que estava diante de um furão, alguém que sabia se mover convenientemente pelos canais.

Até a sua morte falou no feijão. Morreu supliciado por dores terríveis, os sovacos roídos pelo câncer spray. Eu o visitava diariamente, era no caminho do emprego. Dopado pela morfina, o velho entrava em consciência em raros períodos. Quando me via, exclamava: feijão.

Morreram milhares de pessoas corroídas pelo câncer spray. Nem assim o governo proibiu os desodorantes. Foi o próprio povo que tomou a iniciativa abandonando o seu uso. Então a indústria farmacêutica pressionou. Só vendia pasta de dente e analgésicos a quem levasse desodorante.

Os lixos se enchiam de tubos. Os pobres viviam catando nos monturos para usar aos sábados como perfume. Não tinham, não podiam ter consciência de que levavam o touro para dentro da loja de louça. Como podiam saber? A imprensa se calava, os postos de saúde não avisavam.

Visitar uma favela. Ou qualquer aglomerado de barracos, desses que se amontoavam aos milhares, ainda que infinitas vezes menor que hoje, ao redor da cidade, era uma viagem de terror. Para encontrar pescoços furados, rostos sem pele, peitos dilacerados. Comidos pelos desodorantes.

Na manhã em que descobri o furo na mão me ocorreu que podia ter sido o uso do sabonete. Ou a lavanda de maçã factícia, uma vez que não suporto qualquer cheiro nas mãos. Por isso vivo a lavá-las. Tive medo, porque não há cura para essas infecções provocadas pela química.

Mas essa é outra história. O que eu queria dizer é que nada importava para meu sogro. Ter um bom diploma. Possuir uma tese nota dez sobre o verdadeiro número de mortos na Batalha de Tuiuti. Passar um ano nos Estados Unidos avaliando os métodos históricos dos brasilianistas.

Oito quilos de feijão bastaram para que estourasse de orgulho. Chegou a passar a mão carinhosamente (fato raro) em minha cabeça, murmurando: "Ah, se no nosso tempo tivéssemos tal coragem, ousadia. Estes jovens vão longe porque são completamente destrambelhados".

– Desgraçados, desgraçados, aqueles merdas me pagam. Vão ver. Não perdem por esperar.

Meu sobrinho entrou aos berros, seguido pelos acólitos. O homem que ouvia rádio deu um murro na cristaleira, o vidro desmilinguiu. O que parecia o líder dos três correu ao telefone, ficou tentando uma ligação. A cada discagem fracassada, batia raivosamente no gancho.

– Ia dar zebra. Tem gente querendo me passar para trás. Até sei quem é. O pior é que preciso desse helicóptero.

– Deixa prá lá, capitão. Saímos por baixo, vai tudo na camionete.

— Na camionete, não. Fizeram isso para que a gente saia com os corpos pela camionete. Aí tascam em cima os Recolhe-cadáveres, não temos como explicar.
— E você precisa explicar, capitão?
— Não é esse o problema. Tem coisa, armadilha no meio, cheira mal.
— Muita desconfiança sua. O senhor vive de pé atrás.
— Quem não vive? Tenho certeza de que preparam uma.
— Quando querem preparar, preparam.
— Sim, mas pegar um capitão com um cadáver na mão, prontinho, é prato cheio. Promove, fornece regalias, ganha privilégios.
— É, só que eles não sabem do cadáver. Ninguém sabe.
— Meu tio sabe.
— O velho nem saiu daqui, não falou com ninguém.
— E o pianista maluco? Garante que meu tio não passou um bilhetinho a ele?
— É o teu tio, meu caro. Você está na casa dele. Aliás, estamos.
— Sim, mas você mesmo me disse que ele não anda contente com a invasão. É uma boa chance para nos ver fora daqui.
— Bem, a família é sua, vocês é que se conhecem. Que posso fazer? Estou na mão de vocês dois. Além do mais, o que adianta ficar discutindo? Vamos é nos arrancar.
— E o helicóptero?
— Esquece o helicóptero.
— Vão querer a parte deles do mesmo jeito.
— Faço igual fizeram com a gente. Se tivesse um jeito de sabotar o aparelho.
— Atraímos os dois para baixo, vamos lá e serramos a hélice.

Agora falam de assassinato com a maior tranquilidade. Como se decidissem a compra de meio quilo de café. Se não estou louco, esses caras estão. Não posso deixar. Se os pilotos descerem, aviso os dois. Aconteça o que acontecer. Ainda bem que Adelaide não está vendo uma coisa dessas.

— Tio, quer chamar os dois pra gente?

– Nem morto.
– Do senhor eles não vão desconfiar.
– Está bem.

Ficou mais fácil do que pensei. A noite é abafada, vai demorar talvez uma hora para a temperatura dar a virada. A cidade às escuras, apenas as luzes vermelhas acesas no topo dos prédios. Os pilotos se assustam quando me aproximo do helicóptero inteiramente apagado.

– Vocês têm de se mandar.
– Quem é você?
– Para que explicar agora?
– Por que temos de nos mandar?
– Querem matar os dois.
– Quem quer matar?
– Meu sobrinho, o capitão, e os homens dele.
– E por que o senhor vem avisar?
– Simplesmente porque não gosto de assassinatos.
– É um argumento razoável. Mas por que querem nos matar?
– Dizem que passaram eles para trás.
– Não é bem assim. Houve realmente confusão, mas estamos aqui à espera.
– Melhor vocês se mandarem.
– Está bem, está bem. Mas isso cheira mal. Tem trambique no meio.

Há quantos anos não ouvia essa palavra? Para mim estava morta. De repente, no alto de um telhado, numa noite escura pontilhada de manchas vermelhas que me lembram não sei se sarampo ou árvore de natal, um desconhecido, do qual nem vejo o rosto, me ressuscita: trambique.

Os pilotos se entreolham. Quero dizer, se entreolham é uma imagem, porque os rostos estão cobertos por capacetes, com visor de plástico. Batem a porta e ligam o motor. Me afasto depressa, as hélices levantam uma poeira infernal, caio para trás, literalmente enterrado.

Gostei deste literalmente. Usavam muito na universidade. Literalmente e a nível de. Se me fosse dado batizar alguma era de nossa história, eu denominaria uma delas de A Nível De. Todo mundo falava e todo mundo empregava sem mesmo conhecer o sentido, ou saber se ajustava.

Esses dois merdas podiam ter-me matado. Não ando tão resistente assim que o vento de duas pás imensas não possa me jogar para baixo. O helicóptero levantou voo, acendendo todos seus holofotes, todas as janelas se abriram outra vez. Fiquei enterrado num monte de poeira.

Sufocado, tossindo, a boca cheia de terra, um olho fechado, raspando, cheio de areia. Demorei um tempo para me recuperar. Quando fiquei bom, não havia mais o ruído do motor. A noite mergulhada numa melancolia quieta, sem os habituais gritos e choros e bater de latas.

– Oo, tio, o que aconteceu? Parece que te enterraram vivo.
– Os caras me agrediram e fugiram.
– Por que te agrediram?
– Pergunta para eles. Tá?

Horas descendo móveis pelo elevador. Nunca imaginei que tivesse tanta coisa. Cadeiras e objetos menores iam pelas escadas. O homem que ouvia rádio e o que comia doces estavam suados, arriados. Se fôssemos contar com o elevador, levaríamos três meses para descarregar.

– Sei lá. O que interessa?
– Nada, estou acostumado a ver horas.

Criei coragem, passei pelo quartinho da empregada. Vazio. Os corpos já desceram. Engraçado, estou falando como eles: os corpos. Estarão todos mortos? E por que razão não sinto absolutamente nada? Deveria sentir horror, náusea, afinal a violência sempre me espantou, chocou.

Não sinto mal-estar nem em relação a mim mesmo. E aí está o motivo maior de minha admiração. Percebo a situação e fico alarmado. Ou afinal essa surpresa não passa de condicionamento?

Deveria me sentir assim porque sempre fui levado a sentir assim, tradicionalmente?

Os cômodos vazios. As latas de conservas, os pacotes de alimentos factícios, as embalagens de água cristalizada, os refrescos aditivos me deixam a impressão de um depósito de supermercado. Comidas caras, bebidas raras. Esta casa se tornou um entreposto valioso de especiarias.

Andei pela casa toda, como um gato fazendo reconhecimento. A casa vazia, despojada de meus objetos, perdeu a personalidade. É uma casa qualquer. Pode ter sido habitada por mim, Adelaide, ou um desconhecido. Não há diferença. A nossa marca estava impressa nos objetos.

Esse pensamento me faz estremecer. Humanizamos os objetos, fizemos deles os nossos representantes. Eles nos simbolizavam, definiam. Eram a nossa expressão. Eles eram nós. Transferimos, nos ligamos, promovemos um culto que nada mais foi que uma substituição deformadora.

Talvez tenha sido melhor assim. Essa situação não me faz sofrer. Percorrer a casa vazia não dói nada. Espremo a cabeça e não encontro recordações, lembranças. Bom. Se ao menos isso significasse que estamos abandonando a mania de cultivar o trágico, endeusar o dramático.

– Chama isso de camionete?

– Não, isso é caminhão mesmo. Consegui mudar. Quando avaliei o monte de coisas a transportar, vi que não dava.

– E como te colocam nas mãos um caminhão desses?

– Colocando.

– Uma hora vai ter de me explicar.

– Tio, vive a vida, pede menos explicações.

– O que me sustenta em pé são as explicações, os porquês.

– Essa não entendi. E não explica, não, que é complicado. Conheço o senhor e suas enrolações.

O homem que comia doces conduziu. Parecia conhecer bem a cidade. Os faróis batiam em cantos de muros, portais de igrejas, baixos dos viadutos, iluminava colunas que sustentavam free-ways obsoletas. A luz mostrava pessoas se erguendo depressa, rostos surpresos, congestionados.

Gente procurava esconder-se. Olhos saltados, horror. Medo. O homem que comia doces tocava a buzina. Gente saía correndo em grupos. Alguns tentavam saltar as grades dos prédios, recebiam os choques, gritavam e caíam. Esqueciam que as grades são eletrificadas.

Havia grupos em redor de fogueiras, comendo em latas, cobertos de trapos. Tão admirados com nossa intromissão que nem se moviam. Continuavam paralisados, imaginando por que não parávamos. Sem entender que tal caminhão não fosse uma patrulha da madrugada fazendo batida.

– O vazamento aumenta a cada dia. Está ficando um perigo. O povo não suporta os Acampamentos Paupérrimos.

– Não controlam eletronicamente as barreiras?

– Sempre se encontra um furo.

– É, mas um furo na tecnologia tem de ser descoberto por alguém com cabeça boa. Não esses probres coitados.

– Pois acho mais fácil um pobre coitado que se mete através da barreira, ignorando consequências, que um supercérebro arquitetando uma forma de neutralizar radar e olhos mecânicos. Não pense que não morre gente nas barreiras.

– Sei disso.

– É por mero acaso que uma parte ultrapassa os Círculos Oficiais Permitidos. Nem imagina como são caçados. Por isso se apavoram com a luz do caminhão.

Ao virar uma esquina, o homem que comia doces teve de frear repentinamente. Tambores-obstáculos, de concreto, obstruíam a rua. Era comum os habitantes fecharem as vias por conta própria. Um holofote iluminou o caminhão. "Identifiquem-se", gritou uma voz por megafone.

O motorista engrenou a marcha a ré, tiros furaram o motor, os para-lamas. Nos baixamos, os tiros continuavam. Um grupo de carecas correu atrás do caminhão. Enquanto não tomamos velocidade, eu podia vê-los ao lado da cabine, peles vermelhas, nenhum pelo no corpo.

— A noite está fresca. Mas, se a neblina azulada continuar a descer, é melhor a gente se preparar. Vai ser pior que no Nordeste.

— Pior?

— Aqui tem muito cimento, asfalto, pedra. Coisas que superaquecem. Lá era só a terra e a terra absorve quentura. Quando devolve, não devolve como o concreto.

— Precisamos arranjar um guarda-chuva de seda preta para o nosso amigo.

Subitamente, apareceu na frente do para-brisas, caindo de cima da capota, um careca. E veio outro. O homem que comia doces brecou, esterçou a direção, os dois perderam o equilíbrio, caíram. O caminhão foi acelerado. Logo, outro careca saltou sobre o motor.

— Devem estar em cima do caminhão.

— Acaba com eles.

O homem que ficava na ponta da mesa puxou o revólver. Logo ele. Me parecia um sujeito pacífico, não violento. Com a mão por fora da janela, atirava. Determinado. Um dos carecas sobre o motor caiu. Os outros foram pulando fora. Não gritavam, mas guinchavam como macaquinhos.

Além do ruído do motor e dos pneus grudando no asfalto mole, ouvimos um resfolegar que dominava todo o bairro. Como se houvesse uma locomotiva a vapor, parada num pátio de manobras. Nenhuma luz nas janelas. Numa e noutra guarita uma lâmpada amarelada, girando lentamente.

E, no entanto, a sensação de estar sendo vigiado prosseguia. Pensei, em certo momento, ter ouvido pás de helicóptero se agitando em cima de nós. Mas o céu escuro nada indicava. A não ser que façam voos cegos. Minha nuca arde, alguém está me acompanhando. Quem?

O caminhão continuou avançando e recuando, entrando e saindo de ruas fechadas. Fomos obrigados a contornar grandes trechos. Eu sem a mínima orientação, ruas que jamais pensei existir. O homem que comia doces era excelente motorista, parecia habituado ao caminho.

Entramos muitas vezes pelas faixas exclusivas de ambulâncias, tanques, carros de polícia, ônibus de presos, veículos do Isolamento. Durante o dia equivaleria a prisão, sem maiores perguntas. Como podem abandonar a cidade assim, à noite, deixando-a ao deus-dará?

À medida que andávamos, os bairros iam se modificando, os conjuntos residenciais eram mais simples, cada vez mais feios, maltratados. Cruzamos uma grande avenida e mergulhamos numa zona em completa decadência. Mais um pouco, atravessamos blocos de ruínas sombrias.

– Ainda estamos em São Paulo?
– Estamos perto da Quarta Parada.
– Quarta Parada? Longe pra danar. O que viemos fazer aqui?
– Descarregar no lixão.
– Por que não jogou os móveis na rua? A cidade estava deserta.
– E os corpos?
– Morreram todos os do quartinho?
– Todos. Estavam mal.
– Ou mataram?
– Juro pela minha alma. O único morto foi o barbeiro. Os outros não iam sobreviver. As chances de vida dos carecas são pequenas, são pessoas contaminadas. Condenadas.
– E o barbeiro? Quem matou?
– Ora, ora, vê se interessa discutir tais coisas numa hora dessas.
– Diz, o que custa?
– Olha, o importante é descarregar os corpos sem que ninguém veja.

— Continuo sem entender por que não largaram os cadáveres numa esquina.

— E os vigias de Quadra? Os Síndicos Alertas da Noite? Os Mobilizadores? Pensam que não estão de olho? Por trás das janelas, atrás das colunas, escondidos nas guaritas, vigiando através de câmeras dotadas de infravermelhos.

— Por que não denunciaram?

— Para eles era apenas um caminhão. Vai que denunciam e é Alguém de Mando? Se encalacram que não é vida. Se vissem descarregar bagulhos e corpos, então era outra coisa.

— Até parece que gente morta tem importância nesta cidade.

Neste setor, havia movimento. Que aumentou gradualmente, a ponto de o caminhão andar muito lento. As pessoas olhavam espantadas para nós. O mesmo olhar de medo, surpresa. Todos carregavam alguma coisa. Um saco, uma caixa, cadeira, bastões de plásticos, embrulhos.

De quadra para quadra, mais e mais gente. Carregavam lanternas feitas de arame e lata, com uma vela dentro. Uma luz débil que mal clareava o caminho. Lembranças de antigas procissões de semana santa, o Senhor Morto na sexta-feira, os fiéis com suas velas, o canto fúnebre.

Desta vez, não havia o canto, mas um murmúrio denso, compacto, quase ritmado. E acima de tudo o mau cheiro. Pavoroso, mefítico. Havia um professor de Geografia, no ginásio, muito pedante. Usava essa palavra a propósito de tudo e de todos. Para ele, era um insulto.

Para mim, ficou como um símbolo de mistério, um código. Sinônimo de coisas ruins. É uma palavra que nem todos os dicionários registram. Daí a sensação de que ela é especial. Mefítico. O que chega até mim é um cheiro de morte e decomposição. De lixo e excrementos, de esgotos e suor.

Cheiro acre, penetra. Cortante. Como esse povo suporta? A massa é cada vez mais compacta, até que desembocamos num imenso terreno. Se eu estivesse assistindo a um filme não acreditaria. Montanhas de lixo, repletas de gente encarapitada. Amontoados de quinquilharias.

Montões de plástico, colinas de latas. Pilhas de ferro-velho, entulhos, refugos, bugigangas, trastes, badulaques, rebotalhos. Não sei se parecia mais um armazém geral de bagatelas ou uma grande feira de miuçalhas, percorrida por uma gente incompreensivelmente entusiasmada.

Povaréu miserável, maltrapilho, piolhento vagueava pelas aleias apodrecidas, com a mesma excitação que Adelaide e eu sentíamos nos Hiperalimentadores em dias de consumo obrigatório. Como se as montanhas de inutilidades fossem gôndolas de produtos raros, especiarias.

Grande parte estava reunida em torno de fogueiras. Queimavam plásticos e havia mais fumaça que fogo. Maltrapilhos em bandos escalavam as montanhas de lixo, catando, catando. Paravam, observando o caminhão atravessar lentamente através do vale cinzento de imundícies.

– Não tem Civiltares vigiando aqui?

– Não sei – respondeu meu sobrinho.

– E essa gente não se pega entre si?

– Também não sei. Mas é até bom que se peguem, a jogada é deixar morrer o maior número.

– Loucura, não pode ser uma coisa proposital.

– Tio, essa gente é útil para todos nós. Eles estão consumindo o lixo, provocando reciclagens.

– Não podem viver de sujeira.

– Os besouros não vivem? O senhor é um professor, tio. Professor de História, portanto sabe que o homem se adapta a qualquer coisa.

– E aceita isso?

– Estes aqui são milionários. Já viu os Acampamentos Paupérrimos? Lá, ficam estendidos uns sobre os outros, sem forças para se levantar. Não se revoltam por quê? Porque só sabem abrir a boca e fechar, pedindo comida e água. Já viu filhote de passarinho? Igual!

— Que horror!

— Horror? O senhor está falando em horror? Fala por falar. Tem uma vida confortável, casa, comida, um sobrinho influente.

— Se está bem, se a influência é grande, por que nunca me ajudou a encontrar sua tia?

— A tia está bem.

— Como bem? Tem notícias dela?

— Não... quer dizer, tive...

— Me diz, vai, me diz.

— Tira a mão de mim, tio. Outro dia eu soube, está na casa de uma amiga.

— Como soube? Que amiga? Ela falou de mim?

— Não... alguém me telefonou... falou por ela...

— Está na sua casa?

— Que é isso?

— Sempre te achei muito calmo. Você nunca tocou no desaparecimento de sua tia. Apesar de mau-caráter, você sempre dependeu dela. Vou te dizer. Se algum dia você gostou de alguém, esteve apaixonado por alguém, foi pela sua tia. Desde pequeno.

— Que é isso, tio?

— Com dez anos você se escondia debaixo da cama para olhar as pernas dela.

— Toda criança faz isso.

— Faz. Mas continuar fazendo aos dezoito já é estranho.

— Eu? Aos dezoito anos?

— Quantas vezes não te surpreendi olhando pela fechadura do banheiro?

— O senhor está doente.

— Por que nunca se casou? Por que uma vez arranjou uma namorada que era a cara de sua tia?

— Cala a boca, tio. Te mando pro Isolamento.

— Mesmo sabendo que esse Isolamento pode fazer Adelaide sofrer?

— Ela não gostava do senhor.

— Como pode saber?

— Ela me contava. Ficávamos sozinhos os dois a maior parte do tempo. Lembra-se? Então ela tocava piano o dia inteiro sem parar. Modificava-se, era alegre, cantava, enfeitava-se.

— Enfeitava-se... Você fala como um velho.

— O que você fazia para ela? Quando você voltava, o piano se fechava, as roupas iam para o guarda-roupa. As roupas mais bonitas dela eram escondidas. Por quê, tio? O senhor não permitia roupas alegres. Decotes. Ela me disse um dia que o senhor era ciumento, brigou muito com ela quando namorados por causa de uma minissaia.

— Nunca me importei com roupas. Só uma vez, ela comprou um vestido um número menor, ficou justo, os seios quase de fora. Nem foi briga, falei calmamente que ela não devia sair daquele jeito.

— E a cabeça dela, tio? O que ela pensava?

— Como, o que pensava?

— O que pensava da vida, o que ela queria?

— O que é isso, interrogatório?

— O senhor começou, agora...

— Ela está em sua casa? Não está? Você mantém sua tia prisioneira?

— Anda vendo televisão? Outro dia, com insônia, passei a madrugada assistindo a uma fita velhíssima. O sujeito gostava da menina e prendeu-a em sua casa. Como se chamava?

— Acho que era *O colecionador*.

— Então pensa que prendi a tia em casa, hein? Pois vai lá.

— Chefe, aqui está bom?

O homem que comia doces parou o caminhão. Havia um pequeno descampado e estávamos bem no meio. Dos monturos, as pessoas continuavam a nos olhar, inquietas, desconfiadas.

A neblina azulada estava muito baixa. Os picos dos montes maiores estavam enfiados na névoa. Paisagem europeia.

Começava a clarear. Naquela luz indecisa, os maltrapilhos do lixão pareciam mais terríveis. O cheiro era insuportável. Tudo isto sempre aconteceu à nossa volta e ficamos sem tomar conhecimento. E nem se pode dizer que foram escondidas. Estão aí, à nossa vista, abertas.

Estranho. Não passamos por uma Boca de Distrito. Cruzamos vários bairros e não me recordo de uma só cabina funcionando. E não me consta que fechem à noite, ao contrário, redobram a vigilância por causa dos furões. Seria o caminhão com as cores oficiais?

Descemos, e tanto o homem que comia doces quanto o que ouvia rádio saíram de revólver na mão, cautelosamente. Meu sobrinho saiu descontraído, como se estivesse acostumado. Começaram a descarregar os móveis. As colinas em torno passaram a ficar cheias de gente.

Contemplavam em silêncio, talvez aturdidos com os móveis. Há quanto tempo não viam madeira? Um careca desceu meio como quem não quer nada. Colocou a mão numa cadeira, observou, agarrou-a e saiu correndo. Vimos ainda quando a partia em pedaços jogando sobre a fogueira.

Os outros criaram coragem, vieram descendo vagarosamente. Não se atreviam a invadir, com medo dos revólveres, bem à vista. Foram apanhando, surpreendentemente em ordem, os móveis. Arrebentavam e alimentavam suas fogueiras. Meu sobrinho chegou até um grupo de cegos.

Os cegos estavam provavelmente sem entender os barulhos. Meu sobrinho sacudiu uma garrafa de água. Não posso dizer que os olhos brilharam, mas as bocas banguelas sorriram chochamente. Emitiram sons guturais, estenderam as mãos para o vácuo.

– Querem água?
– Hum, hum, hum.
– Têm de me ajudar a cavar. Aceitam?
– Hum, hum, hum.

— Cavar muito, bem fundo.
— Er, ur, er, er, hum, hum.
— Dá aí as ferramentas para o pessoal.

O homem que comia doces abriu a mala lateral do caminhão, retirou picaretas, pás e enxadões e distribuiu para uns dez cegos. Meu sobrinho gritou que podiam cavar fundo, ele diria quando parar. Organizou o grupo, antes que um começasse a dar enxadada ou picaretada no outro.

Fiquei olhando o fogo. Mesas, cadeiras, armários, cômodas, toaletes. A fogueira do meu casamento. Todas as coisas que escolhemos juntos, compramos a crédito, pagamos com dificuldade. Estão se acabando num segundo. Não eram nada. Só madeira trabalhada. Terminou tudo.

Num minuto. Eu podia contar para esses homens a história de cada móvel. O que havia em cada gaveta. Cada papel que passou por ali, cada roupa, grampo, alfinete. Que importância tinha guardar as coisas, manter tudo arrumado? De repente, me sinto um bobo aqui parado.

Um homem de olhos despencados arrasta o baú. Outro vem ajudar. Um terceiro. Todos de olhos caídos. Eles se atracam, a tampa do baú se abre, vejo os pacotes de papel-pardo rolando, se misturando com o lixo e poeira do chão. Que diria Adelaide? Ou não diria? Ora essa.

Das colinas descem outros homens de olhos caídos. Parece que os grupos se dividem por desgraças. Os mutilados, os deformados, os carecas, os despelancados, os sovacos cancerosos. Será que devo procurar os homens com furo na mão? Para me integrar à minha classe?

Ao mesmo tempo que sinto algo familiar nesses homens (mas o quê), a mancha marrom e verde volta, enquanto todo o lado esquerdo do meu corpo paralisa, momentaneamente. Desta vez, a mancha veio acompanhada por um latejar lancinante que me toma toda a nuca e a fronte.

Fecho os olhos, mas a mancha aí está. O verde imóvel e o marrom se movendo por dentro dela. Uma imagem começa a se formar com alguma nitidez. E logo se desfaz, o mal-estar passa, recupero meus movimentos. E, quando vejo esses homens de olhos caídos, me volta a infância.

Na mancha, o verde é imóvel e o marrom se move por dentro. Uma imagem começa a se formar com alguma nitidez. Se conseguir que ela permaneça por mais tempo, saberia o que é. Recupero meus movimentos, a mancha se desfaz. Aliás, ela se liquefaz, marrom e verde se confundindo.

E o que vem, como numa explosão, é minha infância. Era menino e havia guerras entre quadrilhas dos bairros. Não de marginais, apenas da criançada maluca, fingindo um amor desgraçado pelo lugar em que morava. Não admitíamos invasão, menina só namorava menino local, conhecido.

Bastava aparecer alguém estranho, corria-se a saber quem era. Se um morador, ou espião inimigo. Não provasse direito o que fazia, levava uma surra, voltava com o rabo entre as pernas. Depois dessa surra, podia-se esperar, a qualquer momento, uma invasão de moleques.

Estávamos sempre prontos a rebater. Havia locais estratégicos entre as árvores, nos vãos de muros, em cima de telhados. As ruas eram vazias, quase sem automóveis. Na guerra voava pedra, pau, cabo de vassoura, estilingue com bolinha de gude. A batalha durava pouco.

Era a forma de viver aventuras, transportar para a vida real os duelos do cinema, guerras entre brancos e índios, luta polícia-ladrão. Diante do primeiro pé machucado, galo na cabeça, corte na perna, as turmas debandavam. Inconscientemente evitavam-se golpes no rosto.

Havia um código de ética não declarado, pacto não assinado. Afinal como íamos pensar em Convenção de Genebra e outros tratados que regulam a guerra? A briga era franca, de certo modo alegre. Descarregávamos as inquietações. No dia seguinte, todo mundo se encontrava no grupo escolar.

Sem ressentimentos. Uns olhavam feio para os outros. Necessidade, os machos se afirmavam, rosnavam. Não passava disso. Formavam-se alianças entre dois ou três bairros quando o provocador era muito forte. Terminada a guerra, desfaziam-se alianças, continuavam as "inimizades".

Até que um dia, pela primeira vez, surgiu polícia no meio de uma batalha. Chamada por um vizinho, desses homens intolerantes, irritadiços. Desconhecendo os códigos, os soldados se alarmaram. Talvez tenham feito por maldade, com o instinto sádico que marca o policial.

Desceram o cacete. Então, surpresa. Os meninos se voltaram contra eles. Lutou-se bravamente contra as armas de verdade. Dezenas de moleques malucos se jogando contra meia dúzia de policiais. Não há como vencê-los, são ágeis, espertos, ativos, brigam gozando, tudo diverte.

Até que um soldado sacou o revólver. Atirou no meio da criançada. Esparramou gente por todo lado, gritando. Era um tal de moleque subindo pelo poste, pulando muro, se atirando pelas janelas das casas, voando para os bueiros. Um menino ficou na rua, pasmado, olhando em volta.

Os policiais entraram na viatura e se foram depressa. O menino continuava parado. Demorou um pouco para gritar. Os outros vieram, saindo lentamente, assustados. Eu estava dentro de um quarto de uma casa que nem sabia de quem era, saltei pela janela aberta.

Acho que fui o primeiro. Pulei a janela e caí bem na frente do garoto. O que vi me fez vomitar, comecei a tremer. O tiro tinha arrancado um pedaço do osso ao lado do olho. Sei lá como, o globo saltou para fora, ficou pendurado junto ao nariz. Do buraco corria sangue.

Sangue e uma meleca amarela. Desmaiei, acordei em casa. Meu pai, ainda por cima, me dando bronca: "Podia ter sido você, viu no que dá essas brincadeiras de rua?". Não dormi por muitos meses. Anos depois, acordava de noite, vendo o olho saltado, gosmento, sangrento.

Foi meu primeiro contato com violência verdadeira. Até então brincávamos de violência sem saber o que era. Aquele tiro marcou o fim de nossa fantasia. Foi a última batalha entre quadrilhas. Ninguém mais teve coragem de sair a campo. Mergulhamos na realidade.

Falou-se muito na cidade. Principalmente porque o soldado agressor permaneceu impune, nada aconteceu. "Cumprimento do dever", disse o delegado. Ficou por isso. O pai do menino era simples demais para pensar num processo. Nem tinha coragem de acusar a polícia.

Por algum tempo, a meninada saiu à rua, estilingue no bolso, saquinhos cheios de bolinhas de gude. Se encontrássemos aquele soldado, certamente sairia outro massacre, de consequências imprevisíveis. Estávamos dispostos a tudo, queríamos vingança. Mas os pais intervieram.

Nos obrigaram a desistir. Nunca me conformei por ter aceitado aquele conselho. "A coisa pode ficar pior", disse meu pai, "melhor não complicar. O assunto está resolvido, deixa assim." O nosso ódio, de repente, se voltou contra nós mesmos. Por termos concordado, não reagido.

– Vai deixar que eles peguem? – Grito para o homem que comia doces.

– O que posso fazer?

– Dá uns tiros, espalha essa gente.

– Para quê?

– Olha o que estão fazendo com as coisas.

– O senhor é um homem muito estranho. Não dá para entender. E daí? Não jogamos fora? Façam o que quiserem.

– Eram as minhas coisas!

Os homens de olhos caídos gritavam, brigavam, rolavam pelo lixo, caíam em cima do fogo. Os móveis estavam alimentando fogueiras. Agarraram os pacotes de papel-pardo, passaram a abrir. Um arrancava da mão do outro, misturavam-se numa balbúrdia infernal, aos berros.

Não sei como aqueles olhos despencados não eram arrebentados. Na confusão, era tão fácil alguém puxar um daqueles cordões. Parece que se entendiam dentro de sua ferocidade. Os pacotes de papel-pardo começaram a se desfazer. Fiquei a observar, completamente fascinado.

Então era verdade. O que eu via era a confirmação. Da distância irreparável que me separou de minha mulher. Trinta anos juntos sem saber. E, em menos de meia hora, a revelação veio por inteira. Assegurada pelos pacotes que se estraçalhavam, mostrando o que havia dentro.

A Adelaide que surge dos pacotes deixa Souza perplexo. Qual a identidade real de sua mulher? E agora?

Era verdade. Fiquei furioso ao ver que meu sobrinho tinha razão. Logo ele, que odeio. Me senti mal, tanto ou pior quanto daquela vez em que concordei com meu pai que não vingaríamos o menino de olho vazado. Os pacotes abertos mostravam os vestidos de minha mulher.

Roupas de seda, de cetim. Cores estampadas, vistosas, flores imensas, desenhos malucos, decotes, mínis. As mulheres de olhos despencados uivavam, ao disputar. Eram ferozes, mas não bobas. Faziam de tudo para ganhar, sem rasgar. Alguém já viu uma briga cheia de gentilezas?

Pois ali estava uma. Na minha frente, aquelas mulheres horrorosas despiam seus trapos colocando os vestidos berrantes de Adelaide. E era quando se transformavam realmente em aberrações, princesas transformadas em sapos, um sabat, bruxas dançando ao luar no Pátio dos Milagres.

Tentei imaginar Adelaide naquelas roupas, não consegui. Estava habituado a sua figura frágil dentro de tailleurs discretos ou vestidos leves de cores sóbrias. Para mim, ela não se encaixava em roupas cintilantes. E se fosse esta a sua verdadeira imagem, extrovertida?

De repente, o mundo acabou de se desequilibrar. O ritmo foi todo quebrado. As peças, com os dentes comidos, não se ajustaram. Necessário refazer tudo, reatar conversas não havidas, recuperar milhares de carinhos não feitos. A mulher que amei nunca existiu. Veio um vácuo.

Amei, sim. Ao meu modo. Pode ter sido uma forma errada, no entanto era o meu jeito. De que adianta teorizar agora sobre as formas de amar? Dentro de mim só existe uma pergunta: ainda tenho tempo, ou o meu se esgotou? Quantas chances o homem tem na sua vida?

Que dizer então de nossas noites, tão rápidas, insones? Teria sido diferente? Me bateu uma sensação de perda. Sem tamanho, sem fronteira. Tem uma palavra que meu avô usava muito, referindo-se às matas: incomensurável. Perder, para sentir que um dia se teve, é coisa injusta.

Essas noites perdidas, sei bem, não há como recolocá-las. Os gestos, carícias, murmúrios, gemidos, risos, cheiros, o suor, nunca mais. É como estar partido ao meio, despedaçado sob as rodas de um trem. Com toda a dor que é possível suportar consciente, sem anestesias.

Que loucuras poderíamos ter feito naquele quarto. Explorar um ao outro no limite máximo. Limite. Temos sempre barreiras em nossa cabeça. Poderíamos ter ido até o fim. Ou além dele, se soubéssemos o que é o fim. No entanto, em silêncio, concordávamos com aquela coisa morna.

Em amor comportado, perpétuo. Cheio de respeito, é o que pensávamos. Não, não, Adelaide não tem nada com isso. Eu é que pensava em respeito, ela jamais disse essa palavra. A essa altura sei que não posso responder por ela, não somos mais o casal tão unha e carne.

Viver na dependência do se. Se tivesse sido, se tivesse procurado, se tivesse tentado. Existir confiando numa hipótese passada. Certa vez, li num jornal uma frase que me pareceu sem sentido: a salvação sem amanhã. Acho que agora penetrei, compreendi, o significado.

Escalei uma colina putrefata. Com dificuldade, em meio ao fedor. Dizem que aqui era o cemitério da Quarta Parada. Alqueires e alqueires coalhados de túmulos. Foi uma grande conquista das imobiliárias, quando se esgotaram as possibilidades de terrenos na área urbana.

Demolida a última casa, erguido o último edifício, restava apenas o subúrbio longínquo. Aí se deu a descoberta dos cemitérios. Tradicionais, populares, de luxo, para indigentes. Católicos, judeus, protestantes, crentes, batistas, dos mórmons, da esquerda.

Veio uma intensa campanha publicitária. De amortização. A fim de preparar as pessoas que renegavam a ideia de ver removidos os seus mortos sagrados. Os projetos de substituição eram belíssimos. Agulhas brancas, altíssimas, capazes de furar nuvens, chegar ao céu.

As famílias comovidas disputavam os andares altos, aqueles que se situavam perto do Senhor, segundo os anúncios. Assim, notáveis extensões de terras foram conquistadas pelas imobiliárias. Ali plantaram seus conjuntos mastodônticos, ossos e cinzas como alicerces.

Não posso assegurar se de fato aqui foi o cemitério. Há muitos anos, desde que estabeleceram os projetos de circulação, tenho andado pouco pela cidade. Tudo o que posso ver, do alto dessas colinas em forma de pirâmides, são prédios iguais. Repetitivos, monótonos.

De tal modo que não dá para dizer se estou na Quarta Parada, na Bela Vista ou no Brooklyn. Conjuntos e mais conjuntos de paredes lisas. Janelas, grades, fachadas limpas. Elas se assemelham, uma vez que todas as construtoras utilizam plantas e projetos estandardizados.

Desenhos, divisões, materiais, houve unificação geral, a fim de baratear os custos. As diferenças ficaram por conta dos nomes pomposos com Mansão Rimbaud, Solar Maria Antonieta, Fontes de Versalhes, Hall dos Nobres, Torre Aristocrata, Vila Real, Brilho de Florença.

Tadeu Pereira e eu andávamos bastante. Percorríamos a pé as ruas do velho centro, estendíamos para os bairros antigos como Campos Elíseos, Higienópolis, Brás. Procurávamos vestígios da Finlândia e Lituânia nos becos da Vila Zelina, pedaços do Japão nas vielas da Liberdade.

A manhã de domingo era preenchida com os passeios, enquanto Adelaide ia para a missa, depois para a casa dos pais. Resmungava que os fins de semana tinham-se acabado. Ela sentia falta do nosso churrasco dominical. Também, naquele tempo, a carne já começava a faltar.

Não sabíamos fotografar. Até mesmo as máquinas automáticas nos causavam embaraço. Anotávamos nossos achados em cadernetinhas. Um trabalho lento, exigia atenção. Como passar um pente-fino, agitar bateia em garimpo. Mas não tínhamos nenhuma pressa. O tempo era nosso.

Tadeu ainda se arriscava a fazer um desenho de vez em quando. Nostalgia de seus cursos na faculdade. Ele quis ser arquiteto em vez de professor de cálculo. Acabou reprovado naqueles vestibulares lotéricos porque errou umas cruzinhas diante das respostas opcionais.

Registrávamos a presença de velhas casas, mansões, sobrados. Arquitetos amigos nos ajudavam a decifrar estilos, épocas. Descobríamos vilas escondidas e protegidas. Praças quase secretas, ruas intactas desde a década de vinte, construções que resistiam ao avanço das imobiliárias.

Uma figueira centenária na rua Piratininga. Uma coleção de vitrais art déco na rua Bresser. Imagens de Calixto se deteriorando numa capela esquecida em Santana. Um resto de projeto de Warchavchik, deformado pelo acréscimo de uma garagem de plástico e pastilhas na fachada.

Uma escultura de Brecheret perdida entre anões de jardim no Tremembé. Um mosteiro colonial transformado em oficina mecânica. A basílica dos armênios com um tesouro: pedaços de baixos-relevos trazidos da Igreja de Althamar. Uma porta de bronze em sinagoga do Bom Retiro.

Não tínhamos método científico. Fazíamos por divertimento, um pouco por nostalgia. Vontade também de nos reencontrarmos através de pistas geográficas que andavam à deriva. Sentir que ainda havia pontos de apoio. Talvez o que procurássemos fosse uma espécie de segurança.

Um vidro floreado. Floreiras nas janelas de uma quadra sombria da rua Aurora. Uma escada de ferro batido, desamparada, demolida a varanda a que ela dava acesso. Grades de jardim, enferrujadas. Fachadas com marchetaria em mármore, ou louça. Galerias. Abóbadas com nervuras.

Cúpulas, pavilhões, estufas, terraços, belvederes, pilastras, vigamentos, entablamentos, arcos superpostos, ornamentos, baixos-relevos, estuques, grinaldas, florões, zimbórios, formas despojadas de ferro e concreto, colunas, portas art nouveau, edifícios barrocos, góticos.

Submerso por uma barreira de letreiros em acrílico e lata, encontramos o primeiro projeto em concreto aparente, feito pelo Paulo Mendes da Rocha. O edifício todo repintado em rosa e azul.

Assim, fizemos um imenso rol, até o dia em que nos olhamos e perguntamos: para quê?

Nos bateu como um raio. Ficamos de tal modo constrangidos que nos separamos. Sem dizer uma palavra. Cada um sabia dentro de si o porquê. Quanto mais circulávamos, mais nos aproximávamos das periferias. E aquele trabalho foi pesando, tornando-se inútil, inconsequente.

Não era radicalismo, nem o que se chamava festividade. Nossa, há quantos séculos não usava essa palavra. Esqueci minha cadernetinha. Quando reencontrei Tadeu, não falamos mais sobre o assunto. Somente agora, semanas atrás, ele se lembrou e me excitou a curiosidade.

Hoje, ainda que nebulosamente, vejo um certo sentido. De fixação. Ei, mas o que estão fazendo lá embaixo? Claro que é um corpo que carregam embrulhado nos lençóis bordados por Adelaide. E são cinco. Cinco. Como cinco? Quer dizer que morreram todos? Não eram cinco.

Meu Deus do céu, o que está acontecendo? Mataram todos os infelizes. Mas eram somente quatro. Os três que invadiram e já andavam mais para lá do que para cá. E, finalmente, o pobre barbeiro. Para mim, foi o sujeito que ouve rádio quem matou. Tem tudo de paranoico.

Aquele quinto pacote me incomoda, desço a montanha de lixo aos trambolhões, me agarro ao meu sobrinho. Por que vão enterrar assim meio escondido? Que monte de coisas não entendo. Só posso constatar que atrás da impunidade deles existe um medo. De quê? De quem?

– Sente-se mal, tio? É o cheiro.

– Cheiro, coisa nenhuma. Quero saber quem é o outro defunto.

– Um dos caras do quartinho.

– Eram três.

– Quatro.

– Estou velho, não caduco. Eram três.
– Teve mais um, noite dessas. Nem contamos ao senhor.
– Quero ver.
– Sem essa, tio! Estão bem-acondicionados.
– Acondicionados coisa alguma, me mostre.
– E se não mostrar?
– Adianta mostrar? É um desconhecido. Um surdo que andava pedindo comida.
– Deixe-me ver, para me tranquilizar.
– Esquece, tio. Não temos tempo, o dia está aí. Se clarear de vez, estamos perdidos.
– Pelo amor de sua tia.
– Não me vem com história outra vez.
– Me conta quem é.
– Um surdo, já disse.
– Um surdo não significa nada. Existem milhares na cidade.
– Acho que era um surdo por serra de construção.
– Não brinca comigo.
– Verdade, eles existem.
– Chega.
– Nervoso, tio?
– Quem é o outro morto? Estou com pressentimento ruim.
– Acho que acertou, tio.
– O professor de piano?
– Ele.
– Por quê? Por quê?
– Morreu do coração, não fomos nós. Não aguentou a subida da escada, a notícia do desaparecimento da tia.
– Descarado.

Me atirei sobre ele, vejam só. Com o braço esquerdo, me jogou no lixo. Brincadeira de criança para quem seguiu escrupulosamente as noções rígidas da educação esportiva dos Militecnos. Tenho ódio de levar tapa. Beliscão, então, nem se diga. Me tira completamente do sério.

Avancei de novo, às cegas. Há uma diferença quando a gente briga acreditando que pode bater. E quando já entra para perder. Agora estava apenas com raiva. Nem era mais questão de honra, dessas histórias de que homem não apanha. Ainda com a esquerda, ele me segurou.

– Para com isso, tio. Olha seu coração.
– Você não presta.
– Me xinga, tio. Xinga de verdade, aí desabafa.
– Diz que não era o professor.
– Era.
– É um horror. Te entrego aos Civiltares.
– Mato o senhor antes disso.

Adelaide conheceria esse sobrinho a quem se dedicou tanto? Ele substituiu o nosso filho. Ensinamos a ele tudo o que pudemos. Não sobrou nada. A certeza que tenho é absoluta. Ele somente ainda não me matou porque alguma coisa dentro dele o impede, um resto de decência.

O helicóptero surgiu por trás do monte de lixo a uma velocidade incrível. Quando ouvimos o barulho e erguemos a cabeça, ele já estava em cima de nós. Começava a clarear, o sol ainda não tinha saído, a luz era indefinida. Dois holofotes na barriga do aparelho nos deixavam expostos.

Uma metralhadora giratória começou a funcionar, despejando fogo cerrado. Fitas intermitentes de luz, intensamente brilhantes naquela claridade indecisa da madrugada. O fogo penetrava no chão com um barulho fofo, levantando pequenas explosões. Todos começaram a gritar.

Carecas, molambentos, aleijados, os de olhos despencados, mancos, velhos, pelanquentos, corriam. Meu sobrinho rolava pelo chão, com uma agilidade admirável, seguido pelas rajadas. Eu simplesmente não tinha a mínima ideia do que devia fazer em combate, fiquei apavorado.

SIGA O VISUAL EM DIREÇÃO AOS CAMPOS DE DESCARREGAMENTO

Baseado em experiência japonesa, o Departamento de Bem--Estar Social construiu, junto aos bairros privilegiados, os Campos de Descarregamento. Eles funcionam como clubes, com mensalidades, e também alugam os serviços por hora. São imensos ginásios, despojados e ladrilhados. Bonecos de plástico, espuma ou borracha factícia pendem de travessões. O sujeito tem o direito de socar, xingar, insultar, gritar, cuspir, fazer xixi sobre os bonecos. Se acaso tais sujeitos, denominados pacientes terápicos, pretendem atirar no boneco, têm de usar salas privativas. Se a intenção é apenas esfaquear, existem bonecos especiais que sangram. Os Campos de Descarregamento aliviam tensões reprimidas, atenuam o estresse, diminuem o nervosismo, combatem dor de cabeça, fadiga, relaxam e acomodam. Evitam as discussões e dissensões domésticas ou profissionais que resultam em divórcios e desempregos. No plano social eliminam a possibilidade do Isolamento.

Instigado por Souza, o sobrinho revela a verdade a respeito do barbeiro. E não dá para acreditar

O ar deslocado pelas pás atirava lixo miúdo, com violência, em todas as direções. A podridão me batia no rosto, penetrava na boca, feria as narinas, grudava na testa. Melecas indefiníveis, gosmentas, sabor amargo, se agarravam em meu pescoço, escorriam pelos braços.

Sentia-me sujo e desconfortável, esquecido das balas que espoucavam ao meu lado. Mais lamentável que porco refocilando em pocilga. Fico espantado com minha capacidade de abstração, capaz de num momento como esse esquecer a morte caindo sobre mim como fogo de artifício.

Mas, com certeza, não queriam matar ninguém. Nada mais fácil que nos acertar com aquelas metralhadoras girando como carrosséis enlouquecidos. Ainda assim corríamos. Meu sobrinho rolava pelo chão, levantava-se, saía em zigue zague, com admirável agilidade. Seguido pelas rajadas.

Houve tempo em que observando esses helicópteros sobre a cidade, em sua vigília fiscalizadora, associava o ruído das pás ao da liberdade. Não sei onde encontrei isso, nada tem a ver. É algo que provoca pânico. Fico paralisado. Na imobilidade, a mancha verde e marrom volta.

Desta vez, a reação foi inversa. A paralisia chegou primeiro, a mancha depois. O marrom se move por dentro, como lagarta deslizando num útero gelatinoso. O verde é fixo, não, não é, tem também um movimento oscilante, leve. Se durar mais um pouco, saberei o que é.

Despreocupar, deixar que a mancha me envolva. Antes era o medo, eu sentia que ela poderia crescer, me tomar. Eu mergulharia através dela como se caísse num buraco negro no universo. Agora, não me importa aonde possa me levar, tudo o que desejo é chegar ao conhecimento.

Estar perto, sem poder tocar. Ter a palavra na ponta da língua, e não expressar. Sentimentos de agonia. O movimento verde é cada vez mais ondultante, como vento a varrer arbustos. A mancha me toma, penetro através dela, e o vento provocado pelo helicóptero agita ramos.

Vegetação. Troncos, galhos, folhas. Não entendo como o vento das pás penetrou assim em minha visão, sacudindo furiosamente essa floresta que faz parte de uma lembrança. A ideia de morte me busca novamente, me atinge como uma dessas balas luminosas que se desprendem.

Que descem festivas do ventre bojudo do helicóptero e me fazem ver, em relâmpagos intermitentes, o verde da mancha se definindo como floresta. Meus olhos sofrem uma sucessão de transformações, lente de aumento, lupa, luneta, microscópio, telescópio de longo alcance.

Me aproximo dos troncos, faço um corte nos arbustos, nas folhas, vejo ramificações nervosas, células, de tal modo que tenho a sensação de me integrar a essa vegetação. No entanto tudo é rápido demais, não há tempo para me fixar, continuo perdido dentro da mancha.

Não distingo o marrom, sei que não pode ser terra por causa do movimento, o marrom sai de dentro do verde, se destaca dele, não pertence. É como se fugisse, depois de ter rompido. Outra vez uma sensação de desligamento me arrepiando. Se ao menos acabasse esse barulho infernal.

Se esse helicóptero me deixasse pensar. Aliás, se me deixasse, eu não estaria parado como um imbecil, completamente exposto ao fogo mortífero. Corro para trás de uns tambores, rastejo para uma colina de lixo, agora o fogo come as montanhas de detritos inflamáveis.

Por pouco. Por muito pouco não morro e também não descubro o que vem a ser esta mancha que me paralisa. Vejo o homem que sempre ouve rádio subindo, alguma coisa na mão pronta a ser atirada, enquanto o helicóptero desce sobre a sua cabeça. Descendo, sem atirar. Descendo.

Até bater, e o homem que sempre ouve rádio cair. O objeto de sua mão rolando à altura do rosto, logo o helicóptero alçou voo, vertical, imponente. Bicho bonito taí! Por um segundo, menos que isso, vi o rosto do homem se desfazendo no meio de um forte clarão.

Aquilo me assustou realmente. O homem era um desconhecido, invasor de minha casa. Porém tínhamos nos ligado nos poucos dias em que convivemos. Nem era ligação, mais um hábito. Alguém com quem falar, se eu quisesse falar. Ouvir, quando ele queria falar. E era falastrão.

De repente, estoura como balão em festa de criança bem à minha frente. Há coisas que não dá para aceitar. Esta é uma delas. Me recuso a admiti-la como normal. Sei que, se eu repetisse continuamente "tudo bem, assim é que é!", acabaria aceitando, não levaria um choque.

Você já viu uma cabeça se liquefazer? Foi a primeira. Entrou em mim gravado em câmera lenta. O objeto emitindo uma claridade violenta. Engraçado, não percebi nenhum som. Talvez por estar tão espantado que conservei apenas a imagem a se repetir como tape em replay.

A claridade se desprendeu do objeto, bomba, granada, sei lá o que, nunca mexi com esses troços. Iluminou o rosto e começou a comer a pele, os olhos, o nariz. Expulsava os dentes, que se esparramavam pelo ar, estilhaçados. Roía os ossos, reduzia tudo a pasta, massa, poeira.

E, então, ossos, dentes, carne, pele, massa pareceram se juntar de novo, transformando-se em poeira. Soprada por um vento que nada mais era que o próprio ar deslocado pela claridade. Não sei se me entendem, foi assim que vi naquele breve espaço em que o tempo estancou.

Contar para Adelaide, saber se as cabeças das crianças estouravam desse modo em contato com a água gelada do mar. Loucura minha, aquilo era apenas um pesadelo, um espectro que a perseguiu por anos e anos, algo que ela foi alimentando na cabeça enquanto a carta não vinha.

– Proteja-se, tio. No chão, atrás do monte de lixo.

Sim, se eu encontrasse lugar no meio desse amontoado de gente. Vejo meu sobrinho saltando sobre as pessoas, chutando, abrindo caminho. Fazendo daqueles corpos uma trincheira humana, o espertinho. Se eu contasse uma história dessas em casa, Adelaide jamais acreditaria.

O helicóptero se afastou alguns metros, ficou imobilizado acima de nós. Com suas pás ronronando suavemente. Certeza que nos observava, todo eriçado, pronto para cair sobre a gente, furioso. Gato e rato. Realmente meu sobrinho está metido numa grossa, em disputa grande.

Se não, iam deslocar um bruta helicóptero, gastando munição, só para caçar um coitado qualquer? Para esses infelizes que vivem comendo lixo, basta um Civiltar sem arma. O uniforme assusta, um tapa derruba, um grito faz com que fujam. Não admira o terror em que se encontram.

Gastando muita reza para pouco pecado. E eu? Entrei como Pilatos no credo. Podia estar em casa, não tinha nada que vir com eles. No entanto, me trouxeram por alguma razão. O mais importante era me tirar de lá. As peças não se ajustam, por mais que eu quebre a cabeça.

Por que me tirar? Posso impedir o quê? Ou queriam simplesmente que eu não visse? Se colecionasse num caderno todas as perguntas que venho fazendo nos últimos anos, teria hoje uma enciclopédia. Montaria um *Livro dos por quês*, como aquele do antigo Tesouro da Juventude.

O helicóptero se moveu em círculos, dando a impressão de procurar. Um homem se debruçava à porta, binóculo apontado para baixo. Meu sobrinho e seus dois acólitos mantinham as cabeças enfiadas no lixo a poucos metros de mim. Sinal de que também estavam com medo.

Acho mais fácil eles morrerem por contaminação no chavascal que pelos tiros inimigos. Continuo sem saber se o pessoal aí de cima está apenas intimidando, ou se quer exterminar o bando. Tudo o que se ouve são os motores, o crepitar das fogueiras e as respirações ofegantes.

Choros esparsos. Todo mundo na espera. Descubro que estou completamente exposto, sem saber o que fazer para me proteger. Qual o melhor lugar, a melhor posição em que o fogo da metralhadora não me apanhe. Também, nunca estive na guerra e, nos filmes, não entendo a estratégia.

O tempo vai passando, permanecemos estatelados, como bobos, vigiados por um urubu metálico que não se decide. Hoje em dia a gente tem de ter muita paciência, vá pro inferno. Subitamente comecei a me sentir bem ridículo, deitado na imundície sem nenhuma razão aparente.

Eu quase ia dizendo: venho falando com meus botões. Tem maior besteira que esta: falar com os botões? Nem que fosse costureira. Mas tenho repetido para mim mesmo que é inútil buscar explicações. O jeito é ir aceitando, levando, vivendo momento a momento, sobrevivendo.

Somando os segmentos para ver se no final resulta numa vida. Quando criança, minha mãe socava na cabeça da gente os dogmas e preceitos da Igreja. Havia palavras proibidas: Por quê? Como? Jesus está dentro da hóstia. De que jeito? Está. O papa é infalível. Como? Ele é.

Adão foi feito por Deus. E Deus? É, foi, sempre será. Faltava o princípio, mas meu pai dizia que Deus era um moto-contínuo, bastava por si. Anos mais tarde, eu passaria horas e horas no quintal de um parente que a família considerava maluco: Sebastião Bandeira.

Sebastião tentava montar um moto-contínuo. Era um homem rude, sem estudos, não conhecia um princípio de física. Com paus e arames montou uma geringonça que ficava girando dias e dias. Todavia Sebastião não estava satisfeito, porque ele era obrigado a dar partida.

Minha mãe nunca podia imaginar que as afirmações categóricas me conduziam a dúvidas intransponíveis e a uma negação natural. Cada dia a hóstia se transformava mais e mais numa rodela de farinha sem gosto, não tinha nem o valor de uma bolachinha, tão delgada, tênue, inócua.

Quem não conseguia me responder, contar o porquê, era um mentiroso, falava sem provas. O Esquema sempre me lembrou aquela Igreja católica intangível, inquestionável. Hoje, admitimos tudo. Aos poucos, emprenhados pelos ouvidos, fomos concordando, acabamos resignados.

Tadeu garantia que não foi apenas a propaganda oficial a responsável pelo amolecimento. Culpava também a química nos alimentos. Ainda mais com a tal comida mundial, ninguém sabe se produzida aqui e exportada ou feita fora e importada. Faz diferença se é daqui ou de lá?

O helicóptero voltou, atirando. Voava baixo e a linha de fogo derrubava, arrancando braços, pernas, pedaços de cabeça. Fumaça, gritaria, lixo voando como andorinhas no verão. As pessoas não reagiam, permaneciam estáticas debaixo da artilharia. Absolutamente indiferentes.

Outros corriam. Se é que se pode chamar de correria o deslocamento arrastado de gente pesadona, vagarosa. Penso que estão numa corrida de sacos, saltitando sem equilíbrio, loucos pela chegada. Olhos esgazeados, não pelo medo, mas porque estão continuamente dopados.

O helicóptero deu quatro ou cinco voltas, a esmo, atirando. As balas provocaram fogo em várias colinas inflamáveis. A fumaceira de plásticos e coisas podres cobriu tudo, mais espessa que fumaça de borracha. Meus olhos ardiam, a língua secou, a garganta raspava dolorida.

Um tosse-tosse geral, unido aos gemidos e ao choro dos feridos esparramados. Onde estão os Civiltares? Por que não aparecem agora para impedir um massacre? Ora, Souza, tudo gente da mesma laia. Para eles, quanto mais gente morrer, melhor fica, resolve-se o problema do Esquema.

A fumaça não me deixava ver, mas o barulho do motor foi se afastando. Meu sobrinho ergueu a cabeça, sorridente. O homem que só comia doces mostrava o ar apalermado, vai ver nem tinha ideia do que se passara. O homem da ponta da mesa levantou-se com ar preocupado.

– Machucado, tio?
– Não.
– Assustado?
– Bastante.
– Não foi nada. Só queriam pegar a gente.
– E olhe quantos derrubaram.
– Melhor. Estavam condenados. Cedo ou tarde, os Civiltares fariam um rapa, levariam a maioria. Tudo gente que fugiu dos Acampamentos, conseguiu penetrar na cidade.
– E agora?
– Vamos voltar para casa.
– E o pessoal que você matou?
– Não matei ninguém, tio.
– Fui eu, então?
– Sabe, tio? O senhor é um velho moralista, um chato, sua cabeça não tem nada a ver, está chacoalhando. Pensa na morte em termos ultrapassados. Vou te confessar uma coisa. A minha patente no Novo Exército tem permissão para matar.
– Permissão?
– Surpresa. Viu só?
– Pode ser que para matar bandidos. Não o barbeiro, nem o professor de música ou aqueles pobres coitados molambentos.

— Os pobres coitados invadiram sua casa, lembra-se?
— E vocês?
— Outra vez essa história? O senhor cansa, é um velho repetitivo. Anda esclerosado (disse o homem da ponta da mesa).
— O barbeiro, tio? O barbeiro não era nenhuma flor que se cheire.
— Boa pessoa, conhecia ele há trinta anos.
— É? Quer que te diga? Chefiava um bando naquele prédio, um bando enorme no bairro. Uma quadrilha especializada em roubar água. E em desalojar famílias dos apartamentos. Lembra-se que me procurou? Quando soube que eu era capitão do Novo Exército, se apavorou. Queria ficar ligado aos nossos, como quem não quer nada. Se tivesse se infiltrado, estaria protegido, teria informações.
— Não acredito numa só palavra. Calúnia contra um pobre velho.
— Quer acreditar, acredita.
— Me dê uma prova?
— Tio, pensa que o Serviço de Informações do Novo Exército fica fornecendo atestados com firma requerida, cópias, divulgação pela imprensa?
— Não acredito mais em você.
— Para mim dá na mesma. Ninguém se preocupa com acreditar ou não. O que importa é ir vivendo o melhor que se possa, até que alguém nos apanhe.
— Os do helicóptero quase nos apanharam (disse o homem que comia doces).
— Não foi desta vez.
— Amanhã a gente pega eles.
— E o professor de música? Quem matou? Por quê?
— Oh! Como deixar o Sherlock satisfeito? Ou é Poirot? Ou James Bond? Qual daqueles detetives antigos que o senhor lia quando mocinho? Acho que é isso, não é, tio? Me lembro de uma estante sua cheia de livros policiais. Fora as coleções de revistinhas.

— Quem matou o professor?

— Vê se descobre. Vamos fazer um jogo? Damos as pistas, o senhor conduz a investigação. Primeira pista: não foi um capitão.

Da inutilidade de serem descobertos os verdadeiros responsáveis e o trauma de Souza ao telefonar para Tadeu Pereira

— Segunda pista (disse o homem da ponta da mesa): tem diabete, mas não vai morrer.

— Terceira pista: vive comendo doces.

— Quarta pista: está bem ao seu lado.

— Quinta pista: está morrendo de rir.

— Sexta pista: é meio pancada, mas um touro para trabalhar, quebra qualquer galho, tem uma força descomunal.

— Sétima pista: fui eu, velho.

O dia completamente claro. Suávamos. A neblina azul estava logo acima das montanhas de lixo. O mormaço, mais o calor das fogueiras, tornava o lugar irrespirável. Continuei tossindo, queria sair dali o mais depressa. Desisti de desafiar esses homens. Quem são eles?

Roupa melada, grudada ao corpo, suor escorrendo do rosto. Imundos. Ao nosso lado, a vida parece ter retomado a normalidade, os mendigos, cegos, molambentos, olhos pendurados, aleijados, se movendo como androides, catando entre as colinas podres algo utilizável.

— Me levem para casa.

Os três se entreolharam. Sem disfarce. Não preciso mais para saber. Não me querem de volta. Vão me deixar onde? Meu sobrinho se afasta, o homem da ponta da mesa me apanha pelo braço, me puxa. Resisto. Ele segura mais firme, puxa decidido, não está para brincadeira.

— Me larga.
— Vou levar o senhor.
— Para onde?
— Sua casa.
— E meu sobrinho, não vai?
— Foi buscar o caminhão. Somente com o caminhão podemos atravessar as Bocas de Distrito.
— Não é o que parecia de madrugada.
— O que parecia de madrugada muda com o nascer do dia.
— Vocês não vão me levar para casa. Para onde vou?
— Para casa, meu senhor.
— Que quentura, meu Deus. Hoje vai ser de rachar.
— Se não corrermos, vamos acabar caindo num bolsão quente.
— Já chegaram aqui?
— Nesta zona tem muitos. Em pequena intensidade, ainda. Não tão fortes como os do Nordeste. Neles o sol deixa escamado, não mata.

Caminhamos entre colinas fumegantes, remexidas por uma população de danificados, que se moviam como autômatos, em gestos quase eternos. Conseguiam ser mais lerdos que o pessoal da cidade. Bem, estes comem, bebem, têm suas casas. Meu Deus, acho que estamos todos danificados.

— Se os bolsões aumentarem, vai ser fogo.
— Você disse que aumentam. Ao menos, no Nordeste aumentavam. Como vai ser?
— Os Militecnos do Esquema devem arranjar solução.
— Ninguém mais vai sair de casa.
— É, quem tem casa. E os outros? Os desabrigados são cinco ou seis vezes mais.
— O Esquema se interessa por eles? Não é tudo gente dos Acampamentos Paupérrimos?

— Que nada. Tem muita classe média solta no espaço. Estou só imaginando a hora que descobrirem os guarda-chuvas de seda preta.

— Que guarda-chuva?

— Te contei. No Nordeste, a única coisa que segurava o sol era guarda-chuva de seda preta.

— Não existe seda, hoje é tudo náilon, sintético.

— Tem uma seda factícia. Funciona, mas é caríssima.

— Onde tem?

— É o que andamos procurando também. Estávamos quase descobrindo, quando deu um rolo que não sabemos de onde partiu. É muita gente atrás da mesma coisa. Um descobre, logo se espalha, não dá para guardar segredo. Estávamos perto de uma pista, por isso usamos o teu apartamento como QG. A coisa cheirava por ali.

— Tinha ligação com o barbeiro?

— Pensamos que tinha, depois vimos que não. O homem estava em outra, roubo de água e desalojamento. Muito baixo-astral, gangsterismo. A nossa é diferente, não prejudicamos as pessoas.

— Ah, que bom! Não prejudicam ninguém! Comovente! Aí vem o caminhão.

Atravessando com dificuldade pelo meio dos grupos, das rodinhas. Buzinando muito. Os miseráveis, abismados, contemplavam o veículo, se afastavam. Outros demoravam a compreender o que se passava, eram empurrados, puxados. O homem da ponta da mesa me socou fortemente. Caí.

Atordoado, a respiração presa, como alguém tentando me estrangular. Desesperado, levei as mãos ao pescoço, tentando desobstruir a garganta. Não havia nada, era somente o efeito da pancada, pegou o carocinho de adão, foi ao queixo; meio-nocaute. Recuperei a respiração.

Muito pouco, a princípio. Os olhos nublados, a cabeça enevoada. Quando consegui perceber o que se passava, me vi de joelhos, enquanto as pessoas riam em volta de mim. Os rotos rindo do esfarrapado. Não sei qual a graça. O caminhão tinha desaparecido. Nem sinal.

    Larguei o corpo, não conseguia mesmo me erguer. Que fortaleza aquele nordestino. Desconfio que não era nordestino coisa nenhuma. Nem nada do que me contou. Inventou todas aquelas histórias. Não passa de um capanga de meu sobrinho, deve ser praça do Novo Exército.

    Seja o que for, não interessa, me derrubou. Nem tive tempo de me defender, me colocar em guarda. Aliás, ia ser pior se ele me visse preparado para a defesa, ia bater para valer. Assim largou um murro num resvalão. Jamais imaginei que fosse tão fraco, que desilusão.

    Cagada de arara! E agora? Pensar não adianta. Ir embora, como? Cada uma. Bom, o negócio é me mexer. Reclamar é bobagem. Finalmente na minha vida me encontro diante de uma situação extremamente concreta. Limite. Esperar é me transformar num desses danificados inúteis.

    Esperar o quê, de quem? Ou me movimento, ou me arrebento. Quero dar o fora depressa, porque se tem coisa que jamais suportei foi mau cheiro. Decido tudo pelo olfato. Foi assim que me apaixonei por Adelaide, ela estava sempre arrumadinha, fresca, perfumada. Uma delícia.

    Para voltar a casa, vou precisar da ficha de circulação. Sou uma besta, como fui sair assim, sem ela? A menos que encontre um atalho, desses pelo meio das quadras, seguindo a via de trânsito do ônibus. Besteira, nem tenho noção de onde estou. Será que alguém informa?

    Ei, espere aí. E se eu revistar os bolsos do homem que sempre ouvia rádio? Boa ideia. Onde é que estávamos? Que labirinto. Procuro voltar, os montes de lixo são iguais. Mas eu me lembro daquela moça sem nariz, ali sentada. Indo reto, chego a um tipo de pernas amputadas.

Tenho nojo do que estou fazendo. Reviro os bolsos do homem morto. Não ficou nada de sua cabeça, nem do pescoço. Me contenho para não vomitar. Ele trazia dinheiro, uns cartões que não sei para que eram, fichas telefônicas. Mas nada de ficha de circulação. Droga.

Só se escondeu a ficha na bota. Usa um coturno marrom, igual aos do exército, todo amarrado, cambaio. Juro que ele devia ser praça, ninguém me tira da cabeça. Migrante nordestino coisa nenhuma. Tudo farinha do mesmo saco. Será que ele matou também o professor de música?

Acabei me perdendo no caminho de volta. Mas quem garante que a saída é por ali? Afinal, eu estava apenas acompanhando aqueles marginais que planejavam me abandonar. Imbecil, tive a intuição aquela hora quando se entreolharam. Por que não fiquei de sobreaviso?

Um bando se reunia em torno de um rádio, ouvindo música. Casais maltrapilhos dançavam lentamente, descombinando o passo com o tom da música, que era agitado, quente. Ninguém é louco de se chacoalhar com um calor desses. Nem tem forças. Vai como se fosse um bolerão.

Dois para lá, um para cá, apenas pelo prazer de dançar, recuperar velhos costumes. O sol continua encoberto pela neblina azul, parada no mesmo lugar. O mormaço nos envolve, abate. Ao meu redor, as pessoas estão prostradas, mas parecem despreocupadas, a dançar.

Como se fosse um grande feriado, a se prolongar indefinidamente. O homem tendo conquistado o grau extremo de liberdade, o trabalho excluído do cotidiano, a não ser o necessário para sobreviver. A humanidade recuperando sua disponibilidade pré-histórica, a despreocupação.

A inquietação pelo instante seguinte, a insegurança na obtenção da comida, tudo foi distendido além dos limites, a força de tensão se rompeu, as pessoas se mantêm em repouso. Um estado que ainda não alcancei, pertenci a uma categoria que obteve colocação e algum trabalho.

Um dos milhares que passaram nos testes de exclusão, espécie de reprodução dos antigos vestibulares escolares. Os empregos artificiais criados pelo Esquema selecionaram um em cada cem habitantes. Uma escolha aleatória, bastante incompreensível em meu caso.

Afinal, recebi compulsória em meu primeiro emprego, o de professor. O normal era que os indicadores dos serviços de informação me excluíssem como indesejável. No entanto recebi nota plena e me deixaram escolher. O que mostra o descontrole, mascarado sob rígido controle.

Agora, não consigo carregar minha disponibilidade, sinto-me abafado por não estar no escritório, continuo querendo saber as horas, penso que estou perdendo tempo, jamais conseguiria ficar parado, ouvindo rádio, ou dançando no meio de um grupo, como essa gente faz.

A Rádio Geral toca música mundial, uma fórmula que desenvolveram para internacionalizar. A composição é feita de tal modo que um francês pode perfeitamente afirmar que está ouvindo música francesa e o brasileiro não tem dúvidas de que tem pela frente um bom chorinho.

Colocaram em computadores as características que marcam as músicas de cada país. Do mundo inteiro. Foram extraindo os acordes, os tons, as melodias comuns a todas. Elaboraram um catálogo minucioso. Claro que foi um trabalho que levou muitos anos, orientado pelos melhores técnicos.

Reuniram informáticos, críticos, professores, especialistas em computação, arranjos, concordâncias, alternações, transformações transistorizadas. As comissões estudaram as possibilidades de arranjos e combinações. Elaboraram um código destinado ao uso dos compositores.

O código é complexo e o compositor necessita de um curso intensivo, fornecido pelas gravadoras. Nos casos de criação espontânea, aquela que os Militecnos Musicais apelidam pejorativamente de música de botequim, aplica-se um processo especial se a criação recebe boa nota.

A fita gravada pelo compositor é entregue a uma comissão de reciclagem, que a adapta aos termos da música mundial. O pessoal de botequim não tem acesso aos cursos das gravadoras. É mais ou menos como alguém dos Acampamentos querer penetrar nos Círculos Oficiais Permitidos.

A Rádio Geral interrompe a música, o locutor anuncia a temperatura, prevê que a neblina azul vai desaparecer, haverá sol à tarde, que todos se protejam adequadamente. A voz monocórdia tenta mostrar excessiva animação, pedindo a atenção para importante comunicado:

> *As autoridades do Esquema estão preocupadas com o clima que está se instalando em nosso país. Dentro de alguns dias, em sua fala de fim de ano, o chefe do governo abordará a importante questão. Pesquisas elaboradas com critério mostram que os Índices de Pessimismo mostram-se levemente perturbadores. Pela primeira vez em muitos anos, oscila a intensa alta em que se encontravam os Índices de Otimismo conseguidos pelo Esquema no final dos Abertos Oitenta. Tais Índices, considerados os melhores do planeta por uma comissão internacional, que se mostrou admirada com o trabalho do Esquema, registraram ligeiro declínio. Está sendo providenciada uma grande pesquisa para saber as razões, uma vez que não existe nenhum motivo para Pessimismo. O Esquema pede a compreensão geral no caso de ser necessária uma campanha para erguer os ânimos. Sabe-se o quão importante é para todos nós a elevação dos Índices de Otimismo, sem o qual o país não poderá prosseguir em sua Escalada de Desenvolvimento. Essa compreensão deverá se traduzir num imposto a curto prazo, dividido em seis parcelas mensais, para financiar uma campanha*

promocional, a fim de que o Otimismo seja recuperado. Ou seja, trata-se de um empreendimento em seu próprio benefício, uma vez que o Pessimismo gera descontentamento, tristeza, depressão, compulsões maníaco-suicidas, derrotismo. Não queira se sentir um derrotado, colabore para o Otimismo coletivo.

Como não pensei nisso? Se achar um telefone, chamo Tadeu Pereira. Não sei o que ele pode fazer. Alguma orientação, decerto. O que não posso é pedir informações em postos oficiais, ou a Civiltares. Teria de explicar por que estou sem ficha alguma fora do meu Distrito.

As pessoas desenvolveram um ritmo exclusivo para caminhar sob a soalheira. Gestos leves, nada de pressa, repiração pausada, aspirar pelo nariz, soltar pela boca. À medida que os dias passam, o sol parece mais próximo, a tendência é diminuir o ritmo, andar quase parado.

Ninguém nas ruas, caminho quadras e quadras, uma eternidade para vencer cem metros. A artrose me prejudica, as juntas doem. As janelas dos prédios estão fechadas, é uma forma de impedir que o mormaço penetre. Uma cidade abandonada, as pessoas se foram às pressas.

Se houvesse vento, eu esperaria ver galhos voando pelas ruas, como nas cidades fantasmas do oeste em velhos filmes classe B. O ar parece imobilizado, tão quente que a gente evita a respiração normal, para não se incendiar por dentro, ficar todo ressequido, torrado.

Imagino meus pulmões como as camisas de lampião, frágeis, débeis, tomadas pelo fogo, podendo romper-se a qualquer momento, transformar-se em cinza. As miragens surgem, chafariz jorrando na esquina, fonte luminosa em pleno asfalto, hidrante rompido jorrando água.

A praça de cimento, deserta, os brinquedos de criança parados, arruinados, as ferragens enferrujando. Que alguém me explique o processo de ferrugem num clima tão árido, ferrugem para mim implica a ideia de umidade. A menos que à noite haja algum sereno, mínimo que seja.

Comportas de barragens se abrem sobre a praça, a água inunda tudo, vem como maremoto, arrastando. No entanto não me dá medo, quero mesmo me envolver nessa fúria refrescante. E a água já não está ali, se evaporou. Vejo apenas uma mulher maltrapilha girando em volta.

Ela gira da esquerda para a direita, depois faz um retorno. Conto, doze voltas para um lado, doze ao inverso. Depois diminui para onze, e onze outra vez. Então dez, e nove, e oito. Até chegar a uma volta e recomeçar. Só que desta vez recomeça do treze, depois do catorze.

Chego bem ao seu lado. Me vê, não interrompe seu exercício, ritual, seja lá o que for que está fazendo. É bem jovem ainda, morena de pele queimada, tem uns traços bonitos. Como não fica tonta girando tanto? Tem o ar espantado e subnutrido das pessoas normais.

– O que está fazendo?
– Girando, não está vendo?
– Estou, mas imaginei outra coisa.
– Só se o senhor está louco. É olhar e ver que estou girando.
– E por quê?
– Porque se eu parar de girar, estarei imóvel.
– Desculpe, perguntei errado. Para quê?
– Precisa de alguma razão para girar? Ou já existe uma lei? O senhor é Civiltar?
– Nada, nada, sossegue. Continue girando.
– Esta cidade está cheia de louco. Agora implicam porque estou girando.
– Desculpe, eu já disse. Só queria saber se é bom.
– Tão bom quanto ficar parado. O senhor gosta de ficar parado. E eu gosto de girar.
– Está bem, está bem, eu me vou.

— Vai? Aonde? Por que não aproveita a praça deserta? Ninguém vigiando.
— Vou procurar um telefone.
— Vai telefonar?
— Não. Vou procurar um orelhão, quando encontrar dou um beijo nele.
— Para que um beijo?
— Estava brincando. Você leva tudo a sério.
— Você, sim. Eu estava quieta, girando, você ficou perguntando. Se ao menos girasse também, eu podia ter mais confiança em você.
— Não tenho vontade de girar.
— Nem com a praça deserta?
— Deserta ou cheia, dá no mesmo para mim.
— Vai telefonar para quem?
— Para o Tadeu Pereira. Conhece?
— Quem não conhece?
— Essa não! Quem é?
— Teu amigo.
— O que ele faz?
— Faz.
— Trabalha onde?
— No elevador.
— Então conhece mesmo?

Não respondeu, continuou girando, para lá e para cá. Sem me olhar. Tinha o rosto interessante. Meio encardido. No entanto os cabelos, maltratados, estavam puxados numa trança que descia pelo lado direito do seu rosto. Trança comprida, há tempos ela não cortava cabelo.

Outra miragem, como as águas. Minha cabeça vai acabar fundindo. Inventei essa moça, acabei de formá-la em minha cabeça. Mulher interessante, tem um jeito sensual que me chama, me desperta. Espero não sentir cheiro perto dela. Mas, se existe, é louca. Como conversar?

– Até logo.

Está girando, sem responder, sem me olhar, ancas se agitando. Ancas. Onde encontro tais palavras de vez em quando? Tem um belo traseiro, redondo. Torneado demais para uma danificada como ela. Sozinha. Por que não está no Lixão junto com todo mundo? Estranho.

Bem, estou sozinho, e não me julgo tão estranho assim. Pode ser que ela me ache. E daí? Traseiro. Por que não digo logo bunda? Vivi sempre amarrado em relação a um mundo de coisas. Gente ou situações. Me bloqueando, me impedindo. Quem disse que ando de breque travado?

Adelaide, deve ter sido ela. Não, também andava de freio puxado. Queimamos lona por muitos anos. Se Adelaide estivesse aqui, me deitava com ela nesse cimento que queima. Fritaria a bunda dela, ou a minha, mas faríamos amor ao sol, olhados por trás de janelas fechadas.

O sol frita meus miolos. Acaso gostaria de participar dessa cena? Confesso que não. Fantasias provocadas pela morena que gira. Louca. Ela tem razão. A verdade não é mais única, cada um carrega a sua. Sou, és, é.

Divagando. Gosto que me regalo. Talvez exista telefone no bar do outro lado da praça. Fica debaixo de uma placa marcada por logotipos do Esquema. Característica da Intensa Propaganda Oficial no desenho e no gigantismo. Devem pensar que somos cegos, fazem tudo imenso.

A SOLUÇÃO ESTÁ NAS
MARQUISES EXTENSAS.
AGUARDEM.

Faz tempo já que se vem falando nessas tais marquises. É sempre assim, meio sutil. De repente desencadeiam uma campanha. É quando surgem os visuais simbolizando a obra. Signos que serão utilizados mais tarde nas indicações de rua. Dizem que as marquises estão prontas.

Diálogos sem sentido dentro de um bar. A inutilidade da coerência nas situações e um telefonema com resultado terrível

Bar simples de subúrbio. Fórmica desbotada, latão dos balcões necessitando polimento, prateleiras semivazias, máquina de café desmontada, poeira. Azulejos formando painéis com panoramas. Remanescentes da Interessante Época do Domínio Português sobre Cafés e Padarias.

Eram os bares que existiam antes da instituição das Lanchonetes Mundiais, padronizadas pelas Multis, para a implantação da fast-food. Eficiência, asseio, rapidez no atendimento. Adolescentes, apelidamos as lanchonetes de Pé na Bunda. Entrar, comer e cair fora depressa.

As Mundiais tomaram os bairros classe alta e média, dominaram os pontos passíveis de lucro, onde a população tinha capacidade aquisitiva. Desprezaram os subúrbios populares, onde os antigos bares-fórmica-colorida-latão-painéis continuaram funcionando em bases precárias.

Esses bares sobreviveram só Deus sabe como. Lutaram contra os serviços domiciliares feitos pelas Mundiais. Ou pelas agências de entregas que proliferaram a partir da instauração do Grande Medo de Sair à Rua, um ciclo que foi penoso a todos nós. Funcionou como Prisão.

Quem se atrevia a colocar a cara na janela, o pé fora da porta? Grades, sistemas de tevê, fechaduras, vigilantes, alarmes.

Segurança relativa em casa. E fora? As pessoas deixaram de aparecer no trabalho, a produção começou a cair. O Esquema se deu conta. Preocupou-se.

Ou surgia um sistema de segurança, ou seria a calamidade. Foi diferente da grande crise provocada no fim dos Abertos Oitenta, quando o povo deixou de consumir. O comércio faliu, a indústria entrou em recesso, veio a onda de demissões. O Casuísmo Econômico fez milagres.

Criaram as famigeradas OC, ou Obrigações de Compra. Cada um era obrigado a manter uma cota mensal de consumo. A cota variava conforme classificações determinadas pela Receita Federal a partir dos níveis salariais dos contribuintes. Estabeleceu-se um limite mínimo.

Pudesse ou não, tinha-se de arcar com a OC. Sem ela, carimbada e reajustada de acordo com índices nacionais de preços, a vida nem valia a pena. Não se podia viajar, manter o emprego, a conta bancária, a cota de água, a renovação da matrícula dos filhos nas escolas.

Não se lacravam bicicletas, não podíamos retirar os carnês de álcool combustível. Foi assim que as OCs salvaram o comércio, reabilitaram a indústria. Naquele tempo deixei definitivamente de tentar entender economia. Era cada vez mais privilégio de um grupo reduzido, isolado.

De que maneira o país não estourou? Não me perguntem. Eu olhava a ampliação das operações de crédito, a extensão dos financiamentos, a liberação de taxas de juros, os limites de cheques especiais, o florescimento de consórcios para todos os tipos de transação comercial.

O sistema de cartões, ou dinheiro plástico, como o povo chamava, elevou-se a proporções infinitas. Não havia uma só pessoa sem dívida, empenhada nos bancos, nas financeiras, nos agiotas. O lema era: *Se o país não estourou em oitenta com a dívida externa, ninguém mais estoura.*

Claro, havia quem perdesse alguns bens. A casa, os móveis, os terrenos. Hipotecados. Pessoas sem liquidez que não sabiam manobrar dentro do Esquema. O carro sempre foi a última coisa entregue. Combatia-se por ele até o fim. Era uma coisa admirável de se ver essa luta.

Que bravura, quanto idealismo, quanta força. Era necessário mais que coragem. Precisava-se de fé, esperança. Bem ou mal, a grande crise econômica foi contornada. O governo subsidiava consumidores e estes devolviam ao governo. E o Esquema se manteve, oscilante, porém inabalável.

Não me peçam coerência. O que significa isso? O que sei é que o problema foi diferente quando se tratou da própria vida. O medo prendeu as pessoas em casa. Apenas segurança poderia devolvê-las de volta às ruas. Segurança a qualquer custo, a qualquer preço. Total.

Das gavetas do Esquema surgiram, por etapas, organizações tipo você-não-sabe-mas-sou-policial-e-estou-na-tua-vigilância-o-tempo-todo-se-acautele-e-também-tem-um-sujeito-do-meu--lado-que-pode-ser-policial-igualmente-a-me-espreitar-e-vamos--todos-para-o-Isolamento.

Inventaram os Agentes Desconfiados pela Própria Natureza. Nasceram os fiscais, as permissões para matar, os confinamentos. Intensa Propaganda Oficial contribuiu para montar o clima de insegurança: se-você-é-marginal-fique-prevenido-a-qualquer--momento-poderá-desaparecer.

Conceberam as balas catalépticas. Estavam o tempo inteiro forjando novas formas de proteção. Até que chegou a sofisticação máxima, com a tranquilidade total. Vieram os aditivos calmantes, fazendo parte da Comida Mundial, presentes em todos os alimentos. Foi um sossego.

Nossa vida hoje até que transcorre agradável, perto do que já passamos. Como é que nos salvamos, de que modo atravessamos todos esses tempos é outra pergunta que não desejo que me façam. Atravessamos. Às vezes, é mais simples do que se pensa, o medo é fruto da imaginação.

As vitrines do bar estão vazias, empoeiradas. Compridas lâmpadas fluorescentes apagadas. Alguns fregueses sonolentos, cabeças caídas diante dos copos de pinga. Não pensem que é pinga de cana, não. Purinha, mas factícia, gosto idêntico, raspa garganta e não deixa cheiro.

Três garçons, o que é demais para um frege desses. No entanto, se o dono quiser autorização de funcionamento, tem de garantir emprego para determinado número de pessoas. Os salários devem ser nulos, ficam à espera de gorjetas, comem por aqui, levam as sobras.

Sujo, melado, suando, fedendo, com nojo de mim, me encosto ao balcão. O garçom chega, andar arrastado. Espirra muito, tem o nariz vermelho, olhos lacrimejam. A figura é deplorável, mas ele também me deve achar um trapo. Numa bolsa de valores nossas ações são zero.

– Tem catálogo?
– Só quer o catálogo?
– Não sei ainda.
– Precisa gastar um pouco.
– Quero uma água.
– Água? Tem permissão para esta lanchonete?
– Não.
– Então?
– Me empresta o catálogo, depois a gente conversa.
– Precisa ser boa conversa. Conveniente.
– Só tem esse catálogo? De que ano é?
– E eu sei? Não tem mais capa.
– Só capa? Por sorte meu amigo está na letra P. Se fosse A, ou B, ou W, eu estava perdido. Esta lista não tem começo nem fim.

Dois Tadeus Pereiras. Gastar uma ficha com cada um? Checo os endereços. O primeiro é na zona norte, bairro popular. O segundo, no setor dos Funcionários Privilegiados, junto aos lagos secos do horto florestal. Tem de ser o outro. E se não for? Já pensou? Ah, filho da mãe.

Ocupado, vai falar assim no inferno. Tento o outro número por desencargo de consciência. Não responde. Volto ao balcão, o garçom espirrento me olha, faz um sinal, surge o que, presumo, seja o patrão do boteco. Arqueado, costeletas de cantor de bolero, fala sussurrada, ciciante.

– Zeca Brocha me disse que o senhor não tem permissão.
– E precisa nesta biboca? Estamos nos quintos dos infernos.
– Precisa. Não posso servir.
– Nem uma água? O Zeca Brocha deu a entender que com uma conversa conveniente.
– Se for bastante conveniente podemos dar um jeito.
– Jeito?
– Se arranja. O que vai tomar?
– Uma Cola Mundial, bem gelada.
– Nem sonhando, nossos bares são quatro estrelas. E somente lanchonete estrela dourada pode servir Cola Mundial.
– E água?
– Reciclada.
– Mijo?
– Ora essa, todo mundo bebe. Puríssima.

Ele abriu o freezer, mostrou o copinho plástico, transparente. Um psicólogo das vendas, este desgraçado. Minha boca se encheu de água. Nada, ficou na vontade de encher de água. Ando tão seco que nem salivo. Eu queria apenas refrescar o rosto, nem ia tomar mijo reciclado.

No entanto, vendo o copo atraente, pouco me importa. Vai ver tenho engolido muita urina por aí sem saber. Que venha. Ele faz um gesto, desaparece atrás de uma cortina plástica de tiras vermelhas. Olho pelas paredes, nenhuma câmera de tevê, nada que me observe.

– Precisa o mistério?
– Pode entrar um fiscal de consumo.
– Manhã dessas, com um calor de rachar?
– Um desses bêbados do balcão pode ser fiscal.

Fico com a água, já fiz boquinha. Se não beber, me desidrato. O bar está abafado, o mormaço pesa uma tonelada.

Saborear pequenos golinhos, o fundo do copo virou gelo, o freezer é bom de verdade. Ligo outra vez para Tadeu, tenho de alcançá-lo de qualquer maneira.

– Alô! Casa do Tadeu Pereira?
– Sim (voz de mulher do outro lado).
– Tadeu Pereira, o ascensorista?
– Sim (a voz era reticente).
– Ele está?
– Não (a voz era dolorida).
– Saiu?
– Saiu.
– Volta?
– Não.
– Como não volta? Mudou-se?
– Não. Morreu.
– Morreu? Morreu como?
– Tadeu suicidou-se ontem.
– Suicidou-se? Então não era meu amigo. Era outro. Não era?
– Não sei. Tadeu vai ser cremado hoje à tarde.
– Onde?
– Acaso depois que entregamos os cadáveres sabemos o que fazem com eles?

Agora um pouco de ação: brigas, prisões e até uma cena de sexo inesperada num local inusitado e com cheiros estranhos

– Alô, meu senhor, alô.
– Estou aqui, sim, pode falar.
– Fala o senhor. O que quer?

— Me diz, você sabe se esse Tadeu que morreu também foi professor universitário?
— Foi. Muito tempo atrás. Na Década das Declarações Incoerentes do Presidente a se Chocar com as Afirmações Paradoxais dos Ministros.
— Quanta confusão naqueles anos. Tadeu estava aposentado?
— Aposentaram ele. Não gostavam de suas aulas.
— Meu Deus, esperava tanto que não fosse meu amigo. Deixou algum bilhete, indicação?
— Nada.
— Quem está falando?
— A cunhada dele.
— Aqui é o Souza, velho amigo. Não teve medo que eu fosse um Agente Naturalmente Desconfiado?
— O que mais pode nos acontecer? Ei! Souza? Espere um pouco. Um minuto aí.
—
— Souza? Meu irmão disse que tem um envelope para o senhor.
— Envelope?

A ligação caiu, me esqueci dos três minutos. Apanho outra ficha, ocupado. Desligo, o aparelho me come a ficha. Urucubaca chega junto. Fico paralisado, a mancha indefinida. Além de um enorme espanto, não sinto mais nada. Dor, emoção. Pode ser que eu esteja perplexo demais.

Devia estar mal. A ausência de comoção me inquieta. Suando, a camisa ensopada, como se estivesse debaixo do chuveiro. Ao tentar deixar a cabine, vejo que não posso andar. Imobilidade dos pés à cabeça. Uma vez imaginei que a morte seria algo assim. Lucidez e imobilidade.

Ou, então, uma variação. A pessoa dormindo. Percebe que está dormindo muito, além da conta. Está na hora de despertar, levantar, fazer a vida. E não pode. Continua dormindo, cada vez mais angustiado por não conseguir acordar. Distinguir a vida em redor, sem participar.

Consigo me movimentar, quero um conhaque. Vocês podem estranhar. Calor desses e conhaque. Acham que estou maluco? Ando quente por fora e, se peço uma coisa quente para dentro, igualo as temperaturas pela compensação. É, me refresco. Bom, é teoria minha. Nunca experimentei.

– Xi! Ela voltou.

Morena, tipo baiano de olhos claros, que no passado deu ao Brasil a miss famosa, não me lembro o nome. A moça que girava na praça se encosta no balcão. Os funcionários apáticos se juntam, se aproximam. Ela tem o vestido aberto, mostrando seios pequenos, bicos cor-de-rosa.

Cabelos compridos, ensebados. Quem não tem cabelos ensebados? Um pé descalço e o outro numa sandália dourada. Aliás, deve ter sido dourada. Caco de vidro azul preso ao pescoço com esparadrapo. Me reconhece, se instala na banqueta ao meu lado. Gosto dessa mulher.

Me atrai. Suor gelado cobre minha transpiração normal. Meu pé direito bate nervosamente no rodapé da banqueta, não tenho controle sobre ele. Nem sobre mim. Uma alteração violenta por dentro. Como se entrasse em uma sala e o meu olhar colocasse tudo em desordem.

Móveis voando, papéis grudando no teto, máquinas de escrever datilografando sozinhas, cestos recolhendo lixo das janelas. Aturdido, dominado por esse cheiro que vem de seu corpo. Suor e pele, gotinhas escorrendo pela testa, pelos braços, caindo das axilas não raspadas.

Um sorriso cerrado, boca mal entreaberta, não vejo seus dentes, penso em mordê-la, morder seus dentes, que bobagem. Perturbado. E se os garçons estiverem reparando? Que nada, estão bem perto, olham descaradamente para o vestido aberto, os seios empinados da menina nova.

– Me dá um sanduíche.
– E a permissão?
– Não tenho.

– Pode dar (intervenho). Usem a minha.
– O senhor também não tem. Ouvi a conversa.
– Já nos entendemos.
– Não posso atender.
– Você quer algum?
– Se é que o senhor tem. Está com uma cara de duro.
– Essa vagabunda de novo? Põe a vaca fora daqui.

O dono do bar, ou que eu imaginava fosse o dono, ao menos foi o que me atendeu, e vendeu a água, está aos gritos. Espuma. O que a menina deve ter feito para tirar o homem dos eixos? Uma fúria. Berrando, batendo com os punhos no balcão, a dentadura dançando na boca.

Vontade de rir. Os dentes de cima se chocam com os de baixo. A cada grito a dentadura ameaça cair, ele empurra para dentro. Fecha a boca, recoloca com a língua, encaixando nas gengivas, berra outra vez, a dentadura se agita, vai cair, ele para, empurra, reencaixa.

Até que tem ritmo, gargalho. Há quanto tempo não me soltava assim numa risada? A menina percebe a pantomima, ri também, agarra a minha mão, rimos juntos, nos apoiando um ao outro. Recobro, num instante, a paz imensa que já tive dentro de mim. Um passe de mágica.

Uma serenidade que me toma lentamente, como injeção na veia. Um bem-estar com o mundo, porque mundo é o que está aí, não há nada que se possa fazer agora. Todo este meu sofrer por antecipação, minha inquietação são expelidos, do mesmo modo que cheiro de alho através do suor.

Os garçons sonolentos empurraram a menina. Ela voltou. Empurraram de novo, bateram, deixaram-na sentada na sarjeta. Minutos depois ela estava na banqueta, pedindo: "Um sanduíche". O homem da dentadura solta apanhou um cacete embaixo do balcão: "Já te mostro".

Coloquei-me entre ele e a morena. O homem ficou indeciso. Não muito. "Sai ou o pau sobra para dois." Eu queria dar o fora, arrastar a mulher. Mas ela começou a dar pontapés nos vidros empoeirados do balcão. Tentei segurar. Inútil, estava inteiramente alucinada.

O homem da dentadura não acertava com o cacete. Pedia: "Chamem os Civiltares. Os Civiltares". A menina segura pelos funcionários, o pau baixando. Ela se debatia, os garçons riam, a morena quebrava o que visse ao alcance. O dono conseguiu apanhar sua perna.

Ela caiu. Ele passou a dar pontapés no rosto, no peito, na barriga. A morena rolava, o esparadrapo soltou, o vidro azul ficou na calçada. O rosto dela sangrava. Olhei para o balcão. Uma autoclave esterilizada fervia. Não sei para quê, não vendiam café aqui. Puxei com força.

Nem imaginava que pudesse ter tanta. A autoclave veio. Com fios e tudo. Faíscas saltaram, senti o choque. Joguei sobre o dono. Desta vez, a dentadura caiu, seria milagre se conservar na boca, tanto ela se abriu com o grito. A água fervendo pegou o rosto, o peito, a barriga.

Olhei através do furo da mão. Chutei sua barriga, como ele tinha feito com a menina. Os garçons se assustaram, o homem ficou de barriga, resfolegando. Qualquer exercício mata num calor desses. Estávamos vermelhos, ofegantes. Os empregados avançaram para mim, cacete na mão.

Corri para a rua, chamando a morena. Ela se erguia cambaleante. Talvez estivesse acostumada a tais situações, criara resistência, imunidade. Me olhava, sem entender. Pode ser que nunca alguém a tivesse defendido. Não imaginava como eu também estava surpreso comigo.

Percebemos, então, que havia Civiltares à nossa volta. São assim, basta pensar, se materializam, têm poderes paranormais. Em dois segundos nos colocaram algemas. Felizmente não atiraram suas balas catalépticas. Dizem que a dor de cabeça é insuportável quando o efeito passa.

Atirados no carro de presos, transformados em comida enlatada. Um quadrado escuro, fedido, sem ar. Prendemos a respiração. Quando os olhos se habituaram, vimos respiradouros mínimos, coando o sol. Quente, um forno à temperatura máxima. Se não sairmos logo, chegaremos mortos.

De repente, ela caiu dura no meu colo. Dormiu, ou desmaiou. Respira mal, uma espécie de ronco vem de sua garganta. Me deu vontade de passar a mão em seus braços, apertar o bico do seio. Dar um beijo nessa boca. Devo estar com mau hálito, não como há horas. Esqueci de comer.

Estranha e violenta atração. O bico do seio enrijece, será que ela está acordada, ou é reação natural? Sua pele é melada, porém lisa, macia, desço sua blusa, mal consigo distinguir contornos nesta penumbra de fornalha. Desta vez, o cheiro do corpo é agradável, me excita.

Não é cheiro limpo, todavia me parece natural, adaptado. Acho que se ela estivesse fresca e ensaboada eu me sentiria agredido. A cabeça da gente funciona num ritmo que apenas ela entende e comanda. Onde está a minha fobia pelos cheiros? Anulada. Alegro-me, estou de regresso.

O carro andou. Uma brisa leve entrou pelo respiradouro. Muito pouco, mas suficiente. Tirei a morena do meu colo, ela acordou. Ergui-me, curvado, deixei o nariz junto aos buraquinhos. Ah, que gostoso! Fomos rodando, de vez em quando o teto se incendiava, abrasador.

Seriam os bolsões? O carro imediatamente acelerava, fazia curvas, também eles deviam estar querendo fugir. Sem noção de tempo, pensei em contar, assim teria ideia aproximada. Para quê? Adianta saber se demorou mais ou menos? Deixa rodar, quero é chegar logo.

– Aonde vamos indo?
– Quem sabe?
– Será para o Isolamento?

– Tanto pode ser, quanto não ser.
– Você ja foi presa alguma vez?
– Várias.
– E como te soltaram?
– Me comeram bastante e soltaram.
– Por que você consentiu?
– Quem vai saber? Você fala uma linguagem engraçada. Consentiu. Nunca tinha ouvido essa palavra. Você é advogado?
– Não, professor. Quer dizer, fui professor.
– Professor, é? Como se chama?
– Souza. E você?
– Elisa.
– Bonito.
– Bonito! Nem bonito, nem feio. Nome como os outros.
– Bonito, sim! Vem do grego. Quer dizer libertada. Será que teus pais sabiam disso quando te puseram o nome?
– Pode ser. Meu pai não era tão burro, não.
– Onde está?
– Se naturalizou estrangeiro. Hoje é russo. Dá para imaginar um capixaba transformado em russo, trabalhando na Reserva Multinter da União Soviética? Minha cabeça pirou, ainda que eu estivesse acostumada com as andanças e as variações dele.
– E tua mãe?
– Por aí. Ela se recusou a ser russa, divorciou de meu pai, foi viver com um médico que trabalhava no Departamento de Esterilização Familiar, nos perdemos de vista.
– Você tem casa?
– Meu pai deixou um apartamentinho para cada filho. Tenho três irmãos, bem mais velhos. Mas perdi o meu.
– Perdeu como?
– Uma quadrilha me desalojou, me botaram na rua, fiquei sem saber o que fazer, na pior, no desespero. E ninguém acredita em mim.
– Acredito. Comigo aconteceu o mesmo.

– Não?!

– Deixa eu perguntar uma coisa. Quando te encontrei na praça, lá onde você girava como louca, perguntei pelo meu amigo Tadeu. Você disse que ele era ascensorista. Conheceu o Tadeu? Ou falou por falar?

– Fica pensando nisso, tá?

– Como, fica pensando? Por que não responde?

– É muito mais engraçado te ver com essa cara bobalhona a pensar: ela conhece? Ou não conhece?

Atravessamos vários bolsões, uns mais quentes, outros menos. Em certos lugares, havia gritos, vozes, percebíamos que estávamos perto de aglomerados de gente. Em outros, entrava pelo respiradouro um imenso fedor, pior, muito pior que o do Lixão. O carro parou numa sombra.

Os Civiltares deixaram a cabine. Esperamos que viessem nos apanhar. Nada. Silêncio. Os passos se afastaram. Havia eco quando as botas batiam no chão, portanto nos escontrávamos em lugar fechado. Portão? Garagem? Estamos nos torrando nesta estufa, não dá para suportar.

– Onde estamos?

– Importa?

– Queria sair, estou me sentido mal. O estômago na garganta, o peito pesado, vontade de urinar.

– Urinar? Não disse que você usa palavras engraçadas? Por que não mija?

– Aqui?

– Não, lá fora, num banheiro de mármore que está à sua espera, com chuveiros e tudo. Porra, você é cretino?

Fiquei de costas, me achando tolo, urinei. Daqui a pouco, nesta quentura, vai cheirar. Melhor o cheiro que a bexiga estourando. Estou excitado por urinar na frente dela. Só que, nesta escuridão, não dá para enxergar nada, tanto faz. Parece que nos sepultaram vivos.

– O teu pai fazia o quê?

— Dependia da ocasião. Por muito tempo ganhou a vida como desalojador. Foi nossa melhor fase, entrava dinheiro a rodo. Meu pai era diferente, ah, se era.

— Espera, o que vem a ser um desalojador?

— Pode ser que você não saiba, era uma gíria usada nas construtoras. O desalojador tinha de ser diplomata, negociador, um homem inventivo. Funcionava assim. A construtora queria comprar determinada casa. O dono não queria vender. Por incrível que pareça havia gente apegada às casas, mesmo com toda insegurança. Após o fracasso de todas as negociações, entrava meu pai. Dava um jeito de alugar um apartamento no prédio junto à casa. Se possível do lado em que ela se encontrava. Fazia amizade com o síndico e alguns moradores. Em pouco tempo, estavam encantados com meu pai. Em seguida, comprados. A campanha se iniciava. Dali para a frente, a vida dos moradores da casa virava um inferno. Toda a sorte de coisas passava a cair sobre o telhado, a emporcalhar o quintal. Pedras, ferro, panelas, vasos pesados, lixos, bosta, saco plástico de mijo, o que você imaginar.

— O pessoal da casa não protestava, ia à polícia, processava?

— Santa ingenuidade. Não se lembra do Ciclo de Inversões Judiciárias? Quem tentava processar alguém com algum dinheiro via o processo se voltar contra ele, em magnífica manobra advocatícia. Havia especialistas em Inversões. A polícia ia ao prédio, recebia o dela, e adeus. A campanha continuava. Os animais do quintal morriam com bolotas e veneno, as roupas do varal ficavam imundas. O apartamento do meu pai era um arsenal, com objetos os mais incríveis. Uma vez atiraram um burro sobre um telhado. A família estava viajando, quando voltou encontrou um burro podre no meio da sala.

— Teu pai era um criminoso?

— Nunca matou ninguém, nunca roubou ninguém, era apenas um homem que dava um apertão nas pessoas. Tem gente pior que ele.

— É cômodo pensar assim!

– Olha, meu velho. Como é que você se chama mesmo?
– Souza.
– Escuta, ô Souza, vamos ficar falando de família? Conversa mais besta!
– Para passar o tempo.
– Tem coisa melhor para passar o tempo.
– O quê?
– Você é estranho demais. O que há? Não teve vontade de mim? Nem um pouco?
– Tive.
– E não se abriu?
– Também não é assim, teve vontade vai se abrindo.
– Claro que é. Não tem outro jeito.
– Estava esperando uma oportunidade.
– Oportunidade? Outra palavra engraçada. Acho que vou montar um dicionário do Souza.
– Não brinca.
– Que oportunidade? O grande baile, a noite do réveillon, uma ceia com velas e champanhe? A oportunidade é agora.
– Agora?
– Já.
– De repente?
– Não quer? Não me quer? É o primeiro. As pessoas quando chegam em mim já vêm querendo.
– Você se julga gostosinha, não?
– Sou.
– E se eu não quisesse?
– Agora é você quem brinca.
– Estou nervoso, é isso. Fiquei tenso com a possibilidade. Sabe, faz muito tempo, tenho medo.
– Medo?

Agora, o carro de presos tem cheiro forte, espesso, que nos envolve com violência e aspiro devagar. Um aroma novo, causado por nós e que impregna as paredes desta cela dolorida. Criamos este odor, nascido do sexo que vibrou, roçou, penetrou e se agitou, incansável.

 Ela gritou muito. Tanto que tivemos medo, viesse um Civiltar. E daí? Já estamos presos, nada a perder. E era inútil que o medo me fizesse desperdiçar também este instante. Do mesmo modo que me fez deitar fora momentos e momentos através de minha vida. Foi quando gritei também.

 A carne de Elisa. Dura, palpável, escorregadia. As pernas molhadas, seiva escorria do meio delas, em cachoeira. Nunca vi nada assim. Também não é que tenha visto muito em minha vida. Foram poucas mulheres. Nenhuma depois de Adelaide. Nos satisfazíamos, eu não precisava.

 – Gostou?
 – Se gostei? Claro que gostei! Precisa perguntar?
 – Nunca perguntou?
 – Para quê?
 – Saber se foi tudo bem com a mulher.
 – Nunca perguntamos. É uma coisa que minha mulher jamais faria.
 – Sabe se ela gostava?
 – Penso que sim.
 – Pensa?
 – Ela estava sempre alegre depois, a carinha tão boa.
 – Não tinha vontade de perguntar? Às vezes, não sentia que não estavam engrenados?
 – Nos dávamos tão bem que, quando sentíamos isso, achávamos que era o dia. Na próxima vez seria melhor. E era.
 – Um casal perfeito!
 – Antes fosse. E você, gostou?
 – Ah, perguntou! O que acha?
 – Não sei, você parece ter tanta experiência. Estava calma e eu com medo.
 – Medo do quê?
 – Nervoso. Tenso. Medo de não conseguir. Você me intimida.

— Bobo. Foi bom. Na primeira vez você estava rígido, não se soltava. A outra foi gostosa. Você é tranquilo, no fundo.

— Estou morto de cansado.

— E eu com fome.

— Por que falou? Tinha me esquecido.

Abraçados no chão. A chapa do fundo é fresca, a temperatura melhorou. Não consigo mover um dedo, é milagre ter feito o que fiz. A vontade era muito forte. Será verdade que a fome excita, aguça o sentido? Quanto tempo vamos ficar aqui? Será que se esqueceram? Ou é cilada?

Algo para nos quebrar, amolecer. Besteira. Para eles somos dois arruaceiros, nada mais. Nenhuma conotação política em nossa prisão. Meu medo é que esta viatura seja pouco utilizada. Preciso comer, a dor de cabeça começa, daqui a pouco virão as torturas, vou passar mal.

Me conheço. Elisa ainda tem uma alternativa. Se fizer como as bolonhesas séculos atrás. A cidade sitiada, não havia comida. E as mulheres se alimentavam do esperma dos homens. Quanto posso produzir em estado de inanição? Resta saber se tem qualidade suficiente, vitaminas.

— O que está pensando?

— Se soubesse.

Fico inibido. Gostaria que ela fizesse como as bolonhesas, eu tentaria até retribuir. Era uma prática tão usual na minha adolescência. Meu Deus, onde estive esses anos todos? Na caverna como Rip Van Winkle? Na cápsula espacial, como os homens do Planeta dos Macacos?

Despertando de repente para um mundo além do meu alcance? Corro, para tentar chegar junto. Engolido, parece que vivi todo o tempo num carro como este, uma cela escura, a quilômetros de profundidade. Curioso, o que mais queria agora era lavar as mãos com sabonete.

— Ninguém vem buscar a gente?

— O que será que vão fazer?

— Estamos bem. Deixe para lá.

— Nem um pouco inquieta? Não gosta de saber o que vai acontecer?

— Prefiro a surpresa.

— Fica imaginando?

— Também não. Limpo da cabeça, penso no branco. Como se fosse um fundo infinito.

— Consegue transformar tudo em branco?

— Vira um não pensar.

— Quer conversar?

— O que estamos fazendo?

— Podia preferir ficar quieta.

— Você precisa de autorização para tudo?

— Não gosto de incomodar os outros.

— E deixa todo mundo te incomodar?

— É o meu jeito, me deixe ser assim, estou contente.

— Está?

— Não me pressione, não gosto, me irrita.

— Ah, uma reação!

— Não tenho vontade de brigar, estou cansado.

— Também estou cansada. Com uma boa briguinha, recupero. Fico Linda.

— Somos direfentes.

— Conclusão brilhante, digna de um professor de Filosofia.

— De História.

— História ou Filosofia, as duas são inúteis.

— Você é amarga.

— Mais brilhantismo à conversação.

— Me fala de você. Quando te vi na praça, acreditei que fosse louca. Não acho mais. No entanto é estranha, não chego a entender.

— Entender o quê? Você é como todo velho que conheço. Perguntador. Por quê, o quê, quando, como?

— Você também é perguntadora.

– O que eu quero saber é se precisa entender tudo que está à volta da gente. Enquanto se perde tempo entendendo, não se vive.
– Não é verdade.
– Nem mentira. O que é então?
– Uma frase.
– O que sei é que vivemos num mundo sujo. Não sobrou nada para mim, não posso esperar nada. Você ao menos viveu sua vida. E eu? Sabe quantos anos tenho?
– Vinte e seis.
– Dezenove. Viu? E, agora, querem de mim é que eu trabalhe, produza. Repetem a todo instante: vamos encarar os fatos de frente. Ou, então, o Brasil também é problema seu. Querem transferir a culpa. Vou ter de resolver um problema que não criei. Estava aí quando nasci. Encarar de frente? Se encaro, vejo que é melhor me matar.
– Nenhuma esperança?
– Você tem?
– Perdi o rumo, nem sei mais para onde vou.
– Todos nós. Pensa que meus amigos fazem o quê?
– Onde estão seus amigos?
– Por aí. Cavando comida de quando em quando. Roubando água. Se dá jeito, assaltam. O problema é pegar as pessoas fora de casa. Também não dá para ficar andando, um sol desgraçado, cada dia mais quente.
– Melhor aqui então?
– Ao menos tem sombra e a gente vai fazendo amor.
– Se aguentar. Tenho uma fome danada.
– Aguenta. Já passou fome?
– Aquela fraquinha de quem espera um almoço que demora.
– Não, fome mesmo, dias e dias sem comer.
– Essa não, graças a Deus.
– Passei, e tenho passado. Comecei na faculdade, fizemos uma greve durante doze dias.

— Para quê?

— Coisas simples. Queríamos professores bons, verbas para pesquisa, material escolar barato.

— Conseguiram?

— Fomos presos, fecharam a faculdade. Nunca mais conseguimos nos matricular em parte alguma. Também, que diferença faz estudar ou não?

— Há quanto tempo foi isso?

— Dois anos atrás. A greve de fome me deixou uma úlcera. O médico disse que eu seria obrigada a jamais deixar o estômago vazio, teria de comer sempre um pouquinho de tempos em tempos. Piada, não é? De vez em quando vomito sangue. E vem uma puta de uma dor, me torço toda.

— Minha fome está horrível.

— Amanhã vai ser duro.

— Será que não vêm tirar a gente daqui? Esqueceram?

— A gente não tem importância para eles, sossegue. Às vezes é melhor esquecerem.

— Estou com frio. Deve ser noite já.

— Vamos ter de dormir abraçados.

— Fala como se fosse desagradável.

— Não! Falei carinhosamente, brincando com você.

— Gosta de mim?

— Te acho meio antiquado, mas gosto.

— Conservador?

— Não sei te explicar, sinto. Você quer se mostrar correto, direito, e isso é irritante. Provoca um descompasso na minha cabeça, não me sinto segura. Percebo que você está preocupado por ter feito amor comigo. Como se isso implicasse responsabilidade.

— Tem razão.

— Qual é?

— Sou assim.

— Desliga, fiz porque queria. Estava com vontade, gosto. Preciso. Não fosse com você, seria com outro.

— Não é uma coisa gentil de se dizer.

— O mundo não é gentil, também não sou, nem me interessa ser. Sou a resposta a tudo, sou criação, não criadora. Compreende? Carregar culpa de quê e para quê? Uma coisa que gostaria de saber é por que gente da tua idade carrega tanta culpa.

— Deve ser o nosso sentimento cristão.

— Cristão? Cristã sou eu. A última cristã num mundo fodido.

— Uma cristã nas ruínas do mundo.

— Se falou a sério, é de um mau gosto.

— Falei sério. Às vezes sou de mau gosto.

— Pensou que as ruínas são para você que viveu em outra época? Para mim, este é o mundo. Quando envelhecer e sossobrar, aí será ruína. Por enquanto é um mundo novo, um admirável mundo velho. É o que eu tenho! Só sei viver dentro dele.

— Acha que é vida?

— Não conheço outra, nem vivi ainda. Quando tiver sua idade, vou dizer que aprendi.

— Vida não ensina nada.

— E quem está preocupada em aprender? Quis aprender na escola, me bateram. Agora, pouco se me dá.

Um carro com motor barulhento estaciona. O motor geme, tosse, parece que vai morrer a qualquer momento. Uma coisa jamais resolvida com os novos combustíveis factícios, e mesmo com a energia solar, foi a regulagem do motor. O que pifam e produzem de fumaça não está escrito.

E eu, que estava ansioso para que viessem nos buscar, fico com muito medo. Ruídos de portas abrindo, passos se distanciando. Logo depois, outro motor, portas, passos. Pouco tempo, um terceiro e um quarto. Deve ser uma garagem, os Civiltares voltam de suas rondas.

Se batermos nas paredes, vão ouvir, virão. E se for pior? Vamos dar um tempo, nos acostumarmos à ideia. Há de vir um instante em que estaremos preparados para enfrentar os caras. Preparados ou não, sabemos que vai ser duro, não são bonzinhos com ninguém, foram condicionados.

Elisa me acaricia, tenho vontade outra vez. Surpresa para mim. Que maravilha as descobertas deste dia. Minha mãe dizia, não se desespere. Mesmo a caminho do inferno há uma possibilidade de salvação, um atalho que termina te levando ao céu. Tinha razão.

Seguro as mãos de Elisa, sempre tive necessidade de sentir a mão das pessoas de quem gosto, tocar os dedos, roçar a palma, é a minha forma de conhecimento. Dependo bastante desse oferecimento ou dessa rejeição que se situam nas mãos. Calor, suor, entrega, tudo se resume no tato.

Os dedos dela são finos (coloca o dedo para fora, quero ver se já está gordinha. E a menina colocava o ossinho pelo vão da jaula), nervosos, me transmitem eletricidade, força. Hastes pontiagudas transformam-se em ganchos, se agarram aos meus dedos, com ansiedade.

Há neste aprisionar um desamparo e, num relance, vejo que estamos os dois muito sós. E não existe nada que possa solucionar, uma vez que faz parte de nossa condição. O corpo humano dividido em cabeça, tronco, membros e solidão. Ela é física, parte integrante do corpo.

Passos cadenciados cruzam por trás do carro, se distanciam, vozes abafadas, uma rajada de tiros. Os passos desaparecem. Está bem frio, ficamos abraçados, começo a ouvir através de uma nuvem, a cabeça estoura, mal posso me mover, as paredes do estômago se grudaram.

– Estou mal.

– Hoje e amanhã vai ser horrível, você vai preferir morrer.

– Já estou querendo.

– Não pense, tente se distrair.

– Como?

– Ponha na cabeça que não pode morrer. A vida está aí, é importante, uma só, inteira pela frente.

– Vejam só quem está falando! Agora há pouco gritava que é uma vida suja.

— Um mundo sujo, a vida não. A vida é minha, tenho direito a ela. Quero ir até o fim, essa não me arrancam. Fodida ou não, quero tudo que ela vai me dar, bom ou ruim. Não entrego de graça como você anda fazendo.

— Não ando coisa nenhuma.

— Também não se empenha muito.

— Estou mais cansado, lembre-se.

— Pra me segurar viva, não tem cansaço.

— Luzes, vieram nos buscar. Acenderam as luzes.

— Tua cabeça é que acendeu. Continua tão escuro quanto antes.

— Nada, Elisa. Está tudo claro. Estou vendo as sombras no chão, um mundo de gente sentada. Comem mariscos que as ondas deixam na praia. As ondas não são de água, são de conchas. Escuta o barulho da água. Onde está você? Me dá a mão, senão se perde de mim no meio dessa gente toda! Não te escuto, Elisa. Prenderam minha cabeça, o que vão fazer, me deixem comer mariscos também.

— Estou segurando a tua cabeça, Souza. Acalme-se, não grite, senão os caras vêm buscar a gente.

— Adelaide, corra, Adelaide. Não coma os mariscos. Veja, as pessoas estão caindo envenenadas. Estrebuchando. Os mariscos estão estragados, Adelaide. Veja como vomitam lâmpadas cheias de água. Lâmpadas que estavam no fundo do mar.

— Souza, não grite. Cuidado, meu amor.

— Adelaide, olhe as cabeças das criancinhas rolando pela praia, comidas pelos mariscos. Você tinha razão, Adelaide. Sempre neguei, mas você tinha razão, as crianças morreram no mar.

— Pare, Souza! Olha aí, vem vindo gente.

— Ainda bem que te encontrei, Adelaide. O que veio fazer na praia? Tinha horror do mar, por causa do navio. Ah, estou vendo, veio esperar o carteiro, aí vem ele a cavalo, com sua trombeta ecoando, como é que um cavalo velho desses consegue galopar bonito assim? Adelaide, que bom, o carteiro é o Tadeu

Pereira. Não, me dê essa carta, Tadeu, desça do elevador, saia daí com esse pangaré, vão cair os dois. Não disse? Adelaide, Tadeu não vai resistir ao mergulho, estava muito alto, as ondas cobriram tudo, salvei sua bolsa, vamos procurar a carta. A bolsa só tem mariscos podres, envenenados.
    – Souza, Souza.
    – Você me bateu?
    – Bati.
    – Você me bateu, desgraçada maluca.
    – Precisava bater. Te deu um ataque histérico.
    – Histérica é você. O que faz aqui? Quem é você?
    – Elisa, tua amiga.
    – Não tenho amiga chamada Elisa. Você é um Civiltar disfarçado.
    – Para, Souza.
    – Me bateu outra vez!
    – Para.
    – Elisa, o que aconteceu? Cadê a praia? Onde se meteu Adelaide?
    – Que praia, que nada. E que Adelaide é essa?
    – Minha mulher.
    – Nem sabia que era casado.
    – Era, minha mulher desapareceu, agora a reencontrei na praia.
    – Foi delírio.
    – Delírio?
    – De fome.
    – Não estou com fome.
    – É natural, o processo é esse mesmo.
    – O frio também passou. Onde estamos?
    – Presos numa viatura.
    – Deixe descansar minha cabeça no teu colo.
    A mancha marrom com a gelatina verde me invade, estou vendo o caminhão de toras imensas deixando a mata. As carretas

saem uma atrás da outra. O marrom são as carretas levando os troncos gigantescos, está tudo muito nítido, quero impedir os caminhões, fico paralisado.

Meu avô está parado atrás dos caminhões, olhando com um jeito que não reconheço, porque é uma expressão de dor e ódio. E ele era sujeito bem tranquilo, alegre, contador de casos, jamais vi raiva ou violência em seu rosto, nos seus gestos. Não pode ser o meu avô.

Outra palmada no rosto, mas que diabo quer esta mulher, me batendo desse modo? O que fazemos no escuro? E se Adelaide entra aqui e me surpreende neste colo gostoso, com cheirinho agradável? Ainda mais que a mulher está nua, com os pelos me fazendo cócegas.

– Sabe? Tive um emprego lindo uma vez. Eu e meu namorado pintávamos painéis nas laterais dos prédios. Contratavam a gente para desenhar matos e florestas em tudo que era muro e parede desta cidade. Adorávamos fazer aquilo, dia e noite, criando árvores, arbustos, ramos, folhagens, trepadeiras. Meu namorado era incrível, você olhava uma samambaia pintada por ele, jurava que era verdadeira, aquelas folhinhas deste tamanhinho, perfeitas. Desenhava avencas, orquídeas, parasitas, tinha um jeito especial, saíam em terceira dimensão, dava vontade de passar a mão. Foi ele quem me ensinou, ainda que eu não chegasse aos pés dele. Acredita, nunca vi uma árvore de verdade na minha vida? Sempre morei em São Paulo, nunca deu para viajar. Até bem pouco tempo ainda havia reservas, não havia? Meu namorado planejava uma excursão, iríamos ver árvores, plantas. Então eu desenharia coisa que tinha visto, não precisaria mais de gravuras, fotografias, filmes que projetávamos no estúdio.

– E onde está esse namorado? Brigaram?

– Não sei, nos desencontramos de tal modo. A última vez, ele decorava a vila de um senador na Quadra das Inúteis Obras Faraônicas. Eu não podia entrar, não tinha ficha, de modo que nos telefonávamos de vez em quando. Depois, parou de me chamar, eu ligava, o telefone não atendia, penso que desligaram.

— Uma pessoa não pode sumir desse jeito.

— Não? E a tua mulher?

— Bem, ela se foi por vontade própria. Se escondeu, mas ainda acho, desconfio onde esteja. Meu problema é também uma ficha de circulação.

— Depois, a Secretaria do Meio Ambiente cortou a verba, o estúdio fechou. Também, sem ele, o estúdio não era nada. Fui trabalhar num cinema de chuvas artificiais.

— Puxa, como eu gostava daqueles cinemas. Taí um trabalho que me interessava fazer, em lugar de conferir listas de números, como passei a vida.

— Nossa, viviam lotados! Pena que foi moda, durou só um tempo, igual boliche, patins, discotecas, pizza rodízio, luta de asas voadoras, monociclo da paciência.

— Não ia bem uma chuvinha daquelas? Me lembro, às vezes, à tarde, entrava, ficava uns quinze minutos rodeado por aquela tela panorâmica, a água jorrando de todos os lados. Me sentia fresquinho.

Outra vez passos se aproximando. Agora é com a gente, ouvimos mexer no trinco da porta. Me dá uma caganeira mortal. Jogam as lanternas em nossos rostos, a fome em volta, violenta, a dor aguda no estômago, como se estivessem a revolver com uma faca para cima e para baixo.

— Pelados, seus sacanas! O que estavam fazendo?

— Nada. Foi o calor.

— Calor. Que tal um banho?

— Um banho é bom!

— Não, banho não, pelo amor de Deus.

— A putinha não quer banho.

Fomos levados por um corredor de celas, onde as pessoas se amontoavam. Caminhei aos empurrões, ainda meio cego. No ar, um cheiro que não consegui identificar. Bem pior que o do ar em dias de inversão, quando o podre dos mortos e dos excrementos domina a atmosfera.

Se tivesse comida no estômago, vomitaria. Os presos estão amontoados em pé. Uns encostados nos outros, um se apoiando ao outro, porque não existe o mínimo espaço. Nas paredes, a cada dez metros, uma placa branca de esmalte, letras grandes: *Produza, o trabalho liberta.*

Os presos urram à nossa passagem, vendo Elisa nua. Gritam palavrões, sugerem convites, assobiam, estendem as mãos através das grades. No entanto, mesmo essa manifestação excitada se traduz em câmera lenta, os gestos são vagarosos, os gritos abafados, amortecidos.

Elisa caminha indiferente, é alguém que passou por isso, não se perturba. Sua calma me impressiona, estimula, por que ter medo desses homens por trás das grades? Por momentos me deixo enganar, pensando que o perigo são eles e não os Civiltares que nos escoltam.

Fui deixado numa cela vazia. Ainda bem que me deixaram sozinho. Devem ter percebido que não sou criminoso comum, igual a esses. Se bem que, com os Civiltares, nunca se sabe, criminosos ou não, vão pegando, prendendo, batendo. Não querem saber. Levaram Elisa.

Nem deu tempo de me despedir, o sujeito me empurrou, bateu a porta. Pouco depois, apareceu um homem pequeno, de dentes podres, macacão de plástico azul. Abriu um armário na parede, começou a desenrolar uma mangueira. Mandou que eu ficasse a um metro da parede do fundo.

O jato violento me atirou contra o muro. Devo, no mínimo, ter arrebentado as costelas. Fico grudado à parede, enquanto a água bate em minha barriga como aríete. Sinto o intestino se revolvendo, tudo que havia dentro escorre pelas minhas pernas, que vergonha, meu Deus.

— Gostando do banho, velho? Não era para isso que ficou pelado?

A água é mijo mal reciclado, tem o cheiro enjoativo de amônia, me toma a boca, nariz, entra pelos poros...

... queria desmaiar, assim não sentiria esta dor que sobe do estômago, intestino, costelas...

... respirar, pulmões cheios de mijo...

... o jato outra vez deslocando o fígado, vesícula, tudo que tenho...

... a própria água gelada me reanima, flutuo na cela...

... alívio, frescor, bem-estar, não fosse a dor insuportável nas costelas, vejo os dentes podres sorrindo, querendo me beijar...

... Tadeu desce no elevador volante para me salvar. Atira a sacola de correspondência para Adelaide e galopa furiosamente pela praia. Seu cavalo é movido por energia solar...

... sua lança podre investe contra o homem de dentes po - dres, se desvia e enterra-se em meu peito, de onde escorre o lí - quido amarelo que é apanhado num balde plástico muito sujo...

... Adelaide dilacera cartas, atira papéis rasgados para a grande cela onde os homens cantam em coro o mesmo refrão: O TRABA- LHO LIBERTA, e se atropelam para ler cartas, agarrar papéis...

... não faça isso, Adelaide, essas cartas são para as outras mães, que esperam tão ansiosas quanto você pelas notícias do navio, não faça, Adelaide...

... o mijo gelado me reanima, recai o silêncio, o homem de dentes podres tem o rádio ligado num jogo de futebol...

... o homem de dentes podres atira baldes do líquido amarelo sobre a cela, milhares de presos bebem e uivam...

... a mangueira de novo, não, estou moído, vai me matar, quero ver Elisa, o que estão fazendo com ela? Adelaide caminha pela praia de lâmpadas destroçadas, lendo uma carta, ah, recebeu a carta...

... a água fede, colada ao meu corpo, outra pele, vou carregá-la...

– Chega?

– Mandaram mais um pouco.

... o caminhão avança, cheio de toras, o que você faz aí em frente, saia, você não pode impedir, ele te passa em cima, brecando, brecando, deslizando no chão liso de folhas verdes, escorregadias, as toras se soltando, o caminhão virando por cima do meu avô (o que ele tentou impedir?), ninguém vai segurar, veja quantos caminhões estão saindo da floresta, saindo, saindo, ouça as serras elétricas, meu avô, você não pode fazer nada contra elas, ouça o barulho da árvore caindo sobre a outra, sobre a outra, sobre a outra, em série, castelos de cartas, todo um circuito, jogue o teu machado fora, encoste no canto da oficina do quintal, ele vai servir para cortar lenha para o fogão da vovó, se ainda houver lenha...

... por que você ficou paralisado diante do caminhão marrom que saía da mancha verde? Assim, meu avô, você não ajudou nada...

... se eu pudesse me atirar naquele cano que no canto engole a água fedorenta, iria desembocar nas vagonetas das valas secas dos rios e seria levado para setenta e sete colinas de lixo...

– Vamos, velhão!

... sua voz vem através dos séculos, sinto-me no espaço, apodrecido, milhares de cadáveres ao meu redor, Adelaide flutua deitada sobre a carta, tem um sorriso triste, seu rosto parece fotografia sépia de cemitério...

... bílis escorrendo de minha boca, não me jogam água, a mangueira murcha nas mãos do homem de dentes podres...

... me carregam, não tenho força, me amputaram as pernas, me atiram...

... meu corpo seco, há quanto tempo estou aqui?...

... passando a mão, vou retirando placas de pele, não sei se é o mijo que grudou, ou se alguma doença...

... há quanto tempo estou aqui? Não sinto fome, apenas uma fraqueza gostosa, calorzinho agradável, vontade de ficar deitado...

... sei que sou muito forte e posso suportar quanto tempo for, vendo o retrato de Elisa na parede, iluminado por um facho que não vem de parte nenhuma...

... de tudo que você disse, Elisa, existe um ponto em que está errada, a gente carrega culpa porque tem, você recebeu o mundo assim, e adaptou-se, deixou a responsabilidade para os outros, é mais fácil, não tentou mudar nada...

– Comida, velhão.
Num prato plástico, uma gelatina pastosa, nojenta. Sei que preciso comer devagar, muito pouco, foi o que Elisa me aconselhou. Se devorar tudo, posso morrer. Engraçado, minha cabeça

funciona normalmente. O homem de dentes podres me espera, deve ser meu *chevalier-servant*.

– Vamos transferir o senhor.
– Para a cela grande?
– Não sei. Me mandaram com a roupa.
– Essa roupa não é minha.
– Aqui ninguém tem roupa, tudo é de todo mundo, acha que vamos ter uma chapeleira com chapinhas numeradas? Veste e vamos.
– Há quanto tempo estou aqui?
– Ah, com não sei quantos mil presos, duzentos banhos por dia, vou lá marcar entradas e saídas? Uma semana, um mês, dois, sei lá, nem interessa.
– Sem comer?
– Comeu uns farelinhos. Parecia sonâmbulo. O senhor tem resistência, hein?
– Para onde vamos?
– Já disse, não sei, professor.
– Mas sabe que sou professor. Como?
– O comandante reconheceu o senhor. Foi seu aluno.
– Meu aluno?
– Disse que o senhor era muito revoltado, perigoso. Queria saber se ainda dá aulas.
– Por que não veio me perguntar?
– Não tem tempo.

Desta vez não vou no carro de presos. A roupa é larga e suja, tenho nojo de coisas dos outros. No claro, vejo crostas sobre a pele, não sei se sujeira ou doença. E Elisa? Uma vontade. Impaciência de vê-la, abraçá-la. Nem dá para perguntar, um vidro me separa do motorista.

Não reconheço as ruas, vejo apenas calçadas desertas, batidas de sol. O calor se arrebenta sobre a perua, estamos suando, e com o suor as placas da pele se desgrudam. Leproso deve cheirar assim. A neblina azul está baixíssima, nunca a vi desta altura, o mormaço abafa.

Janelas fechadas nos prédios. De tempo em tempo, um grande outdoor: *O Esquema Solucionou o Problema de Abrigos. Pronta-Entrega das Extensas Marquises.* Abaixo do logotipo, o slogan: *O trabalho liberta.* Uma sensação desconfortável, parece que mataram todas as pessoas.

A perua gira numa viagem infernal, queria abrir as janelas, o movimento do carro fará com que penetre algum ar. Ou querem me matar? Perplexo. Por que esse privilégio, ser preso e solto? Na porta de uma igreja batista, o motorista me larga sob um puxado de zinco.

O calor está peneirando. Não vejo do terceiro andar para cima, tudo envolto na tal neblina azul, que me parece, agora, muito mais um gás de câmara da morte. Os degraus são quentes. Espero a perua se afastar, estou melado, transpirando, com sede. Calor assim nunca teve.

Portas de ferro abaixadas, devia ser rua de comércio. Um bar aberto na esquina, vou correr até lá, quero um copo de leite. Todos os músculos do meu corpo doem, não consigo correr. Não conheço este bairro, as placas não me dizem nada. O bar vazio, o dono, um português.

– Vai, vai, não quero vagabundos. Sai logo que daqui a pouco começa a chegar gente para o lanche das quatro.

– Ou o chá das cinco?

– Sai vagabundo, ou te ponho fora a porrete.

Parece que não tenho sorte em bares ultimamente. Também, se fosse eu o dono, pode ser que não me servisse. Sei que o ar à minha volta está empesteado, se houvesse moscas, estaria cheio delas em torno. Mas preciso de um copo de leite, ando com tonturas, dor de cabeça.

– Me dá só um copo de leite, e me vou.

– Que leite, que nada, te manda. Um miserável destes querendo leite, como se eu tivesse tanques de leite para servir.

– Só um copo.

— Vou te descer o braço! Não quero saber de doentes por aqui. Chega de carecas, surdos, desdentados, piolhentos. Ontem, os Civiltares mataram um canceroso bem na frente desta porta. Agora nem perguntam, vão matando. Quer que chame eles?

— Não sou doente, sou professor, funcionário público.

— Professor parece, funcionário, não. Aqui não é bairro de funcionários. Além disso, cadê a permissão para o meu bar?

— É, não tenho.

De repente, enfiei a mão nos bolsos. Vazios. Nada. Nenhuma ficha, identidade, dinheiro, ficou tudo no Departamento. E como saber onde estive? Perguntando aos Civiltares? Me deu uma comichão no corpo, como se estivesse sendo espetado por mil agulhas. E agora, que cagada!

— Como é, professor?

Preciso chegar até minha casa. Saber onde me encontro, descobrir um meio de atravessar as Bocas de Distrito. Se me pegam, me jogam para fora dos Círculos Oficiais Permitidos, vou acabar batendo nos Acampamentos Paupérrimos. Se houvesse um meio de telefonar. Mas a quem?

— Que rua é esta?

— Das Glicínias.

— Bairro?

— Vila Mariana.

— Sabe onde fica o Jardim Pirajussara?

— Nunca ouvi falar.

— Rua Mitim.

— Menos ainda.

— O senhor tem um guia da cidade?

— Isto é livraria? Banca de jornal? Guichê de informações?

— Puxa, só perguntei se tem guia.

— E eu só respondi que não, e não quero o senhor aqui. O bar inteiro fede.

Outra briga, banho de mijo, fome, não quero de novo, vou saindo. Minha roupa está dura, como se tivesse sido engomada. Achar um meio de telefonar. Nem penso em bater na portaria de um desses prédios. Nenhum zelador abriria. Vejo os rostos deles, protegidos por grades.

Vidros à prova de bala, guaritas, sistemas eletrônicos de identificação, vou à procura de um supercérebro para poder atravessar tais barreiras. Puxa, li tantos livros de mistério, pessoas que saíam de quartos fechados, detetives cheios de artimanhas e truques.

Tenho de armar uma tramoia. Nos livros parece fácil. Vai ver a imaginação nos romances tem lugar, na vida real é diferente. As coisas são como são e não como gostaríamos que fossem. Se Elisa me ouvisse, gritaria: "Brilhante conclusão, professor". Não deixaria escapar.

O engraçado é que não tenho fome, nem penso em comer. Indiferente. Talvez o estômago tenha se retraído, passou a dispensar comida. Me transformei no homem-moto-contínuo. Se o Sebastião Bandeira me estudasse agora, poderia transferir conhecimentos para sua máquina fracassada.

Não saber nada da própria cidade. Ela inteira à sua volta e a gente reduzido a uma faixa diminuta. O prédio, o cinema, o supermercado, o barbeiro, o bar, o restaurante. Pronto, estabelecidos os limites geográficos nos instalamos, isolados. O mundo somos nós.

Na minha cabeça, milhares de teorias. Ah, o Risco Terrível do Eterno Conhecido. Pois vivi sempre dentro desses riscos, sem me jogar. Eu, a sonhar com navegadores que buscavam os horizontes que haviam por trás do horizonte. Ou com astronautas a varar em busca da lua.

Vamos, professor, use a cabeça. Raciocinava tão bem. Ache um modo de enganar um zelador. Concentre-se no problema maior: telefonar, comer uma bobaginha, pedir auxílio. Voltar para casa, encontrar Adelaide. Epa, quantas coisas a fazer. E querem saber? Não quero fazer nenhuma.

Ouça aqui, Sebastião Bandeira, ainda que seja tarde demais, os loucos, na verdade, éramos nós

    Ruas limpas, bons prédios, fachadas de granito. A ausência de fedor me deixa admirado. Por que me atiraram aqui? Painéis com belos jardins artificiais diante de cada edifício. Algumas portas têm vidros espelhados e enxergo minha figura refletida. E que figura, puxa.

    Um homem assustado, barbudo, rosto ossudo, olhar arregalado, as mãos a tremer (apanhei algum vírus na prisão?), roupa amarfanhada, sem meias, sapatos cambaios. À princípio não suporto me contemplar. Desconforto, vergonha de mim mesmo. No entanto aquele ali sou eu.

    Tenho de me assumir, o homem refletido na porta é uma possibilidade sempre presente em cada um de nós. Ela se realizou comigo. O meu problema é: por enquanto ainda mantenho um afastamento desse outro homem, posso me ver a distância, conviver razoavelmente com ele.

    À medida que eu me incorporar a esse novo figurino, estarei quebrando o selo. Ele é desconhecido para mim, mas não vejo como recusá-lo. Porque o homem que o vidro reflete é o ponto inicial do conhecimento. É o princípio da mutação de alguém que se chamou Souza.

    Recusá-lo significa interromper o processo de revelação. A existência desse outro é parte da descoberta. Qualquer mudança tem de começar necessariamente dentro do homem. Para depois atingir o todo. A modificação externa, a alteração da sociedade vem da transformação interior.

De modo que exista equilíbrio harmônico entre forças internas e pressões externas. Caso contrário, o homem fica esmagado, flutuando na incompreensão, na inadaptação. Boiando num salva-vidas precário, lata de cerveja vazia em mar encapelado, ameaçada de afundar logo que a água penetrar.

Não me seguem, é estranho. Não surgiu ainda nenhum Agente Naturalmente Desconfiado. Só meus passos, tão altos que me incomodam. Paro, observo em torno. Um bairro destes não pode estar desprotegido. Câmeras ocultas? Homens com binóculos no alto dos prédios? Atiradores?

Amolecido pela soalheira, ensopado, mancando por causa da maldita artrose, que resolveu dar sinal de vida, prossigo. Tento me orientar pelas placas visuais, mas existem símbolos que não compreendo, indecifráveis. Deve ser uma orientação para uma categoria especial de gente.

Meu avô dizia, quando andávamos no mato, durante as derrubadas: "Quando se perder, vá sempre em frente, evite ao máximo andar em círculos". Se vale para o mato, deve valer também para a cidade, não custa reaplicar velhos princípios em novas situações, nem que seja pela experiência.

As pedras fervem, os edifícios tremulam, peneirando a claridade baça que se reflete da neblina. Parece que estou enrolado em dez cobertores, tomando suadouro, depois de um chá de limão fervente, a fim de expulsar a febre. Me arrasto, a vontade é cair no chão, ficar... ficar.

O muro se estende no fim da rua. Alto, recém-pintado. Quer dizer que ainda existe alguma conservação nesta cidade. Só vi o muro quando cheguei bem perto, por causa da cor e da neblina baixa. Me arrasto vagarosamente ao longo dele. Progrido pouco, a perna dói muito.

Encosto-me na parede para descansar, levo um susto. É fria, diria gelada, se comparar com a quentura. Acho que é engano, me pergunto se existe miragem para o tato, ou algo semelhante. Seria tatuagem? Encosto de novo, o muro é fresco. Como vitrine de frigorífico.

Sento-me, decidido a permanecer aqui a vida inteira. Sinto a falta de um livro, de uma revista. Há quanto tempo não leio nada? Saber notícias, mesmo as mentirosas forjadas pela IPO. Conversar com alguém. Como é que Tadeu Pereira foi se matar sem a mínima explicação?

Nem se passaram cinco minutos, um homem de uniforme amarelo cáqui e perneiras se aproximou. Fungando sem parar, o nariz ferido, parou à minha frente, a me observar. Cauteloso, sem saber o que esperar de mim. Andou para lá e para cá, casualmente desconfiado. Então, voz firme.

– Não viu as placas visuais? Proibido estacionar nesta área!
– Pensei que fosse apenas para veículos.
– Não sabe interpretar placas? O P, imitando bonequinho, significa Proibido Pessoas Estacionarem.
– Nunca tinha visto essa placa antes.
– De onde o senhor é?
– Jardim Pirajussara.
– Nossa, isso existe? Bem, tem de andar.
– Qual é?
– Essa é uma zona de segurança.
– Por quê? O que há atrás desse muro?
– Residências. É a Superquadra Climatizada.
– Ah, é aqui então? As casas que ficam sob a cúpula geodésica?
– É, quem fala difícil diz cúpula geodésica. A turma da vigilância chama mesmo de lona de acrílico.
– Me diz uma coisa. Mora gente aí dentro? Mora de verdade?
– Claro que mora, que história é essa?
– O povo comenta que estão todos mortos nessa Superquadra.
– Nem pensar. Todos vivos. São os Funcionários Secretos.
– Conhece algum?
– Não, só vivem lá por dentro.
– Quer dizer que vocês não entram?
– Claro que não, somos vigilância exterior. Nos comunicamos com o interior através do rádio.

– Nunca viu nenhum, nenhum? Jamais saiu alguém, a pé, num carro? Nunca viu uma janela aberta?

O desagradável nesse vigia é o cheiro que o envolve, tão característico dos indivíduos que tiveram seus intestinos desmoronados. Pertenceu, certamente, àquele grupo que serviu de cobaia às primeiras comidas factícias, quando a química ainda não estava bem desenvolvida.

Os laboratórios do Esquema fizeram experiências em determinadas regiões para conhecer as reações do organismo humano. As comidas destruíram os metabolismos, as pessoas vivem com o gás solto. Andam envolvidas numa camada de gás malcheiroso, nem eles conseguem suportar.

Entendo o nariz torcido, o fungar, a cabeça a remexer, incomodada com a auréola nada beatífica que a circunda e acompanha. Sofredores de Flatulência Portátil foram proibidos de circular pela cidade, ficaram em zonas desertas. Sei também por que não entram na Superquadra.

– Não sai ninguém? Como suportam?
– Bom, vou te contar, mas não diz nada, tá bom?
– Ora, a quem vou dizer?
– Não tem mal nenhum contar que de vez em quando eles saem.
– Saem?
– Passam a tarde ou o domingo no Campo de Descarregamento.
– Quem precisa de um descarregamento sou eu.
– E eu então? Sabe lá o que é ficar dando a volta por estes muros sem jamais ver uma pessoa? Dias e dias e semanas e semanas. Parece que estou preso.
– E os vizinhos?
– Bairro de gente boa, estão entocaiados. Morrem de pavor da rua.
– Tem empregados?
– Passa um ou outro, sem querer saber de prosa. E uma prosinha faz falta a um caboclo como eu.

– Veio de onde?
– Vera Cruz, interior de São Paulo.
– Fazia o que por lá?
– O que todo mundo fazia no interior, onde houvesse uma terrinha. Estava na produção de Safras Energéticas.
– Cansou?
– A terra é que cansou, as plantinhas minguaram, as pragas destruíram.
– Me desculpe, mas o problema de conversar com você é essa peidação. Duro, velho.
– E se a gente ficar longe um do outro?
– Aí não escuto. E como são esses funcionários secretos?
– Iguais aos outros, têm cabeça, mãos, pés, boca. Tem careca, desdentado, tem os de bolsa pendurada.
– Meu sobrinho também tem a bolsa pendurada.
– Sabe que eles são brancos, cor de leite, de maria-mole?
– Maria-mole. Você se lembra de maria-mole?
– Cresci sustentado por maria-mole.
– Se quiser, posso de te dar um endereço onde se faz uma excelente maria-mole. No Centro Esquecido de São Paulo. Você pode ir até lá. Tem ficha de circulação para aquela região?
– Tenho. Nossas fichas valem para qualquer parte. Sou segurança dos Secretos. Maria-mole da boa mesmo? Feita com leite factício, coco artificial?
– O leite é natural. Compram leite de moça.
– Leite de moça?

Xi, dei mancada, me esqueci que o cara é segurança. Não posso contar das moças grávidas que têm filhos clandestinamente. Vão dar um alerta que a Esterilização não anda funcionando integralmente. A investigação vai levar os Shelters das Crianças que Ludibriaram.

Todos os Aparelhos Infantis cairão. Claro que nada acontecerá às crianças. Haverá uma grande estupefação e aposto que nenhum departamento do Estado vai ter ideia do que fazer.

Porém as pessoas que mantêm os Shelters serão isoladas, as mães afastadas de qualquer convívio.

Tenho de despistar, o que não é difícil, afinal ele me parece um pouco sonado, talvez pelos gases. Não é mole viver numa atmosfera rarefeita como a dele. Por que não fabricam roupas, tipo astronautas, com tanque de oxigênio? Assim evitariam um sofrimento penoso.

– Fale! Que leite de moça!
– Brincadeira, acha que moça tem leite?
– Quando tem filho, sim.
– É, mas quem tem filho?

Artrose desgraçada, ainda acabo amputando a perna, fico inútil. Quase preciso de muleta. Quero me afastar rápido, antes que ele se dê conta. Uma vez, uma massagista me deu uma bruta porrada, passei um ano bom. Se eu soubesse o lugar exato, largava a mão, nem que quebrasse.

– Espere aí, meu senhor.
– O que é? Esqueci de dar o endereço, não é?
– Não. O chefe ouviu a conversa pelo walkie-talkie e mandou te segurar. Quer mais informações.
– Sobre a maria-mole?
– Sobre o leite de moça.
– Já disse, é brincadeira.
– O que posso fazer? Ele é Naturalmente Desconfiado.
– Vou andando, não tenho nada a contar. Era bobagem.

Aponta a arma, me assusto. Revólveres realmente me dão bastante medo. Faço sinal de fique calmo. Subitamente mergulho na sua atmosfera pestilencial. Caio sobre ele, de surpresa, vamos os dois ao chão, cuspo em seus olhos. Uma vez mais na vida me surpreendo com minha força.

Erro o soco, mas acerto com o cotovelo em seu queixo, bau-bau, Nicolau! O walkie-talkie emite sinais pontuados, contínuos. Desligo. Revisto o segurança, apanho sua ficha de circulação, o cantil e umas bolachinhas pretas. Nenhum dinheiro ou identificação. Arranco o cinto.

Amarro seus pés. Encosto-me outra vez no muro refrigerado para me recompor. Por mim ficaria aqui a vida inteira. Arrasto-me pela calçada, forço a perna, não interessa o quanto doa, preciso fugir, os caras devem estar vindo atrás de mim, podem surgir de qualquer lugar.

Ideia mais tonta a minha, falar em leite de moça. Reconheço que é bandalha. Um monte de moças, com os peitos de fora, tirando leite para cozinheiras prepararem maria-mole. Falei sem querer e quase prejudico um dos trabalhos mais secretos de todos os tempos.

A faxineira nossa teve um fillho clandestino. Ficou grávida de repente, um ponto do esquema de esterilização falhou. Ela decidiu, queria a criança. Sabia dos Shelters porque um dia, na rua, tropeçou no pé de um homem, acabaram íntimos, ele contou da organização.

Através dela me tornei colaborador, fornecia dinheiro eventualmente, fichas de água, cota de alimentação. Em quantias mínimas. Aprendi a cuidar de crianças, dava turnos no berçário e na escola. Minha intenção era levar Tadeu Pereira e, um dia, também Adelaide.

Não sei quanto tempo vão demorar para me encontrar. Estarão atrás de mim daqui a pouco. À medida que caminho, a dor vai diminuindo, os músculos se aquecem. Se for perseguido por andarilhos, podem desistir. Andar é uma coisa que sei fazer direito, rende bastante.

O muro interminável. Cinza. Ao menos pintassem painéis coloridos, colassem papel de parede gênero florestal, pinho silvestre. Há um propósito definido nesta monotonia, só não consigo atingir qual é. Gostaria tanto de olhar ali dentro. Talvez um dia a gente possa invadir.

Tomar a cidadela sob a cúpula, do mesmo modo que Troia caiu, ou a Bastilha, ou Jerusalém sob os cruzados. Faço confusão, me atrapalho. Será que os tais palácios de acrílico são aqui? Se forem, então meu sobrinho mora atrás destes muros. E Adelaide deve estar por aí.

A certeza de que ela está na casa dele é grande, o que me traz tranquilidade. Adelaide está a salvo. O que me pergunto é se ela continua por conta própria ou se não pode sair. Ele pode ter impedido que Adelaide se comunicasse comigo. A ausência dela não me perturba mais.

De um lado, o muro. Do outro, as grades que protegem. Um corredor estreito. Acendem as luzes. O mormaço não diminui nada. Vou ver se durmo um pouco no canto do muro, antes que venha o frio da madrugada. As bolachinhas pretas têm um gosto horrível. Uma só me basta.

Com a água, ela parece inchar, tomar o estômago. Antigamente, nordestino comia farinha, bebia água, fazia um bolo. Talvez, se eu me deitar na curva, possa ser confundido com uma sombra. O poste fica antes da curva, me instalo num triângulo de sombra, me imagino camuflado.

Desperto com o fedor. Cheiro de carne podre. Um ventinho? Que esperança. O chão esfriou, vou descansar mais um pouco. Dormi bem, um sono calmo, sem sonhos. Aproveitar a madrugada para andar, estou muito bem disposto. Não pensem que me esqueci do banho, continuo querendo.

Ir em frente. Ouço meus passos, há eco. O muro continua à esquerda, sigo pela rua em frente. Este muro me deprime. Entro numa avenida, outro corredor de grades. Holofotes giram, espalham focos imensos, passam por mim, cegantes. E Elisa? Estará presa ainda? Onde ficou?

– Você! Pare! Identifique!
– Segurança.
– Segurança? Não tem cara.
– E você? Já viu sua cara?
– O que tem ela?
– Eu é que devia pedir identificação.
– Pois tenho.
– Eu também. Não pensou que estou disfarçado?
– Disfarçado? Para quê?

— Missão confidencial, nem eu sei o que é.

— Acontece dessas coisas, companheiro. Precisamos primeiro saber qual é a missão, depois resolvê-la. Só complicam nosso trabalho. Cada dia mais burocrático. Você vai seguindo em frente?

— Me mandaram observar toda a área.

— Lá na frente está difícil. Confusão total, estão pedindo reforços. As coisas cada dia mais atrapalhadas para nós. Grandes vazamentos nos Acampamentos Paupérrimos, o populacho invadindo.

— Fogo neles.

— Tem sido feito, mas é gente demais. Parece a China, não acaba nunca. Cai um, aparecem dois.

— É esse o problema à frente?

— Não! São as filas para os guarda-chuvas de seda preta. Ouviu falar?

— Ouvi! Não acredito.

— O povo acredita. Como está louco com o sol, agarra-se a qualquer coisa. O sol tem matado mais do que a fome, a doença e os Civiltares. Estão muito rompidos os Círculos Oficiais. Problema é que o Esquema promete, promete e as Marquises não ficam prontas.

— Se ouvem você falando assim, te mandam para o Isolamento.

— Nós das Seguranças não vamos para o Isolamento.

— Não, não é?

— É, você bobeou. Me dá a identificação.

— Sou Segurança, já disse. De outro setor.

— Então mostra a marca.

— Que marca?

— Agora não! Vai me desculpar. Temos a marca particular, uma senha.

— Qual é?

— Acha que vou te dizer?

— É uma tatuagem?

— Perde tempo.

— Como fazemos? Não posso ir?

— Se me der algum.

– Tenho uma bolachinha preta.

Pois é, o povo é sábio, merda para uns, manjar para outros. Vou andando, pensando na bolacha perdida. Quem sabe, sendo comida especial de Segurança, me alimentasse por uns dias. Não adianta chorar leite derramado. E essas Marquises Extensas, o que serão? Tenho ouvido falar tanto.

Ir em frente. Tanto faz. Voltar para trás. Faz menos ainda. Ficar parado. Zero é igual a zero. Quero andar, cair de cansaço no final da tarde, a fim de poder dormir em qualquer parte. Se eu sobreviver até a tarde. Manhã ainda, o chão queima, meus pés ardem, vão estourar em bolhas.

Se eu passasse um dia apenas no Campo de Descarregamento, aliviaria esta angústia, a opressão que quase me deixa sem fala. No entanto os campos são restritos. Meu sobrinho pode ser que me conseguisse uma autorização. Mas não posso me esquecer que o desgraçado quis me matar.

... a rua treme como geleia, sensação de que as casas vão se desmoronar ao sol...

... se eu pudesse andar saltitando, mas cadê força?...

... um abrigo, parada coletiva, ao menos há sombra, tenho o direito de permanecer ali até que passe o ônibus...

... a câmera de tevê fixada em mim, movo para lá e para cá, ela me segue. Onde serão os controles? Sensação desagradável a de me levarem a imagem para não sei onde...

... tonto, ânsia de vômito, será a bolacha preta? Meu estômago sem preparo?

ANDANDO. CARO CIDADÃO. ANDANDO. ESGOTADO SEU TEMPO.

– Como esgotado? Estou à espera do ônibus.

ANDANDO. CARO CIDADÃO. ANDANDO. ESGOTADO SEU TEMPO.

A voz vem de alguma parte neste abrigo, um dos canos deve ser transmissor. Não vou ficar falando com um cano de ferro, ainda que ele possa me ouvir. Devo ter cochilado, a soalheira esmaga, asfixia, não posso sair daqui debaixo. Melhor fazer como se não tivesse ouvido.

A indisposição passou, devia ser queda de pressão. As janelas fechadas, os prédios agora têm cara mais popular, simples, vejo roupas penduradas, sinal de que alguém deve morar. Agora sinto mais próximo o cheiro, aquele que dizem ser dos cadáveres, dos excrementos e do lixo.

Os tais ventiladores, vez ou outra, não devem conseguir expulsar o fedor. Contavam, e eu repetia, que em alguns bairros os moradores usam máscaras o tempo inteiro. E que no nível do chão os animais morrem. Chegamos a esse ponto? Como saber. A neblina está alta hoje.

ANDANDO. NÃO TEM ÔNIBUS. AS LINHAS DESTA AVENIDA FORAM DESVIADAS.

SIGA AS INDICAÇÕES VISUAIS, AS MARQUISES EXTENSAS JÁ ESTÃO PREPARADAS.

Sentado, ouvindo a voz de ninguém. Obedecer a uma voz? Vai ver é fita gravada. Sou besta? Aquela fitinha correndo, falando e as pessoas fazendo o que ele manda. Eu não! Fico olhando o chão, os paralelepípedos amolecendo, transformados em mingau de aveia, grosso, escuro.

Vi alguma coisa brilhando na fresta entre as pedras. Uma caixinha quadrada, pouco maior que um relógio de pulso. Quando tentei pegá-la, percebi que estava encaixada num buraco. Como se alguém a tivesse colocado, com precisão. A voz viria dali? Um minirrádio transmissor?

Puxei com força, usando a fivela do cinto. Havia um zumbido dentro. Fiquei com medo, podia ser uma bomba, um mecanismo de explosão. Há quanto tempo as bombas não estouram? Posso ficar tranquilo. Coisa desconhecida transmite insegurança muito grande, ficamos imaginando tudo.

Fiquei virando e revirando o pequeno objeto prateado. Até que, irritado, atirei-o no chão. Se havia um zumbindo é porque algum aparelho funcionava. Para quê? E por que uma caixa selada? Me senti uma criança que destrói o brinquedo para aprender sua estrutura, conhecer.

Ainda bem que me deixei dominar pela criança que se esconde em mim. A tampa saltou. Não era um aparelho eletrônico. Ao menos, não parecia. Havia centenas de rodinhas milimétricas, girando a uma velocidade infernal, umas impulsionando as outras através de dentes comunicantes.

Não havia o tique-taque do relógio, como se trabalhassem sobre eixos cuidadosamente ajeitados. Apenas o zumbido. Que diabo pode ser um bichinho desses? Para que serve? O que o faz andar? Com o pino da fivela, tentei parar uma das rodinhas. Em lugar de parar, ela saltou da caixa.

Sempre girando, subiu um pouco, talvez levada pela força que eu colocara na fivela, talvez pelo movimento circular, em altíssima velocidade. Como as pás de um helicóptero. Caiu na calçada, bem ao meu lado. Quando fui apanhá-la, fugiu como busca-pé, aninhando-se entre paralelepípedos.

Ajustou-se a um buraco diminuto, girando no mesmo lugar. Como se fosse uma broca. Poeira fina subia. O meu olhar se deslocava, fascinado, da rodinha para o mecanismo, cujas centenas de rodinhas continuavam, por sua vez, a girar independendo daquela que eu fizera saltar.

Abaixei-me junto à calçada, o rosto bem perto da pedra, contemplando aquele moto-contínuo. De onde viria a energia, a impulsão, para fazer a roda deslocar-se com tal velocidade? Agora, o buraco já continha a roda inteira. Se deixo, ela continua até onde? Atravessaria o subsolo?

O que me deixava vencido era o completo desconhecimento desse mecanismo que funcionava sozinho. Sozinho? Percebo que vivo fazendo perguntas. Logo eu, que tinha perdido a curiosidade. Vivia naquele escritório aceitando todos os dogmas, sem jamais indagar, duvidar, rejeitar.

Sem impulso, sem partida. Sebastião Bandeira, meu parente, também queria que a sua roda começasse a girar impulsionada por si mesmo. Como se ela tivesse vontade e de repente pudesse se movimentar automaticamente. Mas a roda permanecia inerte. E todos sabiam que ficaria assim.

Nós, quando penso em nós, sou eu, meu pai, minha avó, minhas tias, as vizinhas de Sebastião Bandeira. E o que a gente podia saber além daquilo que se conhecia tradicionalmente? Além daquilo que tinha vindo de nossos antepassados e que tínhamos colhido no que nos cercava?

Em tudo que constituía a nossa vida diária, momentânea. Nossa = deles. Porque a minha vida, com sete, oito anos, não era experiência nenhuma. Eu oscilava entre a admiração por Sebastião Bandeira e o respeitoso silêncio por aqueles parentes que sacudiam a cabeça gravemente. Afirmando: louco.

Sebastião Bandeira é louco, só falta interná-lo. Cochichavam e se calavam quando as crianças entravam. Havia assuntos proibidos, em que não tocavam quando os pequenos se acercavam. Não havia, ao que me lembre, entre as pessoas que Sebastião amava, uma só que o tenha estimulado.

Bem, havia uma que tinha certeza, a roda haveria de girar. Eu. Porém eu também tinha outras certezas que os adultos não compreendiam: meu bambu era espada; a bacia velha, um navio; o alto do muro, avião; as galinhas, gaviões monstruosos. Só eu e Sebastião tínhamos imaginação suficiente.

Todos falavam apenas no tal impulso inicial. Passei a minha infância ouvindo falar nisso. Quando não me vi mais criança, um dia percebi também que Sebastião Bandeira tinha morrido. Jamais consegui saber quando, onde. De repente, ele desapareceu de minha vida, evaporou.

Teria sido internado? Ou morreu e apaguei da memória a sua morte? Deve ter havido um velório, café, um enterro com gente chorando. Nenhuma família dispensaria isso, o cortejo e a dor atravessando as ruas, a necessária exibição da tragédia, busca de piedade e comiseração.

É irritante pensar neste impulso inicial. De algum modo, em determinado momento, uma lei física, não conhecida pelos homens, faria girar a roda. Condições de temperatura, a madeira molhando no sereno e se enxugando, uma contração no eixo, haveria de provocar movimento.

Eu passava horas naquele quintal cheio de pedras, folhas, garrafas, latas, paus, parafusos, arames, e ia me distraindo, enquanto esperava, com Sebastião Bandeira, o impulso inicial. Agora vejo a paciência admirável daquele homem, sentado estático diante de seu mecanismo perfeito.

Porque ele estava absolutamente seguro que era perfeito. E poderia girar anos e anos, até que os eixos e acessórios se desajustassem ou gastassem. Sentado debaixo de uma mangueira, chapéu de palha na cabeça, todo excitado, Sebastião aguardava, da manhã ao entardecer.

Seu rosto não era impenetrável. Mostrava-se feliz, confiante, certo de que a roda deveria girar. Uma fé que ele tinha. Não trabalhou em vão, em nenhum dos minutos de folga, durante quarenta anos. Não desperdiçou um só dia após a aposentadoria. Agora, para a perfeição, faltava pouco.

Somente aquele movimento simples, harmonioso, delicado. Silencioso. Sebastião Bandeira tinha o rosto de um santo, com sua figura magra, amarelada, a barbicha rala no queixo, o olhar iluminado diante da confusão de madeira e arame que tinha criado. Santo no altar, à espera.

Pensei muitas vezes se o erro, o engano de Sebastião Bandeira não estivesse justamente aí, na espera. Na inutilidade daquele tempo inaproveitado enquanto o impulso inicial não vinha.

335

Não viria. Nunca. Ele ia esperar toda a vida. Como esperou. Morreu sem a máquina ter girado.

Porque cheguei à conclusão, ainda nebulosa, de que o verdadeiro impulso inicial era o próprio Sebastião. O seu toque, a energia passando de seu corpo para o mecanismo. Uma transferência. Porque na verdade houve um só impulso inicial. A partir daí, um gerou o outro, sucessivamente.

Do mesmo modo que as rodinhas deste mecanismo maluco se impulsionam através de dentes comunicantes. Um se alimentando do outro, e o último realimentando o primeiro. Infelizmente eu era criança e Sebastião sonhador para sabermos que não passávamos também de um elo comunicante.

No Chora Menino, confusão, filas, sonhos maléficos e uma surpresa em relação aos guarda-chuvas de seda preta

Atenção, atenção!
Em oito segundos abriremos os respiradouros.
Sete segundos para deixar o local.
Alerta, atenção, atenção!

Seis segundos para a abertura
Cinco, quatro, três, dois
Último aviso.

Deixar o local, deixar o local, deixar o local.

Enguiçou, como disco rachado. Ainda bem que essa eletrônica engripa de vez em quando. Tomara que o respiradouro também, faz tempo que não usam. Vai ver já entupiu, alguém enfiou uma besteira pelo cano. Sabe como são essas coisas no Brasil. As pessoas todas loucas por uma sacanagenzinha.

Que nada. Saio em tempo, vejo o gás subindo dos respiradouros. Estavam na calçada desta vez. Quer dizer que mora mesmo grandão neste bairro. Os respiradouros foram criados no tempo das Falácias Perigosas. Instalados primeiro nos setores industriais, depois nos bairros privilegiados.

Eficientes, localizavam-se na calçada, canto de muro, caixa de correio, lata de lixo, num objeto aparentemente abandonado. Uma rede conduzia os gases hilariante, lacrimogênio, diarreico, espirrador, tossidor, vomitador, cegante, lancinante, escorregadio, disparador, diurético e fungador.

O tipo dependia da manifestação e número de participantes. Às vezes, saíam todos ao mesmo tempo e o que se recolhia depois era um bando de cadáveres em meio à maior fedentina. Os próprios Civiltares detestavam a operação rescaldo, porque aquele cheiro se grudava ao corpo por semanas.

Nas assembleias operárias, o principal grupo de trabalho era formado pelos Voluntários para Neutralizar Respiradouros. Tarefa nada fácil devido à vigilância. Os respiradouros eram dotados de sensibilíssimos aparelhos de alarme que tocavam em todas as Distritais de Segurança da região.

Foi a época chamada das Falácias Perigosas, porque o Esquema se conduzia por meio de atitudes paradoxais e incoerentes, às quais não admitia contestação. Pregava o poupar e o consumir, comprar carro e economizar o combustível, conter inflação e liberar preços, pedir verdade e contar mentiras.

À medida que caminho, noto mudanças nos prédios. As diferenças entre edifícios são marcantes, quase limites. Passei faz tempo pela região de ar condicionado. Por aqui se veem apenas buracos para os aparelhos. Vazios ou tapados por placas de plástico. Para a frente, fachadas arruinadas.

São prédios antigos, de uma época em que ainda não havia a necessidade do ar em cada casa. O meu apartamento vem de uma era posterior, quando as construções ficavam caras por causa de refrigeração central. Nada mais de aparelhos individuais situados embaixo das janelas.

Há quanto tempo estou fora de casa? Importa saber? É uma certeza. Não volto para lá. E não me dói nem um pouco. O que me move, agora, é imensa curiosidade. Indefinível, inexplicável. Vocês querem provavelmente uma situação, não querem nada abstrato no ar.

Lamento decepcionar, no entanto temos de viver com o pé no chão. Cada um dentro do seu tempo. Pode ser que não me entendam, existimos dentro de circuitos de onda diferentes. Muito distantes. Vamos dizer que vivo em 220 kW e vocês dentro de 110 kW. Precisamos de um transformador.

Temos de convir. Vocês são felizes conhecendo coisas que estão por vir. Nem todo mundo tem o privilégio. Não me perguntem: o que podemos fazer para evitar que tal época venha a existir? Se moverem um parafuso dentro da ordem das coisas, o que estou vivendo não acontecerá.

Atentem: não só meu tempo não existirá, como nem sequer vou nascer. Não nascendo, como poderia transcrever este relato? O problema, concreto e impenetrável, é: o relato está feito, entro em circulação. Se vocês conseguirem eliminar meu tempo, o que serão destes fatos?

Tudo seria suportável não fosse o mormaço. Acho que preferia o sol direto, brilhante. E então tudo me vem à cabeça. Faetonte, ambicioso, roubando o carro de luz de Helio, seu pai. O carro puxado por quatro cavalos que, atravessando os céus, iluminava e aquecia os dias.

Em pé, sobre o abismo escancarado, no meio da luz e do calor, sem domínio sobre os animais fogosos, Faetonte teve medo. Perdeu as rédeas e os cavalos se afastaram do caminho, alucinados, sem guia e sem destino. Atearam fogo às florestas, secaram rios e queimaram montanhas.

A terra ergueu os braços, clamando por socorro. E Zeus não teve outro recurso, mergulhou Faetonte nas águas do Eridano. A carruagem de fogo se recolheu às estrebarias de Latona, à noite, de onde nasce a Aurora. Era uma lenda que me perturbava nas aulas de mitologia, na universidade.

O calçamento termina, a rua é de terra batida, poeirenta. Os prédios quase em ruínas se alternam com terrenos baldios. Montes de lixo a cada passo. Tabuletas de acrílico, gastas, envelhecidas, sujas, escondem fachadas do que parece ter sido um antigo centro comercial.

Pessoas saem de portas, portinholas, becos, calejas, travessas, porões que se abrem ao nível da calçada. Por estes lados não existem grades a defender os edifícios. Não vejo porteiros armados, nem circuitos de tevê. Montes de cocô pelos cantos, cheiro de urina fermentada.

Formamos uma pequena multidão, apressada. Cada momento mais compacta, nervosa. As pessoas, habitualmente letárgicas, estão alvoroçadas, caminhando aos encontrões. Mulheres berrando por maridos, ou filhos, os homens respondendo, pedindo pressa, afobados, empurrando, atiçando.

Faixas anunciando preços de ocasião. Pessoas se atropelando, empurrando, pisando. Gente chorando pelas esquinas, homens gritando que é preciso fazer alguma coisa. A neblina azul encobriu totalmente o sol, não se tem a mínima ideia de que horas são. Suor escorre dos corpos.

Os homens de bermudas, sem camisa. Mulheres em saias mínis, shorts, calcinhas. Movendo-se em câmera lenta. Os cartazes anunciam: O ESQUEMA ESTÁ ENTREGANDO AS MARQUISES, A GRANDE SOLUÇÃO PARA OS DIAS DE CALOR – NINGUÉM MAIS AO DESABRIGO – ESPLÊNDIDA REALIZAÇÃO DO MINISTÉRIO SOCIAL.

– É aqui o Chora Menino?
– Parece.
– E os guarda-chuvas, onde é que vendem?

– Tem de pegar a fila.

– Não estou vendo fila alguma, só uma montoeira de gente.

– A fila começa a dois quilômetros daqui. Estão organizando de lá para cá, é o que dizem. Os boatos vêm de boca em boca. Aqui, não dá para se mover, está vendo?

– Vai ter guarda-chuva para todo mundo?

– Dizem que sim.

– Não sei se vale a pena. Parece que o povo ficou louco.

– Há muito tempo. O que estão matando de gente lá na frente não está escrito.

Faixas sobre a rua, de poste a poste, anunciando: SEDA PRETA LEGÍTIMA, PREÇOS DE OCASIÃO. A neblina tão baixa que quase cobria as faixas. Fui me metendo entre a multidão. Um cantinho aqui, lá estou eu. Uma vaga ali, esprememe um pouco. Ônibus em dia de grande movimento.

Um passo à frente. Cutuco, empurro. Conquistando palmo a palmo no meio dessa lerdice. Como pode se agitar gente embotada desse jeito? Do mesmo modo eu circulava entre as montanhas de cadáveres. Por toda a extensão da rua, eles se amontoavam, com etiquetas no peito, numerados.

Uma sensação de desconforto, eu sozinho, abandonado no meio daqueles defuntos ressequidos. Nem cheiravam mais, pareciam embalsamados. Os rostos cadavéricos. Os cadáveres me rodeavam, estava cercado por eles, as montanhas crescendo a cada instante. Ouvia um trator trabalhando.

Um buraco, eu no fundo. E os cadáveres. Comecei a subir me apoiando em braços, pernas, me agarrando aos vestidos das mulheres. A roupa se desfazia, eu rolava para o fundo. A montanha de corpos caía sobre mim como avalanche. A perna de um homem enrolada em meu pescoço me sufocava.

Consegui subir e vi um trator com suas pás empurrando pilhas de mortos. Gritei para o tratorista, se bem que não conseguia vê-lo. Ele precisa saber que tem um homem vivo aqui no meio. A carne é mole, meus pés afundam, esmago ossos, dentes saltam. Não tenho medo, nem horror.

Vontade de sair, não é aqui o meu lugar. Cheguei a uma cabine telefônica. Para quem ligar? Havia um número a lápis escrito na parede. Elisa me atendeu. "Onde você está?", perguntei. E ela respondeu: "Aqui embaixo, no fundo do buraco, você arrancou os meus olhos com os pés, esmagou meu peito".

Elisa, Elisa, diz que não é verdade, eu teria visto você. Por que não gritou? Como pode um morto gritar? A voz dela sumiu, fiquei com o fone na mão, me lembrando de uma história que tinha lido. Um homem telefonava para sua casa. Dava ocupado. Para todas as casas que ligava, dava ocupado.

Quando abandonou a cabine, verificou que todos os prédios da cidade tinham perdido portas e janelas. Paredes lacradas. Não conseguiu entrar na casa dele, ficou de fora. O mundo fechado. Ele excluído. Isso que eu sentia por cima daqueles cadáveres. Me excluíam, rejeitavam.

Despertei agitado, percebi que tinha dormido num canto de esquina. Mas não me lembro de ter-me deitado. E o sonho me deu alegria. Senti que era a morte me recusando. E, além do mais, havia a voz de Elisa. Ah, eu queria me deitar com ela num canto qualquer. Formigo todo só de pensar.

Vou atravessando a multidão, me sentindo ridículo por acreditar nessas histórias de guarda-chuva de seda preta. Se bater realmente o sol que se anuncia, vai torrar tudo, retorcer esses guarda-chuvas, como plástico dentro do fogo. Vou indo, até desembocar numa praça inteira ocupada.

No começo da noite, apertando, empurrando, xingando e sendo pisado, cheguei à beira da barreira, um alambrado de cor verde, iluminado por holofotes, vigiado por Civiltares e cães pastores. Pessoas se ajeitam pelo chão, tentando se acomodar. Não há espaço para todos.

Vejo que o alambrado se afunila, como esses locais para gado em matadouro. E a fila se organiza além desse funil, para o

341

lado de dentro. No fundo da praça, muito longe, isto nem é praça, é um país, observo uma construção de tijolos. Os guardas não deixam que me apoie no alambrado.

Pelo meio daquela gente, meio sentada, meio de pé, circulavam vendedores de sanduíches, refrigerante mundial, balas, guloseimas. Como? Aqui não se precisa de fichas, permissões? Descubro que não tenho dinheiro, identidade, permissão, nada. Não existo, sou ninguém. Finalmente.

A fila para dentro do alambrado era organizada. Havia gente sentada em cadeiras portáteis, dentro das barracas, alojadas em sacos de dormir. Privilegiados? Ou também chegaremos lá? Grupos tocavam violão, sanfona, guitarra, moças cantavam, dançavam, casais se amavam.

Uma festa, quermesse. Pessoas ainda conseguem se divertir em qualquer circunstância, e isso me dá esperanças. O retorno que eu procurava pode estar representado nessa alegria, nos cantos e nas danças. Se Elisa estivesse aqui, estaríamos os dois no meio dessa gente, a pular e cantar. Será?

Não acreditam, não é? Sozinho, não vou mesmo. Sou retraído. Com Elisa, estaria ali, solto, juro que até cantando, logo eu que tenho péssimo ouvido e não decoro letra de música. Era uma das diferenças minhas com Adelaide, a facilidade que ela tinha para letra, melodia e equilíbrio.

Um grupo de carecas come pão, alheio ao carnaval em volta. O comer é um ritual. Amolecem a casca com saliva. Depois, com o trabalho das gengivas amolecidas amaciam lentamente, transformando numa pasta que se dissolve. Estômago vazio, ia pedir um pedaço, me deu nojo, prefiro a fome.

Muito frio na madrugada, a cantoria diminuiu um pouco. Ouço um op, op, ritmado. Dentro do alambrado, um grupo de homens marcha, levando para dentro do galpão de tijolos centenas de bicicletas. Duas mulheres esquentam marmitas, me oferecem um bocadinho. Não, não quero, vai fazer falta.

– Onde comem dois comem três.

— Não é verdade. Dois comem mal, três vão comer pior.

— Então pega um ovinho, não vai fazer falta coisa nenhuma. Amanhã à tarde meu marido traz outra marmita. Só que vai ser ovo outra vez.

— Quer dizer que seu marido está bem! Tanto ovo.

— É que ele trabalha no Laboratório-granja.

— Ele é químico?

— Químico? Nem estudou. A única coisa que sabe fazer, e muito bem, é pintar, imitando aquela bostinha de galinha que vem nos ovos vendidos em casas de produtos naturais.

— Ele foi pintor?

— Pintor? Está pancada? A gente tinha umas terrinhas pelos lados de Parati. Somos caipiras. Me formei professora, mas preferi plantar uma rocinha quando a situação engrossou.

— Vieram embora por causa da Usina Nuclear que afundou?

— Não, viemos por causa das pedras quentes. Ficou um inferno aquilo.

— Pedras quentes?

— Conhece a região?

— Nunca pisei por lá.

— Tudo montanha de pedra. Antigamente, cheia de vegetação. Foram vendendo os terrenos, construindo, fazendo casas em baixada de morro, no alto do morro, derrubando mato, limparam tudo. Veio a erosão, as montanhas terminaram limpinhas. Até que era bonito, aquelas pedronas pretas! Só que sol foi batendo, esquentando, esfriava pouco durante a noite, esquentava mais no dia seguinte, a temperatura aumentando, quem morava nos vales morria escaldado. O mesmo que assar peixe em pedras. Saímos correndo, estamos aí.

Ela me passou a marmita, havia uma espécie de sopa. Água quente, sal, uns temperinhos cheirosos (factícios) e ovos cozidos. Fez bem, me assentou o estômago, mesmo sendo ovo sintético. Sustenta. Outra vez o op, op ritmado por trás da cerca, nova leva de homens com bicicletas.

– O que fazem com tanta bicicleta?
– Fabricam guarda-chuvas com as varetas das rodas.
– Coisa mais estranha.
– Essa gente que está entrando sai todo dia para roubar bicicletas. A fábrica é dos Civiltares.
– Não acredito.
– Corre que os guarda-chuvas foram invenção dos Civiltares. Eles é que espalharam essa história que protege do sol, principalmente nos Bolsões de Calor. Todo mundo acreditou, pelo visto.

Me vêm à cabeça as histórias do homem que parecia o líder dos invasores de minha casa. Aquele que se sentava sempre na ponta da mesa. Contando casos de Nordeste, das fábricas, dos assassinatos noturnos para abrir vagas nas fábricas. Seriam verdadeiras as histórias? Não era absurdo demais?

Naquele dia, me convenceu. No entanto, hoje, me senti constrangido, imaginando que deve ter-me julgado um imbecil. Tenho certeza, ele não passava de um Agente Naturalmente Desconfiado. Ou então de um Civiltar encarregado de divulgar estranhas crenças, como essa de guarda-chuva.

Um idiota, me tenho na conta de idiota, porque acreditei. Por outro lado é desculpável, uma vez que a Intensa Propaganda Oficial coloca o que quer em nossas cabeças. Acaso não acreditamos em soluções econômicas milagrosas, em pulseiras de cobre que curavam todas as doenças?

Por muitos anos aceitamos o cheiro dos mortos como produto nas inversões atmosféricas, até que alguém denunciou a verdade. Quando contiveram a população fora dos limites, além dos Círculos Oficiais, divulgaram epidemias constantes e alegaram que todos estavam de quarentena. Apoiamos.

Acordei com o barulho do caminhão, a sensação é que vinha para cima de mim. O ruído das engrenagens muito próximo. Era do outro lado do alambrado. Todo mundo dormindo ainda, os holofotes acesos, o dia começando a clarear. A neblina azul dominando tudo, muito baixa, podia-se tocá-la.

Um oficial orientava manobras de imensa jamanta marrom. O motorista hábil entrava de marcha a ré numa porta lateral do galpão. A paralisia me tomou, desta vez antes que a mancha surgisse. Mas, agora defini, a mancha é o caminhão que saía da mata, cheio de toras, pesadão.

Sei hoje que foi loucura do velho tentar deter aquele monstro carregado, logo na ladeira do Jequitibá. Não havia breque que segurasse e o caminhão desembestado passou por cima do velho, que sacudia os braços. Meu avô sabia, os caminhões, os derrubadores com serras, os guinchos. Era o fim.

Não mais machado contra o tronco. A serra rápida, imbatível. Até hoje não tenho ideia do que o velho pretendeu quando tentou parar o caminhão. Um homem de oitenta e cinco anos, mãos limpas, os braços estendidos para a frente. Ele acreditou que era possível e por isso até hoje o admiro.

Tentou, jogando na situação tudo o que tinha: sua vida. Não era uma luta desigual, era o combate impossível. Mesmo assim, o velho foi. Agora, o lado de lá se enche de Civiltares, fortemente armados, walkie-talkie nas mãos. Aos gritos, despertam todo mundo, nos colocam em filas.

As mulheres foram separadas de mim. Pena, uma delas era bem apanhada, quem sabe uma noite destas pudéssemos nos encostar. Só penso nisso ultimamente, é coisa que estou precisando bastante. As filas, as expressões perplexas, interrogativas, me lembravam outras filas do passado.

Livros de história mais liberais registravam. Os judeus a caminho dos fornos crematórios. Pode estar-se repetindo e nem nos damos conta. Outro delírio meu. Às vezes, não dá para segurar o meu espírito dramático, uma tragédia é situação que fascina, arrasta o homem. Atrai.

– O senhor tem casa?

– Tinha.
– Explique.
– Perdi.
–Entendo perder dinheiro, fichas, mulher, objetos. Mas perder uma casa?
– Me tomaram.
– Ah, o senhor não pagou as prestações?
– Paguei tudo. É que invadiram a casa, me expulsaram. A história é comprida, tem lances em que nem eu acredito. Além disso, estou cansado, há duas horas o senhor me interroga, não sei para quê.
– Todo migrante conta a mesma história. Mentirosos. Todo o bando que enche a praça é uma súcia de mentirosos e vagabundos. Invadiram os limites, ocuparam bairros que não poderiam ocupar pelas leis de circulação. Fugiram dos Acampamentos. Tudo errado. E quem tem de cuidar é o Esquema. Tudo nas mãos do Esquema.
– Espera um pouco! Para que tanto nervosismo? Só estou querendo um guarda-chuva de seda preta.
– Guarda-chuva de seda preta? Que idiotice é essa? Se quer guarda-chuva, vai à loja.
– Aqui não vendem guarda-chuvas de seda preta?
– Pega teu número, vê a letra, procura a fila. A condução vai demorar, mas vamos levar todos. Ninguém ficará desabrigado nesta cidade.
– Condução?
– Vamos retirar os excedentes da cidade. Recolocar. Depois, selecionamos o pessoal dos Acampamentos. É o maior plano social que se viu neste país em dois séculos.
– Plano social? Excedentes? Recolocar? Condução para onde? Para os fornos crematórios? Não, comigo não, não quero morrer nos fornos, me deixem ir.
– Leva tua ficha, apanha teu ônibus, daqui dois, três dias. Vê se te aguenta e não vem com história. Forno? Pensa que estamos assando pão?

Não dá para acreditar. Vejam só onde me enfiei! Não é uma situação estrambólica? Epa, essa palavra tirei mesmo do baú de antiguidades

As primeiras horas foram de acomodação. Chegamos ainda no escuro, sem ideia definida do que fossem as Marquises Extensas. Acenadas como a esperança. Fora delas não há salvação, garantiu a Intensa Propaganda Oficial. Para quem é, bacalhau basta, comentou uma velha que veio no ônibus.

Tudo o que queremos é uma sombra sobre as cabeças durante o dia. Não parece muito. Digo, não é nada. No entanto repito sempre, país maluco este, em que o nada se transforma em tudo. As Marquises, solução final. A sombra e a espera. Digam: não é curioso esperar sem saber o quê?

Aqui dentro de mim, sem muita convicção, espero reencontrar Adelaide. Espero voltar para minha casa. E isso não é pouco, porque se trata da minha vida, do que me justifica. A sombra durante o dia representa a minha sobrevivência por mais algum tempo. Ao menos garantimos isso, a vida.

Sobreviver por algum tempo, de algum modo. Basta, por enquanto. Depois, veremos. Na verdade, eu não pretendia vir para cá. Imaginava mesmo que as Marquises Extensas fossem uma utopia inventada pelo Esquema, a fim de levar o povo na conversa por mais tempo. Para manter a esperança.

Alguém em sã consciência pode acreditar numa marquise gigantesca destinada a abrigar uma população embaixo? Sim, nada mais que marquise. Cobertura para o povo não tomar sol. Tem sentido? Pois digo que tem. Talvez não para você que está de fora, longe, bem longe desta era solar.

Sabe o que é o sol verrumando sua cabeça, como um parafuso entrando direto, mais fulminante que aneurisma? Não sabe. Tudo que conhece é aquele sol de praia em verões cariocas ou nordestinos. Sol que avermelha, depois faz a pele descascar inocentemente, com um pouco de cócegas.

Agora entendo melhor o meu último testemunho, antes de me colocarem no transporte. Numa sala de concreto armado, maior que o hall da grande central de Nova York. Perdidos, os dois, inquisidor e eu, em meio à vastidão. Mesa e cadeira no centro do cômodo. A voz monocórdia e autoritária.

– O senhor não tem problema algum.
– Não disse que tinha.
– O senhor está ótimo.
– Sei disso, não precisa o senhor me dizer.
– Preciso dizer para que o senhor não duvide de si.
– Não duvido.
– E também não fique me contestando.
– Não estou.
– Está provavelmente querendo afirmar que é inútil o que faço. Não comece a duvidar. Acredite cegamente que o senhor está bem. Porque, somente estando bem, o senhor poderá viver em coletividade. Estando bem, o senhor será um homem tranquilo.
– O que significa esta conversa?
– Significa assistência às pessoas. Nossa população precisa de autoconfiança, crença. Estamos aqui para isso.
– Não entendo.
– Nem precisa, basta responder a minhas perguntas com sinceridade.
– Estou respondendo.
– Então me diga com franqueza. Nenhum problema realmente?
– Bem, os normais de todo mundo. Muito calor, sede, sufocamento, falta de ar, soluços, cansaço permanente, fome de vez em quando, medo. Agora, fiquei também sem casa.

— Bem, vejo que temos problemas pela frente. Precisamos efetuar uma cura.

— Cura?

— O senhor não sente calor, não pode sentir.

— Mas está calor!

— Não está. É impressão sua. Um condicionamento que se criou nesta cidade. Sabe quanto os termômetros registram? Dezesseis graus.

— Dezesseis graus? Quebraram todos. Ou vai ver é uma escala acima de cem.

— Tenho falado com todas as pessoas. Não há calor. O senhor pensa que sente, acaba sentido. É só tirar da cabeça.

— Tirar da cabeça.

— Só assim podemos liberá-lo.

— Quer dizer que estou preso?

— Não, apenas em fase de transição para verificação de condicionamento.

— O quê?

— Uma sessão preparatória a fim de saber se o senhor se ajusta às condições de vida em comunidade.

— Acaso não moro na cidade? E a cidade não é uma comunidade?

— Mas tem características diferentes das Marquises. Estamos estudando os candidatos às Marquises, para saber em que grupos colocá-los. Assim, o corpo de psiquiatras trabalha a fim de ajustar as pessoas, de modo que não criem problemas.

— Mas quem disse que eu quero ir para as Marquises?

— O senhor entrou na fila.

— Entrei na fila do guarda-chuva de seda preta.

— E, agora, o senhor vai para a Marquise. Só que sou obrigado a retê-lo por alguns dias na revisão para balanceamento de posições.

Três dias, uma semana. Perdi a conta. A soma dos dias não interessa mais. Enfrento-os um a um como momentos isolados, estanques. Inenarráveis conversações, sessões de cinema, leitura de folhetos, provas, revistas, curta-metragens. Fui engolido, até me considerarem apto. E aqui estou.

Será que toda a multidão passou pelos preparadores psiquiátricos? Se passou, estão fazendo sessões há anos. Desisto de entender. E por que a necessidade neurótica de compreender? Não canso de repetir e não aprendo. Existem coisas cujo alcance nos escapa; nem por isso deixam de existir.

Portanto, muitas vezes, o entendimento é desnecessário. Por incrível que pareça, se torna supérfluo compreender até o que estou dizendo, dada a minha capacidade de delírio. Somente muito delírio pode impulsionar, hoje em dia, as pessoas, mantê-las vivas, dando motivo à sobrevivência.

Ninguém sabia, exatamente, o que eram as Marquises. Imaginamos abrigos racionalmente organizados, como aqueles construídos na Europa durante a Segunda Guerra Mundial. Ou como os Shelters contra a radiação atômica. Algo como a Pequim subterrânea que disseram ter existido em oitenta.

Esperávamos espaço, sistema de ventilação, certa comodidade, banheiros, bebedouros. Nunca pensei vir aqui, mas julgava que fosse assim a partir da Intensa Propaganda Oficial. Como se pudéssemos esperar alguma coisa do Esquema. Que não saibam destes pensamentos pessimistas, ou me isolam.

Fomos despejados dos ônibus (ônibus; uma vagoneta imunda, abafada, onde viemos comprimidos) à noite. Descemos numa planura (que lado de São Paulo é este?) ainda escaldante. Fomos nos ajeitando, sem enxergar nada, estranhando a falta de iluminação. Breu total, nem lua havia para ajudar.

"O sistema elétrico deu defeito, amanhã será consertado", garantiram os Conservadores. Exaustos, nos acomodamos. Depois que o sol nasceu, tivemos de vir para debaixo da Marquise e percebemos tudo. A construção do século não passa de milhares de colunas sustentando uma laje de concreto.

Marquise que se perde de vista. Nenhum sinal de sistemas de ventilação, quem ficar nas partes centrais vai padecer. Pouquíssimos bocais com lâmpadas pequenas. Os banheiros devem estar escondidos pela multidão acotovelada. Bebedouros? Mesmo que existissem, só quem está em volta poderia beber.

"Estabilidade, ambiente selecionado e refrigerado." Todo o potencial dos setores de obras empregado, durante meses, nas Marquises. Nenhuma outra obra foi tão grandiosa. Nem a Ponte Rio-Niterói, os Canais do Nordeste, a Ferrovia do Aço, a Hidroelétrica de Itaipu, a Transamazônica Recuperada.

Instituíram a Taxa Calamidade, a população financiou a imensa construção, obra faraônica, destinada ao orgulho brasileiro. Deitou-se falação, arquitetos elogiaram a vigésima maravilha, comparável aos Jardins Suspensos da Babilônia, ao World Trade Center, à Torre Eiffel, ao Colosso de Rhodes.

Fotografadas do espaço pelo satélite, viu-se que as Marquises formavam a palavra Brasil, visível até da Lua. Falação nos Círculos Oficiais, Setores Governamentais, Altas Hierarquias Civiltares, Clubes Resistentes, Bocas de Distrito, Círculos de Assessores Embriagados, Repartições.

Um país em que há séculos se deita falação. Desde a carta de Pero Vaz de Caminha. A falação foi uma característica que os Esquemas souberam capitalizar, introduzindo na psicologia popular. Fizeram com que a falação se transformasse numa cortina de fumaça, encobrindo tudo que fosse possível.

O processo de falação obedece a uma sequência invariável. Um primeiro momento, o da chamada denúncia. Alguém levanta o problema. Em seguida, uma fase delicada. A das vozes indignadas, governamentais ou não, que se erguem exigindo providências. O terceiro momento requer habilidade.

É a fase das promessas. Garante-se a formação de comissões de inquérito, promovem-se passeatas controladas, editoriais consentidos na imprensa, entrevistas categóricas. Esse período é essencial, exige uma avalanche de falação contínua, exacerbada, exasperante. Falar até o total sufoco.

Não deixar ninguém raciocinar. Repisar indefinidamente o assunto até o ponto de completa saturação. Falar, falar até o esgotamento. E então, de repente, ninguém mais pode sequer ouvir comentar as tais denúncias. Elas se esvaziam. Os que tentam são classificados como Intolerantemente Aborrecidos.

Os sistemas de governo se sucederam, as noções políticas se modificaram, menos a falação. Essa prosseguiu, como tara hereditária. Constantemente aperfeiçoada. Em tempos mais remotos, nos famosos Abertos Oitenta, houve certa preocupação, receios, na elite dominante. Ela ficou de sobreaviso.

Naquela época, o Povo e os Intelectuais, duas classes distintas, separadas, se uniram à Classe Média Possuidora de Automóvel. Juntaram-se a eles os que Não tinham Tido as Casas Penhoradas pelos Bancos Oficiais de Habitação. Ficou de fora somente o Grupo Privilegiado dos Ganhadores.

Estes eram os que tinham vencido sorteios da Loto, do Bicho, da Esportiva, da Federal, das Roletas Clandestinas Aprovadas Sub-repticiamente, e todas as outras qualidades de jogo. Os Ganhadores ficaram de lado, resguardando ciosamente as suas propriedades e mantendo os privilégios.

Os outros passaram, alegremente, a falar, denunciar, comentar, criticar, opor-se, escrever, gritar, urrar, perturbar, contestar, protestar, pintar faixas, assinar manifestos, hipotecar solidariedade, pedir revisões, propor anistias, exigir habeas corpus, trovejar contra o ministério.

O Poder Absoluto, cristalizado no Esquema, esteve algum tempo sem ação. A reação violenta estava fora de cogitação. Imaginavam que tudo viesse lentamente, em etapas graduais. Desconheciam inteiramente a verdadeira imagem do país. Só sabiam de uma imagem, a que tinham tentado moldar.

Após um breve espaço, definido como Hesitação Atônita, surgiram as primeiras manifestações do Esquema. Movimentos desajeitados, rudes, de quem não sabia se movimentar dentro da liberdade. Alguém que se sentia incomodado com a liberalidade instituída conquistada pela população.

Antes de tudo era preciso dar o ar de legalidade aos atos. Violentos e arbritrários, porém mascarados pela disposição das leis, pela construção de constituições casuísticas, isto é, facilmente adaptáveis às necessidades conforme surgissem. Leis que se distendiam a pontos infinitos.

Organizações cresceram à margem do Esquema. Associações paramilitares com livre trânsito. Grupos clandestinos paraoficiais. Bombas passaram a explodir. Tinha sido uma constante nos anos setenta e era um tempo que parecia terminado. Bancas de jornais, igrejas, carros pulverizados.

Aparente agitação nos Meios Esquemáticos. Veio a Falação. Lembro-me da alegria de meu pai quando surgiram os protestos, artigos e falatório contra tudo o que parecia errado para eles. Lutavam, denunciavam, protestavam, organizavam manifestações de rua, assembleias, cortejos, comícios, atos.

A Hesitação Atônita do Esquema foi substituída pela Astúcia Rapace. Quando a falação se iniciava, o poder se calava. Por um tempo. Depois, se indignava. Lentamente seus membros passavam a engrossar a fileira dos que contestavam. Até que todos, absolutamente todos, estavam falando.

Enquanto falavam, deixava-se a esperança de que providências seriam tomadas. Era a nuvem de fumaça. As pessoas se esgotavam na falação. Cansavam o assunto, esvaziavam. Morria. Vinha o que os sociólogos, sempre ociosos, apelidavam o Breve Período de Repouso de Gargantas Indignadas e Inflamadas.

Tivemos nomes para todas as épocas. Nenhuma ficou sem ser habitada, nomeada. Pergunto: e este momento, como será chamado? Se é que alguém vai sobrar para poder continuar a personificar períodos históricos. Será o Tempo dos Aglomerados à Espera da Morte? Ou os Bobalhões que Acreditaram?

Acreditamos em tudo, somos incorrigíveis. Esperávamos até que os empreiteiros negassem a longa tradição de construir o imediatamente obsoleto. Camadas isolantes, ventilação, conforto. Acaso os construtores se imbecilizaram a ponto de generosamente pouparem seus gordos lucros?

Ah, Souza, você é incrível. Às vezes tão desligado do mundo real, tomado por pensamentos tão inúteis quanto um impotente diante das pernas abertas de uma mulher. Esfomeado, apertado, a cabeça estourando, língua ardendo, os pés em fogo, olhos lacrimejando, e ainda assim se indignando.

Repisa na cabeça o óbvio, num moralismo pueril. Tudo que pense agora de nada adiantará. Você nem está falando. Pensa, simplesmente. A vida inteira pensou. Para dentro de você. Nem falação deitou, obedecendo a um processo de catarse. Descobriu finalmente a verdade no processo da falação.

E agora? O que vai fazer com essa verdade? Cobrir-se? Refrescar-se? Montar nela e dar o fora daqui? Reencontrar Adelaide? Não acha estranha essa história de Adelaide ter sumido e você permanecer indiferente? Vai ressuscitar Tadeu Pereira? Ou pretende correr em busca de Elisa?

Responda. Há um prêmio para a resposta certa. Pega ou larga. Continua ou desiste. Dobra ou para. O jogo agora é claro, objetivo. Direto. Antigamente, havia múltipla escolha. Uma pergunta e três quadradinhos auxiliares. Acabou. E o tempo esgotou. Você tem de responder, simplesmente.

Quer mais tempo? Quanto quiser. Disse que o tempo esgotou, todavia não sei de nada. Só não admito que você morra antes de me dar a resposta. Podemos fazer uma coisa. Se responder, não morre. Está bem assim? Então espero. Quem espera? Que resposta você quer? Quem é você? Quem é?

ATENÇÃO! MUITA ATENÇÃO! AVISO GERAL!

> *Aos que se encontram protegidos*
> *pelas saudáveis e seguras Marquises*
> *Extensas, programadas e entregues pelo*
> *Ministério de Obras Faraônicas Populares.*

A dúvida é: quem resistirá? Nós ou a Marquise? Essa laje de carregação vai suportar a tensão provocada pelo calor? E se suportar, será que aguentaremos? Podemos estar mortos quando elas racharem e caírem. E, se estivermos vivos, corremos o risco de caírem em cima de nós.

A isso se chama nenhuma escolha. Bicho pega, bicho come. No entanto, tais são as hipóteses para o futuro! E de que adianta pensar nele, se nem problemas presentes serão solucionados? Um desses problemas é o cansaço. A busca de uma posição que se revele, ao menos, razoável. Mais acomodada.

Não se trata nem de conforto. Procuramos simplesmente um meio de permanecer em pé por horas e horas. Lembro-me de um tempo em que a mania era orientalismo, corpo, expressão corporal, culto do físico. Divulgava-se o segredo de mestres, buscavam-se ensinamentos milenares, primitivos.

Como repousar em cinco minutos. Exercícios para eliminar a fadiga em quatro segundos. Passar uma semana sem dormir, na mais completa disposição. Aumentar o potencial do corpo. Estimular o vigor sexual. Incentivar a energia. Desvelar o poder do toque, do toque dos dedos. Excitar a pele.

Ofereciam de tudo a preços nada razoáveis. Muitos conhecimentos milenares tinham sido produzidos em escritórios perfumados por incenso, uma semana antes de sua divulgação. Será que uma daquelas fórmulas milagrosas poderia ser aplicada aqui? Ou, cada um que encontre seu método?

O meu é simples. Deixo uma perna adormecer. Depois, a outra. Elas voltam para adormecerem juntas. E voltarem. E readormecerem. Continuamente. O formigamento nas pernas é constante, nem imagino o mal que isso possa causar. Mesmo que imaginasse, qual a diferença? Daria na mesma.

ATENÇÃO! MUITA ATENÇÃO! AVISO GERAL!

*Informam os setores de segurança
das Marquises que as pessoas devem*

*se conservar distantes das bordas.
Não ultrapassem as faixas amarelas
do chão. Os bolsões de calor atingiram
toda a região. Sair de debaixo das Marquises
representa a morte imediata. Morte imediata.*

– Ei, nego. Nego. Você, seu José!
– Eu? Nem sou nego, nem seu José.
– Quer fazer um negócio?
– Negócio?
– Você tem cara boa. Não merece ficar aqui apertado.
– Onde tem lugar melhor que este?
– Estou te oferecendo um lugar confortável, sem ninguém em volta, perto do banheiro, servido por bebedouro.
– Decerto, um paraíso desses está lá no Círculo dos Funcionários Secretos. Ou debaixo da cúpula geodésica do clero.
– Que nada! Aqui debaixo da Marquise.
– No meio desse amontoamento?
– Bem no meio. Longe das bordas, sem perigo, protegido.
– Que golpe é esse?
– Não é golpe. É uma excepcional oportunidade que estamos oferecendo. Aproveite, restam poucas vagas.
– Está bem, mas explique melhor.
– Já expliquei. Preciso repetir?
– Estava achando besteira, não prestei atenção.
– É o seguinte: temos vagas bem localizadas, perto dos banheiros, longe das bordas, junto aos bebedouros. E ainda vamos arranjar ventiladores.
– Não acredito. Não vejo por aí nenhum espaço.
– Também não vejo olhos de raios X em você. Estão bem no meio, na curva da letra A. Sabe aquele tracinho que liga os dois pauzinhos do A? Ali é um lugar privilegiado.
– Mesmo que eu aceite. Como chegar lá?
– Providenciamos tudo.

– Diz como.
– À noite, quando refresca um pouco, as pessoas deixam a Marquise, se deitam na terra. Por pouco tempo, aquele instante mínimo entre o fim da quentura de um dia e o começo de outra. Nessa hora, dou um sinal, meus companheiros vêm buscar.
– E como vocês têm esses lugares privilegiados?
– Vai comprar?
– Não posso comprar no escuro.
– Estou vendo muita conversa e pouco negócio.
– Quem compra precisa saber.
– Interessa como você tem ou o que você tem?
– Para mim o como é importante.
– Quando as Marquises ficaram prontas, houve vazamento de informações. Vários grupos palacianos avisaram seus companheiros. Estes vieram para cá, se apossaram de pequenos territórios, dividiram os espaços.
– Dá para comprar assinando promissória?
– Promissória?
– Ou com cheques pré-datados?
– Claro que não.
– Posso abrir um crediário?
– Somos loucos de abrir crediário? Acha que alguém aqui vai durar?
– O quê?
– Nada.
– O que você sabe?
– Sei de nada.

ATENÇÃO! MUITA ATENÇÃO! ATENÇÃO!

Ficar na borda da Marquise representa perigo. Você pode escorregar ou ser empurrado. Cuidado! Morte imediata ao sol!

Não suportamos mais os alto-falantes. Sabemos de tudo. Ninguém quer se aproximar da borda. Mas alguém tem de ficar mais perto dela. Por isso é que nas beiradas existe um movimento contínuo. Pessoas tentando, a todo custo, trocar de posição, sem conseguir. E quem perde? Quem é empurrado?

Os mais fracos, ou mais velhos. Foram empurrados pouco a pouco. De tal maneira que, na proximidade dos perigosos limites amarelos, só se veem magrelinhos, mulheres e velhos assustados. Eles se agarram aos que estão próximos. Os agarrados se desesperam, tentam se descartar, lutam.

Não adianta gritar para que fiquem quietos. Os gestos consomem energia. Qualquer movimento, mínimo, representa menor possibilidade de duração. Esta é a nossa derradeira poupança. Não dá para respirar. O ar é fogo que entra pela narina. Até os pelinhos do meu nariz estão queimando.

Antigamente, reclamávamos dos cheiros. Mil vezes melhor. Passamos por eles, chegamos aqui. Estamos vivos. Obra e graça de algum imponderável. Como se os últimos anos não tivessem sido uma sucessão de imponderáveis. Agora, trata-se de saber quem resistirá menos. Nós, ou a laje?

Pode ser que, quando a laje ceder, a gente já tenha cedido. Estou obcecado com isso. Imaginem. O sol é tanto, tão forte, que parece levantar poeira. Como a hélice de um helicóptero. A poeira baixa de tempo em tempo, e vislumbramos o chão cruciante, casas distantes, ossos amontoados.

Há uma tranquilidade excessiva, mesmo que se saiba que daqui a pouco (quando?) podemos ser parte desses ossos. Podemos estar integrados a essa poeira que circula em redemoinhos. Se há redemoinho, deve haver vento. E não há vento algum. Os físicos que expliquem os fenômenos. Se puderem.

A marola humana, neste fluir e refluir incontrolável, me conduziu ao limite extremo da Marquise. Tenho de voltar para o meio. Só rindo de mim. Não é à toa que me julgavam um pretensioso na universidade. Querer voltar é o mesmo que tentar atravessar uma parede de cem metros.

Não há sol, mas o dia ainda é claro. Os esqueletos dos viadutos, dos trevos e das freeways de setenta vias, que rodeavam as cidades e despachavam veículos em todas as direções, são desenhos irreais, fantasmagóricos. O tempo corrói o concreto ou essas obras permanecerão como testemunhas?

De qualquer modo, nada dirão aos homens do futuro. Serão contempladas com curiosidade. Retratadas em enciclopédias. Farão parte de álbuns inúteis de figurinhas para crianças colecionarem. Filmadas e fotografadas pelos turistas deste ou de outros planetas. Obras mortas, apenas.

Então vi. No chão gretado, havia um pequeno arbusto. Duas folhas somente. Verdes. Ou algo parecido com o verde. Talvez eu é que o fizesse verde. Fechei os olhos, abri de novo. Ele estava lá. Uma pequena e alegre planta, crescendo corajosamente entre as fendas calcinadas.

Não era apenas questão de coragem. Não havia nenhuma explicação aceitável para este vegetal surgir. Erguer-se nesta planura estéril, alimentar-se desta terra cansada, sugada. A menos que não seja um vegetal. Apenas um ramo plastificado, atirado ali por alguém. E plástico factício, olhe lá.

Tenho de chegar até ele. Empurrando, xingando, pedindo licença. Para se aproximar da borda, as pessoas te deixam passar. Qualquer centímetro ganho para ficar longe representa uma vitória. Uma probabilidade de permanecer debaixo da Marquise uns poucos instantes a mais. Abrem caminho.

Agora, noite adiantada, é possível sair daqui debaixo. Daqui a pouco, muitos estarão esticando as pernas, se desentorpecendo. Não se arriscam a ficar todo o tempo fora, com medo de não conseguir os lugares na volta. Os que estão no meio ficam por lá mesmo, não saem nem mortos.

Abaixo-me junto à planta. O solo é gelado. Contemplo o ramo. Nesta planície agreste, ele cresce, indiferente. Alheio à sua própria impossibilidade de crescer. Afirma-se, envolvido em sua negação. Como resiste, sem água, sob o sol que corrói até mesmo carne e ossos?

E me vieram à cabeça as conversas com Tadeu Pereira (ainda não acredito que esteja morto). Ele me contando que em Israel havia pinheiros nascendo verdejantes no meio das pedras. Como se alimentavam, de onde retiravam água, o que os sustentava, este era o enigma. Viviam e cresciam desafiando impossibilidades.

Mas este ramo pode ser uma nova espécie vegetal. A natureza alarmada desenvolvendo dentro dela um processo de reconstituição. O poder de se recriar. Por que não? Teria encontrado uma forma própria e indestrutível. Esta é a sua maneira de resistir. Inquebrantável, força sólida.

Que engraçado. Me ocorreu que isso é a liberdade. A capacidade de ressurgir continuamente, sob novas formas, revigorado. O processo de se recompor, tombar e erguer nada mais é que tática, dissimulação. Um jeito de enganar a morte, derrotá-la. Que a morte é simples estágio superável.

Atinge individualmente, jamais o conjunto. A permanência do homem é a prova da derrota da morte. Reaparecer restaurada é a vitória desta planta. Sobreviver, a sua vingança. Porque estamos num jogo em que há batalhas ganhas e perdidas. Jamais a guerra total, o fim, o extermínio.

Levo um susto quando percebo as distorções. Chegamos ao ponto de nos alegrarmos com uma liberdade que nasce do estéril, que vem do destruído. A menos que esteja aí a nossa vitória, a permanente possibilidade de reconstrução. Nosso conceito de viver tem que ser modificado, para nos adaptarmos.

Para que nos ajustemos num estágio inferior, pouco acima da pré-história. Lutando por um não viver. Reduzidos não a viver, mas a um não morrer. A vida restrita a sua batalha diária. Cada ciclo encerrado ao pôr do sol, contendo a conotação de tempo perdido e tempo ganho à morte.

Lá estou eu, outra vez, fazendo dramas. Por que não inverter? Admitir que este mero viver nos levará a um novo sentido de vida, novamente humano. A nossa essência reconquistada, retomada. Para anular o ter, valorizando o ser. Demolir o tenho, logo existo. Ah, minhas utopias!

Por incrível que pareça, minha cabeça se abre. Não vejo mistério neste broto que nasce do estéril. Existe nele uma energia desconhecida que o homem vai pesquisar. Procurar saber se pode utilizá-la também. A natureza se regenerando e o homem copiando dela. Xi, todo o processo de novo!

ATENÇÃO! MUITA ATENÇÃO! ATENÇÃO!

Cuidado com seus lugares sob a
Marquise. Não são permitidas
reservas, nem lugares fixos.
Favor não se movimentarem muito,
a fim de facilitar nosso trabalho.

Agora, falo alto. Queria que eu falasse alto? Pois estou falando. Contente? O quê, delírio? Grande novidade. Acho que passei a noite falando. Acordei agora de manhã com a língua ressecada, lábios rachados. Nunca falei dormindo, sempre é tempo de começar. O sol vai nascer.

As paredes do estômago se contraem. Agora, eu comia até uma fritada. Daquela, intragável, que o homem que vivia com o rádio colado à orelha fazia lá em casa. A terra começa a esquentar, desgraçada, esquenta antes que o sol apareça. Começamos a voltar depressa para a Marquise.

Pegar um lugar longe da borda. Não é mais possível, as pessoas se atropelam, se empurram, gritam, dão rasteiras, esfaqueiam, entram em pânico. Ainda bem que não tem crianças, ia ser um massacre. Continuo falando alto. Meu vizinho me olha espantado. Pouco me incomodo. E daí?

Uma situação destas, uma porcaria de Marquise, o sol fervendo e o sujeito espantado porque alguém fala sozinho. Bobo dele que ainda se espanta. Feliz dele. Físicos e químicos, biólogos e meteorologistas, geógrafos e historiadores, psicólogos e sociólogos, pesquisadores, desistam.

Desistam de entender. Quando há até redemoinho sem vento, é porque vale tudo daqui para a frente. Inclusive me sentir excitado com essa mulher. Desde manhã ela se encosta em mim. A princípio, nem percebi, afinal estamos comprimidos. Como que amassados por uma prensa de ferro-velho.

Somos aquele quadrado de lata, ferro, borracha, vidro. Estamos misturados, entrelaçados, enganchados, unidos. Colados intimamente, trocando hálitos, respirações, suores, peidos. Tudo meio nojento para mim. Repugnante. Como suporto?

Mulher quarentona, de rosto abatido, cheia de corpo. Gosto também de mulheres rechonchudinhas. Penetro noutro mistério. Como ela consegue cheirar tão bem? Fresca, saída do banho. Rescendendo a lavanda. Não, não é possível, também meu olfato tem suas miragens. Miragem do olfato?

Na minha infância, parado na porta do cinema, sentia as mulheres entrando, rodeadas pelo cheiro dominical de sabonetes e águas de colônia, talcos e extratos. Porque era uma sensação angustiante, jamais vou conseguir explicar. Eu, ali, de olhos fechados, aspirando, todo dolorido.

Podia dizer quem passava, pelo cheiro. Eram poucas as pessoas na cidade. As mesmas que iam naquela sessão. Vivíamos unidos. Essa mulher parece ter saído do banho para a Marquise. Talvez estivesse a caminho de um Superposto Alimentar quando foi surpreendida, trazida para cá. Bobagens.

No meio da manhã, ela virou ligeiramente a cabeça. Virou o suficiente para me ver com o rabo do olho. Não dava mais que isso, a menos que arriscasse um torcicolo. A partir daí, se soltou. Descontraiu-se, encostando-se ainda mais.

Lentamente, começou a se encaixar. Até que todo seu corpo ficou ajustado ao meu. Quente, só que uma quenturinha gostosa. Quando vi que ela se entregava desse modo, também relaxei. Deixei que viesse tudo, ela percebeu, se ajeitou ainda mais. Eu me movo com calma, ela se ajusta.

Ou, então, ela se move. Se retrai. Fico à sua procura. Nos reencontramos, sua carne é macia. Não dura, como pensei. Macia, afundo-me. Minha mão esquerda apalpa como pode, cutuca, belisca. As possibilidades de movimentos são diminutas, a mão tem de ficar sempre no mesmo lugar.

Dou um jeito de me colocar no centro dela, atingir um ponto vital. Ela adivinha o que pretendo. Finge descolar, não consegue. O espaço milimétrico nem permite o jogo de intenções. E se eu tentasse, com a mão direita, levantar a sua saia? As pessoas do lado perceberiam? O meu suor é de excitação.

Ela deixaria? Avanço a mão até a cintura, encosto nos seios. Os bicos, tesos. O pó entra agora por baixo da Marquise, começamos a tossir. Tudo está coberto. Vamos morrer sufocados, muito antes que o sol nos mate. Nada mais desgradável que estar no meio de uma multidão que tosse.

Tosse, sem possibilidade de colocar a mão na boca. Porque as mãos protegem os olhos. Sorte que as bocas estão ressecadas. Senão seria cuspe de lama para todos os lados. Já não gosto muito do ar quente que as pessoas exalam. E os hálitos? Horrorosos. Devem ser produto das comidas factícias.

A confusão é geral, surge o empurra-empurra. Alguém grita. Foi jogado ao sol. O grito cessa muito depressa. De onde estou, não dá para ver o chão junto às bordas. Outros gritos, gemidos, seguidos pelo silêncio. O tempo passa. As pessoas se calam. Tomamos conhecimento da morte. Está aqui.

Pode acontecer. Andávamos tranquilos, acreditando em nossa impunidade. Alguém virá nos retirar. Mas quem? Não, a pergunta não é essa. É muito mais ampla e não tem resposta: por que viriam nos tirar? Esperem, existe outra indagação: por que, droga, estamos encerrados aqui?

Claro que pode acontecer. Não vai, mas pode. Eu estava meio sossegadão, imaginando esse momento apenas como um estágio. Pensando que tinha atingido um ponto que defini como a paz das incertezas. Aceitando-a como o normal, passei a conviver com ela mesmo porque não há outra solução.

Por muitos anos fui invulnerável. Ao menos, imaginava que fosse, sem perceber que estava tomando doses altíssimas de tensão, porém sólidas. Ilusão de ótica. Ruíram e se desvalorizavam mais depressa que o dinheiro.

E agora me encontro vulnerável. Nada mais extenuante que estar vulnerável, exposto, sem poder reagir, porque tudo que sabíamos foi cancelado. Atingi, neste instante, a compreensão da morte. Está ali, pouco além da borda, debaixo desse sol. O jogo continua, tenho de evitar chegar lá.

No meio da tosse, pó e gritos, enfiei minha mão por dentro do vestido. Apertei os seios. A carne em minha mão. Não era como a de Elisa, a não ser que estava igualmente suada. Mas não tão dura. Encontrei flacidez, gordurinhas. Ela ria quando eu apertava, alisava. Sentia cócegas.

E se a convencesse a se virar para mim? Para beijar a sua boca. Sentir o lábio dentro de meu lábio. Lábio seco, rachado, quente. Tenho de encontrar em minha boca um pouco de saliva. Para umedecer a língua. E com a língua úmida percorrer sua boca, lamber seus dentes. Sentir o seu gosto.

Sua pele, morna. Ela treme, como eu, na expectativa. Meus dedos entre suas coxas. Úmida. Se não me contenho, juro que sou capaz de levantar o seu vestido e colocar nela aqui mesmo. Sei me segurar, passei a vida inteira fazendo isso. No entanto a vontade é negar toda a minha vida.

No meio dessa confusão, me agarro à mulher. A poeira continua, quase todo mundo está de olho fechado. Mal consigo manter os meus meio abertos. Com os braços em torno da cintura, puxo a mulher para mim. Esperava alguma resistência (por quê) e vejo que ela vem, se entrega.

– Você é louco.
– Bem que eu queria ser.
– Eu gosto.
– E essa gente?
– Quem está ligando? Espere uns dias pra ver.
– O que vai acontecer?
– Nós só estamos começando o que todo mundo vai fazer amanhã, ou depois de amanhã.
– Acha?
– Está na cara.
– Vira para mim.
– TIO!
– Virar?
– Fica de frente.
– TIO. TIO. AQUI!
– Tem gente te chamando, olha lá.

Meu sobrinho empurra as pessoas. Está a uns cinco metros. Prepotente, como sempre, dá cotoveladas, empurra as cabeças. Parece ignorar que está no meio de gente. Não pode estar aqui escondido, ou fugindo. Deve estar aprontando alguma. Vai ver, metido nessa venda de espaços privilegiados.

– Quem é o doido?
– Meu sobrinho.
– A família veio se reunir? Não tinha outro lugar?
– Não me culpe.
– E como fico? Não estou te sentindo. Esfriou.
– Me dá um tempo.
– Tempo. Tempo. Vá para o inferno.

Esse sujeito tinha de aparecer logo agora. Inconveniente. Adivinha o momento menos exato e surge, como uma aparição. Naquela madrugada, devia ter dado um tiro nele. Liquidava. Um

Militecno a menos neste país. Mas o que me intriga é a sua presença debaixo da Marquise. Qual a jogada?

A mulher continua a me apalpar. Suas mãos são leves. Adelaide, apesar de pianista, não tinha as mãos assim. Talvez seja a maneira de empalmar, tentar fazer com que ele suba outra vez. Bem, Adelaide também tinha seus segredinhos. Como o delicioso jeito recatado de me olhar.

Recatada. Busquei a palavra na pré-história. Cada uma! Um calor destes, gente morrendo, poeira pavorosa, o sol rachando a cuca e eu me excitando e ainda sacando palavras como recatada. Se Adelaide ouvisse, ficaria com raiva. Também não encontro outra para definir o seu jeito.

Envergonhada, sem estar. Tímida, sem ser. Ela sempre conservou alguma coisa de garotinha educada com todo rigor. Que se transformava completamente. E era essa transformação que me estimulava, me prendia. A possibilidade renovada, surpresa constante. Ah, fantasias minhas! Meus doces devaneios.

– Me dê um tempo, já disse. Recupero logo.

– Não, não tem tempo. Começou, vai continuar. Não sei parar, não sou assim.

– TIO, EI, TIO!

– Atende logo teu sobrinho, ou ele não vai dar sossego.

– Acha que dá para eu continuar?

– TIO. ESTÁ ME OUVINDO?

– Estou, não precisa gritar tanto.

Mostrou um cantil. Sorriu. Nem era sorriso, um esgar irônico. Deve ter aprendido na Academia dos Civiltares. O sorriso dele tem qualquer coisa de desprezo pelos outros. Não vejo os dentes de cima. Isso me irrita. O ar constante de superioridade. Mesmo perseguido, continua orgulhoso.

– O senhor sumiu.

– Claro, você quis me matar.

– Eu?

— Me jogou o caminhão em cima.
— Eu lá sou de matar alguém?
— Não é? E aqueles lá do quartinho?
— Bem, era necessidade.
— Gostaria de entender a tua cabeça.
— E eu a tua. Não dá para saber o que o senhor pensa.
— Saber aonde você quer chegar.
— Estou levando a minha vida. Como todo mundo.
— Não é como todo mundo.
— Claro, se todo mundo levasse a vida como todo mundo, como seria o mundo? Gostou dessa? Também sei brincar com palavras, tio.
— Você brinca com tudo. Até com a vida das pessoas.
— Qual é? Dando uma de juiz?
— Só raciocinando.
— Do teu jeito. Por que não tenta pensar do meu? Você vive fora de órbita, tio. Sabe disso. Teu mundo é outro. Não existe. A tia já me dizia, às vezes. Como era difícil entender a tua cabeça. Primeiro, você não falava. Segundo, queria o mundo ao teu jeito.
— Do meu? Queria um mundo bom, justo.
— Palavrório, tio. O mundo é o que está aí, põe isso nessa cabeça. Você está agarrado no trem pelo lado de fora. Nem pula, nem entra.

As pessoas nos olham. Quando ele fala, viram-se para ele. Quando respondo, me observam. Como se estivessem num jogo de tênis, para lá e para cá, seguindo as jogadas. Os rostos são cínicos, ouço risinhos. Me sinto besta no meio dessa conversa. Se ao menos ela adiantasse.

Jamais vou mudar aquela cabeça. Foi preparada de outra maneira. Ele pode estar certo. Faz as coisas do jeito que tem de fazer, foi assim que aprendeu. O problema é: onde fico? Onde ficamos nós que aprendemos e crescemos diferentes? Vamos nos refugiar nos Isolamentos? Nos matar?

— O que você faz aqui?

— Digamos que estou em recesso. Por uns tempos, até a poeira baixar.

— Achei que você estava escondido.

— E estou.

— Aqui? Num lugar tão aberto, vigiado?

— Vigiado, nada. Não tem um só Civiltar.

— Deve estar cheio de Agentes Desconfiados.

— Também não.

— E a segurança de toda essa gente?

— O Esquema não está nem um pouco preocupado com a segurança daqui.

— O que significa isso?

— Aqui é o fim, tio.

— A Marquise não tem saída?

— Pode voltar. Mas todos os caminhos dão nos Acampamentos Paupérrimos.

— Se te ouvem falar assim. Cuidado, olha o Isolamento.

— Já estão me procurando. Só não calculam que a gente tenha se enfiado debaixo das Marquises. Pensam tudo de nós, menos que somos suicidas.

— Parece que são. Como vão sair?

— Tem tempo. Temos gente negociando a situação.

— O que aconteceu?

— O grupo ao qual eu pertencia ficou por baixo. Aconteceu um racha, o pessoal se dividiu. Uma crise de influências enquanto trocam os homens do Esquema. Sabe que está havendo sucessão presidencial?

— Impossível. Nem informam?

— Para quê?

— Eles nos governam.

— Quem governa mesmo, tio, não está sendo substituído.

Bebeu do cantil e riu de novo, absolutamente tranquilo. Virão buscá-lo. É uma certeza. Vai sair daqui para continuar, se é que vai ter continuação. Sou melodramático, mas acredito que não termina aqui. Senão tudo perderia o sentido, a existência não teria explicação. Estou entendendo.

As coisas são mais simples, não é preciso procurar significados ocultos. Os fatos são os fatos, verdadeiros, nus, aparentes. A vida inteira buscamos a compreensão através de informações enigmáticas. Imaginando complexas representações, procurando meios de penetrar no profundo.

E o real está na superfície, boia à nossa vista. Tão simples que recusamos. Estamos acostumados ao espelho da ilusão. Passamos o tempo em busca de algo que nos foi dado à primeira vista. Não confiamos mais em nossas percepções, instituições. Nos afastamos do conhecimento primordial.

Renasço a cada instante. Minha vida = uma série de renascimentos. Sem que tenha havido morte. Sucessão de momentos que se somam. Os antigos deixam experiências, maturidade. Os novos vêm com a inocência e a contemplação. Neste renascer, me faço criança e me incorporo ao que veio antes.

O ser antigo rejuvenesce, o novo ganha, no parto, o conhecimento. Venço a morte, a cada etapa. Ganho a vida. E me vejo um homem em permanente duplicata. Imagino que Tadeu Pereira gostaria de me ouvir. Anotaria em seu caderninho. Xi! Será que vou reaver o pacote que me deixou?

– Quer água, tio?
– Quero. Mas como você me passa o cantil?
– Jogo, você apanha, bebe, me devolve.
– Se chegar até aqui.

Jogou. Eu esperava que braços se levantassem, desesperados, interceptando o passe. Ninguém se moveu. A maioria das pessoas está de cabeça baixa. Sonolentas, letárgicas, sufocadas pelo mormaço. Pode ser que nem tenham prestado atenção, não souberam que a água voou sobre elas.

Tomo um gole. Bochecho. É o ritual. Para que a boca não estranhe e o estômago receba doses homeopáticas. Umedeço os lábios rachados. Minha cabeça melhora. Depois de outro gole, me lembro da mulher à minha frente. Sacudi, ela se reanimou. Me viu, fechou os olhos outra vez.

— Ei.
— Me deixe. Não comece de novo.
— Quer água?
— Água?
— Fala baixo, desgraçada. Quer?
— Pergunta imbecil. Cadê a água?
— Vai com calma, muita calma. Tem pouca.
— Onde arranjou?
— Meu sobrinho ali.
— Quem é você, homem? O que está querendo? Não entendo, não entendo nada. Acho que não quero água, não. Sei lá o que você vai me pedir em troca.
— O que eu podia pedir, você ia me dar antes. Se te oferecer água. O que é que há?
— Não me engana, não. Já passou um bom tempo se esfregando em mim, depois pulou fora. Não entendi e não quero mais me meter. Pensa que sou de ferro? Que estava brincando?
— Eu também não estava brincando. Te queria, e ainda quero.
— Não sei, não. Está aqui para me vigiar.
— Vigiar o quê?
— Também não sei. Mas a cidade vive cheia de homens vigiando e você é um deles.
— Deixa de bobagem, bebe.
— Me faz um favor? Me esquece? Faz de conta que não existo. Finge que está encostado numa coluna.
— Uma coluna não é tão macia como as suas coxas.
— Cafajeste, velho impotente e sem-vergonha. Aproveitador. Gosta é de passar a mão. Maníaco, tarado. Por que não vai se aproveitar de suas netas?
— TIO! EI, TIO! DEVOLVE O CANTIL!

Mais um gole. Este, prolongado. A garganta perdeu um pouco de sua aspereza. A água escorre com um glu-glu leve.

Sensação mais refrescante. Passo a suar, devo ter descompensado a temperatura. Melo. Minha roupa está suja, faz uma semana que não me troco. Vai ver estou fedendo.

A água pesa no estômago. Se bato na barriga, ouço o glu--glu. Sensação ruim, de dor. A água desceu rápido demais para o estômago vazio, formou gases. A dor sobe pelo peito. E se for um ataque do coração? Sempre começa assim, com uma dor na boca do estômago.

Sinto o movimento da água se agitando dentro de mim. Ela bate nas paredes do estômago. Como ondas, fustigando as rochas. Fustigando. Hoje é meu dia de palavras aposentadas. De onde estou retirando tais fósseis? Arroto, ruidosamente. E o arroto me parece uma pequena explosão.

Uma explosão rápida, seca. Como a de uma lâmpada quente mergulhada em água gelada. Estourando com barulho abafado. Dolorosas lâmpadas elétricas se apagando no meio de um mar gelado. Cordões de lâmpadas festivas apagando-se. Cordões para enfeite de rua, de praça, natal, carnaval, quermesse.

Lâmpadas coloridas. Surgem às centenas, aos milhares. Uma festa. Tem de ser, porque consigo ouvir perfeitamente os gritos. Estranho, não há música. Gritos em pleno silêncio, e o ruído das águas. Agitadas. Por que agitadas, se em volta é tranquilo? Os estouros secos se sucedem.

Tudo que vejo é a imensidão de água, o barulho de ondas rolando, batendo. As lâmpadas se apagam e não descubro se a água fustiga as rochas. Olha aí a palavra de novo. Ora, vou ficar me preocupando com palavras? Não! Há um casco escuro. Um casco de navio que afunda.

A imagem é muito clara e não entendo. Jamais estive no mar, nunca viajei de navio. Navio, lâmpadas estourando, gritos, explosões como se fossem cabeças. Meu Deus, é o sonho de Adelaide. Delírio meu, não pode ser. Estou mergulhado em pleno sonho, e num sonho que não é o meu.

Cada manhã, ela contava e eu me apavorava. Não queria admitir. Por nada. Nem podia pensar que o navio das nossas crianças pudesse ter afundado. Estou seguro que chegou a um porto, as crianças desembarcaram. Hoje devem ser adultos, vivem suas vidas. Só uma coisa ainda me aflige.

Teriam se esquecido, ou não souberam? Será que contaram aos meninos o porquê daquele êxodo? A condição imposta era essa: que um dia soubessem e tomassem a própria decisão. Que não entendessem a separação como rejeição. Ao contrário, foi um profundo ato de amor, única solução.

Era essa a carta que Adelaide esperava, todas as tardes, escondida no corredor de entrada. A carta em que nosso filho diria tudo bem queridos pais. Estou crescendo, entrando para a faculdade, começo a trabalhar, vou me casar, o neto vem chegando, estou apertado de dinheiro, alegre.

À noite, antes daquele beijo final, eu excitado pelo cheiro de groselha, ela me contava as notícias. "Me deixa ler", eu pedia, cúmplice. "Prefiro te contar, decorei as palavras. Te conto do jeitinho que ele escreveu." Cartas longas, pequenos bilhetes, um cartão com abraço.

Ficávamos preocupados quando ele mostrava algum problema, tensão, dor de amor, solidão. Felizes quando ele vinha eufórico. Contente quando podíamos dar um conselho. Assim, criávamos nosso filho, a distância. Dia a dia, crescemos com ele, transmitindo o que podíamos e sabíamos.

Vejo. Amava aquela mulher. Seus devaneios me fizeram suportar a realidade. A cada noite, Adelaide forjava uma carta. Com um poder de maquinação que nem mesmo os romancistas, que fingem recriar vidas, conseguiram inventar. Aliás, esses escritores inventam tão pouco, coitados.

Fantasias turbulentas, as cartas quiméricas de Adelaide eram reconfortantes. Um pequeno mundo nosso. Porque bem que nosso filho podia ter escrito. Vai ver ficou com medo que insistíssemos em sua volta. Coisa que jamais faríamos, não havia nenhum sentido viver neste país.

Tudo o que pedíamos eram somente algumas linhas. Confirmando que estávamos certos naquela noite e que a angústia passada, a ausência torturante tinham valido a pena. Sabíamos, ele estava em algum lugar, outros pais receberam confirmação, o navio tinha chegado, os meninos salvos.

Nada mais havia a fazer quando nos reunimos para a decisão. Centenas de reuniões. Milhares de pais e mães, ideias escorrendo, caindo de todos os lados. Estávamos lúcidos, conscientes, determinados a permanecer. Semanas e semanas debatendo, brigando, suando, até poder admitir.

A ideia apareceu num dos primeiros encontros. Foi sussurrada, como se o próprio autor tivesse receio da ousadia. E logo nos assustamos, era verdadeira demais. Discutimos até conseguirmos nos afastar dela. Queríamos tempo, nada mais que tempo, para nos habituarmos, aceitarmos.

Tempo para conviver com a noção de desligamento. Amadurecer a certeza de que daria certo. Não era novidade na história. Os judeus tinham tentado e conseguido por duas vezes. Ao sair do Egito, na Antiguidade, e ao voltar para Israel, com a formação do Estado, nos anos quarenta.

Ninguém pense que foi fácil o acordo. Rolamos noites e dias, suamos (de medo, não de calor) e nos angustiamos à medida que a ideia foi saindo do fundo, até se solidificar. Cristalizada. Sei, estou sendo dramático, superespetaculoso, outra vez. É um vício. Mas desta vez foi assim, juro.

Me lembro que, quando caminhamos para a deliberação definitiva, nossos passos pesavam mais que a inquietação. De maneira estranha, ao ouvir o final da votação, estávamos seguros. Atrevidos. Serenos de que não havia outra maneira. Porque, olhando em volta, não víamos o presente. E o futuro onde estava?

Ficou enterrado nas areias contaminadas de Angra dos Reis. Tinha escorrido pelo leito seco dos rios. Perdido nas dunas amarelas do deserto amazônico. Estraçalhado nas ruínas dos postos de gasolina. Tinha sumido nos terremotos e nos incêndios de bairros, vilas, cidades, matos e campos.

Nossos organismos estavam decompostos com as comidas fertilizadas, os alimentos factícios. Evacuamos dia a dia pedaços do estômago, do fígado, dos intestinos, tossimos pulmões esbranquiçados, fragmentos de faringe. Que não pareciam tecidos humanos e sim fragmentos de plástico, apodrecidos.

A obsessão de Adelaide era um filho. Nenhuma novidade até aí. Ela não via sentido no casamento se não viessem crianças. Tivemos várias. Só que nossos sonhos morriam nas salas dos ambulatórios, Adelaide sangrando nas mesas imundas de médicos clandestinos. Não sei como sobreviveu.

Ela se culpando, já era um pouco de sua religiosidade, dizendo que o mal estava nela, em seu ventre que não segurava filho. Não houve médicos (desgraçados) para explicar que os ventres contaminados das mulheres dificilmente segurariam os filhos. Estava acontecendo, o Esquema escondia.

Aos poucos, passamos a saber. Veio a falação sub-reptícia. Cochichos, comentários. Vazamento de informação num hospital. Os fatos se espalharam, estabelecendo um grande pânico. Foram os tempos do Ventre Livre, seguidos pelo período agudo e mais difícil: o Grande Ciclo da Esterilidade.

Provocado (também se cochichou) pela catástrofe da usina nuclear. Aquele afundamento que nos deixou sem eletricidade e sem filhos, o país à beira do abismo, povoado por noites escuras. Então abateu-se a Grande Insegurança. De que modo manter vivas as crianças que existiam?

Os Grupos Esmagados passaram a ressurgir timidamente. Eram os que tinham pregado contra a tecnologia aplicada de forma insensata; os que tinham acreditado num retorno à terra; na defesa do verde; lutado por alimentos naturais e saudáveis, enfrentando as multinternacionais químicas.

Tais grupos esmagados, que os historiadores apelidaram de enganados, quiseram levar adiante o Grande Plano de Manutenção

Infantil. Engraçado, tudo era grande. Será que tínhamos apoteose mental? Grande Período, Grande Plano, Grande Grande. Parece que copiávamos o faraonismo do Esquema.

    O difícil foi convencer as pessoas. Tirá-las de casa, desalojá-las, provocá-las. Fazer assembleias. Levou tempo, mas chegou um dia que as assembleias pareciam reuniões de trabalhador dos Abertos Oitenta. Milhares de pessoas, muita agitação, bandeiras, slogans. E falação sem fim.

    Levou tempo, mas aqueles românticos eram pacientes. Mais que isso, obstinados. Até um pouco maçantes. O quê? Maçantes. Acho que hoje estou saindo de um poço de arcaísmos. Calor deixa de miolo mole, dizia Tadeu Pereira. Por que Tadeu foi fazer aquilo? Teria feito realmente? Não acredito.

    Tinham organização, estavam interligados. Tomada a decisão, puseram-se em contato. Os grupos se esparramavam pelas capitais, interior, toda a parte. Trabalho subterrâneo. Como formigas. Veio auxílio. Dinheiro, alimento, cotas de água, armas, roupas. Os pais não se metiam. Apenas esperavam.

    Estávamos fichados, cadastrados, cada um com seu número de chamada. Passaram-se seis, sete meses. Fomos convocados. Uma noite de verão descemos até Santos. Na mala, os documentos do menino. Se ele fosse maior, teria desfrutado. No porto, o navio era imponente. Decadente, mas monumental.

    Curioso imaginar que pessoas ali dentro tivessem atravessado o oceano em meio a festas, jantares, jogos, teatro, roupas elegantes, piscinas, belas bacanais, grandes bebedeiras. O mundo já soube se divertir. Minha dúvida era se aquele batelão suportaria a travessia. Levava jeito de enferrujado.

    Chamava-se *France*, pertencia à história dos transatlânticos. Foi o último antes da Temporada dos Jumbos Espaciais. Começamos a embarcar a meninada pouco depois das dez. Duas mil crianças a bordo. No cais, o povo mais silencioso que já vi, o *France* deve ter estranhado o clima de velório.

As crianças, em idades que variavam de dois – como nosso filho – a oito anos, pressentiam. Poucas se conservaram na amuradada do navio, acenando. Os maiores, era uma certeza minha, compreendiam a necessidade da separação. E se isolavam, inconscientemente, para evitar sofrimento.

Não dizíamos, porque afinal era preciso se apegar a alguma coisa. Mas não acreditávamos muito. Nem sabíamos que probabilidades tínhamos. Arriscamos, jogando alto, muito alto. Em algum lugar do mundo, aquelas crianças encontrariam uma casa, um solo, novos pais. Cresceriam normalmente.

Não somente crescer, mas essencialmente viver. Quando o antiquíssimo transatlântico, qual uma caravela, partiu meio adernado, respiramos aliviados. Rumava para o desconhecido, semelhante às naus portuguesas que no século dezesseis enfrentaram mares nunca dantes navegados.

Não houve clamor de desespero, choro, ranger de dentes. Soluços reprimidos, lágrimas corriam. A nave partia, iluminada por centenas de cordões. As lâmpadas coloridas davam um aspecto de festa; quermesses disfarçavam o clima sombrio e soturno. Lentamente, o barco ganhou o mar, sumiu no escuro.

Levava nossa provável certeza de continuação. Ficamos ali até as luzes desaparecerem, engolidas pelo nevoeiro. Demoramos para sair do torpor, os olhos mergulhados na escuridão. Eu, como sempre, intelectualizava. Quando Adelaide apanhou minha mão, não resisti e fiz uma frase.

"Da treva nasce a vida. Do escuro que era caos primitivo surgiu o mundo. A semente vai voltar desse ponto desconhecido." Adelaide coçou o olho e me encarou naquela sua maneira irritada com que costumava me pôr no lugar: "Não é hora de fazer discurso, nosso filho acaba de desaparecer".

– Aceito a água.

–

– Oi, cara, aceito a água.

Desde aquele dia, o sonho foi constante. Nos primeiros tempos, Adelaide acordava gritando, suando, exausta. Contemplava o navio afundando, depois o mar calmo. Nunca viu, é verdade, os meninos morrendo. Eu a consolava: foram salvos, estavam nos botes, algum navio passou e apanhou.

O sonho foi se tornando real, passou a fazer parte de nossa vida. Igual à carta. Nos acostumamos. Quando ela ficava muito tempo sem sonhar, estranhávamos, tínhamos medo. Noventa viagens o navio fez antes de ser recolhido definitivamente a um museu oceanográfico em alguma parte do mundo.

– Faz que não ouve agora? Quero água.

Minha vizinha me cutuca e belisca. Se encosta. Sinto o hálito desagradável. Como pensei em beijar essa mulher? E meu hálito, acaso será melhor, com estes estômagos podres que temos? Mania que sempre tive foi escovar os dentes longamente, gargarejar, manter a boca fresca, perfumada.

A roupa está pregada ao corpo. Sinto o tecido sintético fazendo parte de minha pele. O suor pinga da testa, recolho com a língua, salgado, desagradável. Não dá para suportar muito tempo, a dor de cabeça recomeça, aguda, a paralisação do braço, os dedos amortecidos. Coração?

– Dá ou não dá a água?

Desperto, devia estar cochilando, a quentura agora é espessa, impenetrável. A multidão imóvel, tensa. Os murmúrios. A modorra domina tudo, como se estivéssemos a fazer uma gigantesca sesta. A mulher está virada para mim, colada ao meu corpo. Estou indiferente, distante.

– Morreu?

– Hein?

– Me dá um pouco de água.

– Um gole só. A água é do meu sobrinho.

– Ora, me dá um gole logo, ou começo a gritar.

– Grande diferença faz. Pode gritar.

– Grito que você tem água.

– Toma logo, não me enche a paciência.

Agarrou o cantil, o glu-glu descia pela sua garganta, a água aos borbotões, a desgraçada vai esvaziar. Arranco de sua mão, ela puxa de volta, água espirra, cai sobre o vizinho, o sujeito desperta, sem entender. Antes que ele perceba, arranquei o cantil da mulher, escondi embaixo.

– Tá chovendo, companheiro?
– Ficou maluco?
– Estou molhado.
– De suor.
– Suor não é fresquinho. Senti um baque fresquinho, gostoso.
– Sonhou.
– Pode ser. Desde manhã estou sonhando, morto de fome. Prometeram distribuir comida e até agora, nada.
– Os caminhões devem vir à noite. Como vão enfrentar o sol?
– Sei, não. Disseram que as Marquises seriam fresquinhas, confortáveis, com espaço para todos, cama-beliche, armariozinho. Falaram tanto que até deixei um apartamento, achando que ia melhorar.
– Você tinha um apartamento?
– Não, sublocamos um. A gente tinha conseguido penetrar na cidade, subornando oficiais que tomam conta dos Limites. Apareceu um cara do Novo Exército oferecendo vagas. Fomos na conversa. Levou nosso dinheiro, fichas, ficamos quase sem nada. Acabamos num apartamento imundo, superlotado. Imagina onde? Quando descobrimos, era tarde demais, não dava para sair. Em pleno Conjunto Habitacional dos Piolhentos. Gente, que negócio horroroso. Em três dias estávamos tomados pelos piolhos. Raspamos a cabeça, eles continuavam. O couro virou uma ferida só, tanto nos coçávamos. Um infestava o outro. Os Civiltares apareciam com inseticidas. Jogavam de mangueira, que nem bombeiro. Era pior, o inseticida grudava na pele. Morria gente sem parar. Pensei que ia ficar louco.
– Por que não fugiu antes?

– Vai me dizer que não conhece os Conjuntos dos Piolhentos?
– Nunca ouvi falar.
– Três dias depois de entrarmos, o governo isolou a área. Fizeram um círculo de fogo em volta. Uma camada com três metros de fogo permanente. Atravessada, de vez em quando, por carros blindados. Garantiram que o círculo era provisório, só enquanto durasse a peste. Tentei me jogar da janela, pular no fogo. Me seguraram. Não havia muita escolha. Resolvemos queimar todos os móveis e objetos da casa. Esvaziamos os cômodos, tentamos combater os piolhos a nível local, melhorou um pouco. Não havia muita escolha. Até que ouvi falar das Marquises. Ao menos ficavam ao ar livre, longe da cidade. Foi só aparecer a falação das Marquises, vieram os Civiltares propor a venda de vagas. Reuni o resto que tinha, comprei uma vaga. Aliás, comprei apenas o direito de sair do Círculo de Fogo, me distanciar dos piolhentos. Caí aqui, e ainda não sei se foi bom ou mau.
– Nem adianta saber. Daqui não se sai mais.

Vez ou outra, a multidão se movimenta. Ninguém suporta ficar comprimido. O mormaço é visível acima das cabeças. Flutua como uma camada, a ponta de um iceberg. Gritos, mais um caiu fora das bordas. Ninguém tenta segurar, tem medo de ir junto, a solidariedade morreu, já se viu.

– TIO, EI, TIO. ME DEVOLVE A COISA.

Percebo que estou perigosamente próximo à borda, e me apavoro. Nada a fazer, porque sou levado, neste momento esporádico, semelhante às ondas do mar. Me empurram milímetro a milímetro. Antes de devolver o cantil, devia oferecer um pouco ao meu companheiro. Nem esboço o gesto.

– Vai ter mais?
– Se vier algum dos nossos, à noite.
– Acha que vem?
– Pode ser.
– E os teus capangas?
– Capangas? O que quer dizer?

– Os asseclas.
– Quê?
– A gente do teu bando.
– É que o senhor usa umas palavras que não existem mais.
– Bandido. Você sabe o que quer dizer, não sabe?
– Pensa que sou bandido. Por que pensa assim, tio?
– E o que é que vocês são?
– Uma organização comercial e financeira, como tantas outras.
– Só queria entender o porquê de tudo isso. Você foi tão bem-criado.
– Bem, fui mesmo. Mas quase que vocês me atrapalham a vida. O que aprendi nada tinha a ver com a realidade, tio. Foi um conflito danado em minha cabeça.
– Foi? Duvido muito.
– Só me ensinaram coisas do passado, de uma outra época. Costumes sem uso. Fiquei apertado mesmo, não sabia agir na vida. Uma barra.
– Diz por quê, vai, diz.
– A sua vida, tio, é viver atrás do por quê. Do como. Não complica. É muito fácil. O que faço é por dinheiro, nada mais.
– Dinheiro?
– Agora eu é que pergunto: por que o espanto? Dinheiro. Preciso dele. Quero a minha casa no Círculo dos Funcionários Privilegiados. Acha que gosto de morar num prédio calorento, sujo, sem ventilação, contando tostões para ver se sobrevivo no dia de hoje? Quero comer e beber, ter piscina, frequentar meu Campo de Descarregamento. Simples. Só com dinheiro eu faço isso.
– Um Campo de Descarregamento. Até eu gostaria de um.
– Continua com raiva de mim, tio?
– Nem sei se tenho.
– Olha que não tiro você daqui.
– Sei que não vai tirar.

— Mesmo que tire, o senhor não tem mais para onde ir. Confiscaram o seu apartamento, perdemos o nosso entreposto. Perdemos todos.

— Se tirar, quanto vai cobrar?

— Mais tarde a gente acerta.

Riu. De repente, esse riso me anima. Ele tem tanta certeza de que vai deixar as Marquises que me passa também a esperança. Acho que vamos embora. A menos que ele seja um inconsciente total, um maníaco. Bom, ele é maníaco, é inconsciente, mas isso não quer dizer que não vamos sair.

Alguém me olha. Quem é que não sente quando está sendo observado fixamente? Não precisa sexto sentido. Giro a cabeça, até enxergar o moreno alto, jeito de jogador de basquete. Ele inclina a cabeça ligeiramente, num aceno afirmativo. Ergue as mãos e, ora, não acredito.

Tem um furo idêntico ao meu. Deve ser um sinal de reconhecimento, senha. Ergo a minha mão e aceno para ele. Faz que sim com a cabeça. Ao baixar as mãos, olho. O que aconteceu? Não, não, estou ficando maluco! Sonhei e desperto agora? Ou apenas estou começando a sonhar!

Porque o meu furo desapareceu. Sim, não existe mais. Se acabou. Não ficou nem a cicatriz. Cutuco, mexo. Onde está? Caiu ao chão? Empurro as pessoas, mas não consigo mover ninguém. Loucura! Um furo cair ao chão. Só na minha cabeça. Qual a última vez que prestei atenção nele?

Não me lembro, tinha me acostumado, nem ligava mais. Vai ver faz dias e dias que a mão se fechou. Será que?... Não, não é possível. O furo existiu, me acompanhou por meses. Meses? Quanto tempo faz que tenho este furo? Tenho, não. Tinha. E então me vem algo incrível. Vejam só!

Não pode ser, me ajudem, é um pensamento maluco. Mais do que isso, é a prova de que fiquei louco. Vocês sabiam. Mostrei. Vocês viram. Eu tinha o furo na mão, não tinha? Digam que sim, ou saio daqui e dou um tiro na cabeça. Esqueçam. Nem posso sair, nem tenho revólver.

O furo nunca existiu. Pode ser? Jamais aconteceu coisa alguma em minha mão. Não houve furo, assim como não havia cartas de meu filho. Olha aí a mão. Intacta. Nenhuma marca. Acham que, se tivesse havido um furo na minha mão, não teria deixado marca? Juro que é impossível em medicina.

A não ser que eu tivesse feito plástica. Mas sempre fica um ponto camuflado. Ora essa, tem cabimento eu fazer plástica! O furo foi desenvolvido em minha imaginação e acreditei nele com todas as minhas forças. Muita gente pode dizer: mas Adelaide se foi por causa desse furo.

Aceito que digam, sei mesmo que estão do lado dela. E têm toda a razão, porque eu também ficaria. Quantas vezes repeti, ao longo desses meses, que não deve ter sido fácil conviver comigo. Nem eu mesmo me aguentava. E agora que me suporto, é a vida que se tornou tolerável.

Complicado, não é? E se a gente não se aguenta, não pode exigir que os outros nos aguentem. Portanto nenhuma razão para ficarem do meu lado, por maior o amor. Que o maior amor também morre, despenca como aquelas árvores gigantescas que eu via cair decepadas pelas serras maníacas.

A dor de cabeça me vem em pontadas violentas, me sinto paralisado, mas nenhuma mancha. Não, agora já sei que meu avô está morto embaixo daquele caminhão que tentou deter. Pobre velho. É, mas o que tem isso a ver comigo e Adelaide? Nada. É a mania, desvio sempre os assuntos.

O que venho admitindo, meio secretamente, sem coragem de revelar, é que Adelaide se foi porque estava na hora de ir. Não foi de repente. Há muito a ideia estava formada em sua cabeça, e vinha descendo. Ela tentou falar comigo algumas vezes. Nunca ouvi, não queria saber.

Se ao menos tivesse lido o bilhete. Não precisava. Sabia o que estava escrito, por que ela me deixava. Mas, se tivesse aberto, teria de ler. E eu não queria que soubessem como fui me afastando de minha mulher, deixando tudo ruir. Sou um bom de um filhodeumamãe.

Deixei que pensassem que Adelaide era louca, medíocre. Mesquinha, porque abandonava o marido, da noite para o dia, quando ele mais precisava. Quando um furo na mão inexplicável apareceu. É que eu tinha de manter a minha imagem. Todos entendem essas coisas, já fizeram também.

Adelaide não me abandonou. Se foi, com aquela simplicidade e clareza que sempre a marcaram. Mulher cristalina, firme, pena que vocês nem chegaram a conhecer. Fiquei devendo um retrato melhor dela. O que passei foi distorcido. Porque, também convenhamos, eu sentia grandes dores.

A solidão, o estar sem Adelaide, depois de trinta e dois anos. Amei aquela mulher, e o gesto de acariciar o seu ombro, todas as manhãs, jamais foi automático. Era carícia mesmo, ternura. Houve dias em que perdi o ônibus, porque depois daquele gesto voltávamos para a cama, correndo.

Acredite quem quiser. Não tenho mais razões para mentir, nenhuma necessidade de fingir, elaborar fantasias. Nem estou delirando. Já se acostumaram com meus delírios, às vezes alucinantes, porém desta vez estou descarregando meu coração. Verdade. E sentindo grande alívio.

Cheio de esperança de que Adelaide um dia venha a saber de tudo. Não sei como. A não ser que um de vocês a encontre, dia desses, e a reconheça. Também não contei muito dela fisicamente, o que pode dificultar um pouco as coisas. Todavia vejam se não tenho razão. Pensem bem.

Alguém procurou um dia descrever a pessoa que ama? Parece fácil, simples, mas é impossível. A imagem sai alterada. Porque o medo de encararmos a quem amamos é diferente. Não digo distorcido. É que tudo vem de outra maneira. Que não é o real, porém o real filtrado.

Acrescido, modificado pelo que acrescentamos. Pois o outro não passa daquilo que é realmente, mais a soma do que adiciono e moldo. Ao ser, junto o que vejo, o que sinto, o que recebi, o que ela me doa a cada momento. E, assim, ela é uma soma dela e de mim, intercambiada, transplantada.

Quem vê de fora, sem sentir o que sinto, percebe duas imagens que não se ajustam. Como assistir a filme de terceira dimensão sem os óculos. No entanto eu percebo além da terceira dimensão, penetro na quarta. Bem, é isso. Com tal calor e a cabeça latejando, não dá para muita clareza.

Então afirmo que Adelaide não se foi pelo furo, mesmo porque o furo nunca existiu. Criei-o à força, para me agarrar a algum motivo, a fim de modificar, encarar o mundo. Muleta? E daí? Prefiro andar de muletas que ficar parado na esquina, como um tonto inútil.

Adelaide se foi porque tinha decidido. Além do mais, se um simples furo na mão levasse as pessoas a abandonar outras, a grande maioria estaria separada. Olha o que tem de gente sem dedo, perna, braço, olho, nariz, dentes, pé, joelho, bunda. Para não dizer de alguns que nem a cabeça possuem.

– Força, energia, seiva, vitalidade.

– O quê?

– Força, energia, seiva, vitalidade.

O moreno conseguiu chegar mais perto. Observo o seu pescoço. Preso a uma corrente, o minúsculo mecanismo de aço inoxidável. E está girando. Idêntico ao que vi sobre o paralelepípedo. Tem de ter uma razão, um significado. Ficamos nos olhando. Há uma força qualquer a nos unir.

– Força, seiva, energia, vitalidade.

Bom, mais um maluco falando linguagem cifrada. Essa gente muito metida com esoterismo se expressa por meio de signos. E espera que todo mundo compreenda a simbologia deles. Aqui ó! Estou por fora, completamente no ar. E a essa altura não me interessa ficar quebrando a cabeça.

Quero dizer, ficar tentando entender. Quero apenas viver. Mais que isso, gostaria de desfrutar a vida um pouco. Só viver, vivi. Não foi o bastante. Queria tentar me manter decentemente. Gostaria de ir até o fim. Ser último, se possível, quando tudo desabar. Último. Que pessimismo!

O homem do furo na mão se espreme, força, e não sai do lugar. É preciso ter paciência. De tempos em tempos vem uma pequena chance. Quando a multidão reflui, apavorada com alguém que caiu nas bordas. Brechas mínimas se abrem entre os corpos, o jeito é se meter por ali e aguardar.

Morrer de pé. Aqui ninguém tem como cair morto. Talvez sirva de consolo para alguém. Os que se orgulham de cair em pé. Imagino o que seriam estas Marquises se houvesse crianças. Estariam esmagadas. Que idade terá agora o nosso Daniel? Foi Adelaide quem escolheu o nome, eu queria André.

Cochilei. Acho que cochilei. Não tenho certeza de mais nada, depois que o furo desapareceu. Deve ter sido um longo cochilo, porque o moreno está à minha frente. O mecanismo de aço realmente gira a uma velocidade espantosa. Fico hipnotizado, indagando: quem fornece a energia inicial?

– Faz tempo que você tem o furo?
– Muito.
– Também tive um.
– Teve?
– Só que desapareceu. Você não vai acreditar.
– Acredito. Que diferença faz?
– Pensei que fizesse. Fosse alguma marca.
– Marca de quê?
– Era o que ia te perguntar.
– E por que a mim? Tenho cara de quê?
– De nada. Achei que você sabia alguma coisa.
– Nem o meu médico conseguiu decifrar o furo.
– Bem, mas o aparelhinho aí você explica.
– Você é um sujeito esquisito. Quer saber tudo.

— É que já vi um aparelhinho desses, uma vez.
— Gostou?
— Bem curioso, mesmo!
— Se viu, por que não comprou?
— Estão à venda?
— Em toda a parte.
— Não frequento muito lojas. E para que serve o bichinho?
— Para nada, é um enfeite. Um brinquedo tecnológico desses que os caras vivem inventando.
— Para nada, nada? Nada?
— É bonito. Uma joiazinha. Funciona com a energia que retira da luz. No escuro, para. Se acender uma vela, ele gira.
— Mas tem de servir para alguma coisa.
— É. E essas pulseirinhas que as pessoas usavam junto ao relógio? Serviam para quê? Esses penduricalhos que as mulheres colocam no pescoço, na orelha? São coisas bonitas, nada mais.
— É. São...

Me abandono, sustentado pelas pessoas que estão em volta. Muito cansado, os pés doloridos. Pernas amortecidas. Continuo a temer pela minha circulação. Fecho os olhos. A tarde está caindo, a quentura permanece. Bem tarde da noite é que vai bater o frio. Quente-frio; frio-quente.

Pela manhã, muitos estarão mortos. As mudanças de temperatura são rápidas. Assim que o dia esquentar, vamos jogar os cadáveres ao sol, para que sejam incinerados pela luz. Tais coisas fazem parte de nosso dia a dia. O horror deixa de ser quando se transforma em cotidiano.

— Tem ideia de onde estamos?
— Pouca, no meu ônibus os vidros estavam pintados de preto. Não via a estrada. Não sei se viemos em reta, se rodamos em círculo.
— Digo que nem saímos de São Paulo. Tenho a impressão de que conheço aquelas ruínas de free-way que se vê aqui.
— Podem ser de qualquer estrada. Eram todas iguais.

– Só me pergunto o que estamos fazendo neste lugar.

– Me sinto ridículo aqui debaixo. Espantosamente ridículo. Me deixei tratar como imbecil. Acho a situação grotesca. Seria cômica se não fosse bandalha. Me vejo sem calças, no meio de uma praça, com todo mundo olhando minha bunda.

Já que estou no meu dia de palavras arcaicas, posso buscar mais uma? Gostei desse homem. Valeu o encontro. Ele acaba de me tirar um peso da cabeça. Definiu o que eu me recusava a aceitar. Essa é uma situação estrambótica. Pronto! Bem, disse que ia trazer outra palavra morta.

Me digam: viram algo mais bufo que a cena que estamos a representar? Debaixo da imensa Marquise, obra faraônica, orgulho do governo, maravilha das maravilhas? Bufões, palhações, e nem sequer temos plateias a quem vender nossa graça. E o público aí não quer saber de aplaudir.

– Acha que saímos daqui?

– Pensando bem a gente tem uma chance.

– Qual?

– Tenho um sobrinho, capitão do Novo Exército. Um cara enrolado, mas bem relacionado.

– Ele pode nos tirar?

– Me disse que sim. Estava tranquilo, certo de que viriam buscá-lo.

– Se a gente tivesse ideia de onde nos encontramos, poderíamos nos mandar à noite. Ninguém pensou nisto. Ir embora à noite quando o tempo resfria.

– Ninguém sabe o que fazer ainda. Nem mesmo nós.

– Podemos formar grupos, mandar alguns à frente.

– Quem for não volta mais. Não é bobo.

– Você está no fundo do poço, puxa! Vê se acredita!

– Tá bom, me diga: você ia na primeira leva? Sem saber se ia chegar a tempo a um abrigo antes do sol nascer?

– Pode ser que sim.

– Pimenta é boa no rabo dos outros, não é?

— Pelo jeito, temos de nos virar por aqui algum tempo ainda. E precisamos nos organizar.

— Hein?

— Vamos nos organizar.

— Organizar?

— Sim, está surdo?

Fala aos berros. As pessoas à nossa volta silenciam. Existe uma força nesse homem. Firme, ao falar. Deve haver outros por aí, não é possível imaginar que somos apenas dois a compreender o que se passa. Sei que está me convocando. Eu, o teórico, tenho de ir à prática.

— Como?

— Não sei ainda. O melhor é nos conhecermos e planejarmos.

— Nem podemos nos mexer.

— Amanhã, depois, estará mais folgado. Vamos conquistar os espaços dos que estão caindo.

— Ou evitar que caiam.

— Não tem jeito. Vamos planejar a partir dos espaços ganhos. Cada um de nós orientando o grupo à sua volta.

A noite passa. As lâmpadas, fracas, ficam acesas por algumas horas. Uma claridade amarela, baça. "A dolorosa luz das lâmpadas elétricas." Não posso olhar para elas, me dão agonia. As pessoas ressonam, roncam, respiram entrecortadamente, choram, murmuram. Acordo com o barulho do vento.

Barulho de vento assobiando. Repito a mim mesmo. Barulho de vento. Um sonho dentro do sono leve. As lâmpadas elétricas estão imóveis. Dolorosamente. Os fios não se agitam. Sinto o pó seco envolver o meu rosto. O vento parece muito quente, e parado. É, vento parado. Pode sim!

Importa é que ele existe, para mim. Duvide quem quiser. Não é um delírio final. Só para ter mais certeza, cutuco meu companheiro moreno. Estava cochilando, acordou sobressaltado, pisca muito os olhos. "Está sentindo?", pergunto. Ele dá um tempo, a observar, depois grita.

– É vento, vento. Vento, putaqueopariu!

– Então é mesmo. Não é possível duas pessoas sonharem a mesma coisa.

– E cheira chuva, não cheira?

– Isso já é exagero.

– Cheira chuva, preste atenção.

– Nem me lembro mais do cheiro de chuva.

– Ah, isso não se esquece. É como nadar, andar de bicicleta, trepar.

– Tomara não seja a chuva ácida.

– O que é isso? A chuva ácida fedia. Nossa, como fedia! Pouco antes, ninguém aguentava, a gente fechava portas, janelas, calafetava. Ou morria pelo nariz. Este cheiro é bom. Terra molhada.

Mesmo que não cheire, me deixo envolver inteiramente por esta sensação. E penetro dela. E vem até mim este vento fresco, longamente desaparecido. E desejado. Junto ao cheiro de terra seca, esse vento que a gente reconhecia. Era o que trazia a chuva. Vento prenunciador.

– Estamos delirando, amigo?

– Se for delírio, que mal faz? Há muito tempo prefiro viver no delírio.

Não dormi, fiquei alerta, elétrico à espera dessa chuva prometida. Era certeza que viria. Mais hora, menos hora. Viria. Pode ser que estivesse ainda longe, mas caminhava em nossa direção. Com a atmosfera rarefeita, os sons e os cheiros chegam mais rápido, são espantosamente velozes.

Como a luz das estrelas. Quando ela nos atinge, brilhava há muito tempo, às vezes há milhares de anos. Pode ser que este cheiro molhado venha de um ponto tão remoto que vai demorar muito a chegar. Aposto tudo que é chuva. Alguém sabe se está chovendo por aí?

E PUR SI MUOVE
"Entretanto move-se"
[a terra]

Galileu

Aqui, uma breve reflexão de Loyola sobre as circunstâncias da elaboração do conto "O homem do furo na mão", que integraria seu livro *Cadeiras proibidas* (1976). O sucesso da narrativa motivaria o escritor a desenvolvê-la posteriormente, exercício que culminaria na concepção do romance *Não verás país nenhum*, publicado em 1981.

O furo que nasceu do TÉDIO

Eram dias monótonos e bastante angustiantes para mim. Trabalhava há seis anos na Editora Abril. Em 1972, tinham me deslocado da revista *Claudia* e me "encostado" na *Realidade*, que vivia então uma fase de decadência, perdendo leitores e credibilidade. Tudo resultado da intensa pressão da censura imposta pela ditadura militar, que assumiu em 1964, e hoje repudiada por uma ala negacionista. Em crise permanente, as direções se sucediam e ninguém encontrava fórmula salvadora. A equipe tinha muita gente de talento, era a equipe que editara a *Realidade* desde o início. Nomes como Paulo Patarra, Roberto Freire, Narciso Kalili (com quem trabalhei em *Última Hora*, nos anos 1960), Luiz Fernando Mercadante, Hamilton de Almeida, Sergio de Souza, Woile Guimarães, Alessandro Porto e fotógrafos como o americano Roger Bester (hoje de volta a Nova York) e Walter Firmo, José Hamilton Ribeiro, Carlos Azevedo, Eurico Andrade, Audálio Dantas, José Carlos Marão, Múcio Borges da Fonseca, Roberto Pereira (que faria muita matéria para mim, mais tarde, em *Planeta*. Sabia tudo sobre óvnis). Colaboradores eventuais eram Paulo Francis e Plínio Marcos. Mas aqueles jornalistas pareciam esgotados, cansados das pressões da direção da Abril, frustrados por um fortíssimo fator externo, a censura, a maior responsável pelo esvaziamento da revista.

O ambiente na redação era melancólico. Nas reuniões de pauta tentava-se encontrar ideias que revigorassem *Realidade*, fazendo com que ela voltasse a ser o que era. O fantasma do seu antigo sucesso rondava constantemente a cabeça de diretores, chefes, secretários, fotógrafos, repórteres, copidesques, até secretárias. Nesse clima de nostalgia do mito acabado, vivi alguns meses, sem saber por que estava ali. Sem me sentir identificado com um espírito que não existia mais, marginalizado por alguns elementos que me faziam sentir um agregado, corpo estranho dentro daquela equipe (que tinha sido) fabulosa. Faziam questão de me ignorar, como se eu fosse um invasor.

Na única matéria que produzi para a revista, um documento sobre a mulher que trabalha, "fracassei". A matéria saiu sem pique, sem garra, sem graça, totalmente reescrita por um copidesque de apelido Miltainho, um ser mitológico lá dentro que, diziam, "dava o estilo de *Realidade*". Vários deles ainda hoje vivem embalados pelo mito *Realidade*. Eu vivia inquieto, minha mulher estava grávida e a perspectiva que eu via era a do desemprego. Tenso, ansioso, só encontrava uma pessoa com quem dialogar na redação: Jorge Andrade, o teatrólogo de *A Semente, Vereda da Salvação, Os ossos do barão*, peças maiores. Foi um convívio bom de alguns meses que se transformou em amizade. Jorge foi um dos homens mais inteiros que conheci; um desses poucos que você lê, depois encontra e diz: Jorge é a obra. Quando não conversava com ele, ficava sentado à máquina, tentando escrever.

Certa manhã, enfastiado como dizia minha mãe, li todos os jornais, vi as revistas, desci ao Dedoc (Departamento de Documentação, ou Arquivo da Abril). Havia um pessoal com outra cabeça, politizados, cultos, ativos, as conversas eram agradáveis, papo-cabeça. Os assuntos eram ditadura, censura, prisões, torturas, mortes, o país esmagado, com medo, fodido. Uma daquelas pessoas era Irede Cardoso, mais tarde vereadora combativa, feminista, mulher de esquerda, bem-humorada, irônica. Soube mais tarde que o Dedoc era um dos canais que transferiam informações aos jornais estrangeiros, relatando o que ocorria nas prisões, as torturas, os assassinatos, e tudo o mais. Havia canais nunca revelados. Das prisões nos chegavam relatos de presos que denunciavam o que ocorriam nos chamados "porões da ditadura".

Certa manhã, na redação semideserta, apanhei uma caneta e comecei a riscar minha própria mão, fazendo círculos e mais círculos. Tolice, ócio. Jorge Andrade passou por mim, olhou aquele círculo na palma da mão, sorriu:

— O que é isso? Onde conseguiu esse buraco? Um furo perfeito.

Era um homem criativo. Não perdi a deixa:

— Vinha no táxi, a mão começou a coçar, quando entrei na Abril, a pele se desprendeu, ficou esse furo.

— Cuidado. Na Abril estão demitindo quem tem furo na mão.

Ele se foi. Aliás, devo dizer que, mais tarde, Jorge levou parte dos originais de *Zero* para a Itália. Naquela época, sem computadores, escrevíamos o livro, revisávamos, um revisor profissional reolhava o texto, uma datilógrafa copiava uma destas cópias que ia para a editora, o autor ficava com a outra. Com carbono, o máximo que se conseguia de "legibilidade" eram duas cópias. Jorge foi a Roma entrevistar Murilo Mendes, levou apenas metade do livro, a outra estava sendo datilografada. Foram mais de 600 laudas. Em Roma, meu amigo conheceu a professora Luciana Stegagno Picchio. Deixou o livro com ela. Luciana adorou o que leu, pediu o resto; Thomaz Souto Corrêa, então diretor da revista *Claudia*, se encarregou de levar o resto. Luciana conseguiu editora para o *Zero*, a Feltrinelli. Aqui ninguém tinha ousado editar o romance. Seria provavelmente probido, a editora processada e talvez fechada, e quanto ao autor, não se sabia o que poderia acontecer. Tudo era assim naquele tempo: reticências, dúvidas, receios, para não dizer medo.

Ao voltar para casa, na hora do almoço, Bia, com quem eu era então casado, viu aquela mão riscada.

— O que é isso?

— Um furo.

Contei o que tinha contado ao Jorge. A coceira insistente, a pele se desprendendo. Bia sorriu:

— Aqui no prédio estão despejando quem tem furo na mão.

— Por quê?

— Porque é uma pessoa diferente. E os diferentes incomodam os "normais". Estes procuram descartar os diferentes.

No mesmo instante percebi que tinha alguma coisa, um conto, algo assim. Um homem com um furo na mão e a mudança de sua vida. Comecei a anotar em cadernos, levava para a Editora Abril, escrevia na redação. A situação não mudava, era uma pasmaceira. Sempre roubei tempo dos patrões, fazendo meus contos, trechos de livros, esboçando ideias. E nos dias 8, 9 e 10 de março de 1972 redigi os esboços de um conto cuja ideia me veio exatamente no dia primeiro do mês. Sei das datas porque costumo anotar nos originais os dias e, às vezes, as horas e o desenvolvimento do trabalho. Dei a Jorge Andrade para ler. Ele gostou da ideia, não do tratamento. Verdade que se tratava da "primeira mijada", na gíria de escritores.

Loyola recebeu este registro das mãos do fotógrafo Henry Milleo, que havia realizado um documentário em centenas de lixões no Paraná. O garoto relatara ao fotógrafo que encontrara o livro no lixão e que se envolveu com a leitura do romance. Desde então, ficara de olhos bem abertos, pois havia gostado demais da "viagem".

Charge de Douglas, vista por Loyola numa exposição sobre humor em Piracicaba. O primeiro título aventado para o romance – *O corte final* – veio à mente do escritor na ocasião em que se deparou com a charge.

o corpo, horrorizado. Sobrinho ri dele:
Quem se importa? Um a menos.

9- Voltar as manchas marrom e verde.

10- Os homens alteraram as folhinhas.
Desaparecer. Silenciar.

11- A mulher. Adelaide tinha horror
de gorduras, frituras.

12- Plantas são tão raras que custam
milhares de dólares. Iguais aos quadros.

Bolsa de plantas.

13- Depois do plantio do Pinus,
a terra não serve para mais nada.

14- Bairros que desabaram,
casas mal construídas. Tadeu perdeu sua casa.

15- Velho apartamento.
Portas altas com bandeiras(Janelas).

16- Anil. Tonico Iracema. Pomada Minancora.
Elixir Paregorico.

17- ESPERANÇA.Cada personagem tem um tipo
de esperança. Ele, A Mulher, Os 3 Desconhecidos,
O Chefe.A Multidão: espera que a marquise
não caia, o sol não rache tudo, que se possa <u>viver</u>.

18- Um dos monologos de dentro pode ser
o pensamento coletivo. A multidão pensando.

19- Não se preocupar com a estrutura.

20- Incomodado, sempre incomodado, sem perceber o porque.

Ao longo da escrita do romance, o autor anotava de forma diversa: em cadernos, blocos, guardanapos, folhas soltas de agenda etc. Posteriormente, numerou as partes e reuniu todas num caderno. Aqui uma breve amostra delas.

45- Os homens transparentes.

46- A carne toda transformada
numa gelatina transparente,
de modo que se podia
ver os ossos no interior.

47- Um velhinho enrugado,
andando com dificuldade,
estendia a mão, silencioso,
`as pessoas. Ninguem parecia ve-lo,
passavam por ele, indiferentes,
Um vendedor pisou nos pés dele.

48- A ultima distribuição
das sementes.

49- Tinha havido campanhas de particulares,
mas iam se tornando mais e mais raras. Distribuição de mudas, de flores.

50- O horror ao ver caminhões e caminhões de madeiras pelas estradas.

51- Os homens grudados aos assentos dos carros, fazendo parte dos automoveis.
Assim como as secretarias faziam parte das mesas.

52- Proibido lavar calçadas. Vizinha que volta da missa. Como é a nova missa?
Aparece o primeiro surdo na história. O cumprimento por sinais. O calor. O outdoor que muda cada quinze dias. As pessoas não se cumprimentam no onibus. O bura
co surge muito rapido, dar mais tempo. O ritmo.

53- A permanencia e imutabilidade. O cheiro de roupa lavada `a seco. A necessidade
de economizar água. As cotas de água. Os caminhões pipas da prefeitura. As tornei-
ras com registros especiais só se abrem com fichas magnetizadas. A alteração na
cor e no cheiro das roupas.

DE QUE MODO OS RICOS INVERTEM A SITUAÇÃO

PARA OBTER VANTAGENS SOBRE ISSO,

COMO FAZEM HABITUALMENTE?

477- (123) CIDADES

"a cidade teve uma função protetora no meio da insegurança e da desordem do século 9"

↓

Mas agora ela é ameaça, ela absorve e representa esta desordem e insegurança.

CELEIROS E CAVES ⟶ Hoje supermercados

478- (124) PSIQUIATRIA: Técnica de convencer as pessoas de que elas são loucas, não são capazes de conduzir as próprias vidas.

479- (125) SOUZA DESCOBRE SUA INCAPACIDADE DE TER AMADO ADELAIDE.
Não apenas por ele, mas tambem pela transformação do mundo a sua volta.

480- (126) UTILIZAR A IDÉIA DA TRÉGUA DE DEUS.

481- (127) CADA CASA COM UM PEQUENO GERADOR DE ENERGIA, MOVIDO A GAS DE LIXO, PROVAVELMENTE.

482- (128) CAMPANHA: MEIO AMBIENTE SADIO É A SUA VIDA.

> Repasso estas anotações, esboços, indicações, sugestões. Redatilografo no dia 7, domingo. Redatilografando os papeis escritos a mão, rapidamente, as vezes nem entendo o que pretendi dizer. Não decifro palavras. Momentos raros. Na maior parte, noventa e cinco por cento, são coisas que me passaram pela cabeça exatamente em função de livro. Com este repasse, reconquistei uma série de coisas que estavam vagas, dispersas. Readquiro noções, reganho ideias, reencontro toda uma atmosfera essencial ao livro.

setembro 1980

273- Dialogo com a louca do bar, depois da cena na cadeia.

Ele entendeu, certa noite, nas vesperas de natal. Passava pelas lojas e via os milhares de artigos à venda e não encontrava sentido para tudo aquilo. Sentiu de repente um enjoo muito grande e viu que não necessitava de mais roupas, sapatos, meias. Não queria pagar mais juros pelas compras à credito. Comprar pareceu de repente uma coisa absurda, alucinante. Foi um verdadeiro carnaval, um delirio ~~alucinado~~, as pessoas se atropelando para entrar na loja.

"Fiquei olhando longamente para um dono a porta de uma loja, e o homem não se cansava de repetir a quem passava: Vendo mais barato que todos aqui. Vendo mais barato que todos aqui. Era uma pequena praça circular, com uma casa de calçados atrás da outra. Será que precisamos de tantos sapatos assim? Existem tantos pés nesta cidade. Aquele dono devia fazer isto há anos, e ainda faria por muitos mais. E sua vida se resumiria nisso: ter ficado diante da loja, pegando clientes pelo preço mais barato. Ninguem sequer se lembraria dele. Não se lembrariam nem mesmo quando pusessem ou tirassem o sapato. Não ficariam agradecidos por ele ter vendido mais barato. Ele tambem não se lembraria dos fregueses, sua função ali na porta era coloca-los para dentro. Não faria uma só amizade (não tem tempo) não guardaria um rosto, não se apaixonaria por nenhuma moça. Sua voz era firme e objetiva, estava ali para vender mais barato. Vender. Que significa vender? Ter coisas perdeu o sentido. Ou adquirem conotações curiosas se olhamos para elas muito tempo."

Desenhos feitos indicando o modo de deslocamento de um bairro para outro.

RUA

RUA

RUA

Fronteira eletrônica

Único posto de passagem.
3 tentativas de senha e bloqueia cartão

> PERMITIDO
> PARA
> BAIRROS
> AZ 1
> AZ 7
> 4 K 7 20
> H J 5
> NÃO ULTRAPASSAR
> B 2
> C 41
> DE 76
>
> modelo de ficha entre bairros.

Rascunho de ficha de orientação acerca da circulação de pessoas.

A cidade cercada pelo lixão e por favelas.

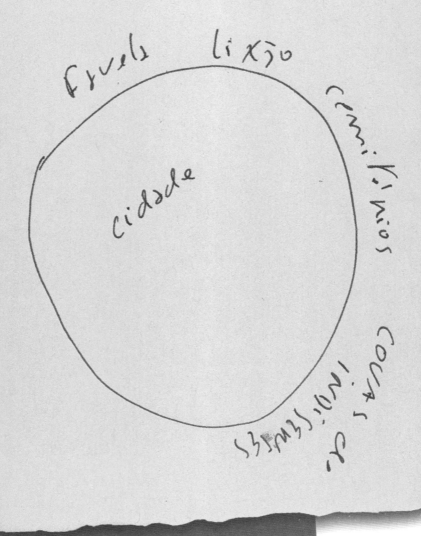

Palavras e termos sendo testados/criados pelo escritor para o romance.

O escritor em busca de caminhos.

Almejando a conclusão do original.

O final.
mudar o
 final.
Fazer o
     mê.
como?
reescrever,
reescrever.
Já escrevi
11 vezes
e já чми!

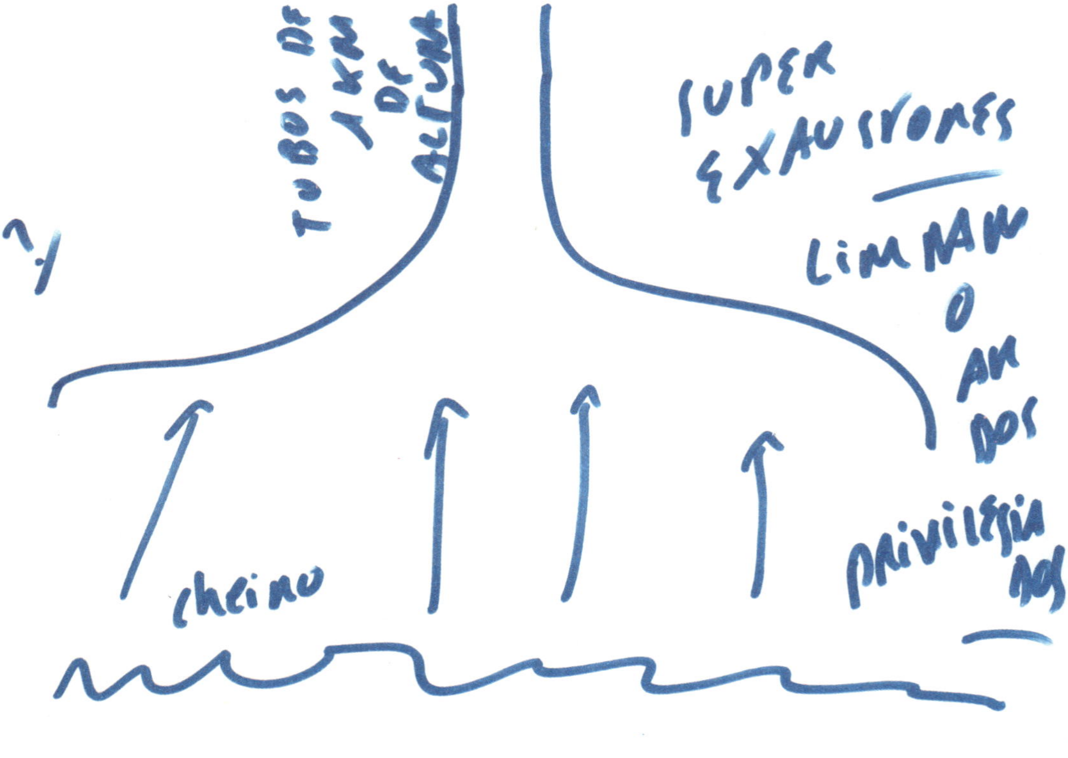
TUBOS DE 1 KM DE ALTURA
SUPER EXAUSTORES
LIMPANDO O AR DOS PRIVILEGIADOS
cheiro

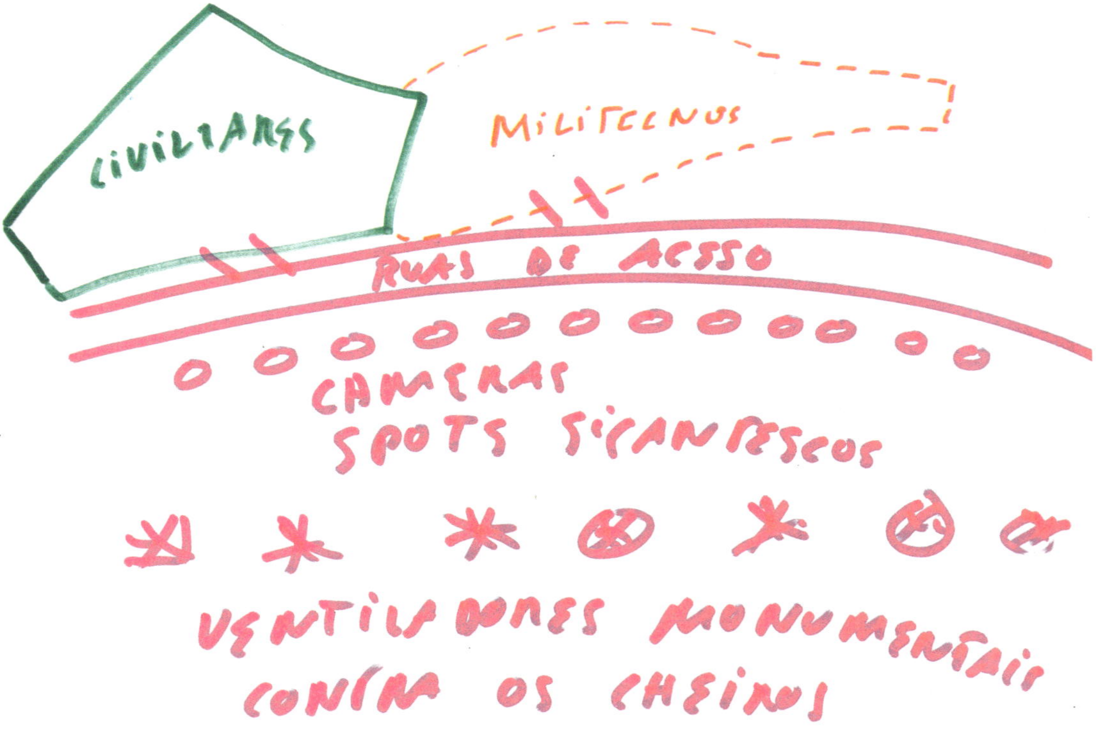
CIVILIARES
MILITECNOS
RUAS DE ACESSO
CAMERAS
SPOTS GIGANTESCOS
VENTILADORES MONUMENTAIS
CONTRA OS CHEIROS

De Norte a Sul, a devastação impune

O DESERTO BRASILEIRO

Desmatamento ameaça até o São Francisco

Na longa pesquisa que Loyola realizou para a concepção do livro, muitas notícias jornalísticas foram por ele reunidas. Aqui, os recortes de algumas

O mundo gasta energia à espera de um milagre

GEOFFREY BARRACLOUGH
"The New Republic"

Há dez ou doze anos, os livros **Aspects of Development and Underdevelopment**, de Joan Robinson (Cambridge University Press), e **Progress for a Small Planet**, de Barbara Ward (Norton), teriam sido excitantes e quase revolucionários. Hoje, têm um leve ar de déjà vu. O argumento de Joan Robinson sobre as estratégias convencionais de desenvolvimento, mal concebidas e incapazes de produzir os resultados esperados, é algo que até mesmo os planejadores mais antiquados do Terceiro Mundo já estão relutantemente começando a aceitar. Um dos temas centrais de Barbara Ward é a necessidade de conservação, especialmente da energia, em países tanto desenvolvidos quanto subdesenvolvidos. Com o relatório de Harvard, **Energy Future**, na lista dos livros mais vendidos, e o aparecimento de artigos no New York Times Magazine, além de uma série de tópicos relacionados, isso também já não é novidade.

Mesmo assim, são livros que, sem dúvida alguma, merecem ser lidos. Joan Robinson, a mais importante economista viva que (injustamente) ainda não recebeu um Prêmio Nobel, é alguém de quem se espera sempre um desafio aos conceitos econômicos estabelecidos. A força do livro de Barbara Ward reside — pelo menos para mim — na riqueza de exemplos que ela apresenta para demonstrar que a conservação não somente é possível mas também recompensadora. Se a Dow Chemical economizasse 40% de combustível, simplesmente melhorando a insulação; se a Nort British Distilleries transformasse seus detritos em forragem para animais, obtendo um lucro de 687.000 libras que cobriria o custo de uma nova aparelhagem num único ano; se uma fábrica soviética de amoníaco reduzisse em 90% o uso da água, dispensando um gerador de 70 megawatts, simplesmente por meio da reciclagem, e, mesmo assim, produzindo a um terço do custo convencional — e estes são apenas exemplos tomados ao acaso —, pouca substância teria a queixa de que a conservação e outras medidas antipoluidoras e coisas semelhantes significam desastre econômico para os negócios norte-americanos. O desastre virá se não houver conservação nem reciclagem.

Barbara Ward explica os motivos que, se não são especialmente novos, me parecem irrespondíveis. O primeiro é o fato inexorável de que, apesar do petróleo do Mar do Norte e do México, os recursos convencionais de energia (e outros recursos minerais) estão acabando, e isso quase certamente ocorrerá mais cedo do que se pensa. O segundo é que as tão faladas alternativas — como a energia solar — ou não passam de planos ou são proibitivamente dispendiosas. Certamente, não são uma resposta imediata.

Por último, há o fato de que a população de nosso planeta já superpovoado deverá, a menos que ocorra uma catástrofe global, aumentar em mais dois bilhões até o fim do presente século. Surpreendentemente, essa perspectiva não recebe muita atenção na maioria do que se escreve atualmente no Ocidente, talvez porque não pareça afetar-nos tão diretamente quanto o problema energético; mas, provavelmente, trata-se do mais ominoso de todos os acontecimentos. Daqui a dez anos, o mundo vai precisar de tudo o que puder conservar, assim como de um vasto aumento da quantidade de alimentos básicos.

Começa-se a despertar para algumas dessas realidades, mas o resultado, até o momento, segundo Barbara Ward, não é uma estratégia, mas "uma espécie de ficar roendo os cantos do problema". O plano do presidente Carter de estímulo aos combustíveis sintéticos, ao preço de 80 a 100 bilhões de dólares, é talvez o melhor indício de que os governos do Ocidente e a maioria de seus governados ainda depositam suas esperanças numa prosperidade milagrosa. O mesmo pode-se dizer da intenção declarada de perfurar petróleo na plataforma marítima próxima ao cabo Cod, prejudicando assim uma das zonas pesqueiras mais ricas do mundo, embora se calcule que a reserva é de apenas 123 milhões de barris, ou pouco mais do que o consumo de uma semana, segundo os padrões correntes. O combustível fóssil é ainda o primeiro imperativo, mesmo que o meio ambiente fique irreparavelmente destruído.

Também não se pode dizer que a atitude dos governos do Terceiro Mundo tenha sido mais esclarecida. Os especialistas em planejamento desses países, observando a comprovada correlação entre o consumo de energia e o PNB per capita, continuam insistindo em que a industrialização, segundo o modelo ocidental, é a chave do desenvolvimento e da modernização, justamente no momento em que esse modelo está deixando de funcionar no Ocidente. Insistem também no seu direito à poluição, apoiados pelas multinacionais, que nada têm contra poluir a Ásia e a África, desde que isso lhes permita fugir ao opróbrio poluidor em seus países de origem.

Portanto, quais seriam as estratégias adequadas ao Terceiro Mundo? Nesse ponto, Joan Robinson e Barbara Ward estão quase inteiramente de acordo. Posto que é no Terceiro Mundo que terá lugar o maior aumento de população, o "problema básico" está, nas palavras de Joan Robinson, "na necessidade de reorganizar e melhorar tecnicamente o setor agrícola". A alternativa, muito simplesmente, é a inanição. Isso significa, citando novamente Robinson, "que a industrialização segundo o molde ocidental está fora de questão". Quantos percebem que o equivalente de um dos 83 **départements** da França desaparece sob o concreto a cada cinco anos? A situação do Japão ainda é pior. Essa escala de urbanização, no Terceiro Mundo, engolindo com freqüência as melhores terras agrícolas (como, de fato, já está acontecendo), seria um desastre.

Não quer isso dizer que não devam existir indústrias em grande escala, com grandes aplicações de capital, sempre que for necessário. O importante é que se dê preferência às tecnologias descentralizadas, com grande aplicação de mão-de-obra, poupança de energia e em pequena escala, sobretudo levando-se em consideração a escassez de recursos para investir. "O mérito da produção em pequena escala", insiste Joan Robinson, "não está unicamente no fato de que exige grande aplicação de mão-de-obra, permitindo o rápido aumento do emprego, mas sobretudo no fato de que implica poupança de capital".

Faz-se necessário — e não apenas no Terceiro Mundo — "mais empregos, a um nível baixo de mecanização" e muito mais concentração na agricultura. Há poucos indícios de ambas as coisas. Relatório publicado em julho de 1979 — portanto, tarde demais para ser levado em consideração nestes dois livros — concluiu que o interesse pela reforma agrária cessou quase totalmente nos países densamente povoados do Terceiro Mundo.

Geoffrey Barraclough é professor de História

CIÊNCIA & TECNOLOGIA

A luz do Sol regula ciclos e sentimentos do ser humano

Jane E. Brody
The New York Times

NUM recente domingo, quando o Sol brilhou de seu ponto mais setentrional, anunciando o solstício de verão e o dia mais longo do ano do hemisfério Norte, um misterioso hormônio (que pode influenciar a fertilidade, a disposição de ánimo e várias funções corpóreas) deve ter chegado a seu nível anual mais baixo no ser [...]

gada exposição à iluminação comum de interiores foi conectada a anormalidades reprodutivas e ao aumento das possibilidades de câncer.

Em pessoas, os estudos preliminares sugeriram que problemas como o excesso de cansaço, a diminuição do desempenho e da aptidão física, a perda de defesas imunológicas e, possivelmente, uma debilitação da fertilidade estejam associados à vida e ao trabalho sob lâmpadas [fluores]centes ou fluores[...]

[...]etor de foto[...]st Corpora[...]e os russos [...] diárias de [...]ores priva[...]roy adian[...]catos ame[...]uminação

O PROTESTO

80 entidades conservacionistas criticam os planos do governo para a Amazônia

CAPAS
no Brasil e no exterior

Capa da primeira edição em novembro de 1981

Design de Alfredo Aquino, que viria a se tornar um amigo do escritor.

A 1ª edição foi de 3 mil exemplares. Saiu numa quinta-feira e, no sábado, a TV Globo fez uma extensa matéria sobre o livro no jornal *Hoje*, que tinha grande audiência. A reportagem de Alba Carbalho levou Loyola a lugares de São Paulo que inspiraram situações do livro. A matéria tinha quase 10 minutos e provocou uma corrida às livrarias, de maneira que na terça-feira seguinte os 3 mil exemplares tinham se evaporado do mercado. Foi uma alegria e um susto.

Uma nova capa a partir da 18ª edição, mais modernizada.

Norte-americana

Tradução de Ellen Watson, Editora Avon/Bard, 1985. Lançado em formato pocket.

Alemã

Tradução de Ray-Güde Mertin, Editora Suhrkamp, 1983. Durante um bom tempo, Ray procurou um título em alemão, sem chegar a um acordo. Uma tarde, no quintal de sua bela casa em Bad Homburg, enquanto recolhiam as folhas de outono, Dietz, o marido de Ray, um economista, sugeriu *Kein Land Wie Dieses*, com conotação bíblica: *Nenhuma Terra Como Esta*.

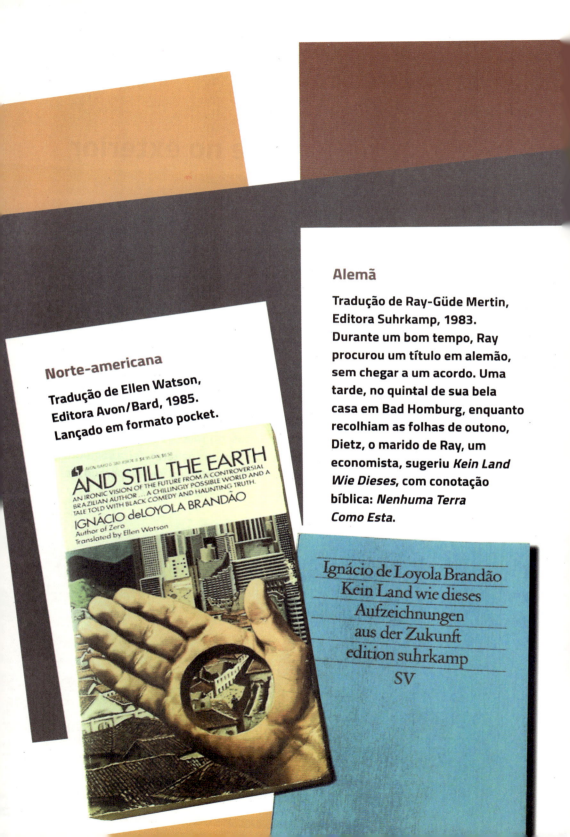

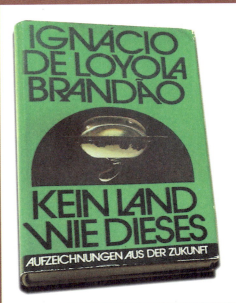

A edição de um país que não existe mais

Em 1990, os direitos do livro foram vendidos em alemão para a Verlag Volk, de Berlim Oriental, na DDR, a extinta República Democrática Alemã. Hoje este livro é uma raridade.

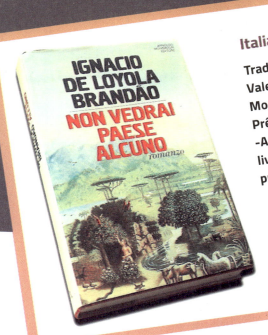

Italiana

Tradução de Claudio Valentinetti, Editora Mondadori.
Prêmio Instituto Ítalo Latino--Americano como o melhor livro latino-americano, publicado na Itália em 1983.

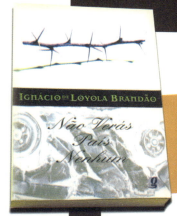

A capa de Victor Burton, quando se fez um redesign de todos os livros do autor.

A partir da 10ª edição, a capa mudou e o livro foi lançado também em capa dura.

Edição do Clube do Livro, onde *Não verás país nenhum* foi best-seller.

Capa da edição comemorativa de 25 anos do livro, feita com acabamento rústico em papelão Paraná.

Em sua 28ª edição publicada em 2019, o livro ganhou nova capa, feita por Mauricio Negro, parte de mais uma renovação gráfica dos livros do escritor.

Dia 25 de novembro, a partir das 19 horas, noite de autógrafos da mais recente obra de Ignácio de Loyola Brandão.

NÃO VERÁS PAÍS NENHUM

Livraria Capitu, Rua Pinheiros, 339
São Paulo, SP
Tel.: 282-9237

Mais um lançamento da Editora Codecri

Convite do lançamento do livro. As donas da livraria Capitu, situada na rua Pinheiros, eram Ana Helena, Cristina e Patricia. A livraria foi um ponto de encontro e por décadas teve uma filial no subsolo do legendário Spazio Pirandello, na rua Augusta.

O romance teve uma adaptação cênica, apresentada no Theatro José de Alencar, em Fortaleza, em meados dos anos 1980.

Antecipações do ABSURDO*

José de Souza Martins**

Não verás país nenhum, de Ignácio de Loyola Brandão, publicado em 1981, é uma obra-prima da literatura do absurdo, que antecipa em 40 anos o nosso estranhíssimo Brasil enfermo de hoje.

Autores da literatura do absurdo têm o dom de ver nas minúcias da realidade e nas entrelinhas anômalas da vida cotidiana indícios de uma sociedade que, aparentemente, ainda não existe. E parece que não vai existir. Mas que está lá, na invisibilidade enganadora da falsa consciência do real, do que é ainda gestação de relações sociais e de mentalidades. Uma sociedade de contraste com tudo que estamos habituados a considerar uma sociedade "normal".

Parece fantasia de escritor imaginoso. Cada vez mais, porém, essas obras são verdadeiras etnografias de transformações sociais que levarão a sociedades tão absurdas quanto suas antecipações literárias. Em seu primeiro livro, *Depois do Sol*, Loyola traz à luz de seus contos as revelações da noite da cidade de São Paulo. A noite como o inverso do dia, não apenas como o diferente, a sociedade oculta. Na antropologia brasileira, as realidades invertidas da noite de Exu foram estudadas por Marco Aurélio Luz e Georges Lapassade, em *O segredo da macumba*. O que confirma a etnografia subjacente à literatura do absurdo.

O absurdo de *Do outro lado do espelho*, de Lewis Carroll, é cada vez mais real. Alice, a personagem do livro, era real, existia e entendia a narrativa nele contida. As histórias de Franz Kafka são o absurdo naturalizado.

Na fábula política do avesso do avesso de *A revolução dos bichos*, de George Orwell, podemos, com facilidade, identificar sociedades que conhecemos, a começar da nossa, naquela conclusão fatídica: no baile de humanos com porcos da fazenda, "já se tornara impossível distinguir quem era homem, quem era porco".

Em *Não verás país nenhum* Loyola descreve uma estranha São Paulo, progressivamente corroída pelo absurdo de um sistema de dominação e de um modo de vida decorrente, aos quais as personagens se ajustam com estranha pequena estranheza.

---

* Artigo publicado na edição de 23 de julho de 2021 do jornal *Valor Econômico*.
** José de Souza Martins é sociólogo. É professor emérito da Faculdade de Filosofia, Letras e Ciências Humanas da Universidade de São Paulo (USP). Pesquisador emérito do CNPq, é membro do Conselho Superior da Fundação de Amparo à Pesquisa do Estado de São Paulo (FAPESP) e da Academia Paulista de Letras. Entre outros livros, é autor de *No limiar da noite* (Ateliê, 2021).

Souza, a personagem principal, aos poucos será diluído no emprego que não o emprega. Adelaide, sua mulher, esposa adjetiva e praticamente imaginária, revelará com o tempo que ela é, na verdade, o oposto da mulher pelo marido imaginada. Os habitantes da cidade enferma são realidades irreais, desencontradas consigo mesmas, conformadas no inconformismo meramente residual.

Loyola não pretendeu fazer sociologia embora haja no livro um fundo de temas sociológicos, do tipo tratado pela sociologia fenomenológica, a que de certo modo analisa as relações sociais a partir do imaginário que lhes dá sentido, mesmo quando não tem.

O absurdo descrito no romance, com o tempo, foi se confundindo cada vez mais com a realidade. A invasão da casa-refúgio da classe média, de Souza, é patrocinada por um militar sobrinho de Adelaide, a esposa que se fora e já não existe. É apenas memória. Estranhos passam a nela viver como se fosse sua própria casa. Estavam à vontade no que não era seu, enquanto Souza já não estava à vontade na casa que supunha sua. É o direito de propriedade que se esfuma, porque anômalo.

A realidade da classe média vai se desgastando para passar a ser aquilo que de fato era, uma fantasia cruel, um vazio. Uma classe cada vez mais excluída até o ponto de se tornar parte do monturo que a cidade se tornou, do lixo que dela se apossou e a conformou, um lixo que criou vida e vida política. A classe média se torna uma classe de descartáveis, gente sem lugar, seres que não são, confinados no nada, desprovidos dos valores e privilégios da sociedade de consumo, de suas coisas cada vez mais inúteis como os móveis de apego simbólico levados para o lixão.

Sem objeto, os sociólogos têm sua cota de desfiguração na sociedade que se esvai. A transformação do modo de ser da sociedade do absurdo reduzido em suas análises a pseudoconceitos. Eles começavam a se esmerar na conceituação sociológica que nada conceitua a não ser a superficialidade de uma sociedade já desprovida de práxis e de protagonismo histórico. A sociedade que é não sendo, a da alienação absoluta.

O absurdo observado por Loyola em 1981 tornar-se-ia a sociedade brasileira de 2021. O Brasil de hoje não é uma surpresa, um acidente, um erro de cálculo. Lentamente, há 60 anos, ele já estava sendo o que é hoje. O poder se tornou um jogo de aparências, um faz de conta, não raro um circo. O povo deixou de ser agente de sua própria história para se tornar expectador passivo e indiferente.

À luz da sociedade cinzenta da atualidade, das incertezas de agora, dos abusos do poder paralelo e oculto, das invisibilidades planejadas que nos manipulam e manipulam nossa própria vida, podemos reler *Não verás país nenhum* como obra crítica de antecipação do Brasil de agora. Ninguém podia imaginar, porém, que a metamorfose ocorreria tão depressa e de maneira tão amplamente perturbadora.